MARTIN MUCHA

Beziehungskiller

LIEBE UND MORD Der Universitätslektor Arno Linder begleitet seine Freundin Laura ins Weinviertel. Miteingeladen sind Lauras Auftraggeber, Geschäftspartner und deren Lebensgefährtinnen.

Strahlende Herbsttage, ein schönes Landhaus, alles scheint angerichtet für ein erholsames Wochenende. Wäre da nicht Arnos unheilvolle Gabe, immer im unpassendsten Moment über eine Leiche zu stolpern.

Die sich diesmal in einer von innen abgesperrten Bibliothek befindet. Die Polizei präsentiert schon bald nach dem Leichenfund einen Täter, doch für Laura steht fest: Arno hat ihr Wochenende ruiniert. Um seine Beziehung mit Laura zu retten, macht sich Arno auf, den wahren Täter aufzuspüren und so nachzuweisen, dass er mit dem Mordfall nichts zu tun hat. Dabei wird er unversehens in die Entführung eines Chocolatiers verwickelt, die auf unbestimmte Weise mit dem Mordfall im Landhaus in Verbindung zu stehen scheint. Arno versucht Licht in die verworrenen Verhältnisse zu bringen, bis ihm selbst das Licht ausgeht und er sich gefesselt im Keller eines Hauses wiederfindet. Doch wer ihm da begegnet, hätte sich nicht einmal der fantasiereiche Lektor vorstellen können …

Dr. Martin Mucha, geboren 1976 in Graz, studierte in Wien Philosophie, Geschichte und Theologie. Er arbeitet seit knapp zehn Jahren im Bereich Drehbucherstellung für Kino- und Fernsehfilme. Seiner ausgedehnten Reisetätigkeit, vor allem nach Asien und Afrika, entsprang bislang ein Bild-Text-Band über Afghanistan und Tadschikistan. Nach seinem Krimidebüt »Papierkrieg« und dem Folgeband »Seelenschacher«, die ebenfalls in seiner Wahlheimat Wien spielten, ist »Beziehungskiller« sein dritter Arno-Linder-Krimi im Gmeiner-Verlag.

Bisherige Veröffentlichungen im Gmeiner-Verlag:
Seelenschacher (2011)
Papierkrieg (2010)

MARTIN MUCHA

Beziehungskiller

Kriminalroman

GMEINER *Original*

Personen und Handlung sind frei erfunden.
Ähnlichkeiten mit lebenden oder toten Personen
sind rein zufällig und nicht beabsichtigt.

Besuchen Sie uns im Internet:
www.gmeiner-verlag.de

Im Ehnried 5, 88605 Meßkirch
Telefon 07575/2095-0
info@gmeiner-verlag.de

1. Auflage 2012

Lektorat: Claudia Senghaas, Kirchardt
Herstellung: Julia Franze
Umschlaggestaltung: U.O.R.G. Lutz Eberle, Stuttgart
unter Verwendung eines Fotos von: © rowan / photocase.com
Druck: GGP Media GmbH, Pößneck
Printed in Germany
ISBN 978-3-8392-1314-8

»Ma glaubat fast, de Justiz, de funktioniert.«

Christoph & Lollo
(Wiener Liedermacher-Duo)

KAPITEL 1

I

Anfang September ist eine gute Zeit in Wien. Der Sommer mit seiner Hitze ist vorüber, der Winter mit der Nässe und dem kalten Wind noch nicht da. In guten Jahren hat man einen ganzen Monat, bevor es dann grau und grauslich wird, manchmal hat man aber auch nur ein paar Tage. Egal aber, ob eine Woche oder einen Monat lang, die Stadt zeigt sich dann einfach von ihrer besten Seite. Die Luft ist klar, die satten Farben der Bäume in den Parks und auf den Hügeln ringsum leuchten, ein sanfter Wind treibt ein paar Blätter vor sich her, und manchmal, ja manchmal findet man sogar einen Wiener, der lächelt. Der Herbst – die Zeit der Wunder.

Es war einer dieser goldenen Tage, und ich war auf dem Weg zu Laura. Nicht, dass ich viel Lust auf ihr Vorhaben gehabt hätte, aber in jeder Beziehung kommt er irgendwann, der erste gemeinsame Wochenendausflug. Und zwar so unvermeidlich wie der erste Kuss, wie der erste Streit und wie die Frage: Sollen wir nicht zusammenziehen? Schlimmer hätte es nur noch dann kommen können, wenn der Ausflug einen Besuch bei Lauras Eltern beinhaltet hätte. Gott sei Dank war immerhin dem nicht so. Allerdings sollten ein paar von ihren Arbeitskollegen mit dabei sein.

Wobei Arbeitskollegen eigentlich nicht ganz stimmte. Laura hatte eine Firmenübernahme juristisch begleitet, die Übernahme war geglückt, und nun hatte der stolze neue Besitzer seine Geschäftspartner auf ein Wochenende in seinem Landhaus im Weinviertel eingeladen. Jeder der

Kerle dort verdiente am Tag so viel wie ich im Jahr, und deren Badezimmerschlapfen waren sicher teurer als mein bester Anzug. Wäre aber alles noch zu ertragen gewesen, wenn nur Laura nicht so enthusiasmiert gewesen wäre. Für sie war das der Aufstieg in die Chefetage, wenn schon nicht beruflich, so doch sozial. Wir hatten mir zur Feier des Tages sogar gemeinsam neues Gewand gekauft, inklusive Schuhen und Hemden. Außerdem war ich genau instruiert worden, wie ich mich zu verhalten und nicht zu verhalten und über was ich zu reden und zu schweigen hätte. Auf keinen Fall durfte ich über griechische Literatur oder meinen Gehaltszettel sprechen, und, ach ja, natürlich musste der Mantel des Schweigens über alles gebreitet werden, was nur irgendwie auf die dunklen Seiten meines Privatlebens hinwies. Dabei hatte sie keinen Zweifel daran gelassen, dass sie es wirklich ernst meinte. Ich kam mir vor wie auf dem Prüfstand für meine Beziehungstauglichkeit, alle Voraussetzungen für ein wirklich schönes Wochenende waren also gegeben.

Ich bog in die Kupkagasse im 8. Bezirk ein, kam zu dem Haus, in dem Laura damals wohnte, und klingelte. Ich fühlte mich etwa so wie ein Volksschüler, der von der Lehrerin zum Direktor geschickt wurde und nun vor dessen Tür steht und klopft. Eine Drachenhöhle war lächerlich dagegen.

Es dauerte keine zehn Sekunden und die Gegensprechanlage surrte.

»Arno?«

»Genau der.«

»Lass deine Koffer unten und komm rauf, tragen helfen.«

»Gut.«

Ich ließ meinen alten Lederkoffer unten und stieg die Treppen hinauf. Lauras Wohnungstür stand offen, zwei Koffer waren zu sehen. Die schnappte ich mir und hielt nach meiner Herzensdame Ausschau.

»Laura?«

»Komm' gleich, trag den Krempel runter, wir sind spät dran.«

»In Ordnung.«

Ich schleppte die beiden Koffer die Treppe runter. Schleppen war das richtige Wort, mit Tragen hatte das nichts mehr zu tun. Gut nur, dass Amnesty International das nicht mitbekam, die hätten Laura glatt wegen Sklaverei verklagt. Unten angekommen hätte ich mich dann am liebsten selbst verklagt, ich hatte nämlich den Autoschlüssel oben vergessen. Ich wollte gerade die Koffer stehen lassen, als sich oben im ersten Stock eines der Fenster öffnete und ein Schlüssel heruntergeflogen kam.

»Fang' auf, du Genie!«, hörte ich noch, dann war das Fenster oben wieder zu und der Schlüssel in meiner Hand. Lauras Peugeot stand nur wenige Meter entfernt. Ein paar Schweißtropfen später hatte ich die Koffer im Auto verstaut. Wegen des Schiebedachs war im Kofferraum nicht allzu viel Platz, also hatte die Rückbank herhalten müssen. Ich sperrte wieder ab und blickte mich um. Von Laura war noch immer nichts zu sehen.

Also wieder die Treppe hinauf, obwohl ich für heute eigentlich schon genug Sport gemacht hatte. Die Tür war angelehnt, und ich ging hinein. Aus Lauras Schlafzimmer hörte ich Geräusche, hektisches Hinundhergehen und das Rascheln von Kleidern.

»Ich wär' fertig, was ist mit dir?«, fragte ich unbedarft in den Raum hinein.

»Ich kann mein Kleid nicht finden.«

Sie klang ein wenig aufgeregt. In ihrer dunklen Stimme schwang ein leiser Unterton von Nervosität mit, die sich bereit machte, zur Panik anzuwachsen. Verdammt dazu, ein Mann zu sein, überhörte ich den Unterton in ihrer Stimme und meinte: »Da liegen ja eh ein Haufen rum. Sind alle hübsch ...«

Und schon brach das Unwetter über mich herein. Geduldig ließ ich ihre Tiraden über mich ergehen. Es hat unbestreitbar auch seine Vorteile, ein Mann zu sein. Wenn man von einer wunderschönen Frau in Unterwäsche beschimpft wird, ist der optische Reiz so stark, dass von den Beschimpfungen kaum was durchdringt. So richtig bekam ich eigentlich nur den Schluss mit: »Wahrscheinlich hab' ich das Kleid in einen der Koffer getan. Kannst du sie mir noch einmal raufholen?«

»Muss das sein?«

»Soll ich so gehen?«

Ich grinste.

»Könnte dir so passen. Bring mir die Koffer rauf, ich hab' wohl in der Eile das Kleid mit eingepackt.«

Sie legte den Kopf schief und lächelte.

»Die Dinger sind verdammt schwer. Hast du da deine Traktorreifensammlung drin?«

»Wer gibt immer damit an, auf den Inzersdorfer Schlachthöfen Rinderhälften zu schleppen? Bist du ein Kerl oder nicht?«

Wohl oder übel musste ich mich fügen, schließlich will man den ersten gemeinsamen Wochenendausflug nicht mit einem Streit beginnen.

Keine 20 Minuten später war das Problem auch schon erledigt. Laura, angezogen und zufrieden, saß auf dem Fahrersitz und kutschierte uns kompetent durch die Stadt. Ihre schwarzen Locken waren frisch geschnitten, sie trug ein braun-grünes Kleid, recht eng sitzend, mit Siebzigerjahremustern, und sah hinreißend aus. Am Gürtel bog sie ab, um zu tanken. Nachdem der Tankwart seine Arbeit erledigt hatte, zückte Laura ihr Portemonnaie.

»Verlang' eine Rechnung«, flüsterte ich ihr zu, als der Tankwart in seinem Kabäuschen verschwunden war.

»Wieso? Das mach' ich nie.«

»Eben darum. Vertrau' mir.«

Der in einen grauen Overall gekleidete Mann kam gerade wieder zurück.

»Macht' vierafuffzg dreissg.«

Laura beugte sich aus dem Fenster und meinte liebenswürdig: »Könnten Sie mir vielleicht die Rechnung mitgeben?«

Es war schön zu beobachten, wie ein ausgewachsener Mann mit der bleichen Gesichtsfarbe eines Luhrgrottenurlaubers plötzlich rot wurde.

»Kemma moch'n«, meinte er und ging noch einmal zurück.

»Was zum Teufel …?«, flüsterte mir Laura fragend ins Ohr.

»Wirst du schon sehen.«

Der Tankwart kam zurück, den Blick stier auf den Zettel gerichtet und mit den Fingerknöcheln der Linken an seiner Stirn reibend.

»Tuat ma lad, da is a Missgeschick passiert. Irgendwia san zwa Red Bull mit auf die Rechnung g'rutscht. Die ziah i eahna aber wieder ab. Mocht fuffzg dreissg.«

Laura zahlte und fuhr los.

»Der wollte mich doch glatt um vier Euro bescheißen!« Laura war sichtlich aufgebracht.

»Der Mann muss doch auch von was leben«, versuchte ich zu behübschen.

»Woher hast du das gewusst?«

»Gewusst nicht, nur geraten.« Wir hielten vor einer roten Ampel. »Weißt du, ich hab' da halt so ein Näschen …« Ich wollte mich gerade in der Hoffnung auf einen Kuss zu ihr hinüberbeugen, aber meine Herzdame wollte davon nichts wissen.

»Dass du mir dein Näschen am Wochenende nur ja unter Kontrolle hältst.«

»Aber sicher doch.« Mittlerweile berührten sich unsere Nasenspitzen fast.

»Arno, ich mein es ernst. Wenn auch nur ein einziger Silberlöffel verschwindet, mach ich dich voll dafür verantwortlich.«

»Wenn ich aber gar nichts dafür kann?«

»Ist mir das auch gleich. Wenn du deinen sechsten Sinn für Katastrophen nicht einmal für ein Wochenende mit meinen Chefs im Griff hast …«

»Ich schau' dir in den Ausschnitt, Kleines«, unterbrach ich sie.

»Idiot«, hauchte sie und ich kam doch noch zu meinem Kuss. Bis die hinter uns zu hupen anfingen.

Laura fuhr an und bog vom Gürtel in die Gumpendorfer Straße ein.

»Ich dachte, wir wollten ins Weinviertel?«

»Sicher, aber zuerst muss ich noch was holen.«

»Was denn?«

»Schokolade.«

II

Wir bogen von der Gumpendorfer rechts in eine kleine Seitengasse, um dann in die Mollardgasse zu kommen. Schließlich gelangten wir zu einem grün-weißen Jugendstilbau und fuhren durch die Einfahrt in seinen Hof. Der Bau war quadratisch und vier volle Stockwerke hoch. Wie ich später erfuhr, wurde er von Anrainern und Bewohnern die Mollardburg genannt. An jeder Seite befand sich ein Eingang. Insgesamt wirkte er wie ein Industriebau, der restauriert nun anderen Zwecken diente, an den Eingängen hingen die Schilder von Filmfirmen, Werbeagenturen und ähnlichem.

»Wo müssen wir rein?«

»Keine Ahnung.«

»Warst du noch nie hier?«

»Nein, Duvenbeck hat mir nur die Adresse gegeben und gesagt, dass ich bei Goldzung & Ftacek eine vorbereitete Sendung abholen soll.«

Hans-Peter Duvenbeck war der Gastgeber des Wochenendes. Ein Wirtschaftsboss, für den Lauras Kanzlei eine schwierige Übernahme im Zusammenhang mit dem Flughafen Wien-Schwechat erfolgreich über die Bühne gebracht hatte.

»Goldzung & Ftacek?«, fragte ich nach.

»Schocoladen Manufaktur, soll ganz was Edles sein.«

»Ich dachte, gute Schokolade kommt nur aus der Schweiz.«

»Bist du eben schief gewickelt, G&F sind das absolute Nonplusultra.«

»Mir ist aber noch nie eine Schokolade von denen untergekommen.«

»Sicher, die kann man auch nicht im Geschäft kaufen, die machen sie in Einzelanfertigung. Nur auf Anfrage und mit entsprechendem Kleingeld.«

»Einzelanfertigung für Schokolade?«

»Ja, und stell' dir vor, wir werden so einen Schokokuchen kriegen.« Laura leckte sich die Lippen. Langsam begann mir das Wochenende doch zu gefallen.

»Hat Duvenbeck selbst keine Zeit mehr gehabt?«

»Genau, und jetzt hilf mir den richtigen Eingang suchen.«

Wie immer mussten wir alle Türen durchprobieren, bis wir den richtigen Aufgang gefunden hatten. Zwischen den bunten, modernen Schildern der Werbeagenturen und Designstudios auf Stiege 4 fiel die schwarze Tafel mit goldener Schrift auf wie der sprichwörtliche bunte Hund. Natürlich mussten wir in den vierten Stock hinaufsteigen, denn der Lift funktionierte nur mit Schlüssel und wollte uns partout nicht mitnehmen.

Durch das obligate Hochparterre und die Raumhöhe von etwa viereinhalb Metern kamen wir auf den alten Steinstufen ganz ordentlich ins Schnaufen. Die Strapazen des Aufstiegs wurden allerdings durch den mit jeder Stufe intensiver werdenden Schokoladengeruch gemildert. Oben angekommen, floss uns der Schweiß von der Stirn und der Geifer aus dem Mund. Bildlich gesprochen, natürlich. Laura ist viel zu sehr Dame, um je zu transpirieren.

Eine grüne Tür in der weißen Wand trug wieder das Firmenschild. Wir klopften und traten durch die Stahltür ein. Das Loft wirkte hell und geräumig. Ein Büro war durch eingezogene Wände abgetrennt, den Rest der Fläche nahmen zwei Maschinen ein, die aussahen wie besonders saubere und große Mischmaschinen, die halb in massive Sockel eingelassen waren. An allen Ecken und Enden dieser Vorrichtungen befand sich silbern glänzendes Edelstahlgestänge. Eine der beiden Maschinen war in Betrieb, die Stangen bewegten sich, und ein leises Surren war zu hören. Der dunkle Holzboden vibrierte leicht, sodass ein angenehmes Kribbeln an den Fußsohlen fühlbar wurde. Daneben standen zwei Walzen, die entfernt an Druckmaschinen erinnerten. Die Walzen waren allerdings lange nicht so modern wie die Mischmaschinen, sondern stammten, ihren Verzierungen nach zu schließen, aus dem 19. Jahrhundert. Mich erinnerten sie an Singer-Nähmaschinen der Jahrhundertwende.

Im hinteren Teil des Lofts befanden sich gestapelte Säcke, Glasvitrinen verschiedenster Größen und Kühlschränke. Alles war spiegelnd sauber poliert und glänzte in der Herbstsonne, die durch die großen Fenster hereinschien. Unnötig zu sagen, dass es auch im Inneren einer Schokoladentafel nicht mehr nach Kakao riechen konnte als in diesem Loft.

Da nirgendwo jemand zu sehen war, gab mir Laura einen Stupser und nickte mir zu. Also rief ich laut »Hallo« in den Raum hinein. Keine Antwort.

»Was sollen wir machen?«

»Schauen wir uns um.« Lauras Augen leuchteten.

»Dürfen wir?«

»Dürfen? Im Krieg und bei der Schokolade ist alles erlaubt!« Immer der Nase nach schritt sie in den Raum hinein, direkt auf die beiden großen Maschinen zu. »Wie das duftet!« Bei derjenigen, die lief, blieb sie stehen und legte die Hand auf den runden Verschlussdeckel. »Das ist ganz warm!«

»Wahrscheinlich schmelzen sie da drinnen die Zutaten.«

»Schlaumeier, das hätte jetzt niemand gedacht.«

Ich schaute mich um, von hier aus hatte man einen anderen Blickwinkel ins Büro als von der Tür aus. Ich sah zwei Gestalten, die offensichtlich heftig miteinander diskutierten, und berührte Lauras Schulter. Sie drehte sich um und wir gingen zur Bürotür. Als sich auch nach wiederholtem Klopfen niemand um uns kümmern wollte, traten wir einfach ein. Die beiden Männer schrien sich aus Leibeskräften an, wobei ihre hochroten Gesichter keine fünf Zentimeter voneinander entfernt waren. Dabei ruderten sie mit den Armen, als ob sie jede Sekunde das Gleichgewicht verlieren könnten. Was sie brüllten, war kaum zu verstehen, es war einfach zu laut. Irgendwie schien sich der Streit um irgendeine Lieferung zu drehen, die einer der beiden falsch eingetragen hatte oder mit dem falschen Stift oder in der falschen Schrift, auf jeden Fall um eine Kleinigkeit.

Nach einer Weile brüllte ich mit: »Entschuldigen Sie, hallo, wir sind auch noch da.«

Verdutzt drehten sich die beiden Männer um und verstummten augenblicklich. Der eine war recht dünn und trug eine randlose, runde Brille, schütteres graues Haar bedeckte seinen Kopf und ein dünner Bart spross aus seinem langen Kinn.

»'tschuldigenS'. Interna.«

Der zweite Mann war wie der andere etwa einsachtzig, allerdings weitaus beleibter, und trug eine Glatze.

»Kamma die Herrschaftn behülflich sein?« Er wrang seine großen, fleischigen Hände ineinander und breitete sie schließlich in einer Willkommensgeste aus. »Goldzung & Ftacek zu Diensten.«

»Wir kommen eine Sendung holen, für Duvenbeck, Hans-Peter. Sollte alles vorbereitet sein«, gab Laura trocken zurück.

»Hmmm«, meinte der Dünne.

»So«, meinte der Dicke.

Beide trugen weiße, knielange Labormäntel mit aufgenähten Taschen, in die sie nun ihre Hände gesteckt hatten.

»Des war die Ko-Bra-Ru-Spez.«

»82 Prozent Kakao, nur Rohrzucker.«

»Mauritius?«

»Na, Cuba.«

»Genau.«

»Ist die Schokolade fertig?«, fragte Laura.

»Schokolade?«

»Welchane Schoklad? Schoklad hamma kane.«

»Die Sendung für Herrn Duvenbeck ist nicht fertig, meinen Sie?«

»Sicher ist die Sendung für Duvenbeck fertig und g'richt'.«

»Aber Sie sagten doch, dass Sie keine Schokolade haben?«

»Gnä' Frau, des is ka Schoklad, wie Sie si ausdrucken.«

»Genau, des is a Kakao-Mischung für a Turtn.« Der Dicke sprach das »K« so weich aus, dass es ohne Probleme als »G« durchgegangen wäre.

»Des is a Unterschied …« – der dünne Mann hob die Hand, wie um einen guten Vergleich aus der Luft zu fischen – »… wia zwischen ana Cuvertür' und ana Trinkschoklad'.«

»Sehr richtig. Für a guate Cuvertür' muss der Zucker

entsprechen, wal sie muaß knackig sein, bissig, verstehn S'?«

»Wohingegen a Trinkschoklad an anderen Anspruch stellt, es geht um a zartes Aroma, net zu dick, dass mas no trinken kann ohne zum Beißn, aber …« Mehr erfuhren wir nicht, da eine Glocke ertönte.

»Poldl, die Conch' is fertig.«

»Schaumma uns des an.«

Laura und ich hörten sofort für beide auf zu existieren, sie stürmten zur Tür und dann zu der einen Mischmaschine, die in Betrieb gestanden hatte. Das war also eine Conche. Laura und ich waren mitgekommen, und so standen wir alle vier vor dem Gerät.

Der Dicke drückte ein paar Knöpfe, langsam schoben sich die beiden Halbkugeln auseinander und gaben den Blick in ihr Inneres frei. Warme Luft drang zu uns, die noch schokoladenhaltiger war als die im Loft. In dem Apparat konnten wir eine glänzende, dunkelbraune Masse erkennen, die zähflüssig von den Wänden der Kugel rann.

Poldl, so hieß der Dicke, fischte aus seiner Brusttasche einen kleinen Porzellanbecher, beugte sich vor und tauchte ihn vorsichtig in die Masse ein. Danach hielt er ihn seinem Kollegen vor die Nase, worauf dieser den Zeigefinger seiner linken Hand eintauchte und ablutschte. Poldl machte es genauso. Beide hatten die Augen geschlossen, hielten kurz den Atem an, schoben die Schokomasse auf ihren Zungen herum und atmeten dann langsam aus. Inzwischen mussten Laura und ich uns gegenseitig festhalten, um nicht kopfüber in die Schokomasse zu springen.

Schließlich öffneten die beiden langsam ihre Augen und kehrten in unsere Welt zurück. Der Dünne holte ein

Notizbuch aus seiner Manteltasche heraus, schlug es auf und zog einen Bleistift hervor.

»Versuch 35B/1,5. Criollo-Anteil dominant, doch im späten Abgang ein wenig zu viel Säure.«

»Sicher. Aber der erste Schmelz auf der Zunge ist schon sehr intensiv.«

»Mhm. Sollen wir den Costa von Hernandez auf 1,5 Prozent zrucknehman?«

»Ja. Möglich. Vielleicht auch auf ein 1,2?«

»Das könnte gehen. Du bereitest die Mischung, ich präparier' die Maschin'.«

Die beiden wollten wieder zu ihrem Tagwerk übergehen, als Laura sich einmischte.

»Die Tortenmischung für Duvenbeck? Können wir die mitnehmen?«

»Duvenbeck?«

»Tortenmischung?« Beiden huschte ein Licht der Erinnerung über die verdutzten Gesichter.

»Ah, ja, genau. Poldl, is die im Einserschrank?«

»Waaß net. Des hast doch du gmacht.«

»Wappler, kannst da nix merken?« Der dünne Mann brüllte unversehens los, sein Gesicht begann sich dunkelrot zu färben.

Das ließ Poldl nicht auf sich sitzen, er brüllte zurück. Beide traten einen Schritt aufeinander zu, sodass sich ihre Nasenspitzen fast berührten, und ruderten mit den Armen. Poldl hielt noch immer die Porzellanschale mit dem Probenmaterial in der rechten Hand.

»Trottel, depperta«, zischte Poldl, ließ seinen Kompagnon stehen und winkte uns, ihm zu folgen. »Schau ma in die Biacha nach. Wer'ma scho finden, die Gschicht.« Wir folgten und ließen den Dünnen hinter uns zurück.

Im Büro, in dem sich kein Computer befand, auch kein Kopiergerät, bloß ein altes Telefon mit Wählscheibe sowie eine elektrische Schreibmaschine, begann Poldl die Bücher durchzusehen. Zwei alte Aktenschränke und zwei Schreibtische waren vollgeräumt mit Akten, Notizzetteln, Büchern und sonstigen Unterlagen. Das Papier, das teilweise wellig und vergilbt war, schien wie von einer feinen, braunen Staubschicht überzogen. Ich fuhr mit dem Finger über einen Kartondeckel und roch. Die Kakaostaubbelastung musste schon annähernd gesundheitsgefährdende Dimensionen annehmen. Laura hatte für all das überhaupt kein Interesse übrig, sie widmete sich einfach dem Porzellanbecher mit der Probe, den Poldl abgestellt hatte. Selig nuckelte Laura an ihrem Zeigefinger. Ihre Augen hatten einen ekstatisch entrückten Ausdruck angenommen, und sie schnurrte wie eine Katze. Schnell trat ich zu ihr hin: »Hey, lass mich auch mal.«

Laura lächelte, fuhr mit dem Finger durch die dunkle Masse und ließ mich kosten. Es war warm und zunächst bitter, ehe eine dunkle, nussige Süße meinen Gaumen erfüllte. Das war besser als Tee. Beinahe jedenfalls.

»Hammas scho gfunden«, riss uns Poldl grob aus dem kakaoinduzierten Endorphinelysium. »Im Zweierschrank.« Er klappte ein dickes Buch geräuschvoll zu, sodass die Kakaoablagerungen nur so staubten. »Gratisproben gibt's bei uns normal net. Vor allem net von Versuchsreihen.«

»Tut uns leid, das war einfach zu verführerisch«, entschuldigte Laura sich für unser schlechtes Benehmen. Ihr Lächeln ließ Poldl keine Chance. Er nahm ihr einfach die Probe aus der Hand und ging zu den chromglänzenden Kühlschränken, die uns beim Eintreten schon aufgefallen waren.

Beim zweiten von rechts angekommen, öffnete er die Tür und holte aus einer der unzähligen Ablagen im Inneren ein in hellbraunes Butterbrotpapier gewickeltes Päckchen hervor, an dem ein rosa Zettel befestigt war.

»Duvenbeck, Hans-Peter. Rechnungsanschrift, schon bezahlt«, las er vor. Er riss den Zettel ab.

»So, a Signatur, bittschön.« Er hielt uns den Zettel hin. Doch weder Laura noch ich hatten etwas zum Schreiben dabei.

»Ka Problem, hamma glei«, meinte Poldl und drehte sich um. »Ferdl, bring dein Blei!«

»Bin i dei Tschusch, oder was?«

»Scheiß di net an, bring den Blei, die Herrschaftn ham nix zum Schreibn dabei.«

»Leck mi am Oarsch«, donnerte Ferdl daraufhin durch den Raum. Timbre, Lautstärke und Koloratur hätten der Staatsoper alle Ehre gemacht, leider war das Libretto schlecht, aber das ist ja bei den meisten Opern so.

Das »Oarsch« hallte noch zwischen den Wänden des Lofts wider, als Poldl wutentbrannt auf Ferdl zuschritt, der ihm den Rücken zugewandt mit Messvorrichtungen und Zutatenbehältern aus weißem Steingut an einem großen Stahltisch hantierte.

»Der Herr Maestro is si z'schad für's alltägliche Hackeln, er lebt nur in der Welt seiner großen Kompositionen.«

»Bledsinn, Poldl. Aber mia miassn die Sendung für Dubai bis Montag fertig ham, sonst simma angschmiert.«

»Aber die Zeit für an Blei hamma sicher no!«

»Wenn da Scheich von Dubai Schokolade bestellt für den Geburtstag seiner Tochter, dann net. Dann hamma ka Zeit für an Blei.«

»Des is net der Scheich, sondern der Emir, und net der

von Dubai, sondern der von Dschardscha, du intellektuelles Armutschgerl!«

»A Armutschgerl, a intellektuelles? I? Wer hat denn damals die Adress' vergessen, dass ma die Mischung für die Windsors nach York und net nach London gschickt ham? War des peinlich.«

»Du stehst ma bis dahin, du Weh.« Poldl markierte mit seiner Rechten einen Punkt irgendwo einen Meter über seinem Kopf. »Irgendwann, da wer i di …« Er unterbrach sich und schnupperte. »Hast da an Nigeranier drin, in der Mischung?«

»Genau, war a so a Idee. Vül hamma ja nimma, von dem Bauern, aber des Bisserl tät no reichn für die ganze Lieferung.«

»Schad, dass die Farm abbrennt is.«

»Afrika.«

»Genau, des is imma a Risiko. Wie vül hast drin, drei Prozent?«

»Eh, du hast a Nasn wia a Trüffelschwein, Poldl, unglaublich.«

»Mei Nasn und deine Ideen …« Weiter kam er nicht, denn Laura und ich machten uns wieder bemerkbar. Die Zeit drängte langsam, so unterhaltsam die beiden Männer auch immer sein mochten.

»Könnten wir jetzt das Paket mitnehmen, wir haben es eilig«, bat ich die beiden.

»Aber sicha. Ferdl, an Blei.«

»Gern, hier und hier bitte unterschreiben, Nachname in Blockbuchstaben dazu bitte.«

Laura unterschrieb und bekam dann das Päckchen überreicht. Auf der Oberseite der Verpackung befand sich ein schwarz-goldener Aufkleber mit dem Namen der Firma und dem Zusatz: ehem. k.u.k. Hoflieferanten, Chocolatiers seit 1637. Daneben befand sich ein zweiter Aufkleber, auf dem in kleiner, verschnörkelter Handschrift stand: Tortenmischung, zartherb, Criollo (Pocelano und Lacandón). Darunter zwei Unterschriften.

»Die Firma wünscht einen genussreichen Verzehr«, meinte Ferdl salbungsvoll. Laura und ich verabschiedeten uns und stiegen die Treppen hinunter. Unten im Auto sahen wir uns beide mit Verschwörermiene an.

»Arno, sprich es nicht aus. Wir werden die Mischung zu Duvenbeck bringen und …«

»Nur einmal probieren.«

»Niemand kann davon nur einmal probieren. Außerdem würde es auffallen, wenn das Papier geöffnet wäre.«

»Ach was, mit meinem Wasserkocher bedampfen wir die Klebestellen, öffnen das Paket, niemand wird Verdacht schöpfen …«

»Geht das wirklich?«

»Sicher.«

»Nur gelesen oder schon selbst gemacht?«

»Tausendmal.«

»Warum in aller Welt hast du schon tausendmal …«, Laura verstummte. »Lassen wir das, besser, ich weiß es nicht.«

»Sollen wir oder sollen wir nicht?«

Laura hielt das Paket sinnend in den Armen, wie eine Mutter ihr Kind. Wenn uns Raffael zu diesem Zeitpunkt gemalt hätte, wäre eine Anna selbdritt dabei herausgekommen. Sicher nicht reinkatholisch, wahrscheinlich sogar ketzerisch, aber voll innerer Spiritualität.

»Nein«, beschloss sie. »Wir werden das Paket unter keinen Umständen öffnen. Was meinst du, was Duvenbeck mit uns macht, wenn er herausfinden sollte, dass wir seine Schokolade aufgegessen haben?«

»Sei nicht so, ist doch nur Schoko.«

»Das ist nicht nur Schokolade, dafür kann man Morde begehen.«

III

Wenig später waren wir schon auf der Autobahn Richtung Weinviertel. Die Landschaft zog an uns vorüber, beziehungsweise das, was die Lärmschutzwände zu sehen übrig ließen. Leider blieb nicht nur die Stadt, sondern auch das gute Wetter hinter uns zurück. Der Himmel zog sich zu, alles wurde grau, und Nebel hing zwischen den sanften Hügeln.

Wir fuhren von der A5, der Nordautobahn, ab, und nach Mistelbach kamen wir durch eine Unmenge kleiner Dörfer. Überall eine Kirche, zwei Gasthäuser, ein Greißlergeschäft sowie ein Raiffeisenlagerhaus. Diese phallischen Symbole bäuerlicher Macht waren teilweise fast so hoch wie die Kirchtürme. Viele der älteren Häuser waren baufällig, aber es wurden auch neue gebaut. Barocke Linien und moderne Scheußlichkeiten Tür an Tür. Auf den Straßen der Dörfer waren keine Menschen zu sehen. Nur ab und zu eine schwarze Katze, die vor uns über die Straße in ein Gebüsch flitzte.

Der Himmel war grau. Leichte Nebelschwaden zogen über die braunen, abgeernteten Felder zwischen den Waldstreifen. Nur hier und da waren noch ein paar Sonnenblumen stehen geblieben, schwarz und verdorrt. Am Wegesrand standen Marterln und Kreuze. Die Marterln wiesen auf die Religiosität der Weinviertler hin und die Kreuze auf ihren Nationalsport, betrunken Autofahren.

Außer uns schien niemand unterwegs zu sein, wir waren nahezu allein. Nur einmal überholten wir einen Pfarrer auf seinem Fahrrad. Es hätte mich nicht gewundert, wenn wir auf einmal vor der Einfahrt zu Draculas Schloss gelandet wären.

Eine Stunde später, und nachdem wir uns einmal verfahren hatten, näherten wir uns dem Ziel unserer Fahrt, einem Ort mit dem mystischen Namen Oberschoderlee. Der liegt in einem Dreieck, das von Stronsdorf, Gnadendorf und Unterstinkenbrunn gebildet wird. Dort scheint es so, als ob sich das Ende der Welt nur einen Steinwurf entfernt befinden würde.

Das Wochenendhaus von Duvenbeck war dann schnell gefunden, Oberschoderlee ist schließlich keine Metropole. Das Häuschen lag etwas außerhalb, auf einem mit Bäumen bestandenen Hügel. Es war winzig, sicher nicht mehr als zehn Badezimmer. Ursprünglich schien es einmal ein altes Bauernhaus gewesen zu sein, auf dessen Ruine man unter Verwendung der alten Bausubstanz ein ultramodernes Haus aufgepropft hatte. Auf mich wirkte der neue Teil so, als ob es sich um eine parasitäre Wucherung handelte. Aber es war sicher teuer gewesen.

Wir fuhren eine Schotterstraße den Hügel hinauf, unter Apfelbäumen hindurch, in den Hof. Insgesamt bestand das Anwesen aus drei Gebäuden: einem Haupthaus, einem Nebenhaus und einer Scheune, die jetzt sicher als Garage Verwendung fand. Zwischen den drei Gebäuden lag ein Trogbrunnen, um den herum drei Autos parkten. Eines war ein grüner Jaguar, eines ein silberfarbener Benz und dann noch ein weißer Audi, sicher ein A8. Lauras Peugeot wirkte dagegen wie ein Spielzeug.

»Bist du sicher, dass du bleiben willst? Wir könnten einfach umdrehen und nach Prag fahren. In Brünn machen wir halt und essen Gulasch mit Böhmischen Knödeln. Ich kenn' ein paar Leute in Prag, das wäre ein super Wochenende«, regte ich schüchtern an, ohne wirklich Hoffnung zu hegen.

»Reiß' dich zusammen und steig' aus.« Nicht unfreundlich, aber bestimmt.

Wir waren noch gar nicht richtig ausgestiegen, als schon ein etwas mehr als mittelgroßer Mann auf uns zukam. Er trug eine flaschengrüne Bundfaltenhose und einen wunderschönen grauen Schafwollpullover. Todsicher stammte die Wolle von irgendeiner exotischen Rasse. Ich tippte auf turkmenische Wollhaarschafe aus der Kyzylkum-Wüste.

Das weiße Haar des Mannes stand ihm wirr um den Kopf, so als ob er die Nase ständig in eine steife Brise halten würde, die aus Ostnordost kam. Seine wasserblauen Augen waren zugekniffen, was sicher vom ständigen Blinzeln auf die Spione in den Wanten herrührte. Das ganze Gesicht war wettergegerbt und tief gefurcht. Dabei vermittelte er keineswegs den Eindruck von Alter und Gebrechlichkeit, sondern mehr den von Jugend und Tatendrang. Sein Alter zu schätzen war vollkommen unmöglich, zwischen 45 und 85 war alles drin. Er nickte Laura kurz zu, drückte ihr die Hand und dann war ich dran. Seine Hand war stark und rau, Vorschot und Pinne hatten für Hornhaut gesorgt.

»Linder, was? Sind Philologe! Hm. Willkommen. Mein Name ist Duvenbeck, Hans-Peter.«

Die Stimme war kräftig und klang irgendwie ausgefranst, so als ob er zu lange und zu heftig gegen den Wind gebrüllt hätte. Wäre ich Stevenson, würde ich sagen: am Gangspill zerschunden. Der Mann gehörte eindeutig an die Waterkant und sicher nicht ins Weinviertel. Aber das ist halt nun mal die Globalisierung.

»Haben hier kein Personal im Haus. Müssen die Koffer selber reintragen. Wird schon werden. Die Schokolade haben Sie dabei? Gut, in die Küche damit!«

Er klopfte mir auf die Schulter, und hätte er noch ›meen Jung‹ gesagt, ich hätte mich vergessen. Laura hatte sich schon bei Duvenbeck untergehakt und war auf dem Weg ins Haus. Ich blickte mich unschlüssig um. Wohin sollte ich das Gepäck bringen? Es war, als ob Duvenbeck meine ungestellte Frage gehört hätte, er wandte sich nämlich im Gehen um und meinte: »Die Diele lang, danach gerade durch die Türen, dann die Treppe hoch, zweite Türe links. Wenn Sie fertig sind, kommen Sie raus auf die Veranda. Einfach die Treppe wieder runter und dann links.«

Ich sah noch Lauras hübschen Hintern in der Tür verschwinden und wandte mich schließlich den Koffern zu.

Der Gang war lang. Links und rechts an den Wänden hingen Jagdtrophäen. Geweihe von Hirschen und Rehböcken zumeist, es waren aber auch ein paar Gamskrickel dabei. Insgesamt werden es schon so an die 60 Stück gewesen sein, jede der Trophäen mit Ort und Datum versehen. Der Steinfußboden war alt und glattgetreten, der Läufer darauf aus kräftigem Stoff und die Deckenbalken waren alt und nachgedunkelt. Dann kamen ein paar Türen aus hellem Holz, schließlich die Treppe und dann, endlich, das Zimmer. Ich stellte die Koffer einfach ab und warf mich aufs Bett. Alle drei Koffer zugleich, das war was für Herakles und nicht für Linder. Meine Arme waren taub. Als ich wieder zu Atem gekommen war, blickte ich mich um. Die Deckentäfelung war schön, der Fußboden aus dunklem Holz, vermutlich Eiche, das Zimmer aber insgesamt hell und freundlich. So wenig mir das Anwesen von außen gefallen hatte, drinnen war es sehr angenehm. Ich fühlte mich wohl. Das sollte aber nicht von Dauer sein, denn ich musste hinunter zu den anderen, schauen, was Laura so trieb. Die Schokolade nahm ich mit.

Das Haus war viel zu groß, ich verirrte mich und fand mich plötzlich in der Küche wieder. Irgendwo hatte ich wohl ein ›rechts‹ mit einem ›links‹ verwechselt. Nicht so schlimm, dann konnte ich die Mischung gleich loswerden, schließlich kann ich allem widerstehen, bloß nicht der Versuchung. Stammt zwar von Oscar Wilde, trifft aber auch auf mich zu.

Die Küche maß in etwa vier mal acht Meter. Auch hier helles Holz, alles sehr modern. Induktionsherd, versteht sich von selbst. Daneben gab es aber auch einen alten Holzofen, so wie ihn meine Urgroßmutter gehabt hatte, in dem ein Feuer brannte. Überhaupt war es in der Küche wohlig warm. Auf der granitenen Arbeitsfläche lagen wohlgeordnet Zutaten herum. Mehl, Salz, Gemüse auf einem Schneidebrett. Hinter dem Brett, mit einem großen Messer in der Hand, stand die Köchin. So nahm ich zumindest an.

»Guten Tag«, meinte ich, »mein Name ist Linder. Ich bin hier zu Gast und hab' mich wohl verirrt. Wie komme ich denn zur Veranda?«

Die Frau hinter dem Schneidebrett wiegte das Messer nachdenklich vor ihrem Gesicht hin und her.

»Drahn S' Ihna um, dann folgen S' Ihra Nasn bis dass anstelm. Nachher gehen S' links die Treppn owe.«

Die Stimme schnarrte, und übertriebene Freundlichkeit war ihr auch nicht vorzuwerfen. Die Besitzerin der Stimme war recht klein gewachsen, sicher kaum einssechzig groß und sehr zierlich. Kurze, penibel in Ordnung gehaltene weiße Locken, eine geblümte Schürze und, wie gesagt, das riesige Messer prägten ihr Aussehen. Das Gesicht war klar gezeichnet, kaum Falten, obwohl sie sicher schon auf die 60 zuging.

»Was hams'n da in der Hand?«

»Schokolade, für die Torte.«

»Ah, guat, hab scho denkt, dass die nimma kummt.«

Sie nahm das Paket in Empfang, legte es ab und starrte mich an. Nicht wirklich böse, aber doch auch nicht freundlich. In meinen Adern begannen sich Klumpen zu bilden.

»Jetzt schaun S', dass' aussekumman. Des Mittagessen wart net.«

Ich bedankte mich noch und ging. Diesmal schien ich die richtige Abzweigung erwischt zu haben, denn ich landete auf einer kleinen Treppe, die hinunterführte, und gelangte so ins Freie. Auf meinem Weg sah ich zahllose nette Zimmer in hellem Holz, mit netter Einrichtung und jeder Menge Jagdtrophäen. Sogar ein Auerhahn war dabei. Außerdem befand sich im größten Zimmer ein Flügel. Bösendorfer stand drauf, in goldenen Frakturlettern. Ich ließ ganz kurz meine Finger darüber gleiten, er war sogar gestimmt. Wenn Duvenbeck schon in seinem Landsitz einen Konzertflügel hatte, dann war wahrscheinlich das Musikzimmer seiner Stadtwohnung die Staatsoper. Ich war in Gedanken noch ganz beim Klavier, als ich am Fuß der Treppe ins Freie trat.

»Sie müssen Arno sein«, sprach mich unvermittelt eine Stimme an. »Die Begleitung von Laura.«

»Genau der. Mit wem habe ich das Vergnügen?«

»Anne.«

Die Frau war vielleicht fünf Jahre älter als ich und blond.

»Freut mich. Sie sind die Ehefrau eines anderen Gastes?«

»Sie sind ein Sexist. Trauen Sie einer Frau etwa nicht zu, aus eigenem Verdienst hier zu sein? Braucht es da immer einen Mann dafür?«

»Keineswegs, aber Laura hat mir gegenüber niemals eine andere Frau beim Geschäftsabschluss erwähnt.«

»Hören Sie ihr denn immer so genau zu?«

»Ich gebe mir alle Mühe.«

»Ein Mann, der zuhört. Sie sind ein ungewöhnliches Tier. Ich hatte schon gedacht, so etwas gibt es gar nicht. Laura ist ein Glückskind.«

Es schien Zeit, das Gespräch in andere Bahnen zu lenken.

»Warum sind Sie nicht bei den anderen?«

»Die Sucht, Arno, die Sucht. Unten auf der Veranda darf man nicht rauchen. Hier schon.«

Sie steckte sich eine Zigarette zwischen die Lippen und gab sich Feuer. Ich hielt die Nase in die Luft und schnupperte ein wenig.

»Da unten wird aber geraucht. Zigarren, nehme ich an.«

»Männer sind auch nur Buben, sie müssen immer ihre Klubs haben. Zuerst in ihren Baumhäusern, zu denen Mädchen keinen Zutritt haben, und jetzt darf man auf der Veranda nur Zigarren rauchen.« Sie lächelte, wahrscheinlich mich an.

»Na, ich werde mich mal den anderen vorstellen gehen. Hat mich gefreut.«

»Mich auch.«

Nach ein paar Schritten im Gras ging es eine gekieste Treppe drei Stufen hinunter. Hinter der Hausecke befand sich dann die Veranda. Zwei Seiten geschlossen, Glas und Holz sowie ein paar Topfpflanzen. Dort saßen auch die anderen. Es war hier windgeschützt; hätte die Sonne geschienen, wäre es angenehm gewesen, so aber schien es mir ein wenig kühl.

Wie in solchen Situationen üblich, wurden reihum Hände geschüttelt, jedem freundlich zugenickt und gelächelt. Als ich mich dann dazugesetzt hatte, waren Namen und Gesichter unentwirrbar durcheinandergeraten. So blieb ich still, hörte zu und versuchte, mir ein Bild von den Anwesenden zu machen.

IV

Alle saßen um den runden Holztisch, auf dem Gläser und eine Flasche Perlwein standen. Das Holz des Tisches war dunkel und wettergegerbt, kein Zweifel, so hatte er schon die Werkstatt des Tischlers verlassen. Kultivierte Gebrauchsspuren und ein paar Aschenbecher schmückten die Tischplatte. Duvenbeck und der Mann zu seiner Rechten rauchten dicke Havannas. Die Bauchbinden in schwarz-weißen Karos und gelbem Band verrieten mir, dass es sich um Cohibas handelte. Mir wurde selbstverständlich keine angeboten.

Miroslav Krobath war der Name des zweiten Zigarrenrauchers. Der Einzige, den ich mir direkt während der Vorstellung gemerkt hatte, denn ich kannte ihn aus den Zeitungen. Großunternehmer, Cost Cutter und in seiner Jugend Verursacher zahlreicher Diskothekenpleiten. Die Brille mit dem dünnen Stahlgestell saß ihm fest auf der Nase, der schmale Mund lächelte ein wenig, was ihm an den Augen nicht abzulesen war. Kalt, dunkel und knopfartig wirkten sie auf mich. Im Gegensatz zu Duvenbeck merkte man ihm das Alter an. Ein faltiger Seniorenhals quoll zum Hemdkragen heraus, und die Leberflecke auf dem glatten Schädel waren auch nicht zu übersehen. Nur hinter den Ohren fanden sich noch dünne weiße Haarbüschel. Da an seiner Seite keine Frau saß, nahm ich an, dass die Raucherin oben seine Begleitung war. Insgesamt wirkte er sehr zufrieden dafür, dass seine B-Tec-Holding gerade in die Pleite schlitterte. Aber wahrscheinlich hatte er noch jede Menge anderer Eisen im Feuer, die Wirtschaftsseiten tendiere ich nur zu überfliegen. Außerdem werden die Leute ab einer gewissen Vermögensklasse nur mehr reicher. Pleite oder Boom ändern daran nichts.

Auf der anderen Seite von Duvenbeck saß Laura. Neben ihr wiederum saß ein wohlgenährter Mann Mitte 40. Fleischige, runde Nase, volle Lippen und glattrasiert. Dunkler Anzug, blaue Krawatte, ordentlicher Scheitel im vollen Haar. Ernest Urner, ehemaliger Abgeordneter zum niederösterreichischen Landtag. Seine Stimme blökte auf eine unbestimmte Art und Weise, und schon nach ein paar Minuten war mir klar, dass von ihm keine Wunderdinge zu erwarten waren. Aber er war gutaussehend, so etwas schätzt der Wähler.

Neben ihm saß ich und neben mir dann wieder eine Frau, die Lebensgefährtin von Urner. Dunkelblond, rehäugig und enorm dünn. An ihrem rechten Handgelenk baumelten ein paar Armbänder, sie duftete wie eine Rose und hatte wahrscheinlich eine Misswahl gewonnen, die in einer schweißigen Diskothek unter der Aufsicht einiger bekannt geschmackssicherer Juroren durchgeführt worden war. An ihr Gesicht kann ich mich beim besten Willen nicht mehr erinnern, irgendeine Mischung aus Quelle-Katalog und Pornofilm, so wie sie Artur Worseg zu Dutzenden aus dem OP seiner Schönheitsklinik liefert. Neben ihr war ein Stuhl frei geblieben, er gehörte der Raucherin, die soeben um die Ecke bog und sich elegant setzte.

Es wurde ungezwungen geplaudert. Ich hätte gerne ein wenig bei Urner und Krobath zugehört, aber das war nicht möglich, denn Laura unterhielt sich angeregt mit Duvenbeck. Ich konnte zwar kein Wort verstehen, aber ihren Tonfall kannte ich nur zu gut, und das war mir gar nicht recht. Vermutlich bin ich altmodisch, aber wenn meine Freundin mit einem anderen Mann flirtet, lenkt mich das von allem anderen ab.

Also nippte ich einfach an meinem Glas und versuchte, einen ungezwungenen Eindruck zu machen. Es waren noch keine fünf Minuten vergangen, da warf mir Laura einen auffordernden Blick zu. Sie meinte wohl, dass es für mich an der Zeit wäre, auch mal was zu sagen. Also wandte ich mich der Frau mit den Pneu-Lippen neben mir zu. Sie hatte bis jetzt eher unbeteiligt daneben gesessen und nahm meinen Wink dankbar an. Ihre helle Stimme schnatterte drauflos.

»Ich bin Model, was machen Sie beruflich?«

»Ich arbeite an der Uni Wien.«

»So? Ich studiere auch.«

»Das ist ja interessant.«

Sie schien meinen Sarkasmus nicht zu bemerken. Laura hingegen hatte ihn sehr wohl bemerkt, sie warf mir einen bitterbösen Blick zu. Die Frau musste Luchsohren haben, ich konnte von ihrem Gespräch rein gar nichts verstehen.

»Ich habe zwar die Wahl zur Miss Austria gewonnen, aber ich dachte mir, dass eine zusätzliche Qualifikation nicht schaden kann, darum habe ich mich eingeschrieben.«

Gerne hätte ich das Zitat vom gesunden Geist im gesunden Körper verwendet, aber erstens wollte ich sie nicht überfordern und zweitens war ich mir nicht sicher, ob ihr Körper mit all dem Silikon überhaupt gesund war. Also blieb ich stumm und lächelte nur einladend.

»Ich habe mich für Philosophie entschieden. Ich finde, Weisheit kann man gar nicht genug haben. Meinen Sie nicht auch?«

»Mhm.«

»Ich bin schon sehr gespannt, wie das wird, mein Studium beginnt erst im Oktober.«

»Sicher eine gute Idee.«

»Ich finde, man kann gar nicht genug Qualifikationen erwerben. Außerdem tut man so viel für den Körper, da dachte ich mir, dass es sicher nicht schaden kann, auch einmal etwas für den Kopf zu tun.«

Wie recht sie hatte! Aber das konnte ich ihr so nicht sagen.

»Ihr Beruf muss doch enorm fordernd sein, haben Sie da überhaupt genug Zeit für ein Studium?«, war das Einzige, was mir einfiel.

»Ich habe zwischen den einzelnen Shootings viel frei, da weiß ich ohnehin nicht, was mit mir anfangen. Jeden Tag kann man nicht in den Club gehen, man muss sich schließlich rar machen.«

»Ah so?«

Von nun an bog das Gespräch rasant ab, mir wurde ein Vortrag über die verschiedenen Strategeme gehalten, die unabdingbar für jede Form gesellschaftlichen Erfolgs sind. Ich schwieg und lauschte, nur gelegentlich stellte ich eine kleine Frage, wenn meine Partnerin den Faden zu verlieren drohte. Mit dem rechten Ohr hörte ich ihr zu und mit dem linken versuchte ich etwas von Lauras Gespräch zu erhaschen. Laura hatte mir gegenüber nie so recht gesagt, worin der Deal eigentlich bestanden hatte, den einzufädeln sie mitgeholfen hatte. Ich konnte zwar nur einzelne Worte und kurze Satzfetzen verstehen, aber ein paar Lichtblicke gab es doch. Erstens sprachen alle vier über dasselbe Geschäft, und zweitens fielen immer wieder Worte wie Schwechat und Skylink. Leider Gottes plapperte meine

Gesprächspartnerin immer dann besonders lebhaft, wenn ich den Eindruck hatte, dass es auf der anderen Tischseite spannend wurde.

Das Model und ich waren gerade dabei angekommen, über das absolute No-go zu sprechen, das sich ergibt, wenn cremefarbige Schuhe zu dunkelblauen Röcken getragen werden – oder war es umgekehrt? –, als sich der Gastgeber erhob und räusperte.

»In einer Dreiviertelstunde werden wir zu Mittag essen. Damen machen da doch gern Toilette.« Pause. »Wichtige Telefonate führen, die Arbeit ruht nie«, lächelte er Krobath zu, »bis dann.«

Er verschwand die Hauswand entlang. Offensichtlich verstanden die anderen Gäste die Worte des Gastgebers dahingehend, dass die Tafel aufgehoben war und machten sich daher auf, ihre Zimmer zu suchen.

V

Kurz darauf waren auch Laura und ich in unserem Zimmer angekommen. Von unseren Fenstern aus blickte man nach Norden, über die beiden Nebengebäude und hohe Baumreihen hinweg in die Weinviertler Hügel hinein. Die Mittagssonne hatte es nicht ganz vermocht, die Nebelschwaden aufzulösen, und so ergab sich ein netter, wildromantischer Anblick. Während Laura hinter mir ihre Koffer ausräumte und deren Inhalt in den Kästen verstaute, genoss ich den Blick auf die Landschaft.

»Willst du gar nicht auspacken?«, fragte sie mich.

Wir hatten, seitdem wir aus dem Auto ausgestiegen waren, noch kein Wort miteinander gewechselt.

»Nein. Wir fahren ja morgen schon wieder.«

»In 50 Jahren bist du tot, wirst du dich deswegen nie wieder waschen?«

Manchmal klang Laura wie meine Urgroßmutter, und mit der war es immer klüger gewesen, keinen Streit anzufangen. Also begann ich auszupacken.

»So ist's besser. Deine Hemden sind sonst total verknittert.«

»Aber ob ich meine Socken ordentlich nach oben gezogen habe, willst du nicht kontrollieren?«, warf ich ihr über meinen Koffer gebeugt zu.

»Was soll ich mit deinen Socken?«

»Ach nur so, du hast mich an meine Uroma erinnert, das ist alles.«

Laura hielt in ihrer Beschäftigung inne und überlegte.

»Wie ist das nun gemeint?«, fragte sie misstrauisch.

Diesmal schnappte ich den leisen Unterton auf und antwortete dementsprechend.

»Ich habe sie verehrt. Sie hat mir stundenlang vorgelesen, meist ohne …« Ich hielt inne. Dass meine Urgroßmutter sich erst in der Pension das Lesen in einem Volkshochschulkurs angeeignet hatte, ließ ich besser aus. Wer weiß schon, was eine Frau für eine Beleidigung hält.

»Ich habe sie sehr verehrt«, schloss ich deshalb meinen Satz in vernünftiger Weise.

»Schmeichler.«

»War bloß die Wahrheit.«

»Du bist ein Schmeichler. Der Airbag-Missy hast du genauso Honig ums Maul geschmiert, dass sie überhaupt nicht mehr aufgehört hat zu reden.«

»Zuerst war es dir nicht recht, dass ich nur zugehört habe …«

»Ach was, du sollst bloß nicht die Freundin vom Urner anbraten«, unterbrach mich Laura. »Der ist zwar nicht der Hellste, aber das merkt sogar der.«

»Sehr gut.«

»Was ist ›sehr gut‹?«

»Dass wir über Urner einer Meinung sind. Ich dachte schon, mein Vorurteil gegenüber Politikern hätte wieder einmal durchgeschlagen.«

»Urner ist wirklich nicht der große Geistes-Zampano. Aber wir brauchen ihn noch für's Geschäft.«

»Was für ein Geschäft ist das überhaupt?«

»Lenk' nicht ab.«

»Tu' ich doch überhaupt nicht, ich dachte nur immer, es wäre da um irgendeine Geschäftsübernahme gegangen. Dass du im Skylink mit drinhängst, ist mir neu.«

»Wie kommst du auf Skylink?«

»Na, Krobath und Urner haben ständig darüber geredet, und soweit ich es mitbekommen habe, du auch mit Duvenbeck.«

»Du sollst nicht von deinem Flirt ablenken.«

»Ich habe nicht geflirtet.«

»Arno, ich kenne dich mittlerweile schon recht gut. Ich weiß, wann du flirtest.«

Mit den letzten Wortwechseln war die Stimmung des Gesprächs immer hitziger geworden. Obwohl Laura immer noch mit gesenkter Stimme sprach, war ihre Intonation bereits sehr scharf.

»Ich habe nicht geflirtet. Ich habe ja keine drei Worte gesagt«, rechtfertigte ich mich. Mittlerweile habe ich gelernt, dass Frauen so etwas als Schuldeingeständnis auslegen.

»Du kannst auch schweigend flirten.«

»... und wenn die Frau ertrinkt, dann war sie keine Hexe und ist rehabilitiert.«

»Was soll das nun wieder?«

»Du führst da einen Hexenprozess gegen mich.«

»So ein Schwachsinn, du bist ein Mann!«

»Und du eine Sexistin. Auch Männer wollen Hexen sein können.«

Wir hatten unsere Koffer auf dem Doppelbett ausgebreitet und starrten uns nun darüber in die Augen. Zuerst schwiegen wir beide noch ernst, doch nach ein paar Augenblicken begann ein kleines Lächeln in Lauras Augen aufzutauchen. Zuerst ganz hinten, doch es schlich sich immer weiter in den Vordergrund, bis ihre mitternachtsblaue Iris von kleinen Sternen übersät war. Dann erst verzogen sich ihre Mundwinkel und schließlich perlte ein silbernes Lachen über ihre Lippen. So lachen Engel. Denke ich zumindest.

Aber niemand kann ewig lachen, und so kehrten wir ein bisschen später wieder zur Unterhaltung zurück.

»Ich wüsste nur zu gerne, was das ist, das Männer zu schmalhüftigen Barbiepuppen mit Atombusen hinzieht.«

Hier gab es nur zwei Möglichkeiten: entweder ›Crash and Burn‹ oder ›Friede, Freude, Eierkuchen‹. Allzu gerne hätte ich geantwortet: »Dasselbe, was Frauen an Ferrari-Autoschlüsseln und dicken Gehaltszetteln anziehend finden.« Aber ich war vernünftig. Crash and Burn hob ich mir für das Wochenende mit Lauras Eltern auf, das würde sicher witzig werden. Also antwortete ich: »Wahrscheinlich unsere Triebstruktur, die wir einfach nicht in den Griff kriegen. Ich möchte aber auch noch hinzufügen, dass nicht alle so sind. Mich ziehen ausschließlich intelligente Frauen mit starken Persönlichkeiten und runden Hüften an.«

»Lass' deine Finger von meiner starken Persönlichkeit, ich muss mich umziehen und anmalen.«

»Sorry, ich dachte, das wäre deine Intelligenz gewesen.«

Laura wand sich aus meinen Armen, präsentierte ihre Rückseite und ich öffnete ihr den Reißverschluss. Anmutig stieg sie aus dem Kleid, es fiel zu Boden und sie ging ins Bad. Während sie die Tür schloss, hob ich ihr Kleid auf und hängte es in den Kasten. Ich hatte nie den Drang verspürt, in Mutters Stöckelschuhen durch die Wohnung zu tapsen, aber einmal so aus einem Kleid zu steigen, wäre schon eine coole Sache.

Ich zog den Stuhl vom Schreibtisch zum Fenster, setzte mich und schaute hinaus in die Landschaft. In der Tasche meines Jacketts befand sich mein Cäsar, den ich dort hineingesteckt hatte, um mir ein wenig Sicherheit holen zu können, wenn ich sie brauchen sollte. Das war damals beim Rigorosum gut gegangen, und seitdem betrachtete ich das Buch als Talisman. Der Cäsar steht tagein tagaus, bei Hitze und bei Kälte, bei Sparpaketen und Eurofighterkauf in der letzten Reihe der Regale. Nie leiht es wer aus, es wartet nur auf mich, wenn ich es brauche. Ich schlug es aufs Geratewohl auf und begann genussvoll zu lesen. Es war genau die Stelle, an der die in Alesia eingeschlossenen Gallier darüber diskutieren, welche Maßnahmen ergriffen werden sollten. Die aussichtslose Lage brachte unter anderem den Vorschlag eines der Fürsten, Frauen und Kinder zu schlachten, was einerseits die Vorräte entlasten würde und andererseits ein beträchtliches Quantum an Frischfleisch zur Verfügung stellen würde. Solcherart verpflegt sollte es ein Leichtes sein, die Belagerung bis zum Eintreffen der Verstärkung durchzuhalten.

Ich lächelte grimmig. Gar so schlimm stand es mit mir noch nicht.

»Du ziehst dich gar nicht um?«, erlöste mich Laura aus meinen Reflexionen.

»Wollte ich eigentlich nicht. Soll ich mir eine Krawatte umbinden?«

»Das wäre hübsch. Die dunkelgrün gemusterte passt gut zum grauen Jackett.«

Ich steckte den Cäsar weg und fischte die gewünschte Halsbinde aus dem Wust, der im Schrank hing. Vor dem Spiegel machte ich ein böses Gesicht und band sie mir schnell um. Anschließend drehte ich mich um.

»Gut so?«

»Was für einen Vorteil ihr Männer doch habt. Wir müssen uns umziehen, schminken und all den Blödsinn, und ihr macht drei Handgriffe, um denselben Effekt zu erzielen.«

»Dafür seht ihr viel besser aus. Na gut, du zumindest.« Laura trug einen dünnen, naturweißen Pullover, einen dunkelgrauen Rock und eine Halskette mit kleinen Steinen, die genau ihrer Augenfarbe entsprachen.

»Intelligenz und starke Persönlichkeit kommen hervorragend zur Geltung«, merkte ich an.

Sie lächelte, nahm meinen Arm und wir gingen hinunter.

VI

Unten im Esszimmer saßen schon alle um den Tisch. Er war schön gedeckt. Wie alles im Haus hielt die Dekoration eine geschmackvolle Balance zwischen einer verfeinerten städtischen Eleganz und der den Umständen angepassten ländlichen Einfachheit. Tisch und Stühle bestanden aus massivem Holz, das Tischtuch aus weißem, grobem Leinen war mit ein paar Feldblumen in zwei Vasen geschmückt. Die Gedecke und Teller hingegen repräsentierten einen moderneren Geschmack, klare Linien dominierten. Insgesamt eine geglückte Ehe zwischen Handwerk und Design.

Für Laura und mich waren noch zwei Stühle frei geblieben, leider nicht nebeneinander. Laura saß beim Gastgeber und Urner, ich kam zwischen der Miss und Krobath zu sitzen, Krobaths Frau daneben.

Duvenbeck und Anne Krobath waren eifrig in ein Gespräch vertieft, von dem sie sich durch unsere Ankunft nicht ablenken ließen. Die anderen hörten interessiert zu. Es schien sich um Österreich zu drehen.

»Finde dieses Barock-Katholische ja auch ganz nett. Aber diese Nörgelei, dieses ständige ›Raunzen‹« – Duvenbeck betonte das Wort, als ob er ein ausgefallenes Fremdwort verwendete – »ist schon schwer auszuhalten.«

Ich hatte die ganze Zeit schon darauf gewartet, und in diesem Satz war es mir zum ersten Mal geglückt, live und in Echtzeit das berühmte niederdeutsche ›st‹ zu hören. Für an hochdeutsche Dialekte gewohnte Ohren klang diese Lautbildung doch sehr nach geziertem Lispeln. Was gerade bei einem Leitwolf wie Duvenbeck, in dessen Adern vielleicht noch ein wenig Störtebeker floss, seltsam anmutete. Ich war noch mitten in einer Überlegung zur Gefangenheit des Einzelnen in den Gewohnheiten seiner Kultur, als Krobaths Frau Duvenbeck Kontra gab.

»Ich weiß nicht mehr, ob es Musil oder Friedell gewesen ist, der gesagt hat, dass Raunzen die ›höchste Form österreichischen Patriotismus‹ ist, die sich denken lässt.«

Sie sprach klar und distinguiert, wie man es sogar bei den großen Familien im 1. Bezirk nur mehr ganz selten hört. Das ›a‹ einen Hauch nach ›o‹ hin und mit einer Idee Walzertakt in der Betonung.

»Raunz' nicht, sauf«, meinte Urner und nahm einen großen Schluck aus seinem Weinglas.

Alle blickten ein wenig verwundert. Duvenbeck und die junge Miss, weil sie die alte Werbung nicht kannten, der Rest über Urners Ungehobeltheit.

»Pierre, er spielt auf eine alte Zgonc-Werbung an, die lautete: ›Raunz' nicht, kauf!‹«, klärte Krobath den Hausherrn auf. Duvenbeck wurde von Freunden offenbar Pierre genannt, das freute mich, denn Laura sagte Hans-Peter zu ihm.

»Siehste, den Humor krieg ich immer noch nicht ganz mit«, überspielte Duvenbeck den Fauxpas des Ex-Landtagsabgeordneten.

Mittlerweile kam die Suppe, getragen von einer jungen Frau, vielleicht der Enkelin der Haushälterin. Sie schöpfte die Suppe gekonnt in die Teller, worauf nach einem kurzen »Mahlzeit« die Silberlöffel auf dem Porzellan zu singen begannen. Die Suppe wurde gelobt, sehr zu recht, wie mir scheinen wollte. Eine kräftige Rindsbouillon, ohne modischen Schnickschnack wie Weißwein, Thymian oder Lorbeer. Dafür mit einer ordentlichen Dosis Safran gewürzt, wie bei meiner Oma. Als Einlage gab es Schöberln. Goldgelb und flaumig. Wenn Gott Rindssuppe isst, dann mit solchen Schöberln.

Doch die Unterbrechung des Gesprächs war nur von kurzer Dauer. Schon nach den ersten Löffeln griff Duvenbeck das Gespräch wieder auf.

»Wegen Patriotismus: Ihr seid schon eine verrückte Nation. Da schmeißt ihr den Kaiser raus, gründet eine Republik und druckt dann aber Sisi-Briefmarken. Man stelle sich vor, die französische Post täte das mit der Pompadour. Gäb 'ne Revolution! Im Moment!«

»Du musst bedenken, Pierre, da geht es durchaus auch um den Tourismus«, meinte Krobath.

»Eben, diese Verquertheit. Die Franzosen haben ihren Monarchen geköpft, ein wenig drastisch. Wir haben unseren einfach ins Exil geschickt, aber ihr? Habt ihm als Erstes alle Titel aberkannt. Wie gibt's denn so was?«

Duvenbeck schüttelte den Kopf.

»Das ist eben die schlimmste Form der Rache, die sich die Österreicher denken können«, erklärte Anne. »Stell' dir vor, Pierre, du nimmst einem kleinen Beamten seinen ›Obervizerevierinspektor‹ weg. Der Mann schreibt einen Leserbrief an die ›Krone‹, verbrennt seinen Schrebergarten und läuft mit seiner Schnitzelsemmel Amok.«

»Net alle Österreicher san Wiener«, meinte Urner. »Bei uns in Niederösterreich ist das ganz was anders. Alles geht viel kameradschaftlicher zu, man sagt sich du und ist nicht so steif.«

Krobaths Frau antwortete nicht, aber in ihren Augen stand ein Wort zu lesen, das bis auf Urner und die Miss alle wahrnahmen: ›G'scherter‹. Aber sie war viel zu fein, um es auszusprechen.

Die Pause im Gespräch fiel aber nicht weiter unangenehm auf, da die Teller abserviert wurden und der Hauptgang aufgetragen wurde. Es gab eine gefüllte Kalbsbrust, die genauso gut roch wie sie schmeckte. Nachdem sich der Wirbel gelegt hatte und die ersten Bissen gekostet waren, fand das Gespräch seine Fortsetzung.

»Außerdem, Herr Duvenbeck, denke ich, dass Österreich überhaupt keine Nation ist«, merkte Laura an.

Krobath und seine Frau blickten wachsam, es schien ihnen ein wenig das ›dritte Lager‹ in der Luft zu hängen.

Laura merkte das sofort, und mit ihrem silberhellen Lachen in der Stimme fuhr sie fort: »Mit dem Namen Lignamente kann ich so etwas sagen, ohne dass es nach Deutschnationalem riecht. Ich meine nur, dass Österreich nicht eine Nation ist, sondern neun. Nur die Wiener glauben, dass sie Österreicher sind. Es gibt Zeitungen, die führen sogar ihr Bundesland im olympischen Medaillenspiegel, vor allem im Wintersport, und wenn man sich der Schweiz anschließen könnte, dann wären wir überhaupt rasch nur mehr zu acht. Der einzige Grund für uns Kärntner, im Bund zu bleiben, ist unsere Angst vor den Slowenen.«

»Und die Tatsache, dass ihr pleite seid«, merkte Urner ungerührt an.

»Dann verkaufen wir halt noch eine Bank an die Bayern«, konterte Laura blitzschnell, und alles lachte.

»Das schätze ich so an Ihnen, diese Unverfrorenheit«, meinte Duvenbeck, allein zu Laura gewandt. Er nahm einen Schluck aus seinem Glas, da erst fiel mir auf, dass er Wasser trank und keinen Wein. Es stand zwar eine Karaffe mit Wasser auf dem Tisch, aber aus der hatte er sich sicher noch nicht eingeschenkt, denn außer mir hatte sich noch keiner davon bedient. Endlich entdeckte ich hinter der Blumenvase oben am Kopfende des Tisches eine Flasche Evian. Nur für den Hausherrn.

»Als Deutscher ist man schnell geneigt, den Österreichern Tüchtigkeit abzusprechen, weil bei euch alles mit einer Leichtigkeit abläuft, die bei uns nicht zu finden ist. Alles ist so ›schlampert‹ und doch auf eigenartige Weise effizient.«

Wieder sprach Duvenbeck den umgangssprachlichen Ausdruck so betont korrekt aus, dass es fast wehtat.

Urner klinkte sich wieder in die Unterhaltung ein. Ein dickes Fell hatte er, dass musste man ihm lassen.

»Sture Paragraphenreiterei hilft niemandem. Eine Hand schmiert die andere.« Aber das war ihm noch nicht genug. »Geht's der Wirtschaft gut, geht's uns allen gut«, zitierte er noch zum Drüberstreuen den alten Slogan der Wirtschaftskammer und hob sein Glas Richtung Duvenbeck und Krobath.

Nach so einem Eingeständnis der eigenen Bestechlichkeit waren Männer früher allein in den Wald gegangen und hatten der Sache diskret ein Ende bereitet. Heute saßen sie am Tisch und blickten voll Selbstzufriedenheit auf ihre Rolex. O tempera, o mores. Jeder Zeit ihre Sitten.

Die Teller waren abgeräumt, was mir die Möglichkeit gab, aufzustehen, ohne unhöflich zu wirken. Ich musste so schnell wie möglich weg vom Tisch und seinen Gesprächen, sonst hätte ich nicht mehr an mich halten können. Laura schien nicht so zufrieden mit mir, dass sie so etwas toleriert hätte.

Ans Esszimmer schloss sich der Raum an, in dem das Klavier stand. Außerdem gab es darin noch eine wunderschöne alte Couch und ein paar Holzstühle rund um einen

Tisch. In der linken Ecke befand sich ein Kachelofen, der entweder dem originalen Bau entstammte oder aber einem der umliegenden Bauernhöfe, denn seine Kacheln zeigten stolz die Jahreszahl 1734. Wenn man die Hütte ausräumen wollte, dann musste man mit einem Bagger und einem Sattelschlepper anrücken. Von dem Flügel und dem Ofen ließ sich sicher ein paar Jahre lang gut leben.

Drüben im Esszimmer waren einige aufgestanden, und ich hörte Duvenbecks Stimme sagen: »Kaffee gibt's im Musikzimmer.«

Bald darauf saßen alle um den kleinen Tisch, die Damen auf der Couch, die Herren auf den Stühlen. Ich hatte mich ein wenig abseits auf den Klaviersessel gesetzt und hielt meinen Kaffee in der Hand. Unter dem Motto ›Geht's der Wirtschaft gut, geht's uns allen gut‹ hatte Krobath einen Anschluss an die Themen des Tischgesprächs gefunden.

»Auch der kleine Mann muss seinen Beitrag leisten. Nach den Jahrzehnten, in denen der Wohlfahrtsstaat für alle sorgte, wird es nun notwendig sein, dessen Auswüchse zu beschneiden. Die lähmende Fürsorge muss zurückgedrängt werden, damit das nächste Jahrzehnt eines der Tätigen und Erfolgreichen werden kann.«

»Grundsätzlich gebe ich dir gerne recht, Miro. Aber du solltest nicht übersehen, dass die Körperschaftssteuer in Deutschland mittlerweile auf dem Niveau der späten Siebzigerjahre stagniert, dass die Lohnsteuerzahlenden die letzte Krise ganz allein bezahlt haben, während die Banken Rekordgewinne machen, und dass …«

»So schlimm war die Krise doch gar nicht.«

»Nur wegen der staatlichen Intervention. Aber das Problem ist gar nicht die Krise selbst, sondern deren Struktur. Banken wirtschaften mit dem Kapital von Kleinanlegern und Pensionisten in Hochrisikogeschäften. Die Fonds sind so strukturiert, dass die Kleinanleger die Ausfälle finanzieren und die Banken die Profite einstreichen …«

»Dann sollten sie halt die AGBs besser durchlesen. Es zwingt sie ja niemand, in die Fonds hineinzugehen!«

»Verstehst du deine eigenen AGBs? Nein, du hast deine Juristen und Ökonomen. Da kannst du nicht von einem Pensionisten mit Pflichtschulabschluss erwarten, dass er das versteht. Durch diesen Umstand bleiben die Banken immer in der Win-win-Situation. Das hat dann zu der Sorglosigkeit und dem Übermut geführt, der die Märkte immer mehr zur Hypertrophie lenkte, was die Krise auslöste. Den Scherbenhaufen mussten dann die bezahlen, mit deren Geld die Katastrophe angestellt worden war.«

»Sicher, Pierre, sicher. Aber das waren Auswüchse. Die Wirtschaft bereinigt das ganz von allein. Jede staatliche Einflussnahme vergrößert nur die Probleme. Survival of the fittest.«

»Ein schöner Spruch von einem, der den Löwenanteil seines Vermögens aus der Privatisierung staatlicher Betriebe erwirtschaftet hat.« Duvenbecks Stimme hatte einen schärferen Klang angenommen.

Krobath lächelte ihm arrogant ins Gesicht: »Das gerade von dir. Wie viel hat dir unser kleiner Deal mit dem Skylink eingebracht?«

Die beiden waren kurz davor, die Masken der Freundschaft abzuwerfen und zur grimmigen Tat zu schreiten, als Laura sich einmischte und ablenkte.

»Wer ohne Schuld ist, werfe den ersten Stein, und das bin ich!« Sie lächelte in die Runde. »Es ist die Pflicht des Gastgebers, seine Gäste erst gar nicht in die Verlegenheit kommen zu lassen, nach etwas fragen zu müssen.«

»Uneingeschränkt mein Fehler. Womit kann ich Ihnen denn dienen, Frau Lignamente?« Duvenbeck hatte sich leicht verneigt, ganz Gentleman.

»Mit weniger Streit und mit einem Cognac. Anne, du auch?«

Krobaths Frau stimmte zu, alle anderen wollten auch einen, und so wurde die Bar geöffnet. Darüber war das vorherige Thema schnell vergessen, und es wurde über Weinbrand, Eichenfässer und die Schönheit französischer Landschaften gesprochen.

Den Ausführungen über Bukett, Aroma und Qualität hörte ich nur mit einem Ohr zu. Schnaps ist Schnaps. Wenn ich etwas an dem Zeug mag, dann manchmal die Wirkung. Mit dem Duft einer schönen Tasse Tee kann das alles nicht mithalten. Was ist schon ein Hennessy gegen einen echten Kabuse Cha Halbschatten, wenn der blassen Tasse der Duft eines grünen Bambushains entsteigt, in dessen sanften Hügeln sich Nebelschwaden vor der Sonne verstecken? So etwas gibt Ruhe und Frieden. Wenn man genau hinschmeckt, kann man sogar Tropfen am Bambus erkennen, die sich aus der Luftfeuchtigkeit sammeln und ganz langsam zu rinnen beginnen, bis sie am Ende des Blatts abspringen und zu Boden fallen. Ohne psychoaktive Inhaltsstoffe würden die Leute den Inhalt ihrer Weinkeller schneller in den Gully kippen, als Politiker das mit ihren Überzeugungen machen.

Über dem Cognac wurde dann über die Nachmittagsgestaltung gesprochen. Duvenbeck hatte zu tun, Krobath und Urner wollten Tontauben schießen, und die Damen hatten vor, die hauseigene Sauna zu besuchen.

»Gut«, meinte Duvenbeck, »in diesem Fall ist jeder beschäftigt. Wir treffen uns wieder zum Abendessen.« Damit verabschiedete er sich.

Nach und nach hatten alle das Zimmer verlassen, nur ich saß noch am Klavier und Laura kam zu mir. Sie setzte sich auf meinen Schoß.

»Was willst du machen, Arno?«

»Vielleicht ein wenig lesen, aber auch ein kleiner Spaziergang könnte mich reizen, Frau Lignamente«, äffte ich Duvenbeck nach.

»Wenn du auf Pierre anspielst, dann …«

»Pierre? Mir hat er gesagt, er heißt Hans-Peter.«

»Eigentlich schon. Aber Pierre ist eine Art Spitzname bei guten Freunden. … Jetzt hab' dich doch nicht so, wir arbeiten schließlich zusammen.«

»Scheint eher so, als ob ich dich nicht so haben würde …«

»Der Herr Doktor, immer für ein schlechtes Wortspiel gut.«

»Jetzt ist aber dir eins rausgerutscht.«

»Wieso?«

»Wegen ›schlechtes Wortspiel gut‹, das ist eine rhetorische Figur, die von …«

»Verschon' mich bloß mit deinem Professorengehabe. Philologenquatsch zieht heute nicht«, meinte Laura gut gelaunt.

»Sorry, die Ferien dauern schon zu lang. Ich hab' Entzugserscheinungen.«

»Ich bin auch froh, wenn die Uni wieder anfängt, dann erzählst du das alles endlich wieder den armen Leuten, die nicht flüchten können.«

»Dafür, dass meine Lehrveranstaltungen so schrecklich sind, kommen die Leute aber immer in Scharen.«

»Ich weiß, und die Studentinnen himmeln dich alle an.«

Ich lächelte sie an.

»Den Nachmittag willst du alleine verbringen?«, fuhr Laura fort.

»Wir könnten gemeinsam lesen. Eine Decke auf der Couch, eine gute Kanne Tee und ein schönes Buch. Duvenbeck hat auf jeden Fall was Brauchbares rumstehen. Außerdem sind wir ganz sicher ungestört.«

»Du weißt, wie das ausgehen wird.«

Sie schaute mich gespielt nachdenklich an.

»Sicher.«

Breites Grinsen meinerseits.

»Und was machen wir, wenn jemand reinkommt?« Unglaublicherweise schien sie fast ernsthaft zu sein.

»Hoffen, dass es eine Frau ist, und sie einladen, mitzumachen?«

›Was für ein Wort, Unglücklicher, ist dir entfahren?‹, hörte ich mich noch selbst denken, aber da war es schon zu spät. Wieder einmal lief es so lange bestens, bis mein großes Maul alles ruinieren musste.

»Sicher, davon träum' ich jede Nacht«, ließ sich Laura sarkastisch hören. Ihre Stimmung war verflogen.

»Super, warum hast du das nicht schon früher gesagt? Wir …«

»Aufwachen! Pornotagtraumphase ist vorbei.«

»Gut.« Ernsthafte Pause. »Wir könnten gemeinsam spazieren gehen.«

»Arno, ich bin 32 und nicht 64! Fällt dir nichts anderes ein?«

»Dann geh' ich halt alleine. Dein Schaden, wenn du nicht mitkommst.«

»Gut, für mich steht dann die Sauna auf dem Programm.«

Laura machte sich aus meinen Armen los und stand auf. Kurz brachte sie ihr Kleid wieder in Ordnung, strich sich ihre widerspenstige Locke aus dem Gesicht, warf mir einen roten Kussmund zu und verließ das Zimmer.

Duvenbeck besaß sicher eine Bibliothek. Bücher sagen mehr über Leute aus, als man in einem Gespräch herausfinden kann. Außerdem ist die Unterhaltung mit den Büchern eines Menschen meist interessanter als mit ihm selbst. Am Morgen war ich an einem Raum vorbeigekommen, der wie ein Arbeitszimmer und eine Bibliothek ausgesehen hatte. Ich fand ihn auch glücklich wieder, allerdings mit verschlossener Tür, und als ich das Ohr neugierig an die Türflügel legte, hörte ich eine Stimme. Sie war so gedämpft, dass ich nicht sagen kann, ob es sich um ein Gespräch oder ein Telefonat handelte. Also war es nichts mit dem Lesen, und ich machte mich leise von dannen, die Küche wiederzufinden. Denn wer spazieren gehen will, der braucht Tee.

Ein schöner Spaziergang würde mich vom Haus wegführen und damit die Chancen minimieren, dass ich irgendetwas tun oder sagen würde, was mich in Schwierigkeiten verwickeln könnte. Was für ein eitler Wahn solche Überlegungen doch sind, ich steckte schon längst tief drin, ohne es allerdings auch nur zu ahnen.

VII

Kurz darauf stand ich in der Küche. Ich hatte artig geklopft und war nach einer kurzen Pause eingetreten. Die Haushälterin und das Mädchen waren zugegen. Sie saßen an dem kleinen Tisch, vor sich eine Kanne aus Gmundner Keramik samt Tassen. Außerdem sah ich neben Milch und Zuckerdose auch einen Teller mit Keksen. Die Arbeitsfläche war aufgeräumt, der Geschirrspüler lief. Man entspannte sich also nach getaner Arbeit, bevor es an der Zeit war, sich an die Zubereitung des Abendessens zu machen.

Herzlich war mein Empfang nicht, schließlich kündigte mein Eintreten Arbeit und eine Unterbrechung der netten Pause an.

»Was gibt's 'n?«, wurde ich barsch von der zierlichen älteren Frau gefragt.

»Hoffnung auf einen Liter heißes Wasser.«

»Wenn's Ihna dusch'n wuilln – mir ham an Boiler im Haus. In jedem Zimmer heißes Wasser.«

»Mir geht's eher um innere Anwendung. Ein bisschen Tee für einen Spaziergang.«

»Ah, Tee trinkt der Herr.«

Ungerührt führte sie die Tasse zum Mund und nahm einen Schluck. Sie machte keinerlei Anstalten, aufzustehen.

»Ich kann mir das Wasser ruhig selbst aufsetzen. Den Wasserkocher kann ich auch bedienen.« Ich deutete auf einen Winkel neben dem Brotkasten, wo ein schöner, matt metallener Wasserkocher stand.

»Pffff, sezten' Ihna, moch' I scho.« Sie drehte sich von mir zum Mädchen um. »Gina.«

Die Angesprochene stand auf und ging zum Wasserkocher. Dabei kam sie an mir vorüber, ein hübsches, zierliches Mädchen, das sich sehr gut bewegte.

»Da is a Platzerl frei. Wenn's Ihna traun.«

Wie durch Zauberhand stand in Sekundenschnelle eine wohlgefüllte Teetasse am leeren Platz. Mit zwei Stück Zucker und einem Schuss Sahne.

»Was is? San sich der Herr zu fein, zum an unserm Tisch zuwe huckn?«

»Keineswegs, ich will bloß nicht stören.«

»Dann hättn S' Ihna den Tee abschminken suilln.« Sie lächelte ein wenig.

Ich tat es ihr nach. »Außerdem muss ich noch meinen Tee und meine Thermoskanne holen.«

»Hamma selba. Gina.«

Das Mädchen öffnete eine Schranktür. »Was für an Tee hättn's gern?«

»Was gibt's denn?«

»Hinhucken, Ihre Schale wird kalt.«

Ich tat wie geheißen und nahm einen Schluck. Die helle, wolkige Sahne im dunklen Kupferrot erfreute mein Herz. Nach dem ersten Schluck schien mir die Sonne, auch wenn es draußen immer noch neblig und dunkel blieb.

»Also?«

»Was Grünes?«

»Nur im Beutel.«

»Dann sowas.« Ich leerte den Rest in der Tasse und stellte sie auf den Tisch.

»Mit Mülch und Zucker?«

»Geht das denn?«

»Sicher.«

Sie schenkte sich selbst nach, mir aber nicht. Offenbar

war eine Tasse die Grenze ihrer Gastfreundschaft. Auch die Kekse standen weit außer Reichweite. Dabei waren es Vollkorn-Leibniz, mit dunklem Schokoüberzug. Um an solche Kekse zu kommen, hatte ich schon aberwitzige Stunts durchgezogen, die üble Verwüstungen und Berge an Leichen hinterlassen hatten. Aber so was steht dann immer in der Zeitung, und das wäre Laura sicher gar nicht recht gewesen. Außerdem war die Köchin sicher ein zäher Gegner. Also spielte ich das alte Spiel auf eine neue Art.

»Ich heiße Arno und will einen Keks«, stellte ich mit meinem sympathischsten Lächeln fest.

»Mit de Keks isses wie mit'm Tee«, lautete ihre bestimmte Antwort. Aber die Lachfältchen um die Augen zuckten. Noch ein klein wenig, und ich hätte ihren Panzer geknackt. Das ist der Augenblick, in dem ich für gewöhnlich alles auf eine Karte setze und mit nichts weiter als einer Bankrotterklärung nach Hause gehe.

»Wie kann jemand, der eine so gute Suppe kocht, so ein hartes Herz haben?«

»Sie mögen die Suppe ohne Tschitschi?«

»Nur mit ein bisschen Safran.«

»Ein Feinschmecker.«

»Nein, nur der Enkel einer Oma, die auch gute Suppe machte. Immer samstags.«

»Ich bin Irmi, und an Keks können S' ham.« Sie schob mir den Teller herüber und schenkte nach. Wieder mit zwei Stücken Zucker und einem Tropfen Sahne.

Es wäre schön gewesen, noch ein wenig Zeit in der Küche zu verbringen, aber nachdem mein Tee fertig war, bedankte ich mich und brach auf. Ich wollte den Bogen nicht überspannen.

Draußen war es kühl. Wir hatten sehr spät zu Mittag gegessen und auch sonst hatte sich alles hingezogen, sodass es schon auf fünf zuging, als ich meine Schritte über eine feuchte Wiese in Richtung auf ein kleines Wäldchen nach Norden lenkte.

Das Krachen der Schüsse der Tontaubenschützen hallte über dem Haus. Am Waldrand entdeckte ich einen kleinen Pfad, auf den ich einbog, und sobald ich unter den Bäumen ging, waren die Schüsse nur mehr eine schlechte Erinnerung. Ich folgte dem Pfad an abgeernteten Maisfeldern vorbei, auf denen nur mehr die Stängel in Reih und Glied stehen geblieben waren, passierte kleine Grüngürtel, Kürbisfelder und Felder voll schwarzer, verdorrter Sonnenblumen. Über allem hing der bitter-würzige Duft des Herbstes nach fermentierenden Eicheln und modernden Blättern. Durch den Nebel wirkte alles grau, düster und trostlos. Es war ein herrlicher Spaziergang.

Ich kann nicht sagen, ab wann und warum, aber auf einmal befand ich mich in meiner Phantasie auf dem Schlachtfeld von Waterloo. Die rechteckigen Felder nahmen die Stelle der englischen Karrees ein, die auf die Attacken der französischen Kürassiere warteten. Die Nebelschwaden ersetzten mir den Pulverdampf, und ein Marterl unter zwei alten Obstbäumen, an dem alte Karrenreifen lehnten, eine abgesessene Batterie Feldgeschütze. Je länger ich ging, desto tiefer drang ich in das Reich der Vorstellung ein. Bis ich an einem Wäldchen ankam, hinter dem klar und deutlich Graf Cambronne die berühmten Worte rief: »La vieille garde meurt, mais ne se rend pas«.

»Merde!«, hörte ich da jemanden fluchen.

Das riss mich zurück in die Gegenwart. Ein paar Meter vor mir stand Duvenbeck und blickte auf seine Schuhe.

Mittlerweile war es schon recht dunkel geworden, und so hatte ich ihn erst gesehen, als er praktisch direkt vor mir stand. Ich blickte ihn fragend an. Er wies mit beiden Armen zu seinen Füßen, so, als ob sie nicht recht zu ihm gehören wollten.

»Sehen Sie sich das an. So eine Schweinerei. Beim Telefonieren nicht auf den Weg geachtet.«

Er klappte sein Handy zu. Mir fiel auf, dass es nicht dasjenige war, mit dem er zu Mittag telefoniert hatte.

»Schuhe kann man putzen.«

»Ja, genau.« Er lachte grimmig. »Kommen Sie, Linder, Sie gefallen mir. Gehen wir gemeinsam zurück.«

»Fluchen Sie immer auf Französisch?«

»Bei uns nennt man das gute Kinderstube.«

Wir lachten beide und machten uns gemeinsam auf den Weg zurück nach Hause.

Mein Spaziergang hatte mich weiter herumgeführt, als mir im Gehen zu Bewusstsein gekommen war. Wir brauchten eine ganze Weile, um wieder in die Nähe des Hauses zurück zu gelangen. Duvenbeck war ein angenehmer Gesprächspartner, wir plauderten über Gott und die Welt. Schon allein, weil ich einen guten Eindruck machen wollte, aber doch auch von Herzen kommend, lobte ich sein Haus. Dabei kam ich auch auf das Klavier zu sprechen.

»Sie besitzen einen wunderschönen Flügel.«

Bewusst vermied ich das umgangssprachliche Hilfszeitwort, denn Ehre, wem Ehre gebührt: Einen Flügel hat man nicht, den besitzt man.

»Lassen Sie uns einmal etwas hören, eine kleine Kostprobe?«

Duvenbeck lachte in sich hinein.

»Höchstens vom Band. Ich kann nicht spielen und überhaupt bin ich völlig unmusikalisch.«

»Schade. Ich hatte schon gehofft. So ein schönes Instrument.«

»Ja, leider mehr Zierde als sonst etwas.«

Ich hatte den Einstieg gut gewählt, denn Duvenbeck sprach frei von der Leber weg, über das Haus, wie er es erworben hatte und gegen welche Widerstände er sich im Ort durchsetzen musste, um sein Vorhaben umzusetzen. Nach guten 20 Minuten, in denen zumeist Duvenbeck zu hören gewesen war, fühlte ich mich sicher genug, um eine persönliche Frage ins Gespräch einfließen zu lassen, die mich schon beschäftigte, seit ich den Norddeutschen zum ersten Mal gesehen hatte.

»Was hat Sie eigentlich nach Österreich verschlagen? Nicht, dass ich neugierig sein will …«

»Geschäfte, Geschäfte und dreimal Geschäfte.«

»Kein bisschen die Liebe? Ich kann mir schwer vorstellen, dass sich bei Ihnen in Hamburg nicht auch ordentlich Geld verdienen lässt.«

»Fall des eisernen Vorhangs, Osterweiterung und ›emerging markets‹. Das wollte ich mir nicht entgehen lassen.«

»Ganz sicher keine schöne Frau?«

»Nein.«

»Dann vielleicht schöne Männer?«

»Werden Sie nicht impertinent, Linder. Mit solchen Schweinereien ist bei mir nichts los. Da halt ich gar nichts von.«

Ein Warnton ließ sich bemerken, aber ich hatte den Bogen noch nicht überspannt.

»Die Geschäfte waren erfolgreich?«

»Doch, doch. Kann nicht klagen.«

Wir hatten unterdes das Grundstück erreicht und näherten uns dem Haus. Eine Gestalt kam auf uns zu.

»Pierre! Da kommst du ja! Ich hab' dich überall gesucht.«

»Du wirst doch einen Nachmittag ohne mich aushalten, Miro?«

»Ein Nachmittag mit Urner kommt einem länger vor als eine Ewigkeit in der Hölle.«

»Du musst es wissen.«

Die beiden marschierten schnurstracks auf den Vordereingang zu. Ich ließ mich zurückfallen und ging hintenrum. Wie Howlin' Wolf so treffend sagt: ›I'm a backdoor man‹ – obwohl ich nicht ausschließen kann, dass der große Mann bei dieser Aussage etwas ganz anderes im Sinn gehabt hatte. Als ich an der Veranda vorbei die Stufen hinaufschritt, stieg mir der Geruch von Tabak in die Nase.

»Servus, Anne. Ist das ganze Haus Nichtraucherbereich?«, begrüßte ich Krobaths Frau. Sie trug einen weißgrauen Jogginganzug, der ungeheuer bequem wirkte und trotzdem Eleganz ausstrahlte, wie ein italienisches Abendkleid.

»So ist es.«

»Dieser Gesundheitsfaschismus. Schrecklich.«

Ich schüttelte bedauernd den Kopf. Ist immer ein gutes Thema, um mit Rauchern in ein Gespräch zu kommen. Fast so gut, wie bei Musikern auf den Dirigenten zu schimpfen.

»Nicht der Rede wert, solange ich noch rauchen darf, ohne erschossen zu werden.« Sie zuckte elegant mit den Achseln. »Außerdem ist es hier draußen sehr hübsch.

Mit der dunklen Nebellandschaft und den warmen, hellen Fenstern.«

»Hm.«

»Sie waren spazieren, hat Laura gesagt?«

»Irgendwo da hinten«, deutete ich über das Haus zu den Hügeln. »Bis ich dann Duvenbeck in die Hände gelaufen bin. Wie war die Sauna?«

»Sehr schön. Danach hat man immer so eine babyweiche Haut. Wollen Sie mal fühlen?«

Fast wäre ich herausgeplatzt: ›Aber nicht mit dem Finger‹, als sich meine Großhirnrinde dann doch noch einschaltete und meiner Vernunft genügend Rechenpower zur Verfügung stellte, um mich nicht komplett zum Affen zu machen.

»Ich fürchte, es gibt da noch eine andere Dame, die ihrerseits ebenfalls eine vom Saunen babyweiche Haut vorweisen kann und die berechtigten Anspruch auf eine Art Exklusivrecht erhebt.«

»Immer diese Monopolisten!«

»Es ist schauderhaft.«

Die Schmierenkomödie zu Ende spielend, beugte ich mich vor und hauchte Anne einen Kuss auf den Handrücken. Danach brachen wir beide in schallendes Gelächter aus. Eine Minute später wischte sich Anne die Lachtränen aus den Augenwinkeln und zündete sich eine weitere Zigarette an. Zigarettenschachtel und Feuerzeug verschwanden in einer Tragetasche, die über ihrer rechten Schulter hing. Sie lehnte sich mit dem Rücken an die Hauswand, zog das rechte Bein an und stellte die Fußfläche an die Wand. Auf einmal war die große Dame verschwunden, und ich konnte das spitzbübische Mädchen erkennen, das sie mit 18 gewesen sein musste.

»Spaß beiseite, es war richtig angenehm. Das letzte Mal, als wir eingeladen waren, war die Sauna noch nicht fertig.«

»Groß genug für drei?«

»Sicherlich.«

»Sie haben sich gut unterhalten?«

»Wunderbar. Wir haben viel gelacht, obwohl nicht immer alle über dasselbe.«

»Sie spielen auf Jennifer an.«

»Ja?«

»Ich denke schon.«

»Sie ist ein richtig nettes Mädchen. Nobelpreis wird sie keinen gewinnen, aber das Herz hat sie auf dem rechten Fleck. Obwohl, Ihre Laura mag sie gar nicht.«

»Das ist mir aufgefallen.«

»Hätten Sie halt nicht so flirten sollen.«

»Ich bin mir keiner Schuld bewusst.«

»Sie hätten dabei sein sollen, die Kleine hat fast nur von Ihnen geredet. Wie klug Sie sind und so geheimnisvoll.«

Sie legte den Kopf schräg und klimperte parodistisch mit den Wimpern. Die übrigens dunkel und lang waren. Wären die Augen nicht so schön gewesen, hätte ich sie schon früher bemerkt.

»Ich musste sie nur ein wenig anstoßen, und sie plapperte drauflos.«

»Das sagte ich auch, worauf Laura immer zu kochen begann, aber versuchte, sich nichts anmerken zu lassen. Es war herrlich.«

»Sie sind manipulativ.«

»Jeder hat so seine Hobbys. Sie verdrehen kleinen Schönheitsköniginnen den Kopf, ich mache mich darüber lustig. Jedem das Seine.«

Ich war mir nicht ganz sicher, ob sie sich das Ganze nicht einfach nur ausgedacht hatte, um sich über mich zu mokieren. Wenn nicht, dann war Laura sicher nicht happy. Und dann würde ich auch nicht happy sein. Es wurde Zeit, das Thema zu wechseln. Sorgen machen konnte ich mir später immer noch.

»Sind Sie eigentlich beruflich tätig, Anne?«

»Soll das eine Beleidigung werden?«

»Warum?«

»Sie können doch heutzutage einer Frau nicht unterstellen, dass sie keine anderen Aufgaben haben könnte, als das Geld ihres Mannes zu verprassen.«

»Ich denke schon. Es gibt genug, die das tun.«

»Meine Freundinnen haben alle eigene Geschäfte.«

»Eben, das meine ich ja. Diese Geschäfte sind sicher alle hochsubventioniert. Von der Gattenseite her.«

»Auch wenn das stimmen sollte, sagt man das nicht. Nicht einmal andeutungsweise.«

»Wenn es doch stimmt?«

»Höflichkeit hat mit Wahrheit nichts zu tun. Hat Ihnen das nicht Ihre Mutter gesagt?«

»Wahrscheinlich schon, aber es könnte sein, dass ich damals nicht zugehört habe.«

»Wer hört auch schon seinen Eltern zu?«

»Genau.« Plötzlich fügte ich dem neckisch-spielerischen Tonfall des Gesprächs eine Prise Ernsthaftigkeit hinzu.

»Also, was machen Sie so? Es interessiert mich wirklich.«

»Dies und das.«

»Sie machen auf mich keinesfalls den Eindruck, als ob Sie nur ›dies und das‹ machen würden. Ebenso wenig kann ich Sie mir mit einer Boutique vorstellen, die Ihr Ehemann finanziert. Dafür sind Sie nicht der Typ.«

»Sie sind ja ein richtiger Menschenkenner. Vor Ihnen muss man auf der Hut sein.«

»Keine Sorge, ich vermassle schlussendlich immer alles. Aber zurück zu Ihnen. Was ist Ihre Profession?«

»Ich sitze im Vorstand einer Versicherungsgesellschaft.«

»Sicher nicht, weil die früher einmal Ihrem Vater gehört hat«, stellte ich fest.

»Alles selbst erarbeitet.«

»Vitamin B schadet aber auch nicht?«

»Nein,« – ein charmantes Auflachen – »das tut es nicht.«

VIII

Oben stand ich vor der verschlossenen Tür und klopfte.

»Da bist du ja endlich, in einer Dreiviertelstunde gibt's Abendessen.«

»Guuut. Wolfshunger!«

Laura trug einen Bademantel in Weiß und flaumig sowie einen Turban, den sie um ihr nasses Haar geschlungen hatte. Ihre Haut glühte rosig und weich, die Sauna hatte ihr gut getan.

»Ich hab' dir deine Sachen rausgelegt, du musst nur mehr reinschlüpfen.«

»Ich schlüpfe nicht in Kleidung!«, protestierte ich energisch. Der nächste Schritt ist, dass man zum Coiffeur geht, und schlussendlich trägt man Kajal und kein Schamhaar mehr. Wehret den Anfängen.

»Dann zieh' sie von mir aus an. Wichtig ist nur, dass du sie trägst.«

»Egal wie?«

Sie funkelte mich an. Aber nicht böse.

»Ich kenne dich mittlerweile gut genug, mein Süßer. Je mehr ich dränge, desto mehr wirst du über die Grenze treten wollen und schlussendlich gehst du mit nichts anderem als einer seidenen Schwanzsocke zum Abendessen.«

Sie schaute mich nachdenklich an. Maß mich von Kopf bis Fuß. Sie kaute ein wenig an ihrer Unterlippe herum, was ich auch gerne getan hätte, und meinte, sich umdrehend: »Was eigentlich ganz reizvoll wäre.«

Mit diesen Worten schloss sie sowohl das Gespräch als auch die Badezimmertür hinter sich.

Ich trat zum Schreibtisch, holte die Thermoskanne raus,

schraubte den Deckel ab und schenkte mir einen letzten, noch warmen Schluck ein. Der ganze Zucker hatte sich am Boden gesammelt. Der Tee war malzig und süß, die Bitterkeit durch die Sahne gemildert, und ich bedauerte sehr, soeben den letzten Schluck getrunken zu haben. Meine Schuhe landeten auf dem Boden, ich warf mich aufs Bett und las im Cäsar. Eigentlich hatte ich mir im Wald ein ruhiges Plätzchen suchen wollen, dazu war es aber dann doch zu feucht gewesen, und Waterloo war zwar nicht Cäsar, aber auch nicht schlecht.

Ich kam zu einer der Stellen, die mich immer am meisten an diesem Buch interessiert hatten. Die Gallier schicken die Frauen und Kinder aus dem eingeschlossenen Alesia, da die Lebensmittelvorräte nicht für alle reichen. Wahrscheinlich hoffen sie, dass die Römer die Tore der Belagerungswerke öffnen, um sie durchzulassen. Das Risiko, die Tore zu öffnen und somit einen gallischen Angriff zu provozieren, der den gesamten bisherigen Erfolg des Feldzugs in Frage stellen würde, ist Cäsar allerdings zu groß: »Doch Cäsar ließ die Wälle bewachen und versagte ihnen die Aufnahme.« Die Tore bleiben geschlossen und die Frauen und Kinder sterben alle.

Was wollte Cäsar uns damit sagen? Dass er, dem immer seine Milde und seine Güte vorgeworfen wurden, auch hart sein konnte? War es eine Warnung an seine Feinde oder eine Geste, die besagen sollte: »Seht her, im Interesse Roms schrecke ich auch nicht vor dem größten Opfer zurück?«, oder war er wirklich der große Mensch, der selbst den Opfern seiner Taten ein Mahnmal setzte?

Ich war, wie schon so oft zuvor, mitten in dieser Überlegung, als Laura aus dem Bad kam. Den Kopf zur Seite geneigt, steckte sie sich gerade einen Ohrring an.

»Ich hab's mir fast gedacht. Schwanzsocke wäre mir lieber als das da.«

»Was da?«

»Du bist nicht angezogen.«

»Doch.«

»Aber nicht mit dem Gewand, das ich dir herausgelegt habe, sondern mit dem, das du schon den ganzen Tag anhast.«

»Verschon' mich bitte mit Details.«

»Arno!«

Sie hatte die Arme vor der Brust verschränkt und tippte mit dem Fuß auf. Sie war hinreißend. Ich musste meinen ganzen Willen zusammennehmen, um stur zu bleiben.

»Arno, ich sag's nicht noch mal.« Zum Anbeißen süß.

»Würde auch nichts nützen.«

Laura setzte sich neben mich, klappte den Cäsar zu, der mir auf der Brust lag, und legte ihn neben das Bett. Dann sah sie mich ernst an. Der Spaß war vorbei. Ich stand auf, ging ins Bad, zog mich aus und begann mich zu waschen. Vor dem Waschbecken stehend, konnte ich Laura hinter mir auf einem Stuhl sitzen sehen. Spiegel sind schon eine feine Sache.

»Eigentlich unfair. Du darfst zusehen und ich nicht«, begann ich nach draußen.

»Ich bin ja auch die Frau und du nur der Mann.«

»Quod licet ...«

»... Iovi, non licet ...« – sie grinste mich an – »... obwohl ich deutlich sehen kann, dass du kein Ochse bist.«

»Na, das beruhigt mich aber. Außerdem heißt ›bos‹ nicht zwingend Ochse, es kann auch einfach Rind heißen. So wie im Französischen mit ›boeuf‹.«

»Nur mehr zwei Wochen ...« Sie seufzte gespielt laut.

»Dann?«

»Fängt die Uni an, Herr Obergscheit.«

»Jaja, zieh mich nur auf.«

Die Wasserarbeit war erledigt und ich trocknete mich ab.

»Hey, kein Duft?«

»Das heißt Rasierwasser, weil ohne rasieren ist nichts.«

»Dann rasier dich halt.«

»Abends?«

»Du duftest dann so gut. Außerdem mag ich es, wenn du glatt bist.«

Wenn man so gefragt wird, bleibt einem nichts übrig. Also Eilrasur und Aftershave. Anschließend zog ich mich an, band mir eine Krawatte um und fuhr ins Jackett. Die ganze Zeit über hatte ich Laura nicht aus den Augen gelassen. Nun trat sie auf mich zu und zupfte herum, bis alles so saß, wie sie sich das vorstellte.

»Perfekt«, beurteilte sie ihre Arbeit. »Du siehst annehmbar aus.«

Das galt meinem Aussehen. Mir zuzwinkernd nahm sie ihre Tasche vom Boden auf. Schöner Anblick. Ich ging zu ihr, bot ihr meinen Arm und so gingen wir gemeinsam hinunter.

»Sag' mal, hast du eigentlich einen Slip an?«, fragte ich sie, kurz bevor wir zu den anderen kamen.

»Lass' die Finger von der Miss und du darfst's herausfinden.«

Damit waren wir in den Salon eingetreten. Die anderen standen schon herum und hielten ihre Aperitifs in der Hand.

»Ah, jetzt sind alle da. Greifen Sie zu, alles was Sie wollen. Wenn's nicht rumsteht, fragen Sie einfach, dann ordere ich einen Helikopter.«

Ich war mir nicht ganz sicher, ob das nicht unter Umständen ernst gemeint war. Ohne Laura zu fragen, schenkte ich ihr aus der gekühlten Champagnerflasche ein. Das Eis klirrte, und die Serviette um den Hals fühlte sich seidig an. Es war eine Flasche Moët Chandon. Für Laura und mich ausreichend, aber meine Chefin, Frau Professor Glanicic-Werffel, hätte geschimpft: Sie trinkt ausschließlich Pol Roger.

Die goldene Flüssigkeit füllte die wohlgerundeten Gläser, die moussierenden Perlen strahlten im Licht der Lampen. Es gab ein helles Klack, als wir anstießen und uns verliebt in die Augen sahen. Leider waren die anderen auch noch da; wenn es mein Haus gewesen wäre, hätte ich alle rausgeworfen, aber so ging das natürlich nicht. Reich werden, Arno, reich werden. So schnell wie möglich und so viel eben geht.

Nach dem ersten Schluck hatte sich Laura bei Duvenbeck untergehakt. Offenbar dachte sie ähnlich wie ich.

»Passen Sie nur auf, Pierre, von Champagner kann ich nie genug kriegen.«

»Ich bin sicher, dass Ihnen das ganz ausgezeichnet steht.«

Nun sprach sie ihn schon in der Öffentlichkeit mit Vornamen an. Das letzte Mal, ich war mir sicher, hatte noch ein ›Herr Duvenbeck‹ gereicht. Offenbar hatte ich eine Entwicklung der letzten Stunden verschlafen oder ich war auf eine schlechte Tarnung hereingefallen. So oder so, das passte mir gar nicht.

Gesprochen wurde, während alle an ihren Getränken nippten, vom Urlaub. Obwohl gerade dieses Wörtchen streng vermieden wurde. Man sprach von seiner ›freien Zeit‹, oder im Fall von Krobath und Duvenbeck ›hatte man sich einmal kurz losgerissen‹. Urner und Jennifer waren in der Karibik gewesen. Palmen, Drinks mit Schirmchen und Sandstrände. Grundsätzlich auf Barbados, was Urner deutsch und Jennifer englisch aussprach, aber man war auch mit Schiff und Flugzeug unterwegs gewesen. Die Krobaths kannten die Karibik sehr gut, waren allerdings in den letzten Jahren mehr und mehr dazu übergegangen, ihre freie Zeit auf den Seychellen zu verbringen. Auch dort gab's Palmen, Drinks mit Schirmchen und Sandstrände, aber es war doch ein wenig exklusiver. Außerdem besaß man unten eine Villa. Was Kleines, 300 Quadratmeter vielleicht, mit ein bisschen Grünfläche rundum.

»Mit privatem Strandzugang?«, fragte Urner dreist.

»Mein lieber Ernest«, entgegnete Anne, und zwar so, dass klar war, dass er weder ›ihr‹ noch ein ›lieber‹ Ernest war, »was sollte der Sinn davon sein, ein Haus auf den Seychellen zu besitzen, wenn man keinen Zugang zum Meer hätte?«

In ihrem Satz schwang mit, dass sie das für ähnlich sinnlos hielt wie ein Appartement in New York ohne Blick auf den Central Park.

»Vermietet ihr das, oder steht das Haus den Rest des Jahres leer? Bekannte von mir haben nämlich auch ein Haus auf den Seychellen, und die vermieten es den Rest des Jahres«, fragte Jennifer naiv.

»Natürlich vermieten wir nicht«, stellte Anne ein wenig indigniert fest.

»Aber es muss doch jemand das Haus bewohnen, ansonsten verkommt doch alles im Tropenklima. Von Ungeziefer gar nicht zu reden!«, meinte Urner.

»Ein nettes Ehepaar wohnt das ganze Jahr unten. Die sehen nach dem Rechten, und wenn wir da sind, müssen wir nicht alles selber machen. Sie kocht ganz gut und er kennt sich mit Booten aus«, stellte Krobath fest.

In dem Moment verlor ich den Faden, denn Duvenbeck flüsterte Laura etwas ins Ohr. Sie hatten die ganze Unterhaltung über immer mal wieder miteinander getuschelt, aber nicht so unverschämt wie jetzt. Ein Eifersuchtsausbruch meinerseits hätte meine Lage sicher nicht verbessert, also versuchte ich, ruhig Blut zu bewahren. Wenn man aber weiß, wie gut Laura hinter den Ohren riecht, dann weiß man auch, dass ruhig Blut bewahren gar nicht so einfach ist.

Das Abendessen war fertig, und wir gingen ins Esszimmer. Laura mit Duvenbeck voran, die anderen hinterdrein, ich als Letzter. Ohne Begleitung, da kann man sich schon ein wenig zurückgesetzt vorkommen. Wir saßen wieder so wie zu Mittag. Laura neben Duvenbeck, ich unten zwischen Jenny und Anne.

Während des Abendessens wurde weiter vom Urlaub und allem, was so dazugehört, gesprochen. Sonnencremes, Angelausflüge, Sonnenuntergänge, die Fluggesellschaften mit der schlechtesten Business-Class, die schwankende Qualität der Fünfsternehotels, alles wurde durchgehechelt.

»Und Sie, Arno?«, fragte mich Krobath schließlich.

Da bis auf mich schon jeder etwas zum Gespräch beigetragen hatte, war das unvermeidlich gewesen.

Gut vorbereitet antwortete ich: »Mit dem Urlaub hab' ich es nicht so.« Ich verwendete ganz bewusst das bis jetzt so peinlich vermiedene Wort. »Mir scheint das Jahr über die Zeit kurz genug zu sein, da will ich nichts verplempern.«

»Fremde Länder interessieren Sie gar nicht?«, fragte Jenny verwundert.

»Doch, Forschungsreisen habe ich auch unternommen, vor allem, wenn das Reiseziel in mein Fachgebiet fällt. Aber das ist dann Arbeit und keine Erholung.«

»Wohin etwa?«

»Das letzte Mal ging's nach Kabul.«

Damit kam die Kommunikation am Tisch mit einem Mal zum erliegen. Die einen, genauer gesagt die eine, nämlich Jenny, verstummte, weil sie nicht wusste, wo das lag, die anderen verstummten, eben weil sie es wussten.

Als man geschluckt hatte, meinte Duvenbeck trocken: »Das ist kein Urlaub. Da haben Sie recht.«

»Aber Arno hat auch schöne Sachen gemacht. Erzähl' mal von der Andamanensee.«

»Sie waren dort? Das ist doch in Burma?«, fragte Anne.

»Genau«, merkte Krobath an.

»Ich dachte, dort kann man nicht hin, weil das militärisches Sperrgebiet ist?«, meinte Duvenbeck interessiert.

»Es ist recht exklusiv, wir haben dort zwei Wochen lang kein anderes Touristenschiff gesehen.«

»Mit einer Motorjacht?«

»Nein, mit einem Katamaran.«

Alle sahen weiße Segel, azurblaues Wasser und Paradiesinseln vor sich, womit sie gar nicht unrecht hatten. Duvenbeck begann gleich nachzubohren. Ich hatte recht gehabt, er war ein alter Segler, mit Alsterwasser gesäugt sozusagen. Als wir begannen, die anderen mit den Details zu langweilen, besann er sich auf seine Rolle als Gastgeber und lenkte wieder zu einem Thema von allgemeinem Interesse um.

»Wie sind Sie dann reingekommen?«

Ich zögerte ein wenig mit der Antwort, bis Laura mir die Arbeit abnahm. »Arno kennt einen Schweizer Großindustriellen, der kennt den General, dem dieses Gebiet gehört, und der Rest lässt sich denken«, erklärte Laura keck an meiner statt.

Ich musste noch ein wenig zu der landschaftlichen Schönheit sagen, dann wechselte man das Thema, mehr hin zu Autos. Das Kapitel Urlaub war geschlossen, offenbar konnte da keiner mithalten. Mir war der Themenwechsel recht, denn es musste ja niemand wissen, dass ich dort unten mit öffentlichen Forschungsgeldern gewesen war. Als biologischer Assistent. Allerdings hatte sich meine Arbeit auf Bierdosen öffnen und schwimmen beschränkt. Soweit ich mich erinnern kann, haben wir einmal einen Eimer Sand durch ein Sieb geschüttet.

Von nun an ließ man mich in Ruhe, ich konnte ungestört essen und zuhören, während die anderen von ihren Autos sprachen. Offensichtlich wollte mich niemand mehr fragen, denn alle hatten Angst, dass ich mit dem Lotus '74 von Jochen Rindt gefahren sein könnte.

Zum Abendessen hatte Herbstlich-Saisonales auf dem Speiseplan gestanden. Die obligate Kürbiscremesuppe, Wachteln mit getrüffeltem Erdäpfelpüree und ein Apfelstrudel. Wenn ich wirklich einmal zu Reichtum kommen sollte, dann war mir klar, wen ich als Haushälterin anschaffen würde. Die Kürbissuppe war kein Glutamat-Brei, die Wachteln herrlich saftig, aber vor allem der Apfelstrudel ließ keine Wünsche offen. Der Teig war handgezogen, genau die richtige Menge Semmelbrösel, um die Feuchtigkeit aufzusaugen, den Strudel aber nicht auszutrocknen. Die Äpfel waren säuerlich und klar im Geschmack, mit echten Rosinen und genau der Idee Zimt gewürzt, dass einem die Worte fehlen.

Das Essen zog vorüber, schließlich wurde zum letzten Mal abgeräumt, und ich stand auf. Wieder als Erster. Es wurde noch über Autos gesprochen, als ich im Salon vor dem Flügel stand. Ich klappte den Deckel zurück. In der geldschwangeren Atmosphäre war mir ein wenig nach Frevel zumute. Ich klimperte die ersten Takte des Refrains der alten Sowjethymne. »Fahne der Sowjetmacht, Fahne in Volkes Hand, du sollst uns führen, …« sang ich im Kopf mit. Gleich ging's mir besser.

»Hübsche Melodie. Sie können Klavierspielen?«, unterbrach Jenny meine Träumerei.

»Unfassbar gut, am Wochenende jobbe ich im Musikverein.«

»Wirklich? Das muss ich Nesti sagen. Er ist ein großer Pianist.«

Offensichtlich war meine Ironie nicht angekommen. Aber zu spät. Urner stand schon bei uns.

»Sie spielen?«, fragte ich.

Auch wenn er wahrscheinlich nur ein primitiver Tastenhauer war, zog ich das doch noch immer jedem Gespräch über Autos vor.

»Sie auch?«

»Nein, nein«, wehrte ich ab. »Ich habe es mangels Talent zugunsten des Zuhörens aufgegeben.«

»Ich dachte, Sie hätten vorher gesagt …«, wollte Jenny wissen, doch ich ließ sie nicht ausreden.

»Manchmal habe ich die Angewohnheit, Dinge zu sagen, die ich ganz anders meine. Tut mir leid.«

Ich lächelte sie freundlich an und wandte mich dann Urner zu. »Würden Sie mich etwas hören lassen?«

»Sehr gerne. Aber da sollten wir zuerst den Gastgeber fragen.«

Die anderen waren soeben im Salon angelangt. Urner stellte seine Frage, ob denn Musik erwünscht wäre. Allgemein wurde bejaht, wenn auch ohne große Begeisterung.

»Ich würde sehr gern etwas hören, aber nach dem Essen muss ich zuerst eine rauchen gehen«, meinte Anne entschuldigend, stand auf und ging.

»Natürlich. Das ist ja kein Konzert. Mir geht's nur darum, dass ich Sie mit der Musik nicht beim Gespräch störe«, antwortete Urner artig.

Nachdem man Platz genommen hatte und alle mit Kaffee versorgt waren, begann er zu spielen und ich zu staunen.

Vom ersten Anschlag an begann der Flügel unter seinen Fingern zu leben. Urner versenkte sich förmlich in den schwarzen Koloss aus Holz und Stahl. Es schien fast, als ob er ihn direkt mit den Leidenschaften seiner Seele anstatt mit Händen und Füßen spielen würde. Alles begann mit einem kleinen Fugenthema, das wohl von Bach stammte. Ob aber aus den Goldberg-Variationen oder aus dem Wohltemperierten Klavier, konnte ich nicht sagen. Durch die ersten vier Stimmen, bis hin zur Wiederholung des Themas, blieb das Spiel klar und strukturiert, atmete die Kontrolle und Eleganz des Barock. Doch mit der ersten Wiederholung setzte ein neues musikalisches Gefühl ein. Urner überführte das Thema in eine kleine, singbare Melodie, die auch einem zweiten Satz eines Klavierkonzertes von Mozart wohl zu Gesicht gestanden hätte. Nach zwei theatralischen Kadenzen schien die Musik in einem pianissimo auszuklingen, bis durch eine Tonwiederholung in kaum mehr wahrnehmbarer Sanftheit eine neuerliche Wiederaufnahme stattfand. Diesmal kann ich es mit Bestimmtheit sagen. Das war die Mondscheinsonate von Beethoven. Urner folgte ihr, solange es ihm Spaß machte, und bog dann immer mehr in die Romantik ein. Auch dieser Weg, der uns von Chopin zu Liszt führte, nahm mich gefangen. Wenn schon Romantik, dann von Urner. Schließlich schien sich der Kreis zu schließen, ein basso continuo schon in den Barock zurückzuführen, als die Rhythmik etwas pointierter, die Akkordfärbung etwas schräger und die Melodik ein wenig spöttisch wurde. Synkopen drängten sich in den Vordergrund, schließlich waren wir also auch noch im Jazz angekommen. Fein, dachte ich mir. Ein wenig Nat King Cole, ein wenig Thelonius Monk, und wir waren am Ende angelangt. Urner spielte sich zwar noch mit ein paar Akkordzerlegungen, aber nur mehr im Stil eines guten Barpianisten.

Ich hätte mich beinahe vergessen und laut applaudiert, doch im letzten Moment fiel mir auf, dass außer mir gar niemand auf die Musik geachtet hatte. Mir wurde bewusst, dass auch die Forte-Passagen niemals die Lautstärke einer gepflegten Hintergrundmusik überschritten hatten. Mit einer ungeheuren Meisterschaft, die aus einem wunderbaren Anschlag und einem präzisen Gefühl für Dynamik resultierten, hatte mir Urner den Eindruck vermittelt, in einer Konzerthalle zu sitzen, die von einem mächtigen Flügel erfüllt wurde, während in Wirklichkeit vermutlich schon im nächsten Raum nichts mehr zu hören gewesen war.

Die anderen saßen um den Kaffeetisch und plauderten. Es ging um Wohnungseinrichtung und Geschmack. Ein kurzer Blick auf die Uhr sagte mir, dass Urner über eine Stunde gespielt hatte.

»Ich bin beeindruckt, das war wunderbar«, stellte ich ernst fest.

»Weiß ich«, antwortete er unbeeindruckt, »aber trotzdem danke.«

»Wie kommt es, dass Sie in die Politik gegangen sind und das hier liegen gelassen haben?«

»Als Politiker kann ich noch immer spielen, aber als Pianist isses mit der Politik Essig.«

Da blieb mir nur mehr verdutztes Schweigen. Ich wollte mir den schönen Eindruck der Musik nicht durch Urners Charakter zerstören lassen. So war ich froh, als sich Anne an uns wandte.

»Arno, stören Sie doch nicht unser menschliches Radio.«

»Genau«, meinte Jenny beipflichtend, »wo er doch so schön spielt.«

»Bin eh schon fertig«, antwortete Urner ungefragt und klappte den Deckel zu. Ich fragte mich kurz, ob Urner vielleicht deshalb so ein Unsympath geworden war, weil dem zarten Kind mit seiner Liebe für die Musik damals durch die Ignoranz seiner Umgebung die Seele zermartert worden war. Dann sah ich aber auf den echten Urner, der sich mit seiner wohlgenährten Figur, dem dunklen Zweireiher und der Rolex an den Tisch drängte und ungefragt seine Meinung zur Frage Perser oder Tibeter im Schlafzimmer abgab: »Solangs kein Neger is, is es mir wurscht, was meine Frau im Schlafzimmer hat.«

»Stark pigmentierter Ortsfremder sagt man jetzt«, klärte Laura ihn mit bissigem Sarkasmus auf.

»Ah so?« Urner zog eine Augenbraue hoch. »Dann is ja gut.«

Urner hatte eine Haut, so dick wie die von Siegfried

nach dem Drachenblutbad. Scham schien er nicht zu kennen. Meine Augen bohrten sich in seinen Rücken: Ob da wohl auch ein Lindenblatt eine Rolle gespielt hatte?

»Nach der Musik ein kleines Gesellschaftsspiel?«, unterbrach Duvenbeck die sich anbahnende Konfrontation.

»Was sollen wir denn spielen, Pierre?«, fragte Krobath. »Monopoly mit echtem Geld?«

»In Anbetracht deiner momentanen Situation lassen wir das lieber«, meinte Duvenbeck in gönnerhafter Manier.

Obwohl sich Krobath sehr gut beherrschte, konnte ich für eine Sekunde ein Zucken um seine Mundwinkeln und eine Vertiefung der Lachfältchen um die Augen sehen. Die schwarzen Knopfaugen selbst blieben dagegen unbewegt, am Kartentisch ein untrügliches Anzeichen für größten Druck. Keine Frage, das hatte ihn schwer getroffen.

»Ach, ihr Männer mit eurem ständigen Wettkampf. Monopoly ist infantil«, stellte Anne vermittelnd fest. Und ihr Wunsch war den beiden wie immer Befehl.

»Wir könnten ja Teams bilden und Scrabble spielen«, meinte Laura.

»Aber wir sind doch zu siebt. Wer spielt denn dann alleine?«, fragte Jenny besorgt.

»Arno, der ist sehr gut mit Worten.«

»Wenn du willst, sicher.« Ich hatte noch nie Scrabble gespielt, aber ich wusste, dass Laura darin ungeheuer gut war.

Doch der Vorschlag sagte den anderen nicht zu, weshalb noch ein paar weitere gemacht wurden, von denen aber keiner eine Mehrheit fand. Duvenbeck hielt sich zurück. Er saß einfach da und beobachtete. Er wusste schon, was gespielt werden würde, nur die anderen wussten es noch nicht.

»Was spielen denn eigentlich Philologen so? Das ist doch sicher einfach und billig«, ließ sich Urner vernehmen.

»Gefüllte Kalbsbrust.«

»Was? Das hatten wir doch heute zu Mittag. Das ist kein Spiel, sondern ein Gericht«, klärte mich Urner auf.

»Nein, nein, das ist auch ein Spiel. Man nimmt ein Wort, Donaudampfschifffahrtskapitän etwa, und schreibt es einmal senkrecht von vorne und einmal senkrecht von hinten auf. Dann füllt man dazwischen Worte ein, deren Anfangs- und Endbuchstaben in diesem Falle D-n, O-ä, N-t und so weiter wären. Für jede Silbe gibt es dann einen Punkt, und wer die meisten Punkte hat, ist Sieger.«

»So was spielt ihr?«

»Ja, auf Griechisch.« Alles staunte.

»Zum Spaß?«

»Philologen machen niemals etwas zum Spaß.« Beinahe hätte ich noch hinzugefügt: ›Und in Wirklichkeit spielen wir ausschließlich Russisches Roulette.‹ Aber das dachte ich mir dann doch lieber nur.

»Nun, da offensichtlich keine Entscheidung fallen will, bestimme einfach ich«, stellte Duvenbeck schließlich fest.

Ungeteilte Aufmerksamkeit.

»Mensch ärgere dich nicht.«

IX

Das Spiel hervorzuholen und aufzubauen war das Werk weniger Augenblicke. Niemand außer Duvenbeck schien von der Aussicht, Mensch ärgere dich nicht zu spielen, ernsthaft begeistert zu sein. Jenny zog ein Schnütchen, Anne stellte adulte Gelassenheit zur Schau, und Urner verbarg seine Abneigung in keiner Weise. Als ob er jemals etwas verborgen hätte, das musste man ihm immerhin zugutehalten. Nur Duvenbeck zeigte also ein gewisses Funkeln in den Augen, das mich auf Unterhaltsames hoffen ließ.

Das Spiel selbst war wunderschön, eine Sonderanfertigung für acht Spieler. Dunkles Holz, mit handbemaltem Leinen bespannt und entweder bejahrt oder perfekt auf alt getrimmt. Es schien einer dieser Gegenstände besonderer Handwerkskunst zu sein, die durch Gebrauch nicht an Schönheit verlieren, sondern durch kleine Kratzer und Flecken wie geadelt wirken. Ein achtzackiger Stern, an dessen Spitzen die Heimatfelder angebracht waren, sollte die Wanderung unserer Spielsteine bestimmen. Das Feld der Ehre für die kommenden Stunden sozusagen. Die Figuren selbst waren aus Glas, durchscheinend, doch leicht opak. Geringfügige Unregelmäßigkeiten legten die Vermutung nahe, dass sie mundgeblasen waren.

Der Hausherr teilte die Farben zu. Die Zuteilung hatte zeremoniellen Charakter, jede Vergabe wurde mit einer kleinen Bemerkung kommentiert. Urner bekam, seiner politischen Zugehörigkeit wegen, Schwarz. Jenny erhielt Rot, die Farbe der Liebe, Anne Grün, die Hoffnung symbolisierend. Krobath erhielt Gelb. Von Urin sprach zwar niemand, aber zumindest ich dachte es mir. Sich selbst gab Duvenbeck Violett, die Farbe der byzantinischen Kaiser. Mir wurden die milchig-weißen Spielsteine zugewiesen, die leicht an Sperma gemahnten. Und Laura schließlich erhielt die blauen Figuren, der Farbe ihrer Augen entsprechend, wie der Gastgeber mit einem tiefen Blick in selbige bemerkte. Um ein Haar wäre er hineingefallen, da Lauras Augen so beschaffen sind, dass man sich leicht in ihnen verlieren kann.

Obwohl sich alle zusammennahmen, fielen mir doch kleine Anzeichen von Eifersüchteleien auf. Krobath fühlte sich in seinem Rang als ältester Freund übergangen, da er nicht als Erster an die Reihe gekommen war. Anne war unzufrieden, da ihr Jenny vorgezogen worden war, die wiederum das Blau der Augen, das sie mit Laura teilte, auch gerne als ihre Spielfarbe bekommen hätte. Urner strahlte vor Glück, als Erster ausgewählt geworden zu sein, und Laura ob der Auszeichnung vor ihren Geschlechtsgenossinnen, die darauf prompt eifersüchtig zu sein schienen.

Duvenbeck thronte förmlich auf seinem Sessel und genoss die Macht, die er ausübte. Er wirkte auf mich wie ein Wissenschaftler, der alles vorbereitet hatte, um seine Versuchsobjekte aufeinanderzuhetzen, und nun – seine Hände ineinander reibend – den Beginn des Spektakels erwartete.

Er platzierte zwei Würfel auf dem Tisch und legte fest: »Reihum, wer beginnen darf.«

Laura zu seiner Rechten begann, dann kamen Urner, Jenny und schließlich ich an die Reihe. Mir fiel auf, dass die Würfel, weiß, glatt und mit Patina überzogen, aus Knochen geschnitzt waren. Es hätte mich nicht überrascht, wenn das Material humanen Ursprungs gewesen wäre.

Schließlich würfelten Anne und Krobath, Duvenbeck zuletzt.

Bereits beim Würfeln ließ sich deutlich abschätzen, wie die einzelnen Spieler durch ihren Charakter und ihr Temperament beeinflusst wurden. Langjährige Erfahrung durch Jobs am Spieltisch in der Rolle des Croupiers hatte mich das zu erkennen gelehrt. Doch all die Erfahrung wäre nichts wert gewesen, wenn mir nicht wirkliche Spieler so manches erklärt hätten.

Krobath suchte den Wettkampf, die Auseinandersetzung, wollte sich als Erster erweisen. Sein 2-1 quittierte er übellaunig. Das sind in den illegalen Casinos diejenigen, die man immer gut im Auge behalten muss. Wenn man so einen am Tisch hat, gibt man Zeichen, und einer der gut gebauten Jungs mit den Vorstrafen wegen Körperverletzung bleibt in der Nähe. Jenny hingegen spielte, einem kindlichen Naturell entsprechend, einfach gerne. Als Einzige unter den Gästen versuchte sie nichts zu verbergen. Solchen Menschen war ich noch nicht oft begegnet, und schon gar nicht als Croupier. Ihr 3-4 ließ sie lächeln, was Krobath noch mehr erzürnte. Er klopfte mit dem kleinen Finger gegen seinen Tumbler.

Urner wollte nicht spielen, sah darin keinen sinnvollen Zweck und versteckte seinen Unwillen auch nicht. Eine gewisse Befriedigung über sein 4-6 fiel mir dann aber doch auf. Aha, also einer von denen, die erst gar nicht zu spielen beginnen wollen, die dann aber, wenn sie erst einmal angefangen haben, Haus und Hof durchbringen. Und zwar innerhalb von 20 Minuten, wenn man sie nur gut genug dazu anstachelt. Ich kannte jemanden, der mit solchen Leuten den Gegenwert von zwei Häuserblocks und einer mediterranen Villa verdient hatte und jetzt auf den Balearen wohnt. Erschwerend kam hinzu, dass Urner ebenso wie Krobath Whisky trank. Nach seinem Wurf leerte er zufrieden sein Glas und schenkte sich aus einer Karaffe nach. Anne blieb nonchalant und kühl. Wenn ich sie nicht schon den ganzen Tag über beobachtet hätte, wäre mir nie in den Sinn gekommen, dass es sich dabei nur um eine Fassade handeln könnte, so gut spielte sie. Sie wollte gewinnen, um jeden Preis, dessen war ich mir sicher. Das sind die Leute, die man auf keinen Fall am Tisch haben will, denn sie können einen ganz schnell um sehr viel Geld bringen.

Laura kam als Nächste an die Reihe. Bei ihr wusste ich natürlich schon alles, bevor sie auch nur die Würfel in die Hand nahm. Sie würde sich mit Haut und Haaren in das Spiel werfen, Höhen und Tiefen genießen wie eine Achterbahnfahrt, dabei Champagner nippen und alles nur als einen Spaß nehmen. Solche wie sie sind mir am liebsten. Duvenbeck hatte wieder ein Evian neben sich, eine Limonenschale im Glas, und die gelassene Konzentration des Vollblutspielers umgab ihn spürbar. Von seiner Art will man jeden Abend einen, aber auch nur einen, im Lokal haben. So einer zieht Nachahmer und Fanboys an, was gut fürs Geschäft ist, denn an denen verdient man mehr, als man durch den Spieler verliert. Aber einer reicht: Die Dosis macht bekanntlich das Gift. Was mich allerdings an Duvenbeck verwunderte und was ich damals noch nicht ganz einordnen konnte, war seine Angewohnheit, die Würfe und Züge der anderen zu kommentieren. Durchaus in der Absicht, sie aufzustacheln und das Blut in Wallung zu bringen. Gute Spieler lassen die Finger von solchen Mätzchen, egal ob es um Geld oder ›nur‹ um die Ehre geht. Niemand ist scharf darauf, die Leute, die er ausnimmt, auch noch anzuheizen. So etwas kann leicht ins Auge gehen. Und tatsächlich kannte ich nur einen, der so spielte, und der füllte in seiner Glanzzeit das Casino in Baden ganz alleine. Aber das ist wieder eine ganz andere Geschichte.

Nachdem sich alle die Gläser gefüllt hatten, ging es endlich los. Zuerst noch sehr verhalten und ruhig. Das erste Männchen, das geschlagen wurde, gehörte Urner. Mit einem Fünfer hatte er Laura überholt, die in der nächsten Runde punktgenau zurückschlug. Urner saß draußen, was noch kein Problem darstellte. Im nächsten Zug hatte er nämlich den nötigen Sechser und war wieder da. Allerdings nur kurz, denn auch Jenny konnte würfeln und Urner saß wieder draußen. Darüber lächelte er noch, und auch die anderen waren emotional noch nicht so ins Spiel eingetaucht, dass sie ihre Schadenfreude nicht verbergen hätten können. Als Urner allerdings weder in der nächsten noch in der übernächsten Runde einen Sechser zu würfeln vermochte, änderte sich die Lage blitzschnell. Mittlerweile waren alle schon einmal geschlagen worden oder hatten selbst geschlagen. Allen war das Gefühl des Bangens bekannt, wenn ein anderer die Sicherheit der eigenen Steine bedrohte. Und auf Urner wurde nun die ganze Spannung abgelassen. Jeder hatte etwas Witziges zu sagen. Witzig für alle bis auf einen: Urner.

Schließlich meldete sich Duvenbeck zu Wort: »So lasst doch den armen Urner. Er drückt als Politiker doch so gern das ›Bankerl‹.«

Er lächelte in die Runde. Doch für Urner waren der gleichzeitige Angriff auf sein Unglück und auf seine Profession, und das auch noch unter Verwendung eines spezifisch österreichischen Begriffs, den Duvenbeck wieder in seiner übertrieben korrekten Art gebrauchte, einfach zu viel. Er schenkte sich großzügig nach. Krobath, den seine Frau ebenfalls schon rausgeschossen hatte, hielt seinen Tumbler über den Tisch. Auch er bedurfte einer moralischen Stärkung, doch Urner verweigerte ihm das Elixier, indem er ihn einfach ignorierte. Das verletzte natürlich Krobath, der immer Erster sein musste, in seiner Eigenliebe. Auch er kam langsam auf Touren.

So wogte das Geschehen hin und her. Die Stimmung bewegte sich langsam auf den Siedepunkt zu, alle riefen Spott und Trost durcheinander. Über all dem thronte Duvenbeck mit einem sardonischen Lächeln, hier und da eingreifend, aufstachelnd, verhöhnend.

Etwa eine Stunde später hatten alle schon ein paar Steinchen in Sicherheit gebracht, das heißt: alle bis auf Urner. Schließlich war auch er fast soweit, noch einmal würfeln und er wäre drin. Allerdings durfte sein Wurf nicht höher als eine Vier sein. Doch das Unwahrscheinliche geschah: Er, der bis jetzt nur niedrige Zahlen gewürfelt hatte, erwischte nur noch Fünfer und Sechser. Er zitterte und biss sich förmlich die Nägel ab.

Beim ersten Fehlwurf witzelte Duvenbeck: »Sehen Sie sich vor, Ernest. Da hinten kommt der Linder. Der Mann hat den Tod in den Augen.«

Auch in der nächsten Runde ein Fünfer. Duvenbeck kommentierte: »Linder kriegt Sie, Mann. Das werden Sie nicht überleben.«

Und als in der folgenden Runde Urner den Würfel erhielt, meinte Duvenbeck: »Urner, ich warne Sie. Letzte Chance.«

Urner würfelte, erneut zu hoch, ein Sechser. Er raufte sich die Haare und fluchte.

Duvenbeck war nun voll in seinem Element: »So, das war's dann wohl. So viel Unfähigkeit gehört bestraft. Linder, machen Sie ihn alle!«

Als ich an der Reihe war, zählte Duvenbeck die Felder zwischen mir und Urner. Ganz langsam und deutlich. »Er braucht eine Vier, Urner.«

Urner sah mich mit Rehaugen an und hielt sich an sein Glas geklammert.

»Linder, lassen Sie sich nicht von seinen Bambiaugen aus der Konzentration bringen! Gnade ist Schwäche.«

Und so würfelte ich.

Urner stöhnte auf, alle anderen brachen in kathartisches Gelächter aus. Jeder genoss das Gefühl, nicht derjenige zu sein, den es erwischt hatte. Wenn Zebras reden könnten, würden sie nach einem Löwenangriff wohl dasselbe berichten wie Menschen nach Mensch ärgere dich nicht.

Vier Augen lagen auf dem Spielbrett. Ich nahm Urners Männchen, legte den Kopf an die Brettkante und drückte es ab. Meine Urgroßmutter hatte das immer mit mir gemacht. Jetzt war ich einmal an der Reihe.

»Nicht abdrücken«, murmelte Urner in seinen Tumbler, »der kommt sonst nicht wieder.«

Offenbar hatte er Ähnliches erlebt wie ich. Zu spät, ich rollte das Männchen zu Urner, der Mann war gebrochen. Von nun an spielte er stumm und teilnahmslos. Er wurde wieder und wieder und wieder geschlagen und jedes Mal von Duvenbeck verspottet.

Die anderen spielten so, wie ich sie eingeschätzt hatte. Laura genoss die Achterbahnfahrt in vollen Zügen, Duvenbeck schlug sie drei Mal. Allerdings kommentierte er bei ihr nicht, sondern verhielt sich ritterlich. Einmal wich er dem Schlagen sogar aus. Laura bemerkte das sehr wohl, zeigte sich erfreut und lächelte ihn an. Sie selbst hielt sich jedoch nicht zurück, sie schlug ihn, so oft sie Gelegenheit dazu hatte. Immer mit einem Lächeln auf den Lippen, das ihm das Gefühl geben musste, der Einzige zu sein, den zu schlagen sie überhaupt interessierte.

Krobath mit seiner Siegermentalität kam nie in Gefahr, die Beherrschung zu verlieren, da er immer gut im Rennen lag. Anne blieb ebenfalls relativ beherrscht, dies aber auch nur, weil es bei ihr ebenso wie bei Krobath recht gut lief. Ein Mal schlug ich sie, was mit einem Lächeln quittiert wurde. Alles wirkte echt dabei, bis auf das Tippen ihres rechten Zeigefingers auf der Tischplatte.

Jenny weinte einmal ein wenig, als ihr Favorit kurz vor dem Ziel scheiterte, aber sie lachte schon kurz darauf wieder, wenn sie selbst am Zug war. Vor allem dann, wenn sie ihren Partner hinauswürfelte. So abgestumpft Urner auch war, das traf ihn dann doch hart. Einmal meinte ich sogar, echten Hass aufblitzen zu sehen. Gegen Duvenbeck traute er sich nicht so recht, gegen Jenny aber schon. Als er wieder einmal nachschenkte, tätschelte ihm Jenny den Arm und flüsterte ihm etwas zu.

Das nahm Duvenbeck wahr und meinte, laut und für alle hörbar: »Trinken Sie nicht so viel, Mann. Ihrer Frau ist das gar nicht recht. Reißen Sie sich zusammen!«

Urner stierte ihn blöde an, die Augen glasig und ein wenig hervortretend. »Das, das …«, stammelte er.

»Ja, was denn?«, forderte ihn der Gastgeber auf.

»Wir sin'net verheirat'», lallte Urner stumpfsinnig.

»Wollen Sie Ihre Frau jetzt vor allen blamieren?«, kam die bissige Frage.

»Sie … sinnein …« Urner stand auf. Leicht schwankend, mit dem Glas in der Hand auf Duvenbeck zeigend.

»Ja?«

»… sinnein A'schloch.«

»Ich denke, es ist besser, Sie gehen jetzt zu Bett«, stellte Duvenbeck ungerührt fest.

Ein letzter Schluck, und Urner ging. Aber nicht, ohne noch einen Schwenk zum Klavier zu machen. Dort schlug er ein Begräbnismotiv in Moll an, während er vor sich hinstierte. Nach ein paar Sekunden bewegte er sich zur Tür und war verschwunden. Es war mucksmäuschenstill. Jenny saß da wie der sprichwörtliche begossene Pudel.

»Sollten wir nicht aufhören? Die Stimmung ist nicht mehr so gut«, meinte Anne schließlich.

»Glaubst du, meine Liebe? Weil du dann gewonnen hättest? So einfach nicht, Göttergattin.«

»Göttergatte, mir ist es bloß um Jenny gegangen.«

»Ach wo, du wolltest deinen Sieg heimbringen«, beharrte Krobath. »Durch Spielabbruch.«

»Ja, spielen wir weiter«, meinte auch Laura.

So spielten wir also weiter, aber der Spaß von vorher wollte einfach nicht wiederkommen. Jenny blieb immer ein wenig abwesend, und auch die Krobaths hatten beide nicht mehr dieselbe Verve wie davor. Der Zauber schien verflogen zu sein.

Eine Viertelstunde später meinte Krobath: »Anne, ich schenk' dir den Sieg. Mir reicht's, ich geh' schlafen.«

»Geschenkt will ich gar nichts …«, Krobath wollte ihr schon bissig ins Wort fallen, als sie noch »… im Spiel« hinzufügte und ihm so den Wind aus den Segeln nahm.

»Dann sagen wir doch einfach: Abbruch und keine Wertung«, versuchte Laura vermittelnd die Wogen zu glätten.

»Jaja. Gute Nacht«, verabschiedete sich der Industriemagnat.

Als er zur Tür hinaus war, meinte Laura: »Kopf hoch, Jenny, wir reden noch ein bisschen und trinken noch ein Glas. Schließlich müssen wir Annes Sieg feiern.«

Jenny nickte.

»Ich widerspreche nur ungern, liebe Laura, aber es war doch ein wertungsloser Abbruch, meine ich?«, fragte Duvenbeck.

»Ihr Männer meint …«

»… und wir Frauen wissen«, ergänzte Anne den Satz, den Laura begonnen hatte.

»Grämt euch nicht, wir finden euch trotzdem toll«, stellte Laura keck fest.

»Genau, Miro ist mir fast so ans Herz gewachsen wie mein Dackel«, fügte Anne hinzu. »Und toll finden wir euch vor allem, wenn ihr uns ausführt und die Rechnung übernehmt.«

»Dafür sind wir ja auch da. Ich werde mir noch einen Tee aufsetzen«, sprach ich und ging in die Küche, setzte Wasser auf und kümmerte mich um meinem Tee.

Irmi, die Haushälterin, war offenbar schon schlafen gegangen, sodass ich die zehn Minuten, bis das Wasser kochte und der Tee gezogen hatte, alleine war. Die Zeit vertrieb ich mir, indem ich draufzukommen versuchte, was für einen Schwarztee Irmi da in ihrem Schrank aufbewahrte. Mit Sahne und Zucker darin hatte ich ihn für einen Assam gehalten, aber dem war nicht so. Das Blatt war bräunlicher, das Aroma ein wenig nussiger und die Tasse schlussendlich nicht ganz so kupferrot. Ich hirnte ein wenig herum, kam aber nicht drauf und ließ es schließlich bleiben. Zuerst ist es halt doch immer wichtig, dass er gut schmeckt, und dann erst, woher er kommt.

Zurück im Salon, stand Laura mit Duvenbeck am anderen Ende. Er zeigte ihr seine Auerhahn-Jagdtrophäe, sie ihm offenbar ihr Dekolleté. Anne saß mit Jenny am Tisch, das Spiel war verschwunden, und beide nippten an ihren Gläsern. Sie beobachteten Laura und den Gastgeber ebenso aufmerksam wie ich es tat, allerdings ohne ihr Interesse verschleiern zu wollen. Ich setzte mich zu ihnen.

»Tee?«

»Genau.«

»Seltsam. Aber egal. Arno, Jenny und ich diskutieren jetzt schon seit mindestens fünf Minuten, ob Laura ein Höschen trägt oder nicht. Sie müssen unser Schiedsrichter sein.«

Ich trank die erste Schale Tee auf einen Schluck, ohne Milch und Zucker. »Was soll der Preis sein?«

»Das letzte Glas in der Flasche.« Sie nickte zum Moët auf dem Tisch.

»Ah, also kein goldener Apfel, sondern ein goldener Kelch.«

Anne lächelte, Jenny runzelte die Stirn.

»Das versteh' ich jetzt aber nicht.«

»Das letzte Mal, als ein Sterblicher den Schiedsrichter zwischen zwei Göttinnen spielen musste, da ging's um einen goldenen Apfel.« Und außerdem furchtbar in die Hosen.

»Ah so?«

»Ja, Jenny, Arno spielt auf die Geschichte von Troja an.«

»Ah, den Film habe ich gesehen. Ich fand den Hektor so toll, mit seiner Frau und seinem Kind und allem. Er war so tapfer. Brad Pitt mochte ich überhaupt nicht.« Kleine Pause. »War der schwul?«

»In etwa.«

»Drücken Sie sich nicht, Arno. Trägt sie jetzt ein Höschen oder nicht?«, lenkte Anne auf das Thema zurück.

Ich blickte hinüber zu Laura. Das sanfte elektrische Licht fiel richtig gut auf ihren prächtigen Po unter dem dünnen blauen Stoff. Im Schatten des Faltenwurfes war das Blau ein Schwarz, genau im gleichen Ton wie Lauras Locken. Sie war so schön, dass es fast wehtat. Nein, es tat weh. Vor allem mit Duvenbeck daneben.

»Also, was ist jetzt?«, drängte Jenny.

»Ich weiß nicht. Sie lässt mich nie zuschauen, wenn sie sich für den Abend zurechtmacht.«

Anne zog bewundernd die Augenbrauen hoch.

»Das muss ich mir merken.«

»Themenwechsel, sie kommen zurück«, flüsterte Jenny, ohne die Lippen zu bewegen. Sie war eine echte Verschwörerin. Das hätte ich auch gerne gekonnt.

Laura trat an den Tisch und schenkte sich das letzte Glas ein. »Geh'n wir schlafen, ich bin beschwipst«, stellte sie fest und leerte das Glas mit anmutiger Handbewegung und stillem Ernst.

X

»Über was habt ihr geredet?«, fragte mich Laura, als sie vor dem Spiegel im Schlafzimmer stand und sich den Schmuck abnahm.

»Wann?«

»Als mir Pierre seinen Auerhahn zeigte.«

»Ich wusste gar nicht, dass du dir was aus Jagdtrophäen machst.«

»Mach ich mir eigentlich auch nicht, aber der ist was ganz Besonderes.«

»So? Für mich ist er nur ein toter Vogel, der lebendig viel schöner wäre.«

»Normalerweise schon. Aber der hat …«

»… eine Stoßfeder mehr als andere.«

»Genau. Woher weißt du das?«

»Sieht doch jeder. Duvenbeck hat da wahrscheinlich einen Bomben-Präparator an der Hand.«

Laura zog die Augenbrauen hoch. »Also, über was habt ihr da am Tisch geredet?«

»Wir diskutierten die Frage, ob du ein Höschen trägst oder nicht.«

»Und, trag ich eins?« Laura ließ ihr Kleid von den Schultern fallen, hielt es aber mit einer Handbewegung an der Hüfte fest, sodass sich die Frage nicht von selbst beantworten konnte.

»Ich hab den beiden schon gesagt, dass ich es nicht weiß.«

»Interessiert es dich denn gar nicht?«

»Hm«, meinte ich betont gleichgültig.

Nachdem ich Sakko, Hemd, Krawatte und Hose in den

Kasten gehängt hatte, zwängte ich mich an ihr vorbei. Es roch sehr gut, nach einem letzten Rest Parfum und viel warmem Körper.

»Hey! Du hast dich für diese Frage zu interessieren!«

»So?«

Laura sah mich nachdenklich an. »Du bist ja eifersüchtig!«

»Wie kommst du denn darauf?«, fragte ich mit gespielter Überraschung.

»Ich steh da halbnackt, wir reden über meinen Slip, und du? Du ignorierst mich nicht einmal.«

Ich schaute in den Spiegel und warf mir Wasser ins Gesicht. Sie trat von hinten an mich heran und unsere bloße Haut berührte sich aufregend.

»Ich will, dass man sich für mein Höschen interessiert«, wurde mir ins Ohr geflüstert.

»Man oder ich?«

»Beides. Du aber vor allem.«

Ich machte mich von ihr los, ging ins Zimmer zurück und legte mich ins Bett.

»Du bist eifersüchtig!«, hörte ich aus dem Badezimmer. »Ich reibe meine köstlichen Brüste an deinem Rücken, hauche dir ins Ohr, und dich lässt das einfach kalt. Frauen wurden schon aus geringerem Anlass beglückt. Du musst eifersüchtig sein.«

»Wenn du mit einem gutaussehenden, intelligenten Millionär einen ganzen Abend lang flirtest, dann habe ich auch alles Recht dazu«, antwortete ich, mich zudeckend.

Laura reckte den Kopf zur Tür heraus: »Männer mag man eben.« Dann streckte sie mir ihre Zunge heraus und verschwand wieder.

Ich schaltete das Licht aus, drehte mich um und tat so,

als ob ich einschliefe. Irgendwann musste das ›so tun‹ dann wohl in echten Schlaf übergegangen sein, doch das merkte ich erst, als mich eine Hand an der Schulter berührte. Ich erwachte aus tiefster Bewusstlosigkeit.

»Hey, Arno.«

»Hm.«

»Ich habe Durst.«

»Dann hol dir Wasser.«

Ich schlug die Augen auf. Laura blickte mir im Mondlicht ins Gesicht.

»Arno!«

»Das Badezimmer ist gleich nebenan.« Ein Blick auf die Uhr, und die roten Zahlen brannten sich mir ins Gehirn: 2:59. »Es ist drei Uhr nachts.«

»Ich will aber ein Evian.«

»Ist sicher eins unten im Kühlschrank.«

»Arno, bitte.«

»Hm.«

Ich wand mich aus ihren Armen und stand auf. Irgendetwas warf ich mir über, konnte aber durchaus sein, dass ich das T-Shirt an den Beinen und die Hose am Oberkörper trug. An den Füßen hatte ich jedoch Lauras Pantoffeln, dessen bin ich mir sicher. Vom Bett her hörte ich ein Gemurmel, das wie »Du bist ein Schatz« oder »Ich liebe dich« klang. Doch momentan hatte ich überhaupt keinen Sinn für so etwas. Man sollte einer Frau niemals sagen, man wünschte, es gäbe noch Drachen, die man für sie töten könnte. In dem Fall schicken sie einen dann nämlich prompt mitten in der Nacht los, um ein Wasser zu holen.

Ich tapste also die Treppe hinunter und begann, die Küche zu suchen. Mein Herz raste, das Zahnfleisch kribbelte wie ein Ameisenhaufen, und ich war verwirrt wie ein Demenzpatient im Endstadium. So kam es, wie es kommen musste: Ich verlief mich. Als ich das erste Mal wieder halbwegs zu mir kam und klar im Kopf wurde, was ohnehin nur relativ selten und von kurzer Dauer vorkommt, stand ich in der Bibliothek. Das war an sich noch nichts Besonderes. Dass die Tür offenstand, auch nicht. Weder das brennende Licht noch der schöne Schreibtisch verunsicherten mich. Dass Duvenbeck dahinter saß, eigentlich auch nicht. Aber er war tot. So richtig. Tot.

Ich zwang mich dazu, ruhig stehenzubleiben, für vielleicht eine Minute, die mir aber vorkam wie zwei Stunden. Ich stand da und fühlte meinen Puls, verwechselte beim Zählen aber ständig die Zahlen. Als ich dann endlich einmal unfallfrei bis 20 gekommen war, erlaubte ich mir, über die Situation nachzudenken. Dabei merkte ich, dass ich mit allem lauschte, was mir Gott oder die Evolution so als Hörapparate mitgegeben hatte. Sogar die Mäuse hörte ich oben auf dem Dachboden flüstern oder meinte es zumindest, oder hatte ich es nur irgendwo gelesen? Egal, sagte ich mir, ruhig bleiben. Hatte ich etwas angefasst, irgendwelche Spuren hinterlassen? Ich konnte mich nicht mehr erinnern. Eines aber wusste ich: Laura würde mich töten, wenn sie herausbekäme, dass ich beim toten Duvenbeck in der Bibliothek gewesen war. Sie würde mich töten, oder schlimmer noch, mich verlassen. Für immer. Ich fluche selten, jetzt aber tat ich es. Doch viel mehr als ›Scheiße‹ fiel mir nicht ein. Dafür kam es aber von Herzen. Wenn es sich bei diesem Wochenende wirklich um einen Beziehungstest gehandelt hatte, dann war ich eben im Begriff, mit Pauken und Trompeten durchzufallen. Im wahrsten

Sinne des Wortes ein Beziehungskiller. Aber noch war es ja nicht so weit, und ich musste dringend irgendetwas unternehmen. Mittlerweile begann ich, ein wenig ruhiger zu werden, das Denken fiel mir leichter, und schlussendlich hatte ich einen Plan. Er war zwar schlecht, aber immerhin besser als keiner.

Ich ging in die Küche, unnötige Geräusche zwar vermeidend, aber nicht schleichend. Schließlich schickte mich nur meine Geliebte nach Wasser, von einer Leiche hatte ich natürlich keine Ahnung. In der Küche fand ich unter der Spüle Handschuhe und ein Geschirrtuch. Die Sachen steckte ich mir in die Hose und vergaß auch das Evian für Laura nicht. So ausgerüstet ging es zurück in die Bibliothek. Ich putzte den Knauf der Türe und das Holz drumherum, beides innen und außen, und sonst noch so ein bisschen. Dann schloss ich die Tür und deckte die untere Ritze mit dem Geschirrtuch ab. Das Schloss war eines der Sorte, die in Hotels gerne Verwendung findet. Ein runder Knauf mit einem Knopf an der Innenseite, der gedrückt die Tür verschließt.

Da ich ohnedies schon bis über beide Ohren in der Bredouille saß, schaute ich mich noch ein wenig um. Wissen ist schließlich Macht. Zuerst untersuchte ich die Bücher in den Regalen. Weniger, weil ich erhoffte, eine Geheimtüre zu finden oder einen wichtigen Hinweis auf den Mörder zu entdecken, als vielmehr, weil Freunde Ruhe vermitteln. Duvenbeck hatte im Leben wirklich schöne Bücher besessen. Nur ganz wenige waren modernen Ursprungs, in ihnen ging es um Wirtschaft und Recht. Der Großteil der Bände entstammte einer Zeit, als Bücher noch gebunden und nicht geleimt wurden. Manche Seite zeugte mit ihren roten Schimmelpunkten von der armseligen

Papierqualität vergangener Jahrhunderte. Diese Bände enthielten die großen Klassiker unserer Kultur. Ich fand griechische Tragödien, Renaissanceutopisten und Lyriker aller Epochen. Die Bücher wirkten gelesen und nicht nur gekauft. Ein Buch fiel mir vor allem auf, denn es passte so gar nicht zu den übrigen. Ein in Leder gebundenes Büttenpapierbuch in Handschrift. In vielen verschiedenen Handschriften, um genau zu sein. Außerdem waren viele Zettel eingeschoben, die alle im Großen und Ganzen den Eindruck von Rezepten machten. Ich bin zwar Philologe, aber mit deutschen Handschriften der letzten Jahrhunderte kenne ich mich überhaupt nicht aus. Meine paläographischen Kenntnisse beschränken sich auf griechisch-lateinische Schriften. Deutsches Kurrent kann ich fast gar nicht lesen.

So ließ ich das eigenartige Buch liegen und wandte mich schließlich dem Schreibtisch und dem Toten zu. Duvenbeck saß entspannt in seinem Stuhl. Der Kopf war ihm auf die Brust gefallen, über dem Herzen wies sein Hemd zwei Brandlöcher auf, und das Sakko hing über der Lehne. Die Brandlöcher sahen aus, als ob sie von einem Elektroschocker stammen könnten. Ich fühlte vorsichtig in seine Taschen, sowohl des Hemdes als auch der Hose, fand dort aber nichts bis auf ein Taschentuch, einen Zigarrenschneider, Streichhölzer und ein bisschen Kleingeld. Dazu kam noch ein Schlüsselbund: ein Schlüssel für den Jaguar, ein paar für Häuser, Schatullen und ähnliches und der für die Bibliothek. Ausgezeichnet. Es verwunderte mich, dass kein Handy da war, bis ich es schließlich auf dem Schreibtisch entdeckte. Ich nahm es an mich und blätterte im Anrufprotokoll. Heute hatte es zwei Anrufe gegeben. Ich notierte die Namen und die Nummern auf einem Zettel, den ich von einem Block abgerissen hatte. Weder Namen noch Nummern sagten mir irgendetwas.

Auf dem Schreibtisch selbst lag bis auf gewöhnliche Schreibgegenstände nichts von Interesse. Also schaute ich mir den Hausherrn an. Er war noch warm, also konnte sein Tod vor noch nicht allzu langer Zeit eingetreten sein. Ich öffnete sein Hemd unter der Krawatte und schaute mir die Brust an. Dort, wo die zwei Brandlöcher saßen, fand sich eine Narbe, gezackt wie ein Reißverschluss. Man musste nicht Medizin studiert haben, um einen Schrittmacher dahinter zu vermuten. Das war interessant. Entweder war es ein Unfall gewesen, weil jemand nichts von dem Schrittmacher gewusst hatte und Duvenbeck abwehren wollte, oder aber es war Absicht gewesen. Da Duvenbeck nur vielleicht zwei Zentimeter kleiner war als ich, hätte jeder aus der Gesellschaft bei einem instinktiven Abwehrversuch mit einem Elektroschocker auf Duvenbecks Herz gezielt. Zumindest, wenn alle Rechtshänder waren, was ich aber nicht wusste. Warum wusste ich das nicht? Weil ich die Leute nur als Spieler beobachtet hatte, es war ja von keinem eine Bedrohung ausgegangen, also hatte ich auf so etwas nicht geachtet. Nur von Laura wusste ich es, sie war Rechtshänderin. Und um es von den anderen herauszufinden, war ja noch Zeit.

Zeit – irgendetwas klingelte wieder einmal in meinem Hinterkopf, aber ein neuer Gedanke verdrängte das Alarmzeichen. Ich hatte den Stuhl, auf dem die Leiche saß, nicht bewegt, sondern mich danebengekniet. Es war ein Sessel mit Rollen unten dran. Es war also gar nicht sicher, dass Duvenbeck den Tod am Schreibtisch gefunden hatte. Vielleicht war er auch woanders gestorben, und man hatte ihn bloß hierher geschoben. Ich besah ihn mir genauer, um vielleicht Zeichen zu entdecken, die darauf hindeuteten, dass man ihn post mortem hingesetzt hatte. Und da fiel es mir auf: Seine Hose war schlecht verschlossen. Es war eine dieser Hosen, deren äußerer Knopf nicht direkt über dem Reißverschluss sitzt, sondern ein wenig nach rechts verschoben ist. Dieser Knopf war zwar verschlossen, aber die beiden in der Hose sitzenden nach links verschobenen Knöpfe waren offenbar nicht geschlossen, denn der innere Hosenbund wölbte sich. Ob das nun ein Hinweis auf eine Frau oder einen sehr gerissenen Mann sein mochte – irgendetwas stimmte jedenfalls mit der Hose nicht. Die Pantoffeln saßen akkurat an Duvenbecks Füßen. Seltsam, denn beim Zucken im Todeskampf hatte er sie sicher verloren, also mussten sie ihm danach wieder angezogen worden sein. Ohne Fingerabdruck-Labor half mir das aber nicht weiter. Na gut.

Ich ließ den Toten Toten sein, durchsuchte die Schreibtischfächer, bis ich eine Tesarolle gefunden hatte, und machte mich daran, die Tür zu präparieren. Dazu klebte ich mehrere Lagen Tesa übereinander, sodass ein hinreichend steifes Band entstand, zwei Lagen ließ ich bedeutend länger, sodass ich daran ziehen konnte. Dann klemmte ich den Bolzen mit Hilfe der Klebestreifenvorrichtung in die Türe, drückte innen den Knopf, bis er einhakte, und ging hinaus. Schließlich schloss ich die Tür und zog den Tesastreifen vorsichtig heraus. Ich machte das zum ersten Mal, aber Kurti wäre sicher stolz auf mich gewesen. Mit Anfängerglück und einer ordentlichen Portion taktiler Genialität kam der ganze Streifen frei. Da ich dort, wo der Bolzen saß, einen Tesastreifen verkehrt angeklebt hatte, würden nicht einmal Klebstoffrückstände bleiben. Mit hellem Klacken schob sich der Bolzen ins Schloss. Ich versuchte, den Knopf zu drehen, aber es ging nicht. Die Tür war von innen verschlossen.

Zum einen wollte ich nicht, dass irgendjemand einfach so die Leiche finden sollte, zum anderen hätte ich ein gutes Argument parat, wenn die Polizei herausfinden sollte, dass ich durch das nächtliche Haus gewandert war. Ich nahm das Geschirrtuch, die Handschuhe und das Evian-Wasser und ging in den Salon. Die Handschuhe warf ich in den Kachelofen, wo sich noch eine schöne Glut fand, stocherte ein wenig in dieser herum und wünschte demjenigen Glück, der darin etwas finden wollte. Der hauchdünne Kunststoff verbrannte in der Glut vollständig, nicht einmal riechen konnte man etwas. Das Geschirrtuch legte ich zu den anderen gebrauchten in der Küche und ging hinauf zu Laura.

XI

Oben öffnete ich die Tür und trat ganz leise ein. Lauras gleichmäßige Atemzüge verrieten mir, dass sie schlief. Ich ging ins Badezimmer und holte ein Glas vom Waschbecken. Dort sah ich Lauras Kleid. Ich bückte mich, fuhr einmal mit den Fingern durch den Stoff und war mir in Sachen Slipfrage sicher. Dann ging ich auf meine Seite des Bettes und stellte die Alarmuhr ein paar Minuten zurück, sodass die roten Digitalzahlen 3:04 zeigten. Sicher ist sicher. Anschließend schlich ich wieder auf Zehenspitzen rund ums Bett, dankte den Zimmerleuten für ihren guten Boden, der überhaupt nicht raunzte, und beugte mich über Laura. Sie schlief mit dem Gesicht vom Wecker abgewandt. Ich hauchte ihr einen Kuss auf die Wange.

»Hm?«

»Wasser.«

»Hmm.«

Laura nahm das Glas und trank. Ich füllte nach und sie trank es noch mal aus. Sie blinzelte ein wenig, lächelte mich an und schlug die Bettdecke zurück. Ich stellte Flasche und Glas auf den Boden und schlüpfte zu ihr in die Wärme. Laura kroch auf mich und wir küssten uns. Sie drückte ihren Hals auf meine Brust und gurrte ganz leise. Sanft nahm ich ihren Kopf und drehte ihn zum Alarmwecker.

»Schau, es ist fünf nach drei.«

»Liebe kennt keine Zeit.«

Für mein Alibi war nun gesorgt. Niemand bringt so einen Mord in fünf Minuten fertig. Laura rutschte an mir hinunter, immer tiefer unter die Decke. Mir stand der Sinn nach viel, aber nicht nach Sex. In meinem Kopf geisterten ein toter Duvenbeck und eine mögliche Mordanklage herum. Da aber in Lauras Kopf ganz andere Dinge herumspukten, kam es, wie es kommen musste. Auch wenn ich in Lauras Armen die Welt vergesse, zum ersten Mal dachte ich dabei an jemand anderen.

Als wir uns später ermattet aneinander kuschelten, war ich glücklich. Eine solche Frau, eine solche Virilität und ein solches Alibi hat nicht jeder.

KAPITEL 2

I

Das Erwachen am nächsten Morgen war ein Traum. Das warme Bett roch nach Liebe, und auf meiner Brust lag die schönste Frau der Welt. Laura schlief entspannt, an mich geschmiegt wie ein Kätzchen, das klare Herbstlicht flutete ins Zimmer, und eine tiefe Zufriedenheit erfüllte mich.

Die hielt etwa zwei Minuten an. Dann kam mir Duvenbeck ins Bewusstsein. Es mag wie eine Plattitüde klingen, aber zuerst hielt ich die Erlebnisse der letzten Nacht tatsächlich für einen Traum. Nicht nur die Unwahrscheinlichkeit des Ganzen, sondern auch die Art meiner Erinnerungen, die so ungeordnet, assoziativ und vage waren, wie es die Erinnerungen an einen Traum für gewöhnlich sind. Doch mit dem Wachwerden kam langsam die Gewissheit. Ich hatte eine Leiche gefunden, die Tür des Tatzimmers manipuliert und niemandem Bescheid gesagt. Ich hätte sofort die Polizei rufen müssen; das wäre zwar sicherlich unangenehm geworden, aber mit viel Glück wäre ich vielleicht um den Knast herumgekommen.

Ich ärgerte mich aber nur so lange, bis mir eines klar war: Hätte ich die Polizei gerufen, wäre Laura Geschichte gewesen. Egal nun, ob ich verurteilt worden wäre oder nicht. Sie hätte mir weder den Mord noch die ruinierten Karrierechancen noch das versaute Wochenende je verziehen. Ich besah mir die Prioritäten meines Lebens und kam zum Schluss, dass Laura ganz oben stand. Alles andere war nebensächlich. Das gab mir ein wenig Ruhe.

Als ich den Schock verdaut hatte, ließ ich meine rechte Hand zum Wecker gleiten und stellte die Uhr behutsam die 20 Minuten wieder vor, um die ich sie letzte Nacht zurückgestellt hatte. Klick für Klick, immer auf Lauras Atem horchend, ihren Muskeltonus fühlend, immer durch kleine Pausen unterbrochen. Es gelang. Was meine Freude ein wenig trübte, war, dass ich in der Bibliothek weder auf Duvenbecks Armbanduhr noch auf die Wanduhr noch auf die schöne Barockuhr auf seinem Schreibtisch gesehen hatte. Mir fiel wieder ein, dass ich noch kurz daran gedacht hatte, bevor Duvenbecks Garderobenfehler dazwischengekommen war. Was war, wenn Laura aufgestanden war, ohne dass ich es bemerkt hatte, zu Duvenbeck gegangen war, die Evian-Episode dann nur als Tarnmanöver durchgezogen und ihrerseits die Uhr umgestellt hatte?

Mit dem Gedanken an eine glückliche Laura in den Armen eines anderen, während der arme Arno in einer Zelle schmachtete, konnte ich leben. Schließlich würde ich irgendwann freikommen, und Laura stand auf harte Knackis, dessen war ich mir sicher. So ein Europupser hätte dann gegen Arno keine Chance. Aber mit der Vorstellung eines glücklichen Arno, der auf einem Lehrstuhl sitzend sein Ordinariat in vollen Zügen genoss, ein Staatsopernabo und fünf Kilo japanischen Spitzentee in seinem Tresor sein eigen nannte, während Laura im Frauenknast saß, konnte ich nicht leben. Also würde ich mein Spiel diesmal nicht nur für mich, sondern auch für sie zu spielen haben. Seltsam, wie Männer ticken, aber die Vorstellung, für Laura zu sorgen und sie zu beschützen, steigerte meine Körpergröße mit einem Schlag um 10 Zentimeter und meinen IQ auf 180 – Testosteron macht's möglich.

»Hey, da ist ja wer wach«, meldete sich Laura zu Wort.

»Guten Morgen, meine Süße.«

»Hallo, Großer.«

»Redest du mit mir oder …«

Danach war mit dem Reden erst einmal Schluss, bis wir mit einem Bärenhunger von unserem Frühsport aufstanden, um frühstücken zu gehen. Genauer gesagt ging ich alleine hinunter, denn Laura wollte noch schnell duschen. Außerdem hatte ich noch vor, einen kleinen Abstecher in die Küche zu machen, schließlich musste ich die Thermoskanne von gestern zurückbringen. Dabei konnte ich es mir nicht versagen, an der Bibliothek vorbeizuschauen. Vielleicht ist an dem alten Glauben, wonach der Verbrecher an den Ort seiner Tat zurückkehren muss, ja doch etwas dran. Die Tür war immer noch zu, und ich ging erleichtert daran vorbei.

In der Küche saß Gina. Sie las in einer Zeitung und trank Tee.

»Guten Morgen.«

»Soso.«

Ich hielt die Thermosflasche, die ich gestern zum Spaziergang mitgenommen hatte, in die Höhe. Gina nickte in Richtung Spüle.

»Wo ist denn Frau Irmi?«

»Eier holen, beim Nachbarbauern.«

»Macht sie das immer selbst?«

»Die Eier, die ich aussuche, passen ihr gar net.«

»Strenge Chefin?«

Anstatt einer Antwort nickte Gina bloß und blies die Backen auf.

»Uje.«

»Des kennan S' laut sagn.«

»Wie lange arbeitet sie denn schon für Duvenbeck?«

»Ewig und an Tag. Seit er in Österreich is, glaub ich.«

»Und du?«

»Seit er des Haus fertig hat, einhalb Jahr in etwa.«

»Guter Job?«

»Bei uns is jobmäßig net so viel los, da is ma schnell zfrieden.«

»Auch mit so einer strengen Chefin?«

»Sicher is sie streng, aber i kann a viel lernen.«

»Könntest du mir eine Kanne Tee zum Frühstück machen? So einen wie gestern?«

Sie schaute nachdenklich drein.

»Oder übersteigt das dein Pouvoir?«

»Mei was?«

»Deine Kompetenzen.«

»Tee machen derf i schon.« Sie lächelte. »Sie san a Spinner.«

»Danke.«

»Bitte.« Sie stand auf, setzte Wasser auf und bereitete den Rest vor.

»Was ist das eigentlich für ein Tee? Assam ist das keiner.«

»Na, des is der private von der Frau Irmi. Irgendwas Afrikanisches, mit an irischen Namen.«

»So?«

»So!«

Während Gina so herumhantierte, setzte ich mich und blieb kurz stumm. Plötzlich fragte ich: »Was ist denn der Duvenbeck so für ein Mensch?«

»Wieso fragen S' denn?«

»Reich, alleinstehend, lädt Leute ein, aber hat weder Ehefrau noch Freundin. Bisschen seltsam.«

»Dass er ka Freundin eingladen hat, stimmt net ganz.«

»So? Steigt er dir nach?«

»Na, wirklich net.«

»Nie?«

»Nie.«

»Wem dann?«

»Weiß ich net genau, ich hab nur die Frau Irmi einmal gfragt, da hat sie …«

»Was hat die Frau Irmi gsagt?«, fragte die Frau Irmi selbst, als sie plötzlich in der Küchentüre stand. »Schau, dass'd weiterkummst, Ratschkachel!«

»Ja, Frau Irmi.«

»Kannst die Erdäpfel fürs Mittagessen aus'n Keller holn, und was ma sunst no so brauchen! Gemma!« Frau Irmi klatschte in die Hände.

»Bin scho unterwegs«, gehorchte Gina und sauste los.

Kaum war Gina draußen und die Eier im Kühlschrank verstaut, wandte sich Frau Irmi an mich. »Machen S' Ihna an die Gina ran, ha?«, fragte sie scharf.

»Ich wollte nur einen Tee.«

»So, so.«

»Was gibt's denn zum Mittagessen heute?«, fragte ich interessiert. Bei meiner Oma hat das immer funktioniert.

»Werden S' schon noch sehen.« Ein klein wenig hatte ich ihr Temperament beruhigt. »Jetzt schnappen S' Ihna den Tee und gehen S' frühstücken. I hab gnug zum tun in der Kuchl. Eier holen, Erdäpfel aufsetzen, den Braten spicken, einheizen, und irgendwer hat dem Chef a Flascherl Evian gfladert.«

Ich versuchte, möglichst unschuldig dreinzuschauen, schnappte mir den Tee und machte mich auf den Weg ins Esszimmer.

Die Fenster des Esszimmers schauten über die flacher werdenden Hügel hinweg nach Südosten. Die Morgensonne war hier noch schöner als in unserem Zimmer. Das Holz glänzte dort, wo es poliert war, warm. Die unpolierten Flächen gewannen durch das Licht soviel Textur, dass man fast gezwungen war, sie zu berühren und zu betasten. Das weiße Leinen, das glänzende Metall und das schön angerichtete Frühstück komplettierten den Eindruck von Heimeligkeit und Wohlgefühl.

Am Tisch saßen bereits Anne und Jenny, sonst noch niemand. Ich stellte meine Teekanne ab und setzte mich dazu. Wir tauschten ein paar Bemerkungen über den herrlichen Morgen, dann stand ich auf und ging zur Anrichte. Es gab herrliche warme Semmeln, die in Stoffservietten gehüllt nur darauf warteten, gegessen zu werden. Ich nahm mir zwei, ein bisschen Butter und Marmelade. Marmeladen gab es etliche, und ich wusste nicht, was Laura so mochte. Also nahm ich nur Pfirsich. Ansonsten war noch eine große Auswahl an Müsli, Cornflakes, Eiern und gebratenem Speck vorhanden. Ich bin sowieso nicht der große Esser, und schon gar nicht zum Frühstück. Meistens bin ich froh, wenn Kaffee oder Tee unten bleiben.

Ich setzte mich wieder zu den anderen. Während ich mir die Semmel schmierte, fragte ich Jenny behutsam, ob gestern Nacht alles in Ordnung gewesen war. Sie nickte.

»Ich bin reingekommen, da hat er geschnarcht wie ein Sägewerk. Ich hab mir den iPod reingestöpselt, dann war das kein Problem mehr. Heute hat er sicher ein schlechtes Gewissen.«

»Und?«, fragte ich naiv.

»Arno!«, ermahnte mich Anne.

»Was denn?«

»Seien Sie nicht so naiv. Männer, die ein schlechtes Gewissen haben, laden einen schön zum Essen ein.«

»Genau, oder man bekommt was Nettes geschenkt. Machen Sie das nie mit Laura?«

»Ich habe nie Grund, ein schlechtes Gewissen zu haben.«

Die beiden lachten. Ich war froh, dass gestern Nacht bei Jenny alles gut ausgegangen war. Urner schien mir der Typ zu sein, der manchmal Schwierigkeiten machte.

Anne biss herzhaft in eine halbe Semmel, auf die sie Schinken und Käse gelegt hatte. Das alles hatte sie mit rechts erledigt. Jenny allerdings hielt ihren Kaffee in der Linken.

»Also, klären Sie uns auf!«, forderte Anne bestimmt, als sie mit ihrem Bissen fertig war.

»Genau. Los, Arno, entscheiden Sie unseren Streit.«

»Was denn?«

»Na, hat sie oder hat sie nicht?«

»Das weiß er doch gar nicht.« Laura kam eben ins Zimmer, trat an den Tisch, hauchte mir einen Kuss auf die Wange und nahm mir meine soeben fertig geschmierte Pfirsichmarmeladensemmel aus der Hand.

»Wieso weiß er das nicht, Laura?«, fragte Anne.

»Weil er sich gestern Abend dafür absolut nicht interessiert hat. Der Herr Doktor hat es nämlich vorgezogen, eifersüchtig zu sein.« Laura hatte sich neben mich gesetzt und nahm einen Bissen von der Semmel. »Mhmm. Pfirsich.« Kannte ich sie doch, meine Pappenheimerin.

»Arno, ich bin enttäuscht«, meinte Anne leichtherzig.

»Ich weiß es aber!«, stellte ich fest.

»Stimmt doch gar nicht. Du kannst höchstens raten. Du warst schon im Bett!«

Ich schaute Laura vergnügt in die Augen und nahm einen Schluck von meinem Tee.

»Der Schuft!«, rief sie aus. »Ich hab ihn in der Nacht Wasser holen geschickt, da hat er nachgeschaut!«

»Arno wird mir langsam unheimlich. Er hört dir zu, geht dir mitten in der Nacht Wasser aus dem Badezimmer holen …«

»Nein, nein. Er war unten in der Küche, ich hab' ihn nach einem Evian geschickt.«

»So einen hätte ich auch gerne, der mir mitten in der Nacht durch ein fremdes Haus geht.«

»Tut mir leid, geb' ihn nicht her«, meinte Laura und schenkte sich ein zweites Glas Orangensaft ein. »Naja, kommt vielleicht auf's Angebot an.«

Die Damen fanden das sehr witzig. Laura schenkte auch Anne und Jenny ein. Sie wollten gerade zum Slipthema zurückfinden, als Krobath hereinkam.

»Hat irgendwer Pierre gesehen? Ich hab da ein wichtiges Telefonat und brauch ihn für eine Antwort.«

Alle verneinten. Krobath blickte nachdenklich drein. Als Irmi hereinkam, um nach dem Rechten zu sehen, fragte Krobath auch sie.

»Herr Duvenbeck schläft noch. Er war heute noch gar nicht herunten.«

»So?«

»Ja, für gewöhnlich nimmt er ein erstes Frühstück mit mir in der Küche. Er steht eh immer mit den Hendln auf. Wir reden dann immer über den Tagesplan, aber heute war er nicht da.«

»Könnten Sie nachschauen gehen?«

»Sicher.« Irmi ging hinaus und man hörte durch die geschlossene Tür ein kräftiges ›Gina‹. So viel dazu, dass sie selbst die Treppen hinaufsteigen würde.

Krobath trat an den Tisch und schenkte sich im Stehen einen Kaffee ein. Mit rechts, wie ich luchsäugig feststellte. Er wirkte nervös und stürzte den Inhalt der Tasse in einem Schwung hinunter.

»Ärgerlich!«, stieß er hervor. »Nie ist er da, wenn man ihn braucht.«

»Er wird schon noch kommen. Brauchst du ihn dringend?«, fragte Anne.

»Es geht um … ach, du weißt schon, geschäftlich halt.«

Laura hörte gespannt zu, sie schien mir großes Interesse zu zeigen. Mittlerweile war auch Urner da. Ein bisschen grün um die Nase, aber lebendig. Er setzte sich an den Tisch und schenkte sich ebenfalls Kaffee ein.

»Wo bleibt er denn?«, fragte Krobath unbestimmt in den Raum hinein, unruhig hin und her gehend.

»Komm, setz' dich, ich mach dir eine Semmel. Herumtigern hilft auch nichts«, meinte Anne beruhigend.

Der Blick, den Krobath ihr zuwarf, kam ihr zum Rücken wieder heraus und bohrte sich hinter Anne in die Wand.

»Gina ist zurück. Sein Bett ist leer und sie sagt, es schauat net so aus, als ob heute Nacht wer drin gschlafen hätt'», meldete Frau Irmi.

Da ich das ja schon wusste, beobachtete ich verstohlen die Anwesenden. Krobath warf Anne einen fragenden Blick zu. Die schien etwas mit den Augen zu deuten, ich wusste aber beim besten Willen nicht, was.

»Geh'n wir ihn suchen«, schlug Krobath vor.

Alle standen auf, notgedrungen auch ich, obwohl ich gerade erst damit fertig geworden war, mir meine neue Semmel zu schmieren. Was ist nur aus unserer Zeit geworden, jetzt stören einen die Toten schon beim Frühstück. Ich nahm mir meine Semmel mit.

II

Wir durchstreiften, locker nach Pärchen geordnet, das Haus. Laura war also bei mir, Anne bei Krobath, Jenny bei Urner und Gina bei Frau Irmi. Die anderen waren schon weg, ich trank noch schnell einen Schluck Tee.

»Vorschläge?«, fragte Laura.

»Gehen wir doch einfach einmal rund ums Haus, vielleicht telefoniert er einfach nur.«

»Gut. Es ist so ein schöner Morgen.«

Wir streiften einmal durch das ganze Anwesen, rund ums Haupthaus, das Nebengebäude und den Stall.

»Arno, hast du was mit der Sache zu tun?«

»Erstens ist da gar keine Sache, Duvenbeck wird einfach herumspazieren. Zweitens hab ich damit gar nichts zu tun, da es ja gar nichts gibt, mit dem ich zu tun haben könnte.«

»Wenn ich mir da nur sicher sein könnte.«

»Du kannst.«

»Eben nicht.«

»Doch.«

»Nein.«

»Warum denn?«

»Weil ich dich kenne.«

»Also müsstest du auch wissen, dass ich dich nicht belügen kann.«

»Das hast du schön gesagt.«

»Ich bin eben zutiefst romantisch.«

»So habe ich das aber nicht gemeint.«

»Wie dann?«

»Du hast bloß sehr vorsichtig formuliert. Du kannst

mich nicht belügen, weil ich dich immer durchschauen werde. Aber das hast du nicht gemeint. Du hast offen gelassen, ob du es versuchen würdest.«

»Da ich weiß, dass du weißt, dass ich dich nicht belügen kann, spar' ich mir einfach den Stress und bleib' bei der Wahrheit.«

»Du und bei der Wahrheit bleiben. So ein Blödsinn.«

Wir waren unterdessen wieder zum Haus zurückgekehrt und fanden den Weg ins Speisezimmer. Alle anderen waren schon da.

»Er ist nicht da.«

»Aber seine Schuhe stehen alle oben im Schrank«, meinte Frau Irmi.

»Und?«, fragte Krobath.

»Er ist also nicht draußen, das wollten Sie damit wohl sagen, Frau Irmi?«, meine Anne.

»Genau.«

»Habt ihr auch überall nachgeschaut?«, fragte Krobath nun Jenny und Urner.

»Überall im Erdgeschoss, bloß nicht in der Bibliothek.«

»Dort war zu«, ergänzte Jenny Urners Bericht.

»Versperrt?«, hakte Anne nach.

»Ja, wir haben die Tür nicht aufgebracht.«

»War wer drinnen?«

»Wir haben geklopft, aber niemand hat aufgemacht.«

»Haben Sie einen Schlüssel?«, wandte sich Anne an Frau Irmi.

»Nein, für die Bibliothek gibt's nur einen Schlüssel. Den hat Herr Duvenbeck. Er wollte nie, dass jemand da hineingeht«, antwortete Frau Irmi.

»Wenn ich Staub gewischt hab', is er immer daneben gestanden«, ergänzte Gina.

»Arno und ich waren draußen, da ist mir aufgefallen, dass man vom Garten aus bei zwei Fenstern hineinschauen kann«, warf Laura ein.

Wir holten eine Leiter, gingen zu den Fenstern und Urner stieg hinauf.

»Da isser!«, rief er aus. Alles rief durcheinander. »Er sitzt hinter dem Schreibtisch. Ich glaub', er schlaft.« Urner klopfte ans Fenster, zuerst leicht, dann immer fester. »Er rührt si net. Wir müssen's Fenster einschlagen.« Urner wollte schon mit dem Ellbogen loslegen.

»Nein, Sie brechen sich bloß die Knochen, für so ein Fenster brauchen wir einen Hammer«, hielt ich ihn zurück.

»Was dann?«, fragte Jenny. Sie war ganz knapp davor, hysterisch loszuheulen.

»Wir müssen die Tür aufbrechen«, stellte Krobath fest. »Vielleicht fehlt ihm was.«

»Sollen wir die Rettung rufen?«, fragte Laura. »Sicher ist sicher?«

»Ja, mach das«, meinte Anne.

Wir rannten alle zur Tür. Krobath war als Erster da, ich als Zweiter. Er rüttelte am Knauf. »Massiv. Die kriegen wir auch nicht auf.«

»Arno schon«, ließ sich Laura vernehmen. Ihr Unterton hatte etwas Bedrohliches und ihr Blick war hart. Die anderen waren zu aufgeregt, um das wahrzunehmen.

»Mit einer Kreditkarte?« Krobath lachte lauthals. »So was geht nur im Film.«

»Genau«, pflichtete ich ihm bei, wohl wissend, dass dem nicht so war. Aber das mussten die anderen nicht wissen. In so einer Situation ist es immer besser, ausgelacht als ernst genommen zu werden. Unfähigkeit schützt manchmal immens. »Rufen wir die Polizei«, schlug ich schließlich vor.

»Warum denn die Polizei?«

»Na, wenn er schon die ganze Nacht drinsitzt, ist er wahrscheinlich schon drüben«, meinte Urner trocken.

»Drüben?«, fragte Jenny begriffsstutzig.

»Na, tot halt.«

Jenny schluchzte auf. Auch Gina war weiß im Gesicht und Frau Irmi hatte ihre Finger in die Schürze gekrampft. Trotz allem wollte sie die Polizei selbst verständigen und machte sich auf in die Küche.

Wir anderen gingen alle ins Esszimmer, setzten uns und warteten. Es dauerte gar nicht so lange, vielleicht eine Viertelstunde, und die Einsatzkräfte erschienen. Ein paar Minuten später war die Tür aufgebrochen und der Tod festgestellt. Todesursache Herzinfarkt, wurde uns mitgeteilt. Von den Brandlöchern kein Wort. Die uniformierten Beamten nahmen unsere Personalien auf und ordneten an, dass bis zum Eintreffen der Kriminalisten niemand den Raum verlassen dürfe.

»Was soll das heißen?«, fuhr Urner auf. »Ich bin …«

»Das soll heißen, dass Sie schön ruhig sitzen bleiben werden.«

»Was glauben Sie eigentlich? Sind Sie der Meinung, dass …«

»Wir sind Beamte. Meinungen san uns wurscht.«

»Vor allem Ihre«, fügte der Kollege hinzu. »Also, schön brav sitzen bleiben.«

»Sie heißen?«, wandte sich der erste Beamte an Urner, mit Block und Stift bewaffnet.

»Ich will in mein Zimmer!«

»Erst nachdem die Spurensicherung fertig ist.«

»Ich …«

»Sie heißen?«, wiederholte der Beamte bedächtig. »Wenn Sie Ihre Personalien nicht angeben, sind wir gezwungen, Sie in Gewahrsam zu nehmen.« Man merkte ihm direkt an, wie leid ihm das täte. »Also?«

»Urner, Ernest. Ehemaliger Abgeordneter zum Landtag.«

Noch während die Beamten Urners Personalien aufnahmen, fischte er mit zornesrotem Gesicht sein Handy aus seiner Hosentasche und suchte eine Nummer. Er drückte ein paar Tasten, wartete einen Augenblick und legte los. »Servus Joseph, Ernest hier. Du, wir haben da ein Problem. Es gibt eine polizeiliche Untersuchung, Bezirk Mistelbach. Es geht um den Todesfall Duvenbeck. Die Beamten …«, ein böser Seitenblick, »… sind ziemliche Wappler, kannst net wen Gscheiten vorbeischicken, der sich auskennt? Die Sache muss sensibel behandelt werden.«

Pause. Zuhören.

»Gut, danke, ich meld' mich dann wieder.«

Er legte auf. Gott sei Dank war Urner so eitel und musste vor allen anderen mit seiner Bekanntheit und seinem Einfluss angeben. So gab er mir ein paar wertvolle Hinweise, an die ich anknüpfen konnte.

Geschätzte 20 Sekunden nach Urners Telefonat klingelte das Handy des einen Polizisten.

»Ja, ich höre.« Unterwürfige Pause. »Wir warten, sehr wohl.« Seitenblick auf Urner. »Gut, machen wir.« Pause. »Kann ich sonst noch etwas für Sie tun?« Pause. »Sehr wohl. Danke für den Anruf.« Er legte auf.

»Wir werden jetzt alle gemeinsam warten, bis die Spezialisten eintreffen. Den Raum verlässt aber trotzdem niemand.«

Eine Stunde später, es war ziemlich genau zehn Uhr, fuhr ein Auto in den Hof ein. Da wir alle nichts zu tun hatten, schauten wir aus dem Fenster. Drei Personen entstiegen dem schwarzen Mercedes. Zuerst zwei Männer. Der Fahrer war zierlich gebaut und blond. Der andere älter, breiter und dunkler. Der junge trug eine Windjacke und dunkle Hosen, der ältere einen Anzug in Dunkelblau. Wir beobachteten gespannt, wie der jüngere die hintere Wagentür öffnete. Heraus kam ein Mann, dessen Figur von weitem an den Umriss einer Birne erinnerte. Kurze Beinchen, ein mächtiger Bauch, schmale Schultern und ein eierförmiger Kopf steckten in einem makellosen schwarzen Anzug. Er trug ein Stöckchen und setzte sich eine schwarze Melone auf. Mir fielen die glänzenden schwarzen Schuhe auf, die offenbar in Gamaschen steckten. Wo man so etwas heutzutage überhaupt noch kaufen konnte, war mir ein Rätsel. Kurz darauf traten die drei ein.

»Ich bin Chefinspektor Bernhard, das ist mein junger Kollege Schirmdorfer.«

Bernhard war stark gebaut, schlecht rasiert und jovial. Ein erfahrener Mann, der viel gesehen und dabei einiges gelernt hatte. Bei Schirmdorfer lag die Ausbildung wohl noch nicht allzu lange zurück, der Alte schien ihn noch nicht für voll zu nehmen.

»Wir sind die ermittelnden Beamten in diesem Fall. Uns wurde allerdings auf Wunsch der Landespolizeidirektion ein erfahrener Kollege zugeteilt, der die Untersuchung leiten wird: Herr Körthy, Inspektor im Ruhestand.«

Bernhard machte eine ausladende Handbewegung, und der birnenförmige Mann trat vor.

»Vielen Dank.«

Körthy sprach wie aus einem Wörterbuch, mein erster Eindruck war der einer pedantischen Korrektheit. Trotzdem, oder vielleicht gerade deshalb, konnte er nicht verbergen, dass Deutsch nicht seine Muttersprache war.

»Man hat mir gesagt, dass dieser Fall ungewöhnlich sensibel zu handhaben ist« – Körthy verbeugte sich leicht in Richtung Urner – »und ich hoffe, die in mich gesetzten Erwartungen nicht zu enttäuschen. Des Weiteren liegen hier außergewöhnliche Umstände in Form einer von innen geschlossenen Tür vor. Ausgezeichnet. Darf ich darum bitten, eine erste Frage stellen zu dürfen? Gut? Ausgezeichnet. Wer ist hier für den Haushalt zuständig?«

Er wandte sich an Frau Irmi. »Sie? Dürfte ich wohl um eine Tasse Kaffee bitten? Sie werden verstehen, ein kleines Frühstück …« Er ließ den Satz einfach ausklingen.

Beim Sprechen bewegte sich der dichte dunkle Schnurrbart herrlich synchron zu den dünnen Lippen. Während er sprach, hatten seine ruhelos herumwandernden kleinen dunklen Augen jeden Einzelnen registriert und eingeschätzt. Im Raum hatte er den Hut abgenommen, das dunkle Haar war mit Pomade an den Schädel geklatscht. Haar und Schnurrbart waren ohne Zweifel gefärbt, der Mann mochte schon weit über die 60 hinaus sein, hier und da schimmerte hellrosa Kopfhaut durch. Er trug tatsächlich Gamaschen, sein Anzug war ein Nadelstreif von bestem Stoff und dem Ansehen nach ein Bespoke. Bei aller Komik, die der Figur des Mannes anhaftete, den Anzug trug er mit Bravour. Und Intelligenz konnte ich ihm ebenfalls nicht absprechen. Irgendwoher kannte ich den Kerl.

»Noch eine kleine Randbemerkung zu meiner Person.

Mein Name ist Körthy, Artos Körthy. Ich bin seit einigen Jahren im, so darf ich bemerken, wohlverdienten Ruhestand. Allerdings hat mich der Landesvater gebeten, diesen fähigen Beamten« – dabei wies er mit einer kleinen Verbeugung auf Bernhard und Schirmdorfer – »meine Erfahrung anzubieten. Ich hoffe, Sie alle sind damit einverstanden.«

Zustimmendes Nicken ringsum.

Die ganze Zeit über, seit Rettung und Polizei eingetroffen waren, herrschte im Haus ein geschäftiges Gerenne. Auch während Körthy gesprochen hatte, waren immer wieder Einsatzkräfte ins Zimmer getreten und hatten mit Bernhard und Schirmdorfer gesprochen. Leider war es mir unmöglich gewesen, auch nur Wortfetzen zu erhaschen. Aber augenscheinlich wurden die Ermittlungen sehr genau und umfassend geführt.

Mittlerweile hatte Frau Irmi ein Tablett mit Kaffee, Semmeln, Marmelade und Butter hereingebracht und auf den Tisch gestellt. Körthy setzte sich und bereitete sich auf sein Frühstück vor. Wir standen und saßen im Raum verteilt, alle hielten respektvollen Abstand zu den Beamten. Körthy saß am Tisch, die beiden anderen standen daneben, immer wieder kurz telefonierend oder hereinkommenden Beamten Anweisungen gebend.

Körthy war eine Augenweide. Penibel nahm er das Geschirr vom Tablett, positionierte es exakt vor sich auf dem Tisch. Dann zog er ein großes Taschentuch aus eierschalenfarbener Seide aus seiner Tasche, band es sich manierlich um den Hals und begann zu frühstücken. Zuerst gab er Milch in den Kaffee, dann zuckerte er stark. Schließlich führte er die Tasse graziös an den Mund, den kleinen Finger abgespreizt. Anschließend bestrich er sich eine Semmel mit Marmelade und führte sich genießerisch abwechselnd Kaffee und Marmeladensemmel zum Mund. So sehr er auch im Prozess der Nahrungsaufnahme aufzugehen schien, mir fiel doch auf, dass er uns, hinter dem Schleier der Tätigkeit, niemals aus den Augen ließ.

Wir Verdächtigen blätterten unterdessen in Magazinen und Zeitungen oder schauten ganz einfach aus dem Fenster. Jeder und jede schien bestrebt, so ruhig und unverdächtig wie möglich zu erscheinen. Niemand von uns sprach ein Wort, offenbar wollten alle ein Getuschel vermeiden.

Endlich hatte Körthy sein Frühstück beendet. Er putzte sich mit seinem Taschentuch umständlich den Mund, strich sich mehrmals befriedigt über den Schnurrbart, steckte das Taschentuch weg und zog schlussendlich ein Zigarettenetui aus seiner Brusttasche.

»Im Haus herrscht striktes Rauchverbot«, wandte Frau Irmi vorsorglich ein.

Körthy holte eine Zigarette hervor, ließ das Etui zuschnappen und begann, den Filter sanft auf den Tisch zu klopfen.

»Ich entschuldige mich vielmals, aber außergewöhnliche Umstände …« Er zuckte mit den Schultern und ließ auch diesen Satz einfach ausklingen.

Irgendwoher brachte er auch noch eine Zigarettenspitze zum Vorschein, setzte sie auf und gab sich Feuer. Zur Zigarette nippte er an den letzten Schlucken seines Kaffees, immer mit abgespreiztem kleinem Finger. Als er zu sprechen begann, schlug er die Beine bequem übereinander.

»Nun zum Modus Operandi, so sagt man doch, nicht wahr?«

Er blickte so lange im Raum umher, bis endlich jemand nickte. Ich war es nicht.

»Herr Chefinspektor Bernhard hat mir versichert, dass die Spurensuche soweit abgeschlossen ist, dass Sie alle in Ihre Zimmer zurückkehren können. Dort werden Sie bleiben, bis man Sie holt, worauf ich mich bei jedem Einzelnen von Ihnen erkundigen werde. Ich bitte um Verständnis, dass unter den gegebenen Umständen niemandem gestattet werden kann, sein Zimmer, geschweige denn das Anwesen und schon gar nicht das Dorf, zu verlassen. Sie verstehen?«

Wieder wartete er auf unser Nicken und sprach erst danach weiter.

»Wir sollten bis zum späten Nachmittag, oder sagen wir frühen Abend, so weit sein, dass Sie alle – mit einer Ausnahme – nach Hause gehen können. Obwohl, dieses verschlossene Zimmer ist ein nettes Rätsel.«

Den letzten Satz fügte er nur so für sich hinzu, obwohl er natürlich laut genug sprach, dass ihn jeder hören konnte.

»Aber was ist mit den Gästen? Die müssen ja versorgt werden«, ließ sich wieder Frau Irmi hören. Resolut und bestimmt wie immer.

»Daran habe ich gar nicht gedacht, muss ich gestehen«, antwortete Körthy, einen Schulterblick zu Bernhard werfend, der nickte.

»Also gut, Sie und Ihr Mädchen bleiben in der Küche und kümmern sich um das Mittagessen.«

»Mittagessen? Das wird mindestens bis vier oder fünf dauern!« rief Frau Irmi aus. Sie schien als Einzige nicht den geringsten Respekt vor Körthy zu haben.

»Ausgezeichnet.«

»Aber bis dahin werden alle verhungert sein.«

»Dann werden Sie eben die Freundlichkeit besitzen, belegte Brote auf jedes Zimmer zu schicken«, antwortete Körthy ruhig und dämpfte seine Zigarette in dem Teller aus, in den er auch geascht hatte.

»Hier können Sie rauchen, aber wenn ich Sie mit so was in meiner Kuchl erwisch, dann …« Sie ballte die Faust, zog Gina an deren Bluse aus dem Raum und schlug die Türe hinter sich zu.

»Was für ein Temperament, was für ein Temperament!«, murmelte ihr Körthy beeindruckt hinterher.

III

»Arno, was hast du gemacht?«, fragte mich Laura wütend, als wir endlich alleine waren. Mir waren schon zuvor ihre nervösen Blicke aufgefallen, als die Leiche gefunden worden war und als Körthy die Bühne betreten hatte.

»Ich? Wieso?«

»Weil du garantiert was damit zu tun hast.«

Eine nüchterne Feststellung. Mit leiser Stimme, kontrolliert gesprochen, verriet sie doch allen Zorn, den Laura auf mich hatte.

»Warum sollte ich Duvenbeck töten? Was hätte ich davon?«

»Ich weiß es nicht!« Laura hatte sich von mir abgewandt und starrte zu Boden. »Ich weiß es nicht«, wiederholte sie, »aber wenn mir ein Grund einfallen sollte, weswegen du es getan haben könntest, dann werde ich dich anzeigen. Nur weil wir miteinander ins Bett steigen, heißt das noch lange nicht …«

»Ach so? Und ich dachte, da wäre mehr.« Ich war ver letzt.

»Mehr? Mach dich doch nicht lächerlich. Ich kann durchaus meinen Körper und meinen Verstand gleichzeitig benutzen. Es ist ganz nett mit dir, du bist geistreich und witzig und dein Amateur-Verbrecher-Ding hat auch einen gewissen Charme. Aber du bist nicht der Mann, mit dem ich alt werden möchte. Ich werde mir mein Leben nicht von dir vermasseln lassen.«

»Schön, dass du endlich auch mal ehrlich bist.«

»Ich? *Du* lügst doch die ganze Zeit. Du bist doch nur mitgekommen, um irgendein krummes Ding durchzuziehen. Glaubst du, ich merke nicht, dass mit dir was nicht stimmt? Doch, doch, so gut kenne ich dich inzwischen!«

»Und wenn sich ein anderer als Mörder herausstellt, was dann?«

»Dann warst es trotzdem du. Kannst du dich noch erinnern, beim Schimanski, unser erstes gemeinsames Essen?«

»Natürlich.«

»Damals hast du mich eiskalt ausgehorcht und dann, als du dir sicher warst, dass ich auf dich stehe, hast du mich einfach sitzen gelassen.«

»Du schweifst ab.«

»Korrigier' mich nicht«, zischte sie.

»Sorry.«

»Damals hast du gesagt, wenn du einmal morden solltest, dann würde dir nie wer draufkommen. Das hab ich mir gemerkt.«

»Ach, das war halt so ein Spruch, ich wollte dich doch bloß beeindrucken.«

Doch Laura hörte gar nicht mehr zu, sie wandte sich einfach ab und ging ins Badezimmer.

Ich warf mich aufs Bett, fischte den Cäsar heraus und begann zu lesen. Ich suchte die Stelle vom belgischen Feldzug, als sich ein römischer General über Cäsars klare Befehle hinwegsetzt und so seine Legion in eine aussichtslose Lage bringt. Der eingeschlossene Cäsar ist nicht in der Lage zu helfen, und so wird die Legion im Laufe eines Tages vollständig aufgerieben. Ich liebe diese Textstelle, weil sich an ihr das ganze politisch-strategische Genie Cäsars in seiner vollen Manipulativität zeigt. Zuerst gibt der große Mann eine glasklare Einschätzung der Lage, anschließend schildert er die Sturheit seines Generals ohne Ärger, so verständnisvoll wie möglich, denn er vertraut auf die Klarheit seiner zuvor gegebenen Argumente. Dann berichtet er über das Verhängnis nüchtern und sachlich, aber mit genug Einzelschicksalen von tapferen Legionären angereichert, um doch Mitgefühl beim Leser hervorzurufen. Und schließlich schildert er den Heldentod des aufsässigen Generals mit größtem, nüchternem Lob und bedauert den Verlust eines so fähigen, mutigen Führers und seiner großartigen Soldaten für Rom. Abgesehen vom ersten Fehler hatte der Mann tadellos, in bester römischer Tradition gehandelt. Cäsar tritt nicht kleinlich nach, sondern erhöht den Befehlsverweigerer noch. So macht er klar, dass die Katastrophe nicht etwa Unfähigkeit zur Ursache hatte, sondern nur eines: Ein Mann schätzte sein eigenes Urteil höher als das Cäsars, und das mit allen schrecklichen Konsequenzen. Ein Mahnmal für alle, ein grandioser Text.

Während ich las, packte Laura ihre Sachen zusammen, ging im Zimmer auf und ab, setzte sich, stand wieder auf, unruhig, bis sie gerufen wurde. Ich nahm meinen Blick nicht vom Text, als sie das Zimmer verließ. Mit perfektem Timing kehrte sie in dem Augenblick zurück, als ich fertig gelesen hatte. Nun war ich an der Reihe. Ich steckte den Cäsar als Glücksbringer ein und folgte Schirmdorfer wortlos die Treppe hinunter.

IV

Unten standen wir vor der Tür zur Bibliothek. Mir kribbelten die Fingerspitzen, die Füße schienen leicht wie Federn zu sein, und ich war hellwach. Manche Leute stehen auf Schokolade, manche auf Heroin, manche auf Stechapfeltee – bei mir war es einfach eine schöne Dosis Adrenalin. Die schwere, massive Tür mit dem goldenen Drehknauf war geschlossen. Schirmdorfer klopfte. Seine Knöchel erzeugten auf dem polierten Holz einen satten, harten Klang. Es dauerte ein paar Sekunden, bis wir von drinnen ein »Herein!« hörten. Schirmdorfer drehte den Knauf und wir traten ein.

»Ah, Herr Doktor Linder. Schön, dass Sie hier sind, nehmen Sie Platz«, rief Körthy aus, als er mich sah. So, als ob er nicht genau gewusst hätte, dass ich es war. Anschließend fügte er hinzu: »Einen Augenblick Geduld, bitte, ich bin gleich soweit.«

Ich nickte, ging auf den Schreibtisch zu und setzte mich auf den Stuhl, der vor dem Möbel stand. Körthy blätterte in Notizen und Ausdrucken und nahm von mir keine Kenntnis mehr. Unbehaglich rutschte ich auf meinem Platz hin und her und harrte der Dinge, die da kommen mochten. Bernhard und Schirmdorfer saßen links und rechts, leicht versetzt hinter Körthy. Auf dem Schreibtisch lagen Papiere verstreut, dazwischen ein Kaffeeservice und ein Aschenbecher, in dem sich schon ein paar von Körthys Zigaretten befanden. Ich wartete, versuchte ruhig zu bleiben und wartete weiter. An der Wand hing, zwischen die Bücher eingefügt, eine Uhr. Ihr Ticken war der einzige hörbare Laut außer Körthys Papiergeraschel. Den starren, ernsten Blicken zweier Polizisten ausgesetzt, deren Chef mich völlig vergessen zu haben schien, dazu die eigene Anspannung, es war gelinde gesagt eine äußerst unangenehme Situation. Da mir nichts anderes einfiel, blickte ich ruhig vor mich hin und zählte das Ticken der Uhr. So hatte ich immerhin etwas zu tun. Ich kam bis 265, als Körthy schließlich Mitleid mit mir hatte und seine Lektüre beendete. Er legte die Blätter aufeinander, stieß sie gekonnt auf die Schreibunterlage, bis sie bündig aufeinander lagen und tat sie zu den anderen Papieren. Übergenau und ohne jegliche Hast begann er nun, die Papiere so zu ordnen, dass alle Stapel exakt im selben Verhältnis zueinander zu liegen kamen. Dies dauerte natürlich wieder ein Weilchen, aber immerhin hatte ich dabei etwas zu beobachten. Dazu zählte ich wieder das Ticken der Wanduhr. Diesmal kam ich aber nur bis 72, dann fixierte mich Körthy einen Augenblick und begann zu sprechen. Er war offenbar der Meinung, jetzt genug Psychospielchen gespielt zu haben. Er nahm ein Blatt von einem der Stapel, warf einen Blick darauf, nickte und begann.

»Arno Linder? Doktor der Klassischen Philologie?«

»Eben derselbe.« Meine Stimme war ein wenig rau, offenbar hatte mich Körthy doch mehr eingeschüchtert, als ich mir zuerst eingestanden hatte.

»Sie sind an der Universität Wien angestellt?«

»Ja.«

»Handelt es sich um ein befristetes Dienstverhältnis?«

»Ja, der jetzige Vertrag läuft noch bis nächsten Sommer.«

»Also werden Sie um einen neuen ansuchen?«

»Oder um ein Stipendium oder etwas in der Art.«

»Eine Fixanstellung liegt außer Reichweite?«

Ohne meine Antwort auch nur abzuwarten, fuhr er fort. »Sie sehen, ich bin neugierig, hoffentlich entschuldigen Sie diesen Charakterfehler.«

Ich nickte und hoffte, dass es selbstbewusst und wohlwollend ausgesehen hatte.

»Es tut mir leid, dass Sie so lange warten mussten, aber Sie sind der letzte auf unserer Liste. Der Abschlussstein unserer kleinen Konstruktion sozusagen, wenn Sie mir diese Formulierung gestatten.« Er spielte dabei mit ein paar Stiften, die er der Länge nach sortierte. »Aber jetzt zu unserem kleinen Problem, wenn Sie einverstanden sind.« Er liebte es offenbar, rhetorische Fragen zu stellen.

»Sie sind zum ersten Mal Gast in diesem Haus?«

Ich bejahte.

»Den verstorbenen Herrn Duvenbeck haben Sie gestern zum ersten Mal gesehen?«

Wieder bejahte ich.

»Gut. Unser kleines Rätsel entpuppt sich zunehmend als anspruchsvoller, als ich auf den ersten Blick erwartet hätte. Allerdings kann ich nicht verleugnen, dass ich schon eine kleine Ahnung habe, wie alles vor sich ging.« Die ›kleine Ahnung‹ zeigte er dabei mit dem Daumen und dem Zeigefinger der rechten Hand. Sie war wirklich winzig, es passte kaum ein Haar dazwischen. Jedoch fiel mir auf, dass er kein bisschen zitterte, der Mann hatte eine wunderbare Konstitution.

»Wenn ich meine kleinen grauen Zellen und die meiner geschätzten Kollegen in Anspruch nehme, sollten wir doch bis zum Abendessen den Täter demaskiert haben. Wollen Sie uns irgendetwas von sich aus sagen? Etwas, das wir vielleicht noch nicht wissen?«

Ich schüttelte sanft den Kopf und zuckte mit den Schultern, ohne meine Augen von Körthy zu lassen. Er sah mir starr in die Augen und meinte überrascht: »Was haben wir denn hier in der Tasche? Ein Buch?«

»Ja, ich habe oben gelesen, und als ich gerufen wurde, da habe ich es schnell eingesteckt. Macht der Gewohnheit.«

»So, so. Würden Sie die Freundlichkeit besitzen und es uns einmal zeigen?«

Ich fischte Julius aus der Sakkotasche und legte ihn vor Körthy auf den Tisch. Bernhard und Schirmdorfer beugten sich vor. Körthy fasste es mit den Fingerspitzen an, betastete den Leineneinband und beäugte es genau.

»Ein schönes, altes Buch. Die Seiten sind rotstichig.« Er deutete auf die roten Flecken, die entstehen, wenn Bücher altern, deren Papier zu viel Säure enthält. »Haben Sie dieses Exemplar von Herrn Duvenbeck entliehen? Aus dieser Bibliothek?«

»Nein.«

»Aber Sie waren schon einmal in diesem Raum?«

»Nein.«

»Ein Mann der Bildung und der Bücher, ein Verehrer des geschriebenen Wortes wie Sie? Das soll ich glauben?«

»Herr Duvenbeck war in Bezug auf diesen Raum sehr genau, und ich kannte ihn lange nicht so gut, dass ich gewagt hätte, ihn zu bitten.«

»Ah«, rief Körthy aus, der das Buch durchgeblättert hatte. »Es stammt tatsächlich aus dem Bestand des Instituts, an dem sie arbeiten.« Er hatte das Exlibris und die Entleihstempel bemerkt. »Da ist ja auch der letzte Eintrag. Entliehen am 7.9. Ausgezeichnet.« Er klappte das

Buch zu und reichte es mir. Als ich es eingesteckt hatte, fuhr er fort.

»Haben Sie gestern Nacht Ihr Zimmer verlassen?«

»Ja, das habe ich.«

»Ah!«, rief Körthy wieder aus und drehte sich zu den beiden Beamten um. »So, so«, sprach er wieder zu mir gewandt weiter. »Sie haben also das Zimmer verlassen. Wieso?«

»Weil mich meine Freundin um ein Glas Wasser gebeten hat.«

»Ihre Lebensgefährtin, Frau Dr. Lignamente? Ist das korrekt?«

»Genau.«

»Jetzt bin ich aber einigermaßen verwirrt, muss ich eingestehen.«

»Wieso?«

»Weil ich nicht auf Anhieb einen Grund erkenne, warum Sie nicht einfach ins Badezimmer gegangen sein sollten.«

»Laura ist anspruchsvoll. Sie hatte gesehen, dass Herr Duvenbeck Evian getrunken hatte, und so bildete sie sich ein, auch eins zu wollen.«

»Da sind Sie ritterlich aufgestanden und haben ihr eines gebracht.«

»Genau.«

»Ja, ja, die Liebe. Man glaubt es kaum, aber sogar ich war einmal jung.« Er schüttelte den Kopf. »Sie sind also aufgestanden, hinuntergegangen und haben ihr das Wasser geholt.«

»Ja.«

»Sind Sie auf diesem Weg irgendjemandem begegnet?«

»Nein, niemandem.«

»Haben Sie etwas gehört oder vielleicht auch nur etwas gefühlt? Eine kleine Ahnung vielleicht?«

»Nein.«

»Stört es Sie, wenn ich rauche? Nein? Ausgezeichnet, es denkt sich einfach so viel besser mit einer guten Zigarette!«

Er zog sein Etui heraus und öffnete es. Schwarzes Leder, mit silbernen Beschlägen außen. Innen lagen die Zigaretten auf Silber, in das verschlungene Blumenarabesken graviert waren. Wieder kam das Mundstück zum Einsatz. Körthy nahm einen tiefen Zug, blies aus und sprach weiter.

»Bei dem Weg in die Küche, muss man da an der Bibliothek vorbei?«

»Ich glaube nicht.«

»Aber Sie sind daran vorbeigekommen?«

»Ja.«

»Sie haben gar nichts bemerkt?«

»Nein.«

»War die Tür offen oder geschlossen, sahen Sie vielleicht Licht unter der Tür oder dergleichen?«

»Nicht, dass ich wüsste.«

»So ganz, Herr Doktor, kann ich Ihnen nicht glauben.«

»Es war spät in der Nacht, ich war müde. Ich habe auf rein gar nichts geachtet.«

Ich hatte so lange wie möglich mit dieser Erklärung gewartet. Erstens ist es immer besser, so wenig wie möglich zu sagen, so macht man weniger Fehler, muss sich weniger merken und bleibt auf der sicheren Seite. Zweitens wirkt eine Anmerkung recht schnell wie eine Rechtfertigung, und wenn sie einen erst einmal bei den Rechtfertigungen haben, kommt man ihnen in der Regel nicht mehr aus. Wenn sie gut sind, wohlgemerkt.

Körthy hatte sein Geschäft gelernt, das musste ich ihm lassen. Er wusste genau von meiner nächtlichen Expedition, Laura hatte ihm sicher davon erzählt, sie hatten die Evian-Flasche in unserem Zimmer gefunden, er wusste von Frau Irmi sicher, dass eine Flasche davon im Kühlschrank fehlte, und trotzdem tat er so, als ob ihm alles neu sei. Damit ich nicht wissen sollte, was er wusste, keine Anhaltspunkte für mögliche Lügen und Ausreden hätte und so die Orientierung verlieren und mich verraten würde.

»Als Sie nun an der Türe vorbeigekommen sind«, nahm Körthy den Faden wieder auf, »war die Türe da offen oder geschlossen? Daran werden Sie sich ja wohl erinnern.«

Ich rief mir den Rückweg ins Zimmer in Erinnerung, wie ich mit der Evian-Flasche und vor Aufregung zitternden Händen an der Tür vorbeigegangen war. Als ich dieses Bild im Kopf hatte, antwortete ich bestimmt: »Sie war zu.«

»Sicher?«

»Ja.«

»Danke, das hat uns sehr geholfen, Herr Doktor.«

Er drehte sich wieder zu Bernhard um. »Ich denke, er kann gehen?«

Bernhard verzog das Gesicht und antwortete bärbeißig: »Na, da is no des ane, wissen S' eh, Körthy.«

»Ach ja, das hatte ich beinahe vergessen!«

So, so, das glaubte ich jetzt aber nicht, Körthy zog einfach wieder mal seine Show ab. Der pensionierte Inspektor ließ mich zwei Sekunden warten und beobachtete mich ruhig. Erst als ich keine Anstalten machte, zu fragen, fuhr er fort.

»Um welche Zeit waren Sie denn unterwegs?«

Oben im Zimmer hatte ich an zwei Dinge gedacht: wie ich die Sache mit Laura wieder einrenken könnte, denn sie schien mir ernstlich böse, und was ich auf die Frage nach der Uhrzeit antworten sollte. Wenn ich Laura vertraute, dann könnte ich sagen, dass ich es nicht wüsste, denn meine Schönste hätte der Polizei schon die Zeit angegeben. Es ist immer gut, wenn man sein Alibi von anderen erzählen lässt und selbst dazu nichts sagt. Wenn Laura aber nichts gesagt hätte, wäre es sicher besser, selbst zu erzählen.

»Das weiß ich auch nicht so genau. Gegangen bin ich so um drei. Zurückgekommen etwa fünf Minuten später.«

»Drei?«

»Ja, ungefähr.«

Körthy schaute für eine Minute ins Narrenkastl und fuhr dann fort.

»Und als Sie zurückkamen?«

»Habe ich Laura ein Glas aus dem Badezimmer gebracht, eingeschenkt und ihr zu trinken gegeben.«

»Haben Sie sonst noch was gehört?«

»Nein.«

»Sie sind sofort eingeschlafen? Das glaube ich Ihnen aber nun nicht. Wenn ich mitten in der Nacht aufstehe, durch ein fremdes Haus gehe, um Wasser zu holen, dann bin ich spätestens, wenn ich wieder im Bett liege, hellwach und kann nicht mehr einschlafen.«

Ich lächelte einfach nur. Körthy schaute mich an.

»Sie haben also gar nicht geschlafen! Ich verstehe. Ja, ja, die Liebe. Gut, das wäre also geklärt. Herr Doktor, da haben Sie uns nun aber wahrhaftig geholfen, ich kann mich bei Ihnen nur bedanken. Sie haben der Gerechtigkeit einen großen Gefallen getan.«

»Gern geschehen.«

»Sie können jetzt gehen.«

Ich stand auf, drehte mich um und machte mich auf den Weg zur Türe. Ich hatte mit mir selbst eine Wette laufen. Körthy würde mich todsicher noch etwas fragen, bevor ich draußen war. Darauf wettete ich eine Kanne Formosa Oolong.

Ich berührte gerade das kalte Metall des Türknaufes mit meiner Hand, als Körthy vom Schreibtisch her rief: »Ah, einen Augenblick noch.«

»Sehr gerne«, antwortete ich artig. Es macht Spaß, mit sich selbst zu wetten, man gewinnt immer. »Was gibt's, Herr Inspektor Körthy?«

»Inspektor im Ruhestand, Herr Doktor.«

»Gut. Also, was gibt's denn?«

»Kennen Sie sich mit Türen aus?«

»Nein, warum sollte ich?«

»Weil Sie doch ein guter Freund von Kurt Ehrlicher sind? Oder täusche ich mich da?«

»Nein, ich kenne Kurti, oder besser gesagt: Ich kannte ihn einmal. Aber das ist schon eine Zeit her.« Ich wurde nervös und meine Sätze länger.

»Wenn man so eine Legende kennt, lernt man doch sicher einiges?«

»Worauf wollen Sie hinaus?«

»Die Tür, Herr Doktor, die Tür.«

»Was ist mit der Tür?«

»Die Tür, die Sie gerade zu öffnen im Begriff stehen, war von innen verschlossen.«

»Na und?«

»Es gibt nur einen Schlüssel, den trägt der Tote in seiner Hosentasche. Sie verstehen mein Problem, nein, besser: Sie verstehen doch unser Problem?«

Ich nickte.

»Sie können uns dazu aber nichts sagen?«

»Kurti war sehr eigen, in dieser Beziehung jedenfalls. Er hätte mich nie zuschauen lassen. Berufsgeheimnis.«

»Ich verstehe. Danke, Herr Doktor, Sie können gehen.«

V

Verwirrt ging ich auf mein Zimmer zurück. Die Gedanken jagten durch meinen Kopf und lösten einander ab, lange bevor ich dazu gekommen war, einen davon zu Ende durchzudenken. Körthy wusste also von meiner Zusammenarbeit mit Kurti. Da war nicht auszuschließen, dass er von noch viel mehr wusste, was meine Vergangenheit betraf. Gar nicht gut. Von wem er das hatte, war mir schleierhaft. Eigentlich kam mir dafür nur Laura in den Sinn. Aber so viel Gemeinheit traute ich nicht einmal ihr zu. Überhaupt: Laura. Sie hatte mit mir Schluss gemacht. Ich hätte am liebsten laut zu schreien begonnen. Ich war der Schlussstein in Körthys Konstruktion, das konnte wohl nur bedeuten, dass er mich im Visier hatte. Eigentlich auch schon egal, was nützte mir die Freiheit ohne Laura? Andererseits aber auch scheiße im Häfn, wenn einen Laura nicht besuchen kommen würde. Häfn. Vergewaltigungen in der Dusche und so. Das würde sicher eine interessante Zeit werden. Lautete so nicht so ein chinesischer Fluch? »Mögest du in interessanten Zeiten leben!«

Wie Körthy mich ausgetrickst hatte. Zuerst lässt er mich alles so darstellen wie ich will, keine lästigen Zwischenfragen, kein Nachhaken. Und dann lässt er zum Schluss die Bombe hochgehen. Warum er mich anschließend nicht weiter ausgequetscht hatte, blieb mir ein Rätsel. So wie ich drauf war, hätte ich ihm auch die Farbe der Unterhosen meiner Mutter und sonst noch was verraten. Aber nein, überhaupt keine Frage nach der Mordwaffe. Seltsam. Der Typ musste einfach schon alles wissen. Aufregung war jetzt sinnlos. So wie es aussah, war das Spiel gespielt und ich hatte wieder einmal verloren. Aber so verloren wie diesmal hatte ich noch nie. XXL verloren. Total ausgeschissen. Fein, jegliche Hoffnung wäre nur überflüssiger Ballast gewesen.

Oben im Zimmer warf ich mich aufs Bett. Laura saß am Fenster und las, würdigte mich keines Blickes. Die Leselampe ließ ein paar ihrer schwarzen Locken erglühen, spiegelte sich glänzend in anderen, es war himmlisch. Laura trug ein malvenfarbenes, recht eng anliegendes Oberteil und einen schwarzen Rock. Die Fensterscheibe vor ihr wirkte durch die Dunkelheit draußen wie ein Spiegel, allerdings ein wenig unscharf. Das verschwommene Bild gefiel mir aber enorm gut. Ein leichter Hauch ihres Parfüms drang zu mir. Es war, als ob mein Herz in meiner Brust schmelzen würde. Eine Sehnsucht packte mich, die ich lange schon nicht mehr gefühlt hatte, und in dieser Intensität überhaupt noch nie. Wie jemand nur zwei Armlängen entfernt und doch so weit weg, so unerreichbar sein konnte! Nun gut, leben heißt leiden. Vielleicht war es ohnehin besser, sich in ein Kloster zurückzuziehen. Ein bitteres Schmunzeln stieg in mir hoch: Eine Zelle würde es sowieso werden.

Es klopfte an der Tür. Ich antwortete.

»Ja?«

»Abendessen ist fertig«, erkannte ich Ginas Stimme.

»Gut, wir kommen.«

Laura klappte ihr Buch zu und ging zur Tür. Da sie angestrengt den Kopf abgewendet hielt, hatte ich alle Muße der Welt, sie zu betrachten. Das war Schönheit und Eleganz in Vollendung. Wenn nicht sie, dann keine!

Die Tür fiel hinter Laura zu und ich lag immer noch im Bett. Kaum war sie draußen, sprang ich so leise wie möglich auf und ging zum Kasten. Laura hatte ihre Sachen schon eingepackt, meine hingen noch drinnen. Wenn schon untergehen, dann mit fliegenden Fahnen. Ich suchte meinen guten Anzug heraus, den wir gemeinsam gekauft hatten. Dunkelblauer Stoff, für meine Verhältnisse ganz gut geschnitten. Breite Schultern und ein flacher Bauch lassen auch einen schlechten Schneider gut aussehen. Ein Hemd fand sich auch noch, und die Krawatte war kein Problem. Ich hatte da eine dunkelbraune, die so beschaffen war, dass stets ein Teil des geometrischen Musters glänzte, der andere aber dunkel blieb. Das hing irgendwie mit der Ausrichtung der Maschen zusammen. Es ergab sich also immer ein Kontrast zwischen schwarz und dunkelbraun. Die Krawatte passte herrlich zum Anzug. Meine Schuhe machten nicht allzu viel her, aber da gab es ja sowieso einen Tisch, unter den ich meine Füße zu strecken gedachte. Vor dem Spiegel fiel mir auf, dass ich unrasiert war. Also band ich mir ein Taschentuch um den Hemdkragen und änderte das schnell. Nach getaner Arbeit schaute ich in den Spiegel, der fast mannshoch an der Innenseite der einen Kastentür hing. Zufriedenstellend. Sehr zufriedenstellend. Ich schaute einem ernsten jungen Mann ins Gesicht, glatt rasiert, mit kurzem dunklem Haar, der in anderem Gewand glatt als Römer durchgegangen wäre. Schmucklos, geradlinig, wie aus dem Handbuch für den jungen Kriegstribun. Ich lächelte meinem Spiegelbild grimmig zu. »Life is short, but sweet for certain«, zitierte ich beim Hinausgehen Dave Matthews.

Vor der Zimmertür stieß ich beinahe mit Anne zusammen.

»Na, auch noch nicht fertig?«

»Ich musste draußen noch schnell eine rauchen.«

»Draußen? Aber Körthy darf doch auch drinnen rauchen, jetzt, wo Duvenbeck tot ist.«

»Der schon, aber ich bin halt kein Kommissar.«

»Inspektor.«

»Inspektor? Keine Ahnung.«

Ich musterte sie von oben bis unten. Perfekte Frisur, Perlenkette, weiße Kombination mit dunkelgrauem, eingesticktem Blumenmuster. Wunderbare Schuhe.

»Mann sind Sie auf jeden Fall keiner, das sieht man auf den ersten Blick.«

»Genau. Apropos, wo ist Laura?«

»Die ist schon hinuntergegangen.«

»Ohne Sie?«

»Ohne mich, und ich fürchte auch, dass das von jetzt an immer so sein wird.«

»Streit?«

»Mhm.«

»Sie Armer. Miro ist auch schon unten. Geben Sie mir Ihren Arm. Wir Übriggebliebenen müssen zusammenhalten.«

Ich nahm ihren Arm und wir gingen los. Anne roch auch nicht schlecht, aber kein Vergleich mit Laura.

»Lässt sich das nicht mehr einrenken?«

»Ich fürchte nicht.«

»Laura ist heißblütig.«

»Genau. Und sie ist außerdem wankelmütig, fordernd, egoistisch, gefährlich und …« Ich zögerte.

»… einfach die wundervollste Frau der Welt. Das wollten Sie doch sagen, nicht?«, fragte mich Anne neckend.

»Sie haben mir das Wort aus dem Mund genommen.«

»Das sagt man einer Dame, der man den Arm bietet,

aber nicht so ohne Weiteres ins Gesicht, sie könnte sich schließlich in ihrem weiblichen Stolz verletzt fühlen.«

»Heißen Sie mit zweitem Vornamen Kriemhild?«

»Nein. Nur Anne.«

»Dann mache ich mir da keine Sorgen.«

Trotzdem fiel mir auf, dass unter ihrem fröhlichen Lächeln etwas heimlich umherschlich, das mir gar nicht gefiel.

»Was haben Sie Körthy erzählt?«

»Alles, was er wissen wollte«, antwortete ich diplomatisch.

»Natürlich nur die strengste Wahrheit?«

»Sicher, alles andere ist sinnlos, es kommt sowieso raus.«

»Auch, dass Sie in der Nacht unten waren?«

»Ja, natürlich.«

»Chapeau!«

Dass ein Wort klingt wie der Donauwalzer, hört man auch nicht allzu oft.

VI

Wir kamen an die Tür zum Speisezimmer und beendeten das Gespräch. Zwei uniformierte Beamte flankierten die Tür. Anne und ich warfen uns gegenseitig einen Blick zu. Einer der beiden öffnete uns die Türe. Es wollte mir scheinen, als ob Anne, sich aufrichtend, ein klein wenig den Rücken durchdrückte, als wir eintraten.

Alle waren schon da. Am Kopfende saß Körthy, an seinen Seiten Bernhard und Schirmdorfer. Zu beiden Seiten des Tisches hatten die Gäste Platz genommen und am Fußende der Tafel Frau Irmi und Gina. Überhaupt war der ganze Tisch schön gedeckt, weiße Kerzen sorgten neben der elektrischen Beleuchtung für Licht. Das Porzellan der Teller und Schüsseln glänzte, die Servietten waren manierlich gefaltet, und auch zwei Blumengestecke hatten Platz gefunden. Auf zwei Beistelltischchen warteten Dessert und Kaffee samt Zubehör. Bei aller Aufregung entging mir jedoch nicht, dass Frau Irmi auch für Tee gesorgt hatte. Immerhin.

»Ah«, rief Körthy theatralisch aus, »jetzt sind wir vollzählig. Wunderbar!«

Er war aufgestanden und breitete in einer Geste des Willkommens die Arme aus. Er wirkte fast wie die Statue des Cristo Redentor über Rio de Janeiro. Allerdings hat der Erlöser weder so viel Schmer um den Bauch noch einen so beeindruckenden Schnauzer.

Nachdem Anne und ich uns gesetzt hatten, herrschte Stille, nur gelegentlich unterbrochen durch ein leises Schnäuzen von Jenny. Anscheinend war sie die Einzige, der Duvenbecks Tod emotional naheging.

»Wir werden heute Abend alle am selben Tisch speisen, denn ich habe einige Bemerkungen zu machen, die, angesichts der Umstände, Sie alle angehen. Da schon alle Speisen aufgetragen sind, wird niemand gezwungen sein, aufzustehen. Ich will niemandem zumuten, eine meiner Entdeckungen zu versäumen.«

Außerdem wollte er uns bei dem, was er zu sagen hatte, keine Sekunde aus den Augen lassen. Ich ihn allerdings auch nicht. Mir fiel auf, dass er seinen Anzug gewechselt hatte und statt der Krawatte eine herrlich altmodische Binde trug.

»In dem Dorf, in dem ich meinen Ruhestand genieße, gibt es ein Gasthaus. Wenn man daran vorbeigeht, lässt sich anhand der Musik und des Gelächters nie sagen, ob gerade eine Hochzeit, eine Taufe oder eine Beerdigung gefeiert wird. In diesem Sinne: Mahlzeit!«

Er setzte sich, zog die Suppenschüssel an seinen Teller heran, schöpfte sich, nahm ein paar Frittaten dazu und begann nach Herzenslust zu essen. Die anderen wirkten ein wenig betreten, taten es ihm dann aber gleich. Alle aßen mit Appetit, bis auf Jenny, die lustlos in ihrem Teller herumstocherte.

Zur Feier des Tages nahm ich auch ein Glas vom Roten. Irgendwas Schweres, Tanniniges aus Bordeaux, mit einer wunderbar granatroten Farbe, die leicht ins Schwarze hineinspielte. Während ich die Suppe aß – Lob sei Irmi in der Küche – wartete ich darauf, dass Körthy zu sprechen beginnen würde.

Nachdem der kleine Ungar seinen Suppenteller geleert hatte, legte er den Löffel beiseite, um sich umständlich Schnurrbart und Mund abzuputzen. Anschließend nahm er einen genießerischen Zug aus seinem Weinglas, hielt es gegen das Licht, schwenkte es ein wenig, schnalzte leise mit der Zunge und stellte das Glas wieder an seinen Platz zurück. Am Ringfinger der Rechten saß ein schöner Siegelring, mit dem schlug er leicht ans Glas. Das edle Riedelmaterial erklang hell wie eine Glocke. Alle wandten den Blick zum Kopf der Tafel.

»Wir haben hier ein nettes kleines Rätsel.« Er unterbrach sich. »Aber bitte, essen Sie doch weiter.« Kurze Pause. »Wie gesagt, ein nettes Rätsel. Eine von innen verschlossene Tür, ein abgelegenes Anwesen, eine begrenzte Anzahl von Verdächtigen. Auf solch einen Fall mag der Kriminalist ein Leben lang warten, ohne ihn je vorzufinden. Aber wenn er eintritt: Umso wichtiger, vorsichtig vorzugehen, sodass die Lösung nicht die Schönheit des Falles entstellt. Das wäre unverzeihlich. Tollpatschiges Vorgehen! In so einem Fall! Pfff.« Er schnaubte durch die Nase. Fast wäre ich geneigt zu sagen, seine Schnurrbarthaare wiegten sich im Luftzug.

»Ich werde Ihnen nun, Schritt für Schritt, meine Überlegungen preisgeben, sodass wir vielleicht, mit ein wenig Glück, zum Schluss zu einer Lösung kommen werden, die uns allen Genüge tut.«

»Schluss mit dem Theater«, fuhr Krobath auf. »Sagen Sie uns, wer der Mörder ist, dann können wir anderen nach Hause. Es ist ein weiter Weg nach Wien, und morgen müssen alle wieder im Büro sitzen.«

»Genau«, pflichtete ihm Urner bei. »Setzen Sie den Mörder fest und lassen Sie die anderen gehen! Ich bin ein vielbeschäftigter Mann!«

»Nur Geduld, meine Herren«, entgegnete Körthy. »Gut Ding braucht Weile.«

Zwischen den Dreien ging es noch ein wenig hin und

her, aber ich konzentrierte mich auf meine Suppe. Wenn Körthy spielen wollte, dann würde jedes Widerwort unsererseits nur eine Verzögerung herbeiführen. Da war nichts zu machen. Es dauerte ein Weilchen, bis auch Krobath und Urner das begriffen hatten, dann ging's allerdings weiter.

»Sie werden sich sicherlich gewundert haben, warum unsere kleinen Gespräche in der Bibliothek des Verstorbenen stattgefunden haben. Unsere Spurensicherung arbeitet schnell, der Tatort war also schon freigegeben, und außerdem sind bei diesem Fall die kleinen grauen Zellen wichtiger als Fingerabdrücke, DNA-Proben und andere solche Überspanntheiten.«

Er führte weitläufig aus, warum man aus den Spuren auf der Kiesauffahrt schließen könne, dass niemand sonst die Nacht über hier gewesen war, dass die Haustür versperrt gewesen war, es nur zwei Schlüssel gegeben habe, einen bei Irmi, einen bei Duvenbeck, und wieso niemand sonst ins Haus habe eindringen können. Also kämen nur wir acht als Täter infrage. Er genoss es sichtlich, bei kleinen und kleinsten Details zu verweilen, alles zwei- und dreimal durchzukauen, damit nur ja niemand Einspruch gegen sein perfektes kleines Kriminalstillleben erheben konnte. Es wurden ein, zwei Fragen gestellt, danach ging es weiter.

»Bei einem Mord ... Ja, Frau Krobath?«

»Woher wissen wir denn überhaupt, dass es keine natürliche Todesursache gegeben hat?«, fragte Anne.

»Ah, natürlich! Verzeihen Sie mir! Alle, nein, alle bis auf einen – so ist es richtig – können ja noch gar nicht mit Bestimmtheit wissen, dass es Mord war.«

»Würden Sie uns also bitte aufklären?«

»Sehr gerne. Herr Hans-Peter Duvenbeck ist an einem Herzversagen verschieden, …«

Hier unterbrach ihn Urner. »Was? Warum sitzen ma denn alle da wie die Trottln?« Wenn er aufgeregt war, drang die Jauche seiner Herkunft durch, wie mir schon ein paar Mal aufgefallen war.

»Weil das Herzversagen, so sagen die Sachverständigen, durch einen Elektroschocker ausgelöst wurde.«

»Wie kann das sein, diese Dinger sind ja normal im Handel erhältlich. Ich besitze selbst so einen«, ließ sich Laura besorgt hören.

»Wirklich, Frau Lignamente?«

»Ja, ich bin Anwältin und manchmal macht man sich da Feinde.« Sie lächelte bezaubernd.

»Sie haben diese Gerätschaft aber nicht zufällig mit dabei?«

»Nein. Wohlverwahrt in meiner Wohnung. Ich nahm nicht an, dass ich sie hier brauchen würde.«

»Langsam frage ich mich, ob Sie noch bei Trost sind?«, herrschte nun Krobath den Ermittler an.

Bernhard und Schirmdorfer fuhren schon hoch, doch Körthy winkte ab. So konnte Krobath weitersprechen.

»Sie verhören den ganzen Nachmittag Leute, fragen aber niemanden nach der Mordwaffe? Das ist ja Dilettantismus in Reinkultur! Aber in Beamtenpension!«

»Aber mein lieber Herr Krobath. Das sind doch Anfängermethoden. Natürlich habe ich gefragt, und stellen Sie sich vor, ich weiß auch, wem das Gerät gehört! Es wurde sichergestellt und befindet sich momentan auf dem Weg zur Polizeidirektion.«

»Warum dann das Theater?«

Krobath konnte es nicht lassen. Anne versuchte, ihn

durch eine Berührung am Arm zu beruhigen, aber das half nichts. Der Kopf war hochrot, die Adern traten an den Schläfen dunkel hervor, die Augen wirkten, als ob sie ihm aus dem Kopf fallen wollten. So in etwa stelle ich mir Roland vor, der in sein Horn Olifant bläst, um Kaiser Karl zu rufen.

»Dann wissen Sie doch, wer der Mörder ist«, stieß er noch hervor, bevor er in seinen Stuhl zurücksank. Er konnte nicht mehr.

»So einfach, Herr Krobath, ist es nie. Leider. Oder soll ich sagen: Gott sei Dank?«

»Wem gehört denn nun das Gerät?«, fragte Anne. Krobath rang neben ihr nach Luft.

»Mir«, sagte eine dünne Stimme vom unteren Ende der Tafel. Alle starrten Gina entgeistert an, und dann erhob sich ein Stimmengewirr. Ich nahm mir inzwischen lieber noch ein wenig Suppe. Das würde ein Marathon werden, da hieß es Kräfte sparen bis zum Schluss.

»Als Erstes habe ich natürlich die Angestellten verhört, denn die sehen und hören am meisten. Wie viele großartig durchdachte Verbrechen schon daran gescheitert sind, dass die Dienstboten nicht wahrgenommen werden!«

»Und jetzt?«, ließen sich ein paar Stimmen hören.

»Wir haben zweifelsfrei festgestellt, dass das Gerät Fräulein Gina gehört und dass es die Mordwaffe war.«

»Sie haben meine Frage noch nicht beantwortet«, hakte Laura nach.

»Sehr richtig. Das werde ich nun nachholen, mit Ihrer gütigen Erlaubnis.« Er wartete, bis Laura nickte. »Wie Sie alle sehen, war die Frage nach der Waffe also banal. Die Frage ›Womit?‹ ist das meistens. Hier aber spielt eine weitere Besonderheit des Falles herein.« Dramatische Pause. Tatsächlich hielten alle den Atem an. Bis auf Frau Irmi und mich, wir aßen unsere Suppe. »Tatsächlich sind diese Gerätschaften nur in Ausnahmesituationen tödlich. Bei angeborenen Herzschwächen etwa, außergewöhnlichen Umständen oder aber bei Herzschrittmachern.«

»Von so was hätte ich gewusst. Ich war sein bester Freund und Geschäftspartner«, wandte Krobath ein.

»Davon ist auszugehen«, versetzte Körthy trocken. »Fakt ist, dass der Herzschrittmacher durch den elektrischen Impuls versagte.«

»Warum kommen Sie dann aber auf Mord?«, fragte Laura. »Es hätte ja auch ein Versehen sein können. Ein Abwehrversuch einer Person, die nicht wusste, dass Herr Duvenbeck ein solches Implantat besaß.«

»Sicherlich, aber dagegen sprechen zwei Gründe: Erstens hätte bei einem Versehen niemand die Türe gefinkelt von innen verriegelt. Und zweitens fiel mir etwas auf, das unserer Aufmerksamkeit beinahe entgangen wäre.«

»Was denn?«

»Die Beinkleider des Toten waren schlampig verschlossen. So etwas sticht mir einfach ins Auge, ich kann nicht anders.«

»Ja und? So reden Sie doch!« Krobath war wieder zu ein wenig Luft gekommen.

»Das sah einem Herrn vom Kaliber des Verstorbenen gar nicht ähnlich, so einen Toilettenfehler zu begehen. Ansonsten war seine Aufmachung ja tadellos in Ordnung.«

»Und?«

»Also muss es jemand anderer gewesen sein. Jemand, der entweder nicht um die Besonderheiten der Beschaffenheit der Beinkleider von Männern wusste oder der nicht die Zeit dazu hatte, sie ordentlich zu verschließen.«

»Also war es eine Frau!«, fuhr es aus Urner heraus.

»Ich denke, wir sollten nun den köstlichen Rindsbraten von Frau Irmi nicht weiter warten lassen, er wird sonst trotz aller Heizplatten kalt.«

Am Tisch wurde protestiert und nachgefragt, aber Körthy ließ sich nicht erweichen. Er schnitt den Braten für die obere Tischhälfte an, lobte laut und deutlich, wie mürbe das Fleisch sei, tat sich zwei Scheiben auf, dazu Erdäpfel, grüne Bohnen und einen guten Schöpfer von der braunen Sauce. Er leerte sein Weinglas und füllte es nach. Langsam kam Leben in die anderen am Tisch, und wie schon bei der Suppe zuvor taten sie es ihm nach. Das Klappern von Besteck, leises ›Bitte‹ und ›Danke‹ waren für einige Zeit das Einzige, was zu hören war.

Durch das gemeinsame Essen, vielleicht auch den Alkohol, veränderte sich die Stimmung am Tisch zusehends. Seit der Suche nach Duvenbeck und dem Auffinden der Leiche war die Emotionalität aller durcheinandergeraten gewesen. Das schien sich nun wieder einzurenken. Es wurden mit der Zeit sogar flüsternd Worte gewechselt, die nicht nur das Essen selbst zum Inhalt hatten.

»Warum hatte Gina eigentlich so einen Elektroschocker?«, fragte Jenny plötzlich. Auch sie hatte sich mittlerweile ein wenig gefangen und aß. Wenngleich auch wie ein Vöglein, aber immerhin.

Die Frage war an Körthy gerichtet gewesen, aber der nickte nur und sagte auffordernd: »Gina?«

»Weil, vor einiger Zeit«, sie sah Frau Irmi an, »hatte ich ein Erlebnis.«

»Die Klane arbeitet sunst in der Gastronomie. Da geht's

dann oft spät ham, allanig. I hob gmahnt, des is besser, a so a Gerät zum ham.« Frau Irmi verstummte und starrte auf ihren Teller. Ihre Schultern hoben und senkten sich ruckartig. Gina hielt ihr eine Serviette hin.

Nun war die Anspannung am Tisch wieder mit Händen zu greifen, man hätte sich fast ein Stück davon abschneiden können, so massiv schien sie zu sein.

»Was war denn nun mit den Hosen nicht in Ordnung?«, fragte Laura. Ich kannte sie gut genug, um zu wissen, dass es sie erhebliche Mühe gekostet hatte, diese Frage zu stellen.

»Hosen?« Körthy spielte den Zerstreuten. Er hatte den Haken ausgeworfen und wollte sehen, wer danach schnappte. Die Enttäuschung, nicht das Wort ›Hosentürl‹ gehört zu haben, war ihm fast anzumerken. »Ach ja, die unsachgemäß verschlossenen Hosenknöpfe. Darauf wollen Sie wohl hinaus.« Körthy beendete sein Mahl, legte Messer und Gabel exakt parallel zueinander auf den Teller und hob die Serviette aus dem Schoß. Er faltete sie korrekt und legte sie neben sein Gedeck. »Nun«, fuhr er fort, »die Angelegenheit ist ein wenig heikel.«

Alle warteten gespannt.

»Er hot GV ghobt vor sein' Tod«, erklärte Bernhard zwischen zwei Bissen, als sein Chef ins Stocken geriet.

»Genau. Uns kam der Gedanke durch die Unordnung in der Toilette, woraufhin eine genauere Untersuchung veranlasst wurde, deren Ergebnis die Vermutung unsererseits bestätigte.«

»Dazu braucht ma doch a Labor, ham S' des do? Sonst kennans des doch gar net wissen«, fragte Urner.

»Sie ham vollkommen recht, aber das reicht uns vorläufig schon. Seien S' versichert, dass zur Gerichtsverhandlung harte Fakten vorliegen wern.« Das war nun Schirmdorfer, der geantwortet hatte.

Es war richtiggehend witzig. Alle redeten um den heißen Brei herum. Die wirklich entscheidende Frage war nur, mit wem Duvenbeck geschlafen hatte und ob Körthy das wusste. Doch die Frage traute sich niemand zu stellen.

»Mit wem war unser Gastgeber also nun in seinen letzten Stunden zusammen?«, übernahm ich es zu fragen, denn Körthy schien darauf zu warten.

»Eine gute Frage, Herr Doktor Linder, eine sehr gute Frage.«

»Des kann ma do analysieren!«, rief Urner. »So was is doch heutzutage überhaupt kein Problem mehr. DNA, des kennt ma ausm Fernsehen.«

»So einfach ist das nicht, Herr Abgeordneter. Es gibt verschiedene Details, die so eine DNA-Untersuchung erschweren.«

»Ach woher! Sie nehmen einfach a Genprobe der anwesenden Frauen, und die Sache ist geritzt«, meinte Urner.

»Keineswegs. Da braucht die Polizei unter anderem eine richterliche Erlaubnis, und sonntags um diese Uhrzeit könnte das ein Problem sein«, antwortete Laura.

»Sehr richtig. Allerdings ließe sich das schon einrichten, wenn nicht andere Umstände eingetreten wären.«

»Welche denn?«

»Es gibt gewisse Vorrichtungen, die …«, wollte Körthy sagen, aber Bernhard ließ ihn nicht ausreden.

»Er hat offenbar an Gummi ghabt. Deswegen kenn ma uns die DNA in d'Haar schmieren.«

»Aber …«

»Nix ›Aber‹, der Pariser ist weg. Unauffindbar.« Bernhard hatte mittlerweile seinen Teller geleert und schöpfte sich nach. Er goss die Bratensauce auf seinen Teller. Ein bisschen auf den Braten, ein bisschen über die goldgelben Erdäpfel.

»Wir vermuten, dass das Kondom im Kachelofen entsorgt wurde. Die Expertenmeinung geht dahin, dass wir keine Spuren mehr vorfinden werden. Seien Sie aber nicht allzu enttäuscht, dieser Sachverhalt hat unbestreitbar seine guten Seiten. So eine technokratische Lösung bei so einem wunderbaren Fall, das wäre doch nicht recht.« Körthy strahlte. Der Mann wurde völlig von der Vorstellung in den Bann geschlagen, auf irgendeine bizarre Art und Weise in einen Agatha-Christie-Roman hineingezogen worden zu sein. So einen Zustand nennt man, so weit ich weiß, in der Fachsprache pathologisch.

»Also wissen S' überhaupt nichts«, stellte Krobath arrogant fest.

»Na, na, na, Herr Krobath. So einfach ist das nicht. Es gibt da so eine Ordnungsstruktur, die für den Kriminalisten noch wichtiger ist als alles andere, was wir bis jetzt vorgenommen hatten.«

»Was denn?«, fragte Jenny.

Für diese Frage hatte, laut Augustinus, der liebe Gott eine eigene Hölle eingerichtet. Dementsprechend antwortete auch Körthy.

»Die Zeit! Vergegenwärtigen wir uns also den Ablauf des letzten Abends.« Er machte wieder eine Pause und trank den letzten Schluck Rotwein aus seinem Glas. »Aus Süßem mache ich mir eigentlich nicht allzu viel. Aber wie ich gehört habe, soll es hier einen ganz speziellen Schokoladenkuchen geben. Der und ein Kaffee, das wäre jetzt genau das Richtige. Wollen wir nicht hinüber in das Musikzimmer gehen, dort ist es doch wesentlich gemütlicher.«

Da alle ihre Mahlzeit beendet hatten, wurde seinem Wunsch entsprochen. Gina schob den Servierwagen mit dem Schokokuchen hinüber, Frau Irmi räumte ab, und die anderen gingen hinüber in den Salon. Am liebsten hätte ich der Haushälterin geholfen und sie merkte das auch, aber Körthy wäre das gar nicht recht gewesen.

Ein paar Minuten später saßen alle im anderen Raum um den Tisch, nur Körthy lehnte am Klavier. In der Hand hielt er einen Schwenker mit Cognac und streichelte die Tasten. Auf dem Hocker standen ein Untersetzer mit seinem Kaffee und ein Aschenbecher. Als Frau Irmi wieder bei uns war, zündete sich der kleine Ungar umständlich eine Zigarette an und nahm seinen Gedankengang von vorhin wieder auf.

»Die Zeit ist die große Richtschnur des Kriminalisten. Sie gibt allem einen Zusammenhang und eine Richtigkeit. Ist einmal die Chronologie eines Falles etabliert, ergibt sich alles andere wie von selbst. Sagen Sie selbst, wie soll man ohne Wissen um die zeitliche Abfolge von Ereignissen erkennen können, welche Ereignisse Gründe und welche Folgen sind?« Wieder einmal eine rhetorische Frage.

»Gehn Sie uns nicht so auf die Nerven«, herrschte ihn Krobath an. Dass sein bester Freund tot war, schien ihn nicht daran zu hindern, ihm ungerührt den Schnaps wegzusaufen.

»Wir sind alle ein wenig nervös, das verstehe ich«, antwortete Körthy generös. »Als Erster ging an besagtem Abend der Herr Abgeordnete zum Landtag Urner zu Bett. Ist das richtig?«

»Ex-, sonst stimmt alles.« Auch Urner hatte sich weder beim Wein noch beim Schnaps zurückgehalten.

»Danach ging Herr Krobath schlafen, und die Damen blieben mit Herrn Doktor Linder und dem Gastgeber zurück. Nicht wahr?«

Wir nickten.

»Aber was ist mit dem Personal?«, fragte Anne.

»Sehr gut, Frau Krobath, Sie denken sehr scharf. Frau Irmi und Gina gingen hinüber in das Nebengebäude, als sie die Unordnung des Abendessens beseitigt hatten. Da dort drüben die Arbeiten noch nicht ganz abgeschlossen sind, teilen sich die beiden ein Zimmer. Ist das zu Ihrer Zufriedenheit geklärt, Frau Krobath?«

Anne nickte.

»Gut. Also zurück in den Salon. Als Nächste gingen Frau Lignamente und Herr Linder hinauf. Danach die beiden Damen, ebenfalls gemeinsam, und Herr Duvenbeck blieb allein zurück. Hat er denn gesagt, warum er allein unten bleiben wollte?«

»Er wollte noch etwas lesen, irgendeinen Geschäftsbrief«, antwortete Jenny schüchtern.

»Hat er auch gesagt, von wem oder woher dieser Brief stammte?«, hakte Körthy nach.

»Aber das habe ich Ihnen doch schon im Arbeitszimmer gesagt«, antwortete Jenny unsicher.

»Dann wiederholen Sie einfach, was Sie mir damals sagten, mein Kind.«

»Herr Duvenbeck nannte den Namen Ftacek. Ich erinnere mich wegen des eigenartigen Klangs.«

»Genau. So sagten Sie. Was mich allerdings in Erstaunen versetzte, war die Tatsache, dass ich unter den Papieren keinen Brief fand, der von einem Ftacek stammte oder auch nur den Namen erwähnte. Können Sie sich das erklären?«

Jenny schüttelte den Kopf.

»Zuerst konnte ich das auch nicht. Aber mit einem Mal hatte ich einen Geistesblitz. Dann sah ich in den Unterlagen nach, und wissen Sie, was ich fand?« Gespanntes Schweigen. »Das ist der Familienname von Frau Krobath.«

»Man sagt Mädchenname«, verbesserte ihn Anne liebenswürdig.

»Danke vielmals, es ist so schwer, sich in einer fremden Sprache auszudrücken.« Er verneigte sich leicht in Richtung Anne. »Sie können sich vorstellen, wie mich diese Entdeckung entzückte!«, fuhr er fort.

»Darum haben Sie mich gefragt, ob meine Frau und ich im selben Zimmer schlafen würden!«, rief Krobath aus. Die Adern traten ihm wieder an den Schläfen hervor. Er atmete tief ein und aus.

»Sehr richtig. Natürlich habe ich dazu auch Ihre Frau befragt. Außerdem«, er wandte sich nun an uns alle, »habe ich zuvor nachgefühlt, ob Herr Krobath etwas von der Affäre seiner Frau wusste. Sonst hätte ich das nie in dieser Art zur Sprache gebracht. Frau Irmi bestätigte meinen Verdacht. Aber ich muss noch hinzufügen, dass Frau Irmi keineswegs eine Indiskretion begangen hat. Schließlich handelt es sich bei dem Verschiedenen um ihren langjährigen Arbeitgeber.«

Ich war, gelinde gesagt, verblüfft. Ansonsten halte ich mir zugute, recht aufmerksam und hellhörig zu sein. Aber auf den Gedanken, dass zwischen Krobath, Anne und Duvenbeck ein Dreier-Ding vorging, wäre ich nie gekommen.

»Wenn Sie sagen wollen, dass meine Frau Pierre umgebracht hat, dann …«, Krobath ging die Luft aus. Eine Hand war unter sein Jackett gewandert, die andere nestelte an seinem Krawattenknoten herum. Anne flüsterte beruhigend auf ihn ein.

»So weit bin ich noch lange nicht. Wenn mich meine jahrelange Erfahrung etwas zu lehren imstande war, so das, dass gut Ding Weile braucht. So sagt man doch, nicht wahr?«

»Was soll das nun wieder heißen?«, brüllte Urner. Auch sein Kopf strahlte hochrot, allerdings weniger wegen einer kleinen Herzinsuffizienz als vielmehr wegen Duvenbecks Whisky.

»Es wäre ein Akt unverzeihlicher Unhöflichkeit, wenn ich die beiden anderen anwesenden Damen, ohne weitere Überlegungen anzustellen, solch einer Beziehung unfähig erklären würde. Eifersucht ist ein mächtiges Motiv.« Er unterbrach sich kurz, fuhr dann aber wieder fort.

»Frau Lignamente, wie man mir sagte, haben Sie sich während der letzten zwei Tage mit dem Verstorbenen sehr gut verstanden. Wenn ich mich recht erinnere, dann ist bei diesen Gesprächen sogar das Wort ›Flirt‹ gefallen. Stimmt das denn?«

»Das stimmt. Allerdings schlafe ich nicht mit allen Männern, mit denen ich flirte.«

»Das glaube ich Ihnen aufs Wort. Wäre es Ihnen denn möglich gewesen, ohne die Aufmerksamkeit von Herrn Linder zu erregen, das Zimmer zu verlassen? Ich täusche mich doch nicht in der Annahme, dass Sie ein Bett teilen?«

»Es wäre mir durchaus möglich gewesen. Herr Linder hat geschlafen wie ein Stein«, versetzte Laura trotzig.

Mir drehte sich der Magen um. Körthy war noch lange nicht so weit, seine abschließenden Schlussfolgerungen zu ziehen. Aber allein der Gedanke daran, dass er Laura im Sinn haben könnte, ließ mir den Verstand einfrieren, und zurück blieb nur ein jämmerliches Häufchen emotionaler Müll. So weit bringt es die Liebe. Den Stier zwingt sie unter das Joch, den Löwen fängt sie in Fallen, so sagt wenigstens Gilgamesch zu Ishtar. Körthy fuhr fort und mein Gedankengang war unterbrochen.

»Also schlichen Sie sich hinunter und vollbrachten den Mord. Wie so ein Gerät funktioniert, wissen Sie ja, da Sie selbst eines besitzen. Vom Schrittmacher des Verstorbenen wussten Sie, da Sie schon mit ihm intim gewesen waren. Danach schlichen Sie sich zurück ins Bett und weckten versehentlich Herrn Linder. Geistesgegenwärtig schickten Sie ihn daraufhin Wasser holen. Womöglich war Ihr Gedanke dabei auch, dass Sie damit zwei Fliegen mit einer Klappe erschlagen würden. Zum einen die Ausrede, zum anderen würden Sie den Verdacht auf Herrn Linder lenken. Können Sie meinem Gedankengang folgen?«

Ob es die anderen konnten, war mir egal. Ich konnte es auf jeden Fall. So etwas war mir auch schon im Kopf herumgeschwirrt. Angestrengt versuchte ich, Gegenargumente zu finden, war aber so aufgeregt, dass ich einfach keinen klaren Gedanken fassen konnte. Was mich beruhigte, war die Idee, einfach den Mord auf mich zu nehmen und zu gestehen. Mein Trick mit dem Schloss würde gute Verdachtsmomente liefern und Laura raushalten. Liebe ist Wahnsinn, aber auch wunderbar.

»Warum sollte ich das tun? Was wäre mein Motiv gewesen?«, fragte Laura kühl. Während ich vor Unruhe fast verging, mich kaum noch auf dem Stuhl halten konnte ohne aufzuspringen, blieb sie kalt und beherrscht. Sie nippte an ihrem Glas und stellte den Schwenker mit der bernsteinfarbenen Flüssigkeit wieder zurück auf den Tisch. Ihre Hand war ruhig, kein Zittern zu sehen. Ihre Haltung war tadellos, der Rücken gerade, die Beine übereinandergeschlagen. Ihr einfacher, schwarzer Rock saß wie angegossen, während sie dem Ungarn die Stirn bot, so als ob sie über ein Schächtelchen Erdbeeren am Naschmarkt verhandeln würde. Wenn ich es bis jetzt noch nicht gewusst hatte, jetzt wusste ich es: Das war die Frau für mein Leben. Egal, dass sie davon momentan recht wenig hielt.

»Ihr Motiv? Eifersucht, meine Liebe.«

»Warum hätte ich dann Pierre töten sollen und nicht Anne? Immerhin war sie meine ›Nebenbuhlerin‹.«

»Es gibt zwei Arten von Menschen, so sagt mir wenigstens meine Erfahrung. Die einen hassen den Nebenbuhler, die anderen den Geliebten. Erstere sind wesentlich häufiger, man findet sie sozusagen an jeder Straßenecke. Die zweiten hingegen …«, Pause, »… sind wesentlich seltener. Dafür aber auch ungleich aufregender und wertvoller. Und Sie, meine Teuerste, sind zweifellos ein Exemplar der zweiten Gattung.«

Da hatte der kleine Mann durchaus recht. Er kannte sie jetzt vielleicht sieben Stunden und hatte sie doch schon im Wesen erkannt. Respekt, Respekt, dachte ich bei mir. Wenn er auch völlig andere Motive hatte als ich, Körthy war Lauras Charme rettungslos verfallen. Darin waren wir uns gleich.

»Es ist Ihnen dabei aber vollkommen klar, dass ich wegen so einer amateurpsychologischen Betrachtung nicht die Nerven verlieren werde und gestehe. Abgesehen von der winzigen Kleinigkeit, dass ich es nicht war.«

»Das ist mir völlig bewusst. Außerdem möchte ich noch weitschweifig hinzufügen, dass es mir *in beiden Punkten vollständig* bewusst ist. Sowohl, dass Sie wegen so einer amateurhaften Betrachtung nicht gestehen werden, als auch, dass Sie es nicht waren. Allerdings, und da möchte ich Sie wirklich nicht kränken, verdirbt es mir nahezu die Perfektion des Falles, dass Sie nicht die Täterin sind.«

Ich atmete durch. Jetzt waren zwei Dinge klar. Laura war tatsächlich unschuldig und Körthy völlig durchgeknallt.

»Was mich jedoch über diese betrübliche Tatsache hinwegtröstet, ist die Überlegung, dass unser kleines Rätsel dadurch nur noch erhöht wird. Dass Sie nicht die Täterin sind, stellt sozusagen den Koh-i-Noor dieses Falles dar.«

Körthy verneigte sich leicht, und ich bin mir nicht sicher, ob er bemerkte, dass Laura durch dieses seltsame Kompliment ganz leicht aus der Fassung gebracht wurde. Das war ihr sicher seit der Volksschule nicht mehr passiert, dass sie männliche Aufmerksamkeiten aus dem Gleichgewicht brachten. Ich bemerkte es daran, dass sie ganz leicht mit dem rechten Fuß wippte. Ihre schlanken Fesseln sind von einer Eleganz, die meine Blicke magnetisch anzieht. Irgendwann war mir dann einmal aufgefallen, dass sie wippt, wenn sie aufgeregt ist.

»Aber kehren wir zurück zu unserer kleinen Tätersuche. Herr Urner schlief den Schlaf des Gerechten und …«, allein die Erkenntnis, dass Körthy seine Aufmerksamkeit auf sie richtete, ließ Jenny losschluchzen, »… und Sie, meine Liebe, können es nun wirklich nicht gewesen sein.« Ritterlich machte er einen Schritt vom Klavier weg und bot Jenny sein makelloses Taschentuch. Sie nahm es und verbarg darin ihr Gesicht.

Körthy begann nun, mit auf dem Rücken verschränkten

Armen im Zimmer auf und ab zu gehen. Die Anwesenden saßen auf ihren Plätzen und hingen gebannt an seinen Lippen. Sogar Bernhard und Schirmdorfer konnten sich der Faszination des Auftritts nicht entziehen.

»Was wir wissen, ist, dass Herr Linder hinunter ging, um Wasser zu holen. Lassen Sie mich laut eine Möglichkeit durchdenken. Er kommt an der Bibliothek vorbei, trifft auf den Gastgeber. Entnervt, mitansehen zu müssen, wie seine Geliebte mit dem Hausherrn flirtet, vergisst er sich, ein Wort gibt das andere und er tötet ihn. Sie sagen: unwahrscheinlich? Was aber, wenn Herr Linder den Auftrag von Frau Lignamente nur als glückliche Möglichkeit betrachtet, einen ohnedies geplanten Mord durchzuführen? Was wissen wir denn so über den Herrn Doktor, Bernhard?«

Der Angesprochene gab Schirmdorfer ein Zeichen, der holte einen Akt aus seiner Mappe und begann vorzulesen. Was er vorlas, kannte ich schon, schließlich war ich dabei gewesen. Den anderen war es allerdings unbekannt, bis auf Laura. Sie wusste ein wenig, aber längst nicht alles. Mir wäre wohler zumute gewesen, wäre das auch so geblieben. Obwohl ich während der ganzen Litanei meinen Blick geradeaus hielt, fühlte ich doch, wie die mitternachtsblauen Augen mich böse anfunkelten. Da läuft mir immer so eine Gänsehaut den Rücken herunter, wenn Laura das macht. Wir müssen uns nicht einmal im gleichen Zimmer befinden, ich spüre es trotzdem.

Unterdessen beendete Schirmdorfer den Vortrag mit einer polizeilichen Anmerkung zu der Rolle, die ich bei der Verhaftung von Kurt gespielt hatte.

»Somit wäre das geklärt. Die Verbindung zum Einbrecherkönig gibt uns auch eine wunderbare Erklärung zur

Frage nach der von innen verschlossenen Türe in die Hand. Sie war keineswegs von innen verschlossen, sondern Herr Linder hat ganz einfach das Schloss manipuliert.«

Da erst kam mir zu Bewusstsein, dass mich alle Anwesenden anstarrten. Wenn in Lauras Blick nur nicht so viel Eis gewesen wäre, hätte mich das gar nicht so gestört.

»Sie vergessen aber etwas!«, sagte Anne.

»Was denn?«

»Dass Herr Linder unmöglich von ...«, sie unterbrach sich, schluckte und ihre Augen röteten sich, »... unmöglich von ...«, wieder schluckte sie schwer, »... von Pierres Schrittmacher wissen konnte. Nur die engsten Freunde wussten davon. Er hielt das streng geheim.«

»Also stehen wir vor einem Dilemma!«, rief Körthy aus. »Einerseits kann nur Herr Linder die Türe verschlossen haben, andererseits kann aber gerade er nichts von der verhängnisvollen Operation des Verstorbenen gewusst haben. Herrlich!«

Zur Frage mit der Uhrzeit schwieg sich Laura beharrlich aus. Das war ein wirklich gutes Alibi, aber es nützte mir momentan überhaupt nichts.

»Also sind wir genauso weit wie am Anfang?«, fragte Anne nach.

»Nein, keineswegs. Noch habe ich nicht alle Fakten offenbart.«

Ein kleiner Tumult brach los, alle riefen durcheinander, vor allem Urner und Krobath. Es dauerte ein wenig, bis es ruhig genug war, damit Körthy fortfahren konnte.

»Wir müssen also wissen, wer noch dazu im Stande gewesen sein könnte, das Rätsel mit der von innen verschlossenen Türe zu erzeugen. Aber zuerst noch ein kleiner Umweg. Herrn Linders Unschuld, zumindest in dieser Affäre, wird noch durch ein anderes Faktum erhärtet. Frau Krobath berichtete mir, dass sie, gegen drei Uhr etwa, geweckt wurde, als im anderen Raum die Geräusche eines nächtlichen Liebesspiels zu hören gewesen waren. Um nach einem Mord eine solche Aktivität zu entfalten, ist eine ganz andere Geistesverfassung nötig, als Herr Linder sie mitbringt.«

Körthy kehrte zum Flügel zurück und zündete sich eine weitere Zigarette an. Er hielt die elfenbeinerne Spitze geziert zwischen den Fingern, den kleinen Finger abgewinkelt.

»Niemand kann also die Türe von außen geschlossen haben außer Herrn Linder, aber genauso wenig kann Herr Linder den Mord verübt haben. Das führte mich dazu, meine ganzen Annahmen umzustellen. Was, wenn die Türe gar nicht von außen geschlossen wurde? Also begannen wir, das Zimmer genauer zu untersuchen. Schließlich sitzt dieses moderne Landhaus auf den Resten eines alten Bauernhofes. Hinter der Bibliothek des Verstorbenen liegt ein alter Wirtschaftsraum, der jetzt als Abstellraum genutzt wird und mit Möbeln und anderen Dingen verstellt ist. Die Beamten rückten ein wenig herum, und was glauben Sie, fand sich? Richtig, eine Geheimtür.« Dramatische Pause. »Wer, so frage ich, kannte sowohl Herrn Duvenbeck als auch das Haus so gut, um all das zu wissen? Wer wusste von einem früheren Besuch her, dass Gina einen Elektroschocker besaß? Wer hatte ein Motiv, nämlich Eifersucht, und wer schlief alleine? Das frage ich nun Sie alle.«

Mir war aufgefallen, das Körthy das Tischgespräch genauso meisterhaft beherrschte wie das Verhör. Er schnitt jeden Themenkomplex des Mordfalles an, so weit, dass er jeden am Tisch eigene Vermutungen anstellen ließ, aus seinen Überlegungen aber machte er eine Mördergrube. Im wahrsten Sinne des Wortes. Er hatte Krobath beinahe das ganze Gespräch über in Sicherheit gewiegt. Nun aber legte er seine Karten auf den Tisch.

Es dauerte einen Moment, bis Krobath dämmerte, was hier gespielt wurde. Mittlerweile hatte er sich wieder beruhigt gehabt, sein Gesicht war wieder rosig, und er hatte die letzte Stunde mit Interesse, aber ohne große Empörung zugehört. Alle paar Minuten hatte er einen Blick auf seine Uhr geworfen, aber auch das vor Spannung eingestellt. Nun saß er da, brauchte Zeit, das Vorgebrachte zu verarbeiten, und wurde langsam wieder ziegelsteinrot. Die Adern traten dunkel an seinen Schläfen hervor, die Hände zitterten, als er sein Glas abstellte und aufstand. Anne versuchte, ihn zu stützen, aber er schob sie von sich.

»Ihr, ihr alle glaubt …?«, stotterte er, so außer sich, dass er die Worte nicht mehr zu finden schien. »Ich soll es gewesen sein? Wahnsinn. Das geht doch nicht. Ich bin ruiniert, wenn das geschieht. Ich stehe mitten in einem Konkursverfahren! Aber Anne, du glaubst ihm doch nicht?«

»Nach Pierres Tod hätte dir die gesamte Übernahme gehört. Das stimmt doch, Laura, nicht?«

»Genau. Beim Tod des einen Partners fällt die gesamte Firma dem anderen zu. Mit dem Geld wäre die B-Tech locker zu halten gewesen.«

Krobath stand im Zimmer, schwankte leicht. Schaumbläschen bildeten sich in seinen Mundwinkeln, er fuhr sich mit seinen Händen an die Brusttasche und stürzte dann unvermittelt zur Tür. Bernhard und Schirmdorfer sprangen auf, waren aber nicht schnell genug. Krobath schlug ihnen die Tür vor der Nase zu und war im Esszimmer verschwunden. Die beiden Beamten fluchten, im Nebenraum zersplitterte Glas, dann hatte Schirmdorfer ein Handy am Ohr und brüllte etwas hinein. Bernhard drängte sich zur Tür hinaus und stand am zerschlagenen Fenster. Plötzlich versammelten wir uns alle um dieses Fenster und starrten hinaus in die Dunkelheit. Leute riefen, Sirenen erklangen, Hunde bellten. Und dann zwei Schüsse. Ein kurzer Schmerzensschrei. Dann noch ein Schuss, und langsam wurde es stiller, draußen in der Dunkelheit.

VII

Im Esszimmer war es ruhig geworden. Alle saßen still um den Tisch versammelt, jeder hing seinen eigenen Gedanken nach. Jenny weinte leise in das Taschentuch, das ihr Körthy gegeben hatte, Urner hatte seinen Arm zärtlich um sie gelegt. Anne stierte entgeistert über den Tisch hinweg an die Wand. Sie schien gar nicht mitzubekommen, was sich um sie herum ereignete. Am schlimmsten aber hatte es Körthy erwischt. Als der Arzt den Tod von Krobath bestätigt hatte, war für ihn eine Welt zusammengestürzt. Sein Hauptverdächtiger bei einem Fluchtversuch erschossen! Drei Kugeln aus einer Polizeipistole hatten seinem Traum von der perfekten Lösung des Falles auf ewig den Garaus gemacht. Bernhard und Schirmdorfer saßen schweigend neben ihm. Bernhard begann kopfschüttelnd zu sprechen.

»Schaun S', so schlimm ist des doch gar net …«

»Jetzt hat er mir den Fall komplett verpatzt. Was soll ein solch perfekter Mord ohne Geständnis? Ein Jammer.« Körthy bot selbst ein Bild des Jammers. »Sie hätten ihn ja nicht gleich zu erschießen gebraucht!«

»Der erste in den Rucken, den zweiten in d' Luft, des lernen die Wachler in Uniform doch scho bei der Grundausbildung. Nachher kann niemand mehr beweisen, welcher der erste Schuss war«, versuchte Bernhard zu erklären.

»Der Fluchtversuch ist doch ein wesentlich stärkeres Schuldeingeständnis, als es ein Geständnis je hätte sein können. Die volle Bestätigung Ihrer Schlusskette«, meinte Schirmdorfer.

Körthy hörte apathisch zu, gab aber keine Antwort.

»Gehen wir«, meinte er schlussendlich, stand auf und ging auf die Tür zu. Der sonst so höfliche kleine Mann verzichtete auf jede Form der Verabschiedung. Sein Jackett saß schief, den Spazierstock zog er nach. Der prächtige, schwarzgefärbte Schnurrbart zeigte lustlos zu Boden. Bernhard folgte ihm zur Tür hinaus, es wirkte so, als ob der bullige Mann jederzeit damit rechnete, dass Körthy umkippen könnte. Außerdem hielt er die Melone, die Körthy einfach vergessen hatte, in der Hand. Schirmdorfer erinnerte uns noch ein letztes Mal, uns an unseren Hauptwohnsitzen zur polizeilichen Verfügung zu halten, dann war auch er verschwunden.

»Wahnsinn«, redete Urner fast mehr mit sich selbst als mit uns. »Er war beim Tontaubenschießen Munition holen, die ist im Nebenhaus, genauso wie das Zimmer von Gina! Da hat er wohl einfach den Schocker geholt.«

»Woher soll Krobath eigentlich von dem Elektroschocker gewusst haben?«, fragte Laura.

»Im Mai, da is Gina des Malheur beim Heimgehen passiert. Da hat der Herr …«, Frau Irmi schniefte, »… Duvenbeck ihr das Gerät gekauft. Seitdem hat's a do gschlafn. Er hat's ihr gebn, wia er des letzte Mal da war, net wahr?«, fragte sie Anne.

»Genau. Es war ein wunderbarer Abend.«

»Er hat's mir gebn, wia i des Dessert bracht hab. Eingwickelt, mit an Schleiferl drum«, sprach Gina mit tränenerstickter Stimme. Danach schwiegen wieder alle vor sich hin.

»Ich hab dem Körthy«, Anne spuckte den Namen richtiggehend aus, »noch gesagt, dass ich wen auf der Treppe gehört habe, nachdem es bei Arno und Laura leise geworden war. Wenn ich nur gewusst hätte…« Sie biss sich auf die Zunge. Die Lippen zitterten. Es sah ganz so aus, als würde ein Nervenzusammenbruch kurz bevorstehen.

»Aber wenn er doch den Duvenbeck ermordet hat!«, stellte Urner fest.

»Das ist mir so was von wurscht«, fuhr ihn Anne an. Ihre Augen blitzten. »Glauben Sie eigentlich, ich hab den Miro zum Spaß geheiratet? Von mir aus hätte er eine ganze Kompanie umlegen können, ich hätte trotzdem zu ihm gehalten.«

Aber der Trotz hielt sie nur kurz aufrecht, dann sackte sie wieder in sich zusammen. Die Lippen bebten.

Während der letzten Minuten hatte ich immer wieder Blickkontakt mit Laura gesucht, doch sie hatte immer schnell weggeschaut, sobald sich unsere Blicke trafen.

Die Tür öffnete sich und eine Frau trat ins Zimmer.

»Frau Krobath, wir sind nun so weit. Wenn Sie mitkommen, fahren wir Sie nach Hause. Mein Assistent und ich werden auch die Nacht über bei Ihnen bleiben, wenn Ihnen das recht ist.«

Anne nickte, stand auf, sagte aber nichts mehr und ging. Als die Ärztin ihr den Arm um die Schultern legte, zuckten diese.

Kaum waren sie draußen, meinte Urner zu Jenny: »Schatz, ich hol die Koffer, dann fahren wir heim. Kann ich dich solange alleine lassen?«

Jenny nickte. Urner ging hinauf. Frau Irmi und Gina verschwanden in der Küche. Laura und ich blieben allein.

»Soll ich dir die Koffer ins Auto tragen?«, begann ich das Gespräch.

»Du glaubst doch wohl nicht, dass ich dich mitnehme?«

Laura stand auf. Da sie mit Stöckeln nahezu gleich groß ist wie ich, standen wir uns Aug in Aug gegenüber.

»Die Hoffnung stirbt zuletzt. Aber du hast schon recht, ich bin dir nicht böse, wenn du alleine fährst.«

»›Ich bin dir nicht böse‹«, äffte sie meinen Tonfall nach, »na, da bin ich aber beruhigt!«

»Laura, was hast du denn?«

»Zwei der netten Herren in Uniform haben schon um meine Koffer gebeten. Das hab ich. Du siehst, es gibt für dich nichts mehr zu tun.«

»Obwohl sich herausgestellt hat, dass ich es nicht war?«

»Arno, bitte.«

Sie wandte sich von mir ab und ging zum Fenster. Sie öffnete einen Flügel und lehnte sich hinaus. Frische, kalte Luft kam herein. Erst jetzt merkte ich, wie stickig es hier drinnen war.

»Was denn?«

»Lass es.«

»Du dachtest, ich hätte was mit der Sache zu tun. Du warst sauer, weil ich dir das Wochenende versaut habe. Gut. Kann ich verstehen. Aber jetzt gibt es doch keinen Grund mehr, so zu denken.«

Sie lachte zum Fenster hinaus. Dann drehte sie sich um, setzte sich auf das Fensterbrett und ließ die Beine baumeln.

»Wenn du dem fetten Ungarn glaubst, bist du ein echter Idiot.«

»Wie soll ich dich von meiner Unschuld überzeugen?«

»Das ist dein Problem, meinst du nicht auch?« Sie lächelte mich an, sehr kokett, aber überhaupt nicht nett.

»Außerdem, Arno, ist mir über die letzten zwei Tage bewusst geworden, dass du nicht der Richtige für mich bist. Du ziehst die Katastrophen magnetisch an. Unsere Auffassungen vom Leben sind einfach zu verschieden.«

Sie ließ sich vom Fensterbrett zu Boden gleiten und ging an mir vorüber zum Tisch, nahm dort ihre Handtasche auf und ging dann weiter zur Tür.

Ich eilte ihr nach, berührte sie sanft an der Schulter. Sofort fuhr sie herum.

»Nimm deine Pfoten weg«, fauchte sie. Ich tat, was sie wollte.

»Ich lasse dich gehen. Schau mir nur in die Augen und sag mir, dass du mich nicht liebst.«

»Sind wir jetzt in einem schlechten Hollywood-Film?«

»Tu's einfach.«

»Was soll das ändern?«

»Wenn du mich nicht liebst, kannst du gehen.«

»Arno, das ist keine Frage der Liebe. Du bist einfach nicht gut für mich.«

»Schau mir in die Augen und sag es.«

»Na gut«, meinte sie spöttisch.

Sie schaute mir in die Augen. Sie holte tief Luft. Mir krampfte sich der Magen zusammen. Dann sagte sie: »Ich liebe dich.« Das hatte sie mir noch nie gesagt. Ich stand da wie betäubt. Bis sie die Tür hinter sich geschlossen hatte, bis sie das Haus verlassen hatte und bis sie den Wagen gestartet hatte. Erst als ich sie die geschotterte Auffahrt hinunterfahren hörte, erlaubte ich mir einzugestehen, dass ihrem letzten Satz kein nachträglich angefügtes ›nicht mehr‹ folgen würde. Ich nahm das ›Ich liebe dich‹, hielt es fest und verwahrte es tief in meinem Herzen, dort, wo noch ein paar andere schöne Erinnerungen sind. Die Erinnerungen von der Sorte, die man braucht, wenn es einem wirklich dreckig geht. Und noch etwas fügte ich meiner kleinen Sammlung hinzu. Die Träne, die sich aus Lauras linkem Augenwinkel gelöst hatte, um ganz allein die Wange hinunterzukullern.

VIII

Laura war weg. Ich stand allein im Salon, vor Duvenbecks Auerhahn. Ich zählte seine Stoßfedern. Es waren 21, eine zu viel. Entweder hatte Duvenbeck eine Laune der Natur geschossen oder der Präparator hatte nachgeholfen. Vor der Trophäe stehend traf mich Frau Irmi an.

»Sie sind noch da?«

»Notgedrungen. Meine Mitfahrgelegenheit hat mir den Transport verweigert.«

»So wias ausschaut, hamma heut alle was verloren.«

»Genau.«

»Was wuilln S' jetzt machen?«

»Ich dachte an ein Taxi, das mich zum nächsten Bahnhof bringen könnte.«

»Um die Zeit? Da fahrt ka Zug mehr.«

»Hotel?«

Sie lachte herzhaft. »Sie können ruhig hier schlafn. Morgen frühstücken wir dann, und Gina bringt sie nach Mistelbach zum Bahnhof.«

Wenn wir früh genug aufstehen würden, käme ich noch rechtzeitig nach Wien zurück.

»Gut. Wo soll ich schlafen?«

»In Ihrem Zimmer wern S'net wuilln?«

»Ungern.«

»Ka Problem, bei uns is no a Couch im Vorraum, Decken gibt's a gnua.«

»Ausgezeichnet.«

»Trink ma no an Tee?«

»Immer.«

Kurze Zeit darauf saßen wir in der Küche. Frau Irmi,

Gina und ich. Die Spuren des Abendessens waren soweit beseitigt, und vor uns stand eine große Kanne Tee, ein Kännchen Sahne und, in einer mattglänzenden Silberbüchse, brauner Zucker. Mitten auf dem Tisch stand die Schokotorte, von der niemand gegessen hatte, sie war immer noch unberührt. Dunkel glänzte der Teig im elektrischen Licht, ein leichter Hauch von Kakaoduft entströmte ihr. Niemand machte Anstalten, das Prachtstück aufzuschneiden. Stattdessen schenkte Frau Irmi ein.

»Der Auerhahn, den was Sie angschaut ham.«

»Ja?«

»Da war der Duvenbeck auf Pirsch, Auerhahnjagd hat ihm immer taugt. Wenn der Hahn balzt, sitzt er auf an Ast oder an Baumstrunk. Wenn er schlägt, um die Henne anzulocken, ist er so gut wie blind. Nimmt nix wahr. Dann kann ma an Schritt nähergehen. Dann wieder warten, wenn er das nächste Mal schlägt, wieder an Schritt näher. Bis ma soweit is. Des hat ihm Berge gebn.«

»Sicher spannend.«

»Damals, des is scho a paar Jahre her, hat er auf der Pirsch a einzelne, wunderbare Stoßfeder gfunden ghabt. Die hat er dann unter die von dem Hahn gmischt, der hinter dem Klavier hängt. Er erzählt mir die Gschicht, mit am Augenzwinkern wia a Lausbua. In dem Moment ruft der Präparator an. Ganz aufgeregt. ›Herr Duvenbeck, Herr Duvenbeck, Sie ham a Wunder gschossen. Des gibt's gar net.‹ Dem Duvenbeck san vor Lachen die Tränen owegrunnen. So war er halt, hat immer gwusst, wia er des Beste aussaholt und dabei no lachen kann.«

Die resolute Frau wischte sich die tränenden Augen und schenkte nach.

»Was machen Sie jetzt?«

»Mir werdn des Haus morgen putzen und herrichten. Dann sperr mas ab.«

»Ich meinte, mit dem Kuchen.«

Sie zuckte mit den Achseln. Es war sonnenklar, dass sie niemandem auch nur ein Stück von der Torte geben würde. Nur über ihre Leiche.

»Wer erbt eigentlich?«, versuchte ich mich abzulenken.

»Die Familie in Hamburg wahrscheinlich«, meinte Frau Irmi und fügte noch hinzu: »Wenn dort noch wer lebt.«

Gina schaute sie unsicher an. Mir fiel das auf, allerdings war mir auch klar, dass Gina nichts sagen würde, solange Frau Irmi dabei war. Aber morgen stand ja Autofahren mit Gina auf dem Programm.

Wir waren alle zu sehr mit unseren eigenen Gedanken beschäftigt, um viel zu reden. Irgendwann geht auch der beste Tee zur Neige. Kurz darauf lag ich mit einer dicken Wolldecke zugedeckt auf der Couch im Nebenhaus. Sie war zu kurz und auch nicht sonderlich breit. Das Mondlicht malte silberne Streifen auf die Einrichtung. Aus dem Nebenzimmer hörte ich das gemütliche Schnarchen von Frau Irmi. Für mich gab es sehr viel nachzudenken, nachzuerleben und zu verarbeiten, die Stunden zogen nur so an mir vorbei. Als dann im Morgengrauen Gina vor mir stand, um mich zu wecken, hätte ich nicht sagen können, ob ich überhaupt eine Stunde geschlafen hatte.

Wenig später war das kleine Frühstück vertilgt und meine Thermoskanne mit starkem, malzigem Tee gefüllt, von dem ich immer noch nicht wusste, wie er hieß. Gina fuhr mich im Wagen nach Mistelbach.

Die sanften Hügel, Wäldchen und Felder zogen an uns vorbei. Diesmal verfuhren wir uns nicht, Gina kannte schließlich den Weg. Wir unterhielten uns über dies und das. Es war nur wichtig, dass ich Gina zum Sprechen brachte. Als der geeignete Moment gekommen war, fragte ich ganz offen.

»Gina, sagen Sie mal, wegen der Erbschaft, da wissen Sie doch was?«

»Warum? Wie kommen S' drauf?«

»Sie haben die Irmi so angeschaut, das ist mir aufgefallen.«

»Ah, so. Wissen S', wenn die Frau Irmi nix sagt, is besser, i sag a nix.«

»Kommen Sie. Bleibt auch unter uns.«

»Ehrenwort?«

»Ehrenwort.«

Sie zögerte.

»Der Herr Duvenbeck hat einen Sohn. Wissen S', aber nicht aus einer Ehe. Ich weiß nicht einmal, ob er überhaupt Duvenbeck heißt.«

»Also hat er ihn nicht anerkannt? Kommt er überhaupt als Erbe infrage?«

»Weiß nicht. Weil der Herr Duvenbeck nie davon gesprochen hat und die Frau Irmi auch nicht …« Sie zuckte mit den Achseln.

»Woher wissen Sie dann von ihm?«

»Der Herr Duvenbeck hat zwei Handys ghabt. Eins für alle, eins privat. Nur mit der Nummer von ein paar Leuten. Einmal hat er es verlegt g'habt, da ham wirs alle gsucht. Ich habs gfunden und auf dem Display waren verpasste Anrufe. Alle waren von derselben Nummer.«

»Und?«

»Sohn.«

»Aha. Sonst hat er nie was gesagt?«

»Nein. Ich glaub', er war mit seinem Sohn net so zfrieden.«

»Was war denn das für ein Handy, das Sie damals gefunden haben?«

»Ein Motorola, zum Klappen. Wie's heißt, waß i net, aber so in dem Star-Trek-Design.«

»Ah so«, tat ich uninteressiert. Das Handy hatte Duvenbeck im Wald in der Hand gehabt.

»Ans Netz können Sie sich nicht mehr erinnern?«

»Gott! Des is jetzt sicher scho fast a Jahr her.«

»Gut, macht nichts.«

»Sagen S' nur niemand was.«

»Keine Sorge, von mir erfährt niemand etwas.«

Danach kehrte unsere Unterhaltung wieder zu den Themen von vorhin zurück. Das Wirtshaus, in dem sie arbeitete, der nierenkranke Vater und solche Dinge halt. Unterdessen hatte es zu regnen begonnen. Nicht fest, ein bisschen mehr als nieseln.

Als wir in Mistelbach angekommen waren, hatte ich kaum eine Fahrkarte gekauft, als schon der Zug nach Wien einfuhr. Die Tropfen fielen schwer zu Boden. So früh am Morgen, noch dazu an einem Montag, hätte ich jede Menge Pendler erwartet. Aber der Zug war nahezu leer. Ich suchte mir eine Bank, setzte mich, kramte den Cäsar raus und begann zu lesen. Gemütlich ruckelnd ließ ich den Mordfall Duvenbeck und den Regen hinter mir zurück.

KAPITEL 3

I

Mit den ÖBB durchs Weinviertel, das ist eine feine Sache. Im Zeitalter der Düsenjets und Genmanipulation hält man es fast nicht für möglich, dass sich der Charme des 19. Jahrhunderts noch irgendwo erhalten hat. Aber in den alten Garnituren, die von Mistelbach nach Meidling fahren, vergeht die Zeit noch so langsam wie vor 200 Jahren. Ich konnte mich des Eindrucks nicht erwehren, dass, wenn ich dann in Wien angekommen sein sollte, alle meine Bekannten Greise und die Werbeflächen mit chinesischen Schriftzeichen bedruckt sein würden. So in der Art eines der Science-Fiction-Romane der Sechziger, nur eben umgekehrt.

An einem der unzähligen kleinen Bahnhöfe im Nirgendwo stieg ein Fahrgast zu. Der adrett gekleidete Schaffner und ich gerieten in Ekstase. Bei mir äußerte diese sich dahingehend, dass ich den Cäsar ein wenig sinken ließ, um über den Buchrand zu linsen. Beim Schaffner manifestierte sich die Aufregung dergestalt, dass er seinen Platz an einer der Türen verließ, um dem Mann entgegenzueilen. Dabei fiel ihm sein elektronisches Gerät, das zum Ausdrucken von Fahrkarten und dergleichen Verwendung findet, zweimal zu Boden. Schließlich stolperte er auch noch über seine eigenen Beine, aber endlich kam er vor dem Fahrgast zu stehen. Beide Männer schwankten wie Betrunkene und mussten sich an den Sitzen festhalten. Der Schienenstrang ist dermaßen ausgefahren, dass die letzte Sanierung in den Tagen von Königgrätz stattgefunden haben muss. Alle paar Minuten steht zu befürchten, dass der Regionalzug aus den Gleisen springt. Das

Ganze vermittelt schon fast ein post-kolonial afrikanisches Eisenbahngefühl.

Auf jeden Fall standen sich die beiden Männer gegenüber und versuchten krampfhaft, nicht umzufallen. Dabei wurde diskutiert. Um zu verstehen, was gesprochen wurde, waren sie allerdings zu weit weg und der Zug zu laut. Schließlich kramte der Fahrgast etwas aus seinem dunkelblauen Anorak, das ich nicht sehen konnte. Worauf der Schaffner nickte und ihn vorbeiließ.

Der Fahrgast war etwa 1,85 groß, mit gerötetem Gesicht und einem ordentlichen Wohlstandsbäuchlein ausgestattet. Er ruderte mit den Armen, an denen bemerkenswert große Hände saßen, während er immer weiter auf mich zukam. Ich meinerseits verschanzte mich hinter dem Buch und versuchte mir nicht anmerken zu lassen, wie sehr mich der Vorgang interessierte. Schließlich kam er an meiner Bank an, schnaufte kurz durch die Nase und ließ sich mir gegenüber in die Sitzpolster fallen. Ich tat weiter so, als ob ich lesen würde. Er machte kein Hehl aus seinem Interesse und beäugte mich von oben bis unten. So verging etwa eine Viertelstunde, ein weiterer Bahnhof strich vorbei, aber niemand stieg zu. Schließlich räusperte sich der Mann.

»Linder, Arno, das sind doch Sie?«, fragte er mich.

»Doch, schon. Manchmal jedenfalls«, antwortete ich und las weiter, ohne sonst auch nur im Geringsten zu reagieren.

»Woher kommen Sie?«

»Mistelbach.«

»Wohin fahren Sie?«

»Meidling.«

»Mit welchana Absicht?«

Der Mann sprach den weichen Dialekt des Mittelstandes, der länger in Wien lebt. Seine ›a‹s waren den weiten Weg Richtung ›o‹ beinahe bis zum Schluss gegangen. Nur bei einzelnen Worten oder Satzteilen, die streng dienstlich Verwendung fanden, ähnelte sein Sprachbild dem hochdeutschen Standard. Ursprünglich mochte er wohl aus dem Waldviertel stammen.

»Heimkommen.«

»Und sunst?«

»Hm?«

»Wenn S' zum Lesen aufhören täten, kamat'ma schneller voran.«

Ich klappte das Buch zu.

»Ich sitze hier im Regionalzug, weil ich heimfahren will, und nicht, weil ich Unterhaltung suche. Vielleicht bemühen Sie sich bei einem der anderen Fahrgäste.«

»Geht net.«

»Wieso?«

»Wal kane da san.«

»Schade. Vielleicht steigt ja noch wer zu.«

»Wuilln S' denn gar net wissen, warum i da bin?«

»Nein. Auch mein Wissensdurst kennt Grenzen.«

»Ich red Sie mit Ihrem Namen an und Sie wuilln net amal wissen, woher i des waß?«

»So wie ich Sie einschätze, werden Sie mir das ohnedies in fünf Sekunden mitteilen. Auch ohne, dass ich danach fragen müsste.«

Er grinste. Überhaupt war er mir gar nicht unsympathisch.

»Runker, Johann ist mein Name.«

»Schön für Sie.« Ich nahm mein Buch auf und machte Anstalten, weiterlesen zu wollen.

»Jetzt ham S' eahna doch net so! Plausch ma a bisserl.«

Ich blies laut durch die Nase aus, schlug das Buch knallend zu und schaute ihm böse ins Gesicht. Aber nur kurz, im Gesicht des Endfünfzigers blitzten die blauen Augen so schalkhaft, dass ich weich wurde.

»Sagt Ihna der Name Leopold Goldzung was?«

»Hm. Weiß nicht genau.«

»Wie kamma sowas net genau wissen?«

»Weil ich bei der Firma Goldzung & Ftacek war, einer der beiden Männer, denen ich dort begegnet bin, hieß Ferdl. Könnte es sich dabei um den Mann von Ihnen handeln? Groß, dick, enormer Mittelscheitel?«

»Genau.«

»Und?«

»Jetzt raten Sie einmal.«

Ich konnte mir schon denken, was passiert war, aber das musste er ja nicht wissen. Wieder einmal vom Regen in die Traufe.

»Er hat Sie ausgeschickt, um mir seinen millionenschweren Firmenanteil zu übertragen, weil ich so einen netten Eindruck auf ihn gemacht habe?«

Meine Ironie drang nicht ganz durch, Runker anwortete staubtrocken: »Nein.«

»Wieso nicht?«

»Raten S' noamal. Aber diesmal besser.«

»Sie sind von der Polizei.«

»Sehr gut. In die Firma hams einbrochen.«

»Das ist schlimm, aber viel zum Stehlen wird nicht dort gewesen sein.«

»Woher wolln denn Sie das wissen?«

»Weil ich dort war, und egal, wie hoch der Kakaopreis momentan steht, deswegen bricht niemand ein.«

»Schön. Einen Herrn Alfred Ftacek kennen S' a?«

»Der andere Mann in der Firma, dünn, graues Haar, runde Brille?«

»Genau der.«

»Hat mir der seine Millionen vermacht?«

»Eher net.«

»Also, was ist mit den beiden?«

»Raten Sie noch ein drittes Mal.«

»Hm, tot sind sie nicht, sonst wären Sie ein wenig ernster bei der Sache. Liege ich soweit richtig?«

»Durchaus.«

»Also wurden sie entführt, gekidnapped?«

»Genau so ist es.«

»Wieso?«

»Wiss ma no net, aber wir hoffen, Sie kennan uns helfen.«

»Ah!«

Eine kleine Pause entstand, in der Runker schwieg. Auch das konnte er anscheinend.

»Weil ich der Letzte in der Firma war und danach verreist bin? Das war verdächtig?«

»Sehr gut. Aber Sie haben zwei Dinge vergessen.«

Ich konnte mir schon denken, was jetzt kommen würde.

»So? Was denn?«, fragte ich unschuldig.

Er hörte genau, dass mein Ton nicht ganz echt war, und lachte wieder mit den blauen Augen, die von roten Lachfältchen umgeben waren. Das Weiß der Augen war ein wenig gelb, der Mann hatte Zucker.

»Zwei Verdachtsmomente, die sehr schwer wiegen.«

»Ja?«

»Ja. Ich habe nachgefragt, es kennen Sie ein paar Leute. Außerdem haben wir gemeinsame Bekannte.«

»So, wen?«

»Herrn Bender.«

»Ah. Also ist schon Bekanntschaft ein Verbrechen?«

»Na, keineswegs.«

Bei Bender hatte ich meinen ersten Job in dessen illegalem Casino in Simmering gehabt. Bender war damals einer der großen Unterweltbosse Wiens gewesen.

»Wenn vier Kilo Koks aus der Asservatenkammer verschwinden, ist das alltäglich, aber wenn ein Bürger seiner Freundin beim Schokoladeeinkaufen begleitet, dann schrillen die Alarmsirenen so laut, dass sich ein Beamter in einen fahrenden Zug setzt, weil er es nicht erwarten kann, bis der Mann in Meidling ankommt. Ihr seid mir ein Verein!«

Runker lachte wieder, er ließ sich einfach nicht aus der Ruhe bringen.

»Herr Linder. Mir brauchen S' nix vormachen. Sie waren damals bei der Benderpartie, als der Fall Attzberger in der Zeitung war, im 98er Jahr.«

»So?«

»Ja.«

»Artberger? Noch nie gehört.«

»Glaub ich Ihna aufs Wort, der Mann heißt auch Attzberger.«

»Kenn' ich trotzdem nicht.«

»Sie sind mit ihm zehn Mal nach München gefahren, in sein' Benz.«

»München ist halt eine schöne Stadt, davon konnte ich gar nicht genug kriegen.«

»Ich bitt' Sie!«

»Ich werde langsam alt. Kann mich nicht an jeden erinnern, mit dem ich mal nach München gefahren bin.«

»Das war der Wiener Antiquitätenhändler, der Philharmoniker geschmuggelt hat, um seine Spielschulden bei Bender abzutragen. Sie waren der Aufpasser vom Alten, damals.«

»So?«

»Genau. Ihr Job is gwesen, darauf zum schauen, dass nix schiefläuft, und ich kann mir net helfen, aber ich glaube, des Ganze war Ihre Idee.«

»Was für eine Idee?«

»500 Philharmoniker über die Grenze zu bringen und die Mehrwertsteuerrückvergütung zu beantragen.« In dem Punkt tat mir Runker unrecht. Die Idee stammte tatsächlich nicht von mir, sondern von einem befreundeten Juristen, dessen Namen ich leider diesmal für mich behalten muss. Schließlich macht derjenige Karriere und verklagt im Zweifelsfall auch seine besten Freunde. Anwalt halt.

»Daran kann ich aber beim besten Willen nichts Illegales erkennen.«

Runker lächelte. »Wenn man die Münzen nachher klammheimlich zurückschmuggelt, um sie nächste Woche wieder hinüberzubringen, inklusive Mehrwertsteuerrückvergütung, dann ist das illegal.«

»Woher wollen Sie das wissen, dass Attzberger die Münzen wieder zurückgebracht hat? Haben Sie ihn erwischt?«

»Das nicht, aber wir ham bei der Nationalbank nachgefragt und dann a bisserl grechnet. So viele Philharmoniker gibt's gar net.«

»Was hat das jetzt damit zu tun, dass ich mit meiner Freundin in der Mollardgasse Schokolade eingekauft habe?«

»Die beiden Geschäftsinhaber sind verschwunden, das Büro wurde durchwühlt, und Sie waren die Letzten am Tatort.«

»Tragisch, aber die Verbindung zu mir sehe ich noch immer nicht.«

»Aber ich. Wenn so etwas passiert und der letzte Kunde ist jemand wie Sie, der auch noch zur selben Zeit verreist, dann schaut sich die Polizei des an. Routinearbeit nennt sich sowas.«

»Eben, ich war verreist. Da hab ich ja ein perfektes Alibi.«

»Genau das macht mi stutzig. Sehr viele Zufälle auf einmal. So was gibt's im echten Leben net.«

Mir passierte gerade etwas, was mir davor noch nie passiert war. Ich wurde zu Unrecht verdächtigt.

»Ich bekomme gerade einen Heidenrespekt.«

»Vor mir? Das liegt doch alles auf der Hand.«

»Nein, vor Ihnen habe ich schon Respekt, seit Sie in den Zug eingestiegen sind. Ich bekomme langsam Respekt vor mir selbst. Ihrer Darstellung zufolge scheine ich ja ein richtiger Superverbrecher zu sein. Blöd nur, dass mir das selbst noch überhaupt nicht aufgefallen ist.«

Runker lachte laut auf. Das Gesicht wurde, soweit das überhaupt möglich war, noch röter, und Tränen standen ihm in den Augen.

»Dafür können S' aber die Polizei net verantwortlich machen.«

»Hab' ich auch gar nicht vor. Ich wollte damit nur zum Ausdruck bringen, dass Sie mir viel zu viel zutrauen. So gut kann der Plan gar nicht gewesen sein, den Attzberger haben Sie ja eh geschnappt.«

»Schon«, Runker wurde schlagartig wieder ernst, »aber was mir unguat aufstoßt, ist, dass wir ihn erst gschnappt ham, als er seine Schulden bei Bender getilgt ghabt hat und den Schmuggel auf eigene Rechnung durchzogn hat.

Er war einer von de Idioten, die gierig werden. Des san Sie nicht.«

»Gierig? Oh doch, und wie. Aber was ganz anderes, wie sind Sie eigentlich darauf gekommen, dass ich ausgerechnet in dem Zug sitze?«

»Routine.« Er sprach das Wort französisch aus, mit stummem ›e‹ zum Schluss. »Wir ham herausgefunden, wo Sie wohnen, Sie warn net da, dann ham ma alle Mieter nach Ihna gfragt und es hat si aussergstellt, dass im Weinviertel san.«

Ich wusste auch schon, wer ihnen das gesagt hatte. Da kam im Haus nur einer in Frage. Mike der Verpfeifer, leider kann man sich seine Freunde nicht aussuchen.

»Ein Detail, Herr Runker, quält mich aber doch.«

»Ja?«

»Warum haben Sie nicht einfach angerufen. Ich besitze ein Handy, die Nummer steht auf der Institutshomepage.«

»Ah, halafonieren. I hab eh schon den ganzen Tag des Kastl am Ohr.« Er machte eine wegwerfende Handbewegung. »Außerdem, so richtig redt' si's eh nur in natura.«

»Ist das nicht grundlegende Polizeiarbeit? Hätte Ihr Chef denn nicht sagen müssen: ›Wenn S' net gern telefoniern, Runker, dann fahrn S' raus ins Weinviertel?‹«

Runker lächelte.

»Woher wollen S' denn wissen, dass er net genau des gsagt hat?«

»Warum sind Sie dann nicht gefahren.«

»Wir liegn dem Steuerzahler eh scho so arg auf der Taschn, da isses besser, i spar mir die Fahrerei, vor allem, wenn i eh waß, dass da draust in der Villa a Untersuchung laft.«

»So, das wussten Sie?«

»Sicher. Steht alles im Computer.« Da ging mir dann doch ein Licht auf. Ein kleines zitterndes Flämmchen in abgrundtiefer Dunkelheit.

»Sie haben mit Körthy telefoniert. Deswegen war der auch so gut über mich unterrichtet.«

In Gedanken verzieh ich Laura. Ich hatte sie schon im Verdacht gehabt, Körthy von meinen kleinen Geheimnissen erzählt zu haben. So war ich doch ein wenig erleichtert. Inzwischen fuhr Runker fort.

»Genau. Wenn der Körthy draust is, reicht mir des. Da hab i mein Sonntag net opfern müssn, mei Frau ist zfriedn, i bin zfriedn, der Steuerzahler is zfriedn.«

»Aber ich hätte doch in der Nacht einfach verschwinden können?«

»Glauben S' ma, wenn des Auto den Hof verlassen hätt', hätt' ich's vor Ihnen gwusst. Sie wärn net amal bis Gutbrunn kumman.«

»Ah so. Aber wenn Sie das alles wissen, müsste Ihnen doch wirklich klar sein, dass ich unmöglich die beiden Chocolatiers entführt haben kann. Seit Samstag zehn Uhr war ich keine Minute mehr alleine.«

»Herr Linder. Verkaufen S' mi net für blöd.«

»Außer ich krieg was dafür.«

»Mi nimmt net amal mehr mei Muada. Vom Umtausch ausgeschlossen.« Runker lachte wieder. Das war ein schöner Anblick. Für depressive Stunden sollte man einen Runker auf Video zu Hause haben, das ist besser als der schönste Sonnenschein. »Schmähohne jetzt. I glaub net, dass Sie die beiden entführt ham, i glaub a net, dass Sie einbrochen ham, aber, dass Sie da was draht ham, kann I ma scho vurstelln.«

»Das ist ungut für mich.«

»Tuat ma lad, aber Job is Job.«

»Keine Sorge, persönlichen Groll hege ich keinen gegen Sie.«

»Sehr gut. Also wos is passiert?«

»Keine Ahnung. Wirklich nicht.«

»I wer net lockerlassen.«

»Das befürchte ich auch. Aber was ganz anderes bereitet mir Sorge.«

»Was denn?«

»Die Polizei hat mir schon viel geglaubt, das gelogen war. Jetzt sag ich einmal die Wahrheit und sie glaubt mir nicht.«

»Künstlerpech. Wer einmal lügt, dem glaubt man nicht.«

»Ja, ja, ich hätte doch auf meine Oma hören sollen.«

»Was dagegen, wenn i mitkumm in Ihre Wohnung? I glaub zwar net, dass Sie dort irgendwas versteckt ham, aber Routine is Routine. Sonst kumm i mit an Richterfetzerl wieder.« Er meinte einen Durchsuchungsbefehl.

»Sicher, kein Problem. Mi casa es su casa.«

Der Zug hielt in Meidling, wir stiegen aus und fuhren in die Felberstraße, dorthin, wo ich damals wohnte. Die ganze Zeit über musste ich daran denken, dass Runker einmal ein ›wir‹ herausgerutscht war, was bedeutete, dass sein Partner wahrscheinlich gerade Laura verhörte. Das war zwar gut für mich, denn das würde klarstellen, dass ich fünf Minuten, bevor ich die Firma betreten hatte, noch keine Ahnung davon gehabt hatte, dass ich jemals dort sein würde, weshalb ich dort auch nichts geplant haben konnte. Aber so gut das auch für mich sein mochte, für Laura war es sicher nicht so gut.

11

Das Wasser kühlte gerade ein wenig ab, ich hatte die Kanne schon ausgespült und füllte mein Teesieb mit dem grünen Stoff, aus dem die Träume sind: Sencha. Ich ließ die glatten, nach frischem Heustock duftenden Blätter einzeln durch meine Finger laufen. Mein Gaumen kribbelte, und ich war in Hochstimmung. Schließlich goss ich das Wasser in die Kanne und der Duft stieg mir in die Nase. Nun hieß es nur noch ein paar Minuten warten und dann konnte getrunken werden.

Hinter mir kramte Runker in meinen Sachen herum. Lustlos stocherte er in meinem Kasten, hob ein paar Bücher auf, öffnete Schubladen und ließ sich dann mühsam seufzend in meinen Ohrensessel sinken.

»Was gefunden?«, erkundigte ich mich höflich.

»Ah was. Gibt's was zum Trinken?«

»Nur Tee.«

»Fesch.«

Mir war nicht ganz klar, wie das gemeint war, darum fragte ich nach.

»Wollen Sie auch einen?«

»Bloß net. Darf ma rauchen?«

»Sicher.«

Mit der Kanne, meiner Schale und einem Teller kam ich ins Zimmer zurück. Den Teller stellte ich vor Runker hin.

»Ersatzaschenbecher?«, fragte er schmunzelnd.

»Genau.«

»Zur Not geht's a.«

»Fein. Haben Sie was gefunden?«

»Überhaupt net. Aber des hamma a beide net erwartet.«

In dem Moment klopfte es an der Tür.

»'tschuldigung«, murmelte ich und ging hinüber. Ich linste durch den Spion. Draußen stand eine Frau, eine junge Frau, die ich nicht kannte. Neugierig öffnete ich.

»Ja, bitte?«

»Der Erlagschein, bitte diesmal pünktlich.«

Gewöhnlich hängte den die Hausbesorgerin einfach an die Tür. So einen Service hatte es noch nie gegeben. Außerdem hatte sie das Wort ›pünktlich‹ mit ausgesprochen viel Mimik unterlegt.

»Sehr schön.« Ich nahm den Zettel an mich. Die junge Frau hatte meinen fragenden Blick bemerkt und zwinkerte mir zu.

»Wiederschaun«, sagte sie. Ich nickte und schloss die Tür.

»Mietvorschreibung«, erklärte ich Runker und wedelte mit dem Zettel vor seiner Nase herum. Er schaute gar nicht hin, da er gerade damit beschäftigt war, seinen Lungentorpedo in Betrieb zu nehmen. Auf der Rückseite des Papiers stand etwas Handschriftliches. Ich trat zum Schreibtisch und ließ den Zettel zwischen meinen Unterlagen verschwinden. Um die Nachricht würde ich mich später kümmern.

»Sie sind mir einer.« Er schüttelte den Kopf. »Ist das nicht ungewöhnlich, dass Ihnen die Mietvorschreibung persönlich gebracht wird? Bei mir liegt die im Briefkasten oder klemmt im Türschlitz«, wechselte er abrupt das Thema. Runker war nicht zu unterschätzen, dem Mann entging nichts.

»Ah so? Nein, bei mir ist das so üblich. Wenn ich zu Hause bin, dann läuft das immer so ab.«

»Nett.« Er nahm ein paar Züge, ich schenkte mir ein und begann, mein Teeindefizit abzubauen. Nach der dritten Tasse, Runkers Zigarette war nur mehr ein Stummel, begann er von Neuem zu sprechen.

»I kann momentan net vül machen. Wenn Sie irgendwas erfahren, Linder, dann melden S' sich. Glauben S' mir, wenn Sie da mit drinhängen, erwisch i Sie. So vorsichtig können S' gar net sein.« Er dämpfte den Tschik aus und stand auf. »Bleibn S'ruhig sitzen, de Tür find i a von allanig.« Damit war er gegangen.

Ich blieb sitzen. Mir schmeckte der Tee und ich hatte viel nachzudenken. Ich war gerade bei Laura angelangt, es konnte also noch keine Minute her sein, dass Runker gegangen war, da klopfte es erneut an meiner Tür.

»Linder drin, wer stört?«, rief ich unwillig hinaus.

»Runker.«

»Ah so.« Aufstehen und die Tür öffnen war das Werk eines Augenblicks. Ich hielt die Teetasse in der Hand und lächelte ihn an.

»Spielen Sie jetzt Columbo?«

»Ungern. Könnt ich einmal einen Blick auf den Erlagschein werfen?«

»Sicher.« Ich blieb ganz ruhig. Äußerlich jedenfalls. Was immer auf der Rückseite stehen mochte, ich wollte nicht, dass Runker wusste, was es war.

Langsam ging ich zum Schreibtisch hinüber, stellte mich hin und begann, mit der Rechten meine Papiere zu durchwühlen. Die Linke mit der Teetasse führte ich zum Mund. Die Mietvorschreibungen kamen in dem Haus, in dem ich damals wohnte, immer für zwei Monate im Voraus. Die beiden Erlagscheine waren durch eine Perforation voneinander getrennt. Die Nachricht für mich stand auf der Hinterseite des Zettels für November. Als ich die Mietvorschreibung gefunden hatte, stellte ich wie zufällig die Teetasse ab, sodass sie auf dem einem Teil des Erlagscheins zu stehen kam. In dem Moment, in dem die Tasse mit dem Tisch in Berührung kam, trennte ich schnell, leise und sorgfältig den anderen Teil ab. Ich hoffte, dass das Geräusch der Tasse auf der Schreibtischplatte und die natürliche Bewegung meines Armes Runker täuschen würden. Die Perforation war gut, es blieb nichts hängen. Dann ließ ich die Tasse stehen und ging mit dem Zettel für Oktober zu Runker zurück. Ich habe ganz geschickte Finger, es konnte also durchaus sein, dass mein kleiner Trick gut gegangen war.

»Bitte.« Ich reichte ihm den Wisch. Unschuldiger als ich in diesem Moment hat noch nie jemand dreingeschaut.

Er drehte den Zettel zwischen den Fingern hin und her. Beäugte ihn kritisch und gab ihn zurück.

»Danke. Schen Tag no, und wenn S' was von der Goldzung-Ftacek-Geschicht hern, lassn S' as mi wissen!« Er drehte sich um und ging. Ich steckte den Zettel ein und schloss die Tür hinter ihm.

Wenn man nächtelang am Spieltisch Falschspieler beobachtet hat, lernt man so einiges über geschicktes Täuschen und Tarnen. Man muss gar nicht übermäßig geschickt sein, meist reicht es, zwei Bewegungen, eine natürliche und eine geheime, zugleich auszuführen. Am Spieltisch ist das bedeutend schwieriger als in diesem Fall. Runker hatte in der Tür gestanden, vier Meter hinter mir. Wenn ich es nur halbwegs gut gemacht hatte, war ihm wirklich nichts aufgefallen. An einem Tisch, an dem sich alle auf Armeslänge gegenübersitzen und auf Mätzchen gefasst sind, ist das wesentlich schwieriger. Bei Bender saß mal einer, für den ich einen ganzen Abend lang dealte und der mich nach Strich und Faden beschiss. Ich brauchte über acht Stunden, um ihm auf die Schliche zu kommen. Und fast drei Monate, um das Ganze dann zu Hause zu üben, bis ich es so gut konnte wie er.

III

Als ich sicher war, dass Runker nicht mehr zurückkommen würde, holte ich die Mietvorschreibung für November heraus und besah mir die Rückseite. ›Bar, Hütteldorfer Straße 51, 16 h‹, stand da geschrieben. Offenbar wollte mich jemand sprechen. Um zu erraten, wer mich da sprechen wollte, brauchte ich meinen intellektuellen Turbolader keineswegs anzuwerfen. Das konnte nur das Mädchen sein, das mir die Nachricht überbracht hatte. Sie musste in irgendeinem Zusammenhang mit dem Besuch von Runker stehen. Wenn ich mich weit aus dem Fenster lehnen wollte, würde ich auf die Enkelin meiner Hausbesorgerin getippt haben. Aber das würde sich ja noch alles zeigen. Es war noch nicht einmal halb neun. Der Tag war noch lang bis 16 Uhr.

Nach dem stürmischen Wochenende, das hinter mir lag, hatte ich nicht die Ruhe, um mich auf meine Lehrveranstaltungen im kommenden Semester vorzubereiten. Weder zu Hause noch in der Nationalbibliothek. Vor allem, dass Laura nichts mehr von mir wissen wollte, traf mich hart. Ich versuchte gerade, mir einen Plan zurechtzulegen, anhand dessen ich mich bei Laura rehabilitieren könnte, als mein Handy zu summen begann. ›Unbekannter Teilnehmer‹ verkündete das Display. Ich nahm den Anruf an.

»Linder?« Die Stimme kam mir bekannt vor.

»Ja. Wer dort?«

»Geben Sie mal einen Tipp ab, wer ich denn sein könnte.« Das letzte Mal, im März, hatte er sich mit haargenau den gleichen Worten gemeldet.

»Unrath?«

»Richtig.«

»Was kann ich für Sie tun?«

»Gar nichts. Allerdings könnte ich vielleicht etwas für Sie tun.«

»Das klingt gar nicht schlecht. In welcher Sache?«

»Kommen Sie um 10 Uhr ins Café am Heumarkt. Hausnummer 12. Kennen Sie das?«

»Nein.«

»Dann freuen Sie sich drauf. Vorsicht, es ist schwer zu finden, da kein Schild heraußen hängt.«

Er hatte aufgelegt. Mir fiel partout nicht ein, warum mich Unrath anrufen sollte. Vor einiger Zeit, als ich einem Traum aus Papier nachjagte und dabei Laura kennenlernte, kreuzten sich unsere Wege. Danach aber nie wieder. Seltsam. Ich warf mein Jackett über, sperrte hinter mir ab und machte mich auf zum Treffen mit Unrath.

An der Ecke Stadtpark/Hotel Intercontinental blieb ich stehen. Nirgendwo ein Schild, eine Tafel oder ein ähnlicher Hinweis. Dann entdeckte ich die Hausnummer 12 und ging darauf zu. Zuerst dauerte es etwas, bis ich das Café überhaupt entdeckte, dann war ich mir unsicher, ob es überhaupt geöffnet hatte, und schlussendlich stand ich allein im Dunkeln. Kein Licht brannte, und als ich die Tür hinter mir schloss, war es still. Da hob von hinten, wo die Küche ist, eine Stimme an zu singen: »Ich bin so traurig und ach so allein …« Die Tür fiel ins Schloss und die Stimme brach ab. Ein Kopf mir Scheitel, Brille und Schnauzer erschien.

»Einen großen Mokka, bitte.«

»Großer Schwarzer, kummt sofort.«

Ich suchte mir einen Platz in der Eckbank, dort, wo eine

längst abgehängte Uhr einen weißen Fleck auf der nikotingelben Tapete hinterlassen hatte. Der Ober kam mit dem Kaffee und zwei Schildern. Eines rot, das andere grün.

»Raucher oder Nichtraucher?«

»Entschuldigen Sie, ich verstehe nicht ganz?«

»Wolln Sie im Raucher- oder im Nichtraucherbereich sitzen?« Er hielt mir die Taferln unter die Nase. Das rote mit der durchgestrichenen Zigarette, das grüne ohne Verbotshinweis.

»Nichtraucher, bitte.«

»Sehr gerne.« Er stellte das rote Taferl vor mir auf den Tisch. In diesem Moment sprang der Generator unter der Speisenvitrine knatternd an. Mir war nun klar, wieso sich dieses Café zum Klubheim der österreichischen Telefonwertkartensammler gemausert hatte.

Es dauerte nicht lange und Unrath erschien. In dem vergangenen halben Jahr hatte er sich überhaupt nicht verändert. Wir hatten uns kennengelernt, als ich einem antiken Papyrus in der verzweifelten Hoffnung hinterherjagte, meine finanzielle Misere zu beenden. Geld war keines für mich übrig geblieben, aber wie es so kommt, hatte ich ein paar Leute kennengelernt und es irgendwie geschafft, mir nicht alle zum Feind zu machen. Einer davon war Unrath. Seniorpartner einer Anwaltskanzlei und auf Du und Du mit allem, was in Wien Rang und Namen hatte.

Unrath schritt durch das Café, als gehöre ihm der Laden. Am Tisch angekommen, hängte er seinen dunkelgrünen Mantel sowie seinen Hut an den Ständer und schüttelte mir herzlich die Hand. Ich war aufgestanden, die alten Knaben von Unraths Schlag stehen auf gute Manieren.

»Setzen Sie sich, Linder.« Er bot mir den Platz an, auf dem ich schon fünf Minuten gesessen war.

»Danke«, spielte ich mit.

Der Ober erschien mit dem von mir bestellten Mokka und stellte ihn vor Unrath auf den Tisch.

Unrath fragte mich großzügig: »Was trinken Sie?«

»Einen großen Schwarzen, bitte.«

»Großer Mokka, kummt sofort.« Der Ober verschwand hinter der Ecke.

Unrath beäugte den Kaffee, roch daran und nippte genießerisch. Und dann tat er etwas, was ich noch nie gesehen hatte. Er benutzte das Wasser, das traditionsgemäß zum Kaffee serviert wird, seinem originalen Verwendungszweck entsprechend. Er säuberte darin seinen Löffel. Erst dann zuckerte er und rührte um. Den verwendeten Löffel platzierte er anschließend im Wasserglas.

»Hatten Sie ein schönes Wochenende?«

»Woher wissen Sie davon?«

»Ich habe 50 Jahre Berufsleben hinter mir, da lernt man Gott und die Welt kennen, ob man will oder nicht. Ich für meinen Teil war immer schon Philanthrop und habe mich für die Nöte, Ängste und Wünsche meiner Mitmenschen interessiert. Prozesse führe ich keine mehr, also bleibt mir alle Zeit der Welt, um zu tratschen. Wenn Sie wollen, dann kann ich Ihnen auch die Anzahl der Spitzen des Hoserls der Sekretärin des Bundeskanzlers nennen. Aus Gründen des guten Geschmacks hoffe ich allerdings, dass Sie mir diese Frage nicht stellen werden.«

»Keine Sorge. Aber dass Sie sich aus humanen Idealen heraus um ›Nöte, Ängste und Wünsche‹ interessiert haben wollen – das nehm' ich Ihnen nicht ab.«

»Glauben Sie, die menschlichen Schwächen meiner Nächsten sind mir gleichgültig?«

»Der Weg zum Geld der Leute führt über ihre Schwächen, lehren uns die Weisen. Deswegen haben Sie sich dafür interessiert.«

»Hörn Sie mal, junger Mann. Das ist unverschämt, ich bin Jurist und kein Trickbetrüger.«

»Was manchmal auf dasselbe hinausläuft …«

»Na.« Er sprach die Silbe schnell, mit ganz kurzem ›a‹, zum ›o‹ hin gleitend. Ein Italiener hätte ›ecco‹, ein Franzose ›et voilà‹ gesagt, und der Wiener sagte eben: Na. Der Ausruf ist ambivalent, ein Feldzeugmeister kann damit seine Niederlage in der Schlacht kommentieren, ein Familienvater die Nachricht von der Verlobung seiner Tochter, ein Kapellmeister eine perfekt gespielte Symphonie oder der Finanzminister den Rechnungshofbericht. Unrath meinte damit etwas in der Art: Das ist der Lauf der Welt, was wollen Sie mich dafür verantwortlich machen?

»Also, erzählen Sie mir nun vom Wochenende?« Unrath gierte nach Details wie der Teufel nach einer armen Sünderseele.

»Was interessiert Sie das?«

»Seit gestern Mittag summt es im Bienenstock. Alle sind ganz aus dem Häuschen, es wird telefoniert und d'Leut reden von nix anderem mehr.«

»Lassen Sie sich doch den Ermittlungsakt kommen.«

»Ah.«

»Soll das heißen, das ginge nicht?«

»Doch, schon, aber des is heikel und dauert.« Unrath zog das letzte Wort in die Länge. »Jetzt ist der Akt noch in Mistelbach, dann geht er nach Pölten, der Landeshauptmann hat da ein Interesse an der Sache genommen, und dann ist es sicher schon früher Abend, bis er mir auf dem Schreibtisch liegt.«

»Das ist ja nun wirklich ein Skandal!«, rief ich aus. »Da

ist der Bericht seit gestern Abend fertig, und Sie müssen wirklich nahezu 24 Stunden darauf warten. Die Republik geht vor die Hunde. Vielleicht müssen Sie sich dann auch noch mit einer Kopie begnügen.«

»Das wäre wirklich eine Katastrophe«, seufzte Unrath, nahm einen Schluck von seinem Kaffee und winkte dem Ober nach einem neuen. »Geh, sein S' so gut, machen S' uns schnell noch zwei, ja?« Es war diesmal also auch einer für mich dabei.

»Was soll nur aus dem Staat werden, wenn ein geheimer Ermittlungsakt 24 Stunden braucht, um auf dem Schreibtisch eines privaten Anwalts zu landen?«

»Unter Verschluss, nicht geheim. Der Akt steht unter Verschluss, das sind zwei verschiedene Angelegenheiten. Außerdem bin ich nicht irgendwer.«

»Nein, das sind Sie wirklich nicht.«

»Alsdann, erzählen Sie mir jetzt, was sich da draußen abgespielt hat?«

»Sicher. Aber Sie erzählen mir etwas über Anne Krobath.«

»Wenn Sie wollen ...«, er zuckte mit den Schultern und lächelte sardonisch, »wenn Sie durchaus wollen ...« Nachdem er den Satz hatte ausklingen lassen, fuhr er fort: »Jetzt zu Ihrem Wochenende: Ich nehme an, es war einer dieser goldenen Herbsttage ...«

Ich erzählte ihm alles, was sich zugetragen hatte, wovon ich Kenntnis hatte und was ich vermutete. Danach unterzog er mich einem peniblen Verhör. Jede Tatsache, jeder Ausspruch, einfach alles wurde noch einmal durchgehechelt, von allen Seiten geprüft und auf Stichhaltigkeit und Skandaltauglichkeit hin überprüft.

»Ah«, stieß er aus, lehnte sich in der Bank zurück und

streckte die Füße behaglich unter den Tisch. »Da hatten Sie aber ein schönes Wochenende. Ich war mit meiner Frau in unserem Haus am Neusiedler See.« Er schüttelte den Kopf. »Lassen Sie sich einen Rat geben, Linder: Wie man sich bettet, so liegt man. An dem Satz ist mehr dran, als das Auge vermuten würde.«

»Wieso?«

»Weil ich schon so lange verheiratet bin, dass man's in Jahren gar nicht mehr zu zählen vermag. Suchen Sie sich Ihre Frau mit Bedacht.«

»Ich verstehe nicht ganz.«

»Laura, Herr Linder, Laura. Vergessen Sie nicht, ich war auch einmal mit ihr bekannt.«

»Ich weiß.«

»Die Frau ist kein Heimchen am Herd.«

»Das ist sie sicher nicht.«

»Sie werden sich mit ihr unglücklich machen. Na gut, unglücklich wird man immer, aber mit ihr noch mehr. Das wollte ich sagen.«

»Da gibt es nichts mehr zwischen ihr und mir.«

»Das letzte Mal, als wir uns trafen und Sie so marod warn, da gab's doch auch nichts zwischen Ihnen und ihr?« Pause. »Und doch fahren Sie dann mit ihr ins Wochenende, das mein' ich.«

»Sie meinen, da ist ein Muster erkennbar?«

»Genau. Wenn ich mir Sie genauer anschau', weiß ich schon, wie das enden wird.«

»Wie?«

»In einer Versöhnung.« Das Wort nahm bei ihm den Klang von ›Weltuntergang‹ an. »Das fällt zwar mehr in Ihren Bereich, aber hat Euripides nicht gesagt, dass Liebe im Übermaß weder Würde noch Ruhm bringt?«

»Ja, hat er, und zwar in der Medea. Aber er hat auch gesagt, dass unter allen Krankheiten die Liebe die beste sei, und Krankheiten kann man sich bekanntlich nicht aussuchen.«

Unrath lächelte.

»Lassen wir das«, fuhr er fort, »Sie werden schon wissen, was Sie tun. Vom unbeschwerten Eheglück eines Reihenhauses träumen Sie ohnedies nicht. Gehe ich recht in der Annahme?«

Ich nickte.

»Anne Krobath?«

»Lassen Sie die Finger von der. Die Frau ist wie eine Rasierklinge.«

»Schwingt da ein wenig Kastrationsangst mit?«

»Vielleicht, woher soll ich das wissen? Ich bin Anwalt und kein Psychiater.«

»Lassen Sie die Vergleiche und erzählen Sie schon.«

»Das erste Mal habe ich von ihr gehört, als Miro Krobath Anfang der Neunziger auf den Konkurs zusteuerte. Wenn ich mich recht erinnere, besaß er damals eine marode Zahnradfabrik, aber ich kann mich täuschen. Auf jeden Fall fiel ihm dann aus dem großen Kuchen der verstaatlichten Industrien ein Teil der Voest in den Schoß. Alle Welt wartete gespannt darauf, wie die Sache ausgehen würde. Besser gesagt, alle wussten, dass er einen Bauchfleck hinlegen würde. Wir warteten nur auf das ›wie‹ und vor allem …«

»… wen er mit in den Abgrund reißen würde?«

»Exakt. Es war im Frühling, wir saßen im Landtmann, frühstückten, glaub' ich. Da kam einer der Wirtschaftsjournalisten der ›Presse‹ an unseren Tisch gestürmt und fragte nach einer Anne …, Anne …, wie war doch der

Name? Jedenfalls, ob wir von der schon mal gehört hätten. Hm, ihr Mädchenname will mir jetzt partout nicht einfallen. Er liegt mir auf der Zunge.« Unrath nahm einen Schluck von seinem Kaffee. »Es ist zum Verzweifeln.« Er stellte die Tasse wieder ab. »Linder, passen Sie gut auf.«

»Sicher.«

»Alt werden ist kein Spaß, vergessen Sie das nie.«

»Werd's mir merken«, grinste ich.

Das nahm mir Unrath übel. »Treiben Sie Ihre Scherze gefälligst ein wenig sensibler, Linder. Einen alten Mann wegen seines nachlassenden Gedächtnisses zu verlachen, stellt Ihrer Moral kein gutes Zeugnis aus.«

»Werd ich mir auch merken. Ich wollte Sie doch nur ablenken. Wie hieß Anne Krobath noch mal mit Mädchennamen?«

»Unnützes Fragen. Das fällt mir nicht mehr ein. War irgendwas slawisches, konsonantenreich, so was wie Hrnk in der Art, wenn Sie verstehen.«

Ich half ihm ein wenig auf die Sprünge: »Ftacek?«

»Genau! Ftacek. Wie kommen Sie auf den Namen?«

»Ach, bloß geraten.«

»Nehm ich Ihnen nicht ab.«

Unrath schaute tief in seinen Kaffee. Er grübelte.

»Ftacek, da schau her. Sind das nicht die Schokoladerer?«

Ich nickte.

»Was ist mit ihnen?«

»Verschwunden.«

»Seit wann?«

»Wochenende.«

»Soso.«

»Kennen Sie die Firma?«

»Die kennt jeder.«

»Ich wusste bis Samstag nichts von ihnen.«

»Sie haben ja auch kein Geld. Die Firma stellt Schokolade her, seit irgendwann im Dreißigjährigen Krieg eine Söldnerrotte einen Karren voll Kakao erbeutet hat. Die Trinkschoklad für Maria Theresia kam von ihnen, genauso wie die Original Sachercouverture. Verkaufen an exklusive Kundschaft in der ganzen Welt, hauptsächlich nach Bestellung, aber auch nach historischen Rezepten.«

»Nach Bestellung, Bespoke-Schokolade quasi?«

»Ganz genau so.«

Wir dachten beide ein wenig nach, nippten an unseren Kaffees und schauten auf den vielbefahrenen Heumarkt hinaus. Die Bäume im Stadtpark begannen sich schon zu entlauben, Gold und Rot schimmerten zu uns herein.

»Und, hatte wer?«, frage ich nach gut fünf Minuten.

»Hatte war was?«, fragte Unrath zurück.

»Hatte wer von Anne Krobath, vulgo Ftacek gehört? Damals im Landtmann.«

»Nein, niemand. Das war bemerkenswert. Schließlich saßen Parlamentarier, ein Minister und jemand von der Bankenaufsicht am Tisch. Alles Leute, für die Vitamin B der einzige Karrieretreibstoff ist. Niemand hatte von ihr gehört. Dann meinte der junge Journalist, dass sie Krobath heiraten wollte oder umgekehrt, er sie.«

»Da wussten alle, dass sie reich war?«

»Wir nahmen es zumindest an.« Unrath zuckte mit den Achseln und breitete vielsagend die Hände aus.

»Auf jeden Fall heiratete Krobath sie wegen des Geldes.«

»Nicht einmal das kann ich sagen. Sie tauchte so plötzlich auf, niemand hatte von ihr gewusst. Das muss damals alles ungeheuer schnell gegangen sein. Allerdings, und das ist jetzt nicht nur eine persönliche Einschätzung, glaube ich nicht, dass nur er ein Geschäft mit der Heirat gemacht hat.«

»Es war aber ihr Geld, das ihn vor der Pleite gerettet hat?«

»Sicher. Er hatte so genug Sicherheiten, um die Zahnradfabrik abzustoßen und mit dem bisschen Geld die B-Tech in Gang zu bringen.«

»Also hat er doch ganz ordentlich profitiert.«

»Schon, allerdings kannte Anne Ftacek niemand, Anne Krobath aber, die kennt jeder.« Er machte eine gewichtige Pause und trank einen Schluck Wasser.

»Sie meinen, sie hatte damit Zugang zu den ›besseren‹ Kreisen?«

»Genau. Es ist ein wenig so wie in diesen Frauenromanen. Reiche, junge Erbin heiratet skrupellosen Industriellen, der mit ihrem Geld den Erfolg erwirtschaftet.« Unrath lächelte verschlagen.

»In dem Fall allerdings umgekehrt?«

»Das wollte ich damit zum Ausdruck bringen.« Wieder ein Schluck Wasser. »Krobath hielt sich vielleicht für so einen Typen, aber die junge, reiche Erbin spielte selbst das Spiel.«

»Sie hat mehr profitiert als er?«

Unrath nickte langsam und spielte mit seiner Kaffeetasse. Wie durch Zauberkraft erschien der Kellner, und es wurden noch einmal zwei Mokka bestellt.

»Frau Krobath sitzt dank der Verbindungen ihres Mannes im Vorstand einer Versicherung. Darüber hinaus leitet sie noch ein eigenes Unternehmen. Sie kennt mittlerweile jeden einflussreichen Politiker Österreichs mit Vornamen, und alles, was Miroslav Krobath hat, ist seine halbinsolvente B-Tech.«

»Sie meinen, er wurde langsam zur Belastung?«

»›Der Mohr hat seine Schuldigkeit getan, der Mohr kann gehen‹, so hätte das Schiller formuliert.«

»Ich glaube, im Original spricht Schiller von ›Arbeit‹ und nicht von Schuldigkeit.«

»Kann durchaus sein. Die Situation bleibt die gleiche.«

»Können Sie mir noch ein bisschen mehr erzählen?«

»Warum fragen Sie nicht Laura, die müsste das alles aus erster Hand wissen, sie war doch bei dem letzten Geschäft dabei.«

»Mit Laura ist es im Moment nicht so einfach.«

»Wegen der Affäre im Landhaus?«

»Genau.«

»Sie gibt Ihnen die Schuld?«

»Könnte man so sagen.«

Unrath lächelte sanft. »Jetzt wollen Sie ihr zeigen, dass Sie mit dem Mord nichts zu tun hatten?«

»Wenn's geht.«

»Ein Rat des Alters an Jugend und Ungestüm, wenn's erlaubt ist?«

»Ihnen jederzeit.«

»Lassen Sie die Finger von der Krobath. Vielleicht irre ich mich, aber das ist die mächtigste Frau der Republik. Die Frau Justizminister macht zweimal im Jahr mit ihr Wellness. Manche Leute sagen, dass der Bawag-Prozess nur deswegen ins Laufen gekommen ist, weil die Krobath ihr Okay gegeben hat.«

»Wollen Sie mir Angst einjagen?«

»Angst ist gesund.«

»Aber nicht allzu spaßig.«

Der Ober kam mit den neuen Tabletts und stellte sie vor uns auf den Tisch. Solange er sich in Hörweite befand, warteten wir mit der Fortsetzung unseres Gesprächs. Als er um die Ecke in die Küche abgebogen war, begann Unrath von neuem.

»Mit von der Wellnesspartie sind auch noch die Frau vom Ex-Finanzminister, wissen's eh, die Kristallerbin, die Frau vom Polizeigeneral, und die vom Häupl ist auch mit dabei.«

»Der Bürgermeister ist mittlerweile verheiratet? Sind Sie sicher?«

»Ich war schließlich dabei.«

»Klingt wirklich angsteinflößend. Ein Frauennetzwerk, das Österreich kontrolliert.« Mir war nun erstmals vollständig klar, warum Laura so versessen darauf gewesen war, das Wochenende auf Duvenbecks Landsitz zu verbringen und einen guten Eindruck zu machen. Anne Krobath und nicht Duvenbeck war das Ziel ihrer Wünsche gewesen.

»Na und, Männer machen des seit Jahrtausenden, wurde einfach Zeit, dass die Damen da auch mitmischen.«

»Sie sind Feminist?«

»Nein, aber Humanist. Zumindest in der Freizeit leiste ich mir den Luxus, Menschen zuallererst als Menschen zu sehen, und dann erst als Vertreter von Geschlechtern, Ständen und Berufen. In der Pension genieße ich sehr viel Freizeit, müssen Sie wissen.«

»Und wie war das früher, als Sie noch nicht so viel Freizeit zur Verfügung hatten? War da die Primärkategorie Freund-Feind?«

»Nein. Nur Idioten denken so. Früher habe ich die

Menschen zuerst danach eingeschätzt, ob ich sie oder sie mich benutzen konnten. Dann erst kamen die anderen Schemata.« Sehr schön, Unrath zog das ›sch‹ nicht zu einem Anfangslaut zusammen, sondern trennte ›s‹ und ›ch‹, so wie es sich gehörte.

»Sie haben wohl viel Sun-Tzu gelesen in Ihrer Jugend.«

»Sicher. Man gewinnt den Krieg, bevor man in die Schlacht zieht, nicht umgekehrt. Außen hatte ich den Einband von ›Mein Kampf‹, drinnen den alten Chinesen«

»Der Wolf im Schafspelz sozusagen.«

Bei meinem Kommentar verzog Unrath die Lippen. »Ihr Humor, Linder, hat einen Goût, aber das verstehe ich als Kompliment. Auf jeden Fall habe ich lieber eine gute Strategie als Glück.«

Unrath griff zu einem der Zuckerpäckchen, die auf dem Untersetzer lagen, schüttelte es, riss es auf und ließ die weißen Kristalle langsam in die Crema des Mokkas fallen. Sie blieben auf ihr liegen und verfärbten sich langsam in ein Haselnussbraun. Unrath führte die wohlgerundete, dickwandige Tasse zum Mund. Genießerisch ließ er sich den Duft in die Nase steigen, dann nippte er. Als die Tasse wieder auf ihrem Platz stand, atmete er tief aus und meinte: »Das Alter ist eine schreckliche Sache. Mittlerweile glaube ich sogar, dass der Kaffee in meiner Jugend besser geschmeckt hat. So einen Duft wie damals, als unsere Seffa den Kaffee für die Sonntagstafel gemahlen hat, so einen Duft gibt es nicht mehr in dieser Welt.«

IV

Nachdem wir noch ein wenig getratscht hatten, verabschiedete ich mich von Unrath und machte mich auf den Weg. Der 57A ließ nicht allzu lange auf sich warten, ich stieg ein und fuhr bis zur Geibelgasse. Dort befand sich zwar eine Station des 12A, der mich nach Hause bringen würde, aber, viel wichtiger noch, in der Gegend hatte ich Kontakte. Bis zu meiner Verabredung um vier Uhr blieb mir noch ein wenig Zeit. Es war schon sehr lange her, dass ich mich bei Korinek hatte blicken lassen, und wir waren damals nicht in Freundschaft voneinander geschieden. Genauer gesagt, ich hatte ihn ordentlich aufs Kreuz gelegt. Aber vielleicht war mittlerweile der Glorienschein der Erinnerung stärker als seine Wut, hoffte ich zumindest. Auf jeden Fall hatte ich ein ungutes Gefühl bei der Sache. Aber wenn ich Laura beweisen wollte, dass ich mit der Wochenendkatastrophe nichts zu tun hatte, blieb mir nichts anderes übrig. Korinek war der Einzige, der mir weiterhelfen konnte. Ich würde die Krot' wohl schlucken müssen, wie man bei uns sagt.

In den kleinen Gassen rund um den Dadlerpark ist viel los. Tagsüber merkt man das zwar nicht, aber Spuren lassen sich auch finden, wenn die Sonne scheint. Benutzte Kondome, zerknüllte Tablettenpackungen und leere Cafés. In eines davon trat ich ein. Bis auf die traurige Atmosphäre und einen armseligen Wirt war niemand anwesend. Der Wirt stand über den Tresen gebeugt und las die Kronenzeitung, auf seiner Schulter lag ungebraucht ein fettiges Geschirrtuch. Die braune Holztäfelung der vier Wände schmückten alte Fotografien und Zeitungsausschnitte.

Dumpf stinkender Zigarettenrauch und der saure Geruch von abgestandenem Bier erzählten die Geschichte vieler langer Nächte. Als die Tür hinter mir ins Schloss fiel, hob der Mann hinter dem Tresen gelangweilt den Blick. Seine kleinen Augen waren blutunterlaufen, und seine Gesichtsfarbe verhieß nichts Gutes.

»Mir hamma no zua.« Die Worte dehnten sich ihm im Mund wie Kaugummi.

»Weiß ich. Ist der Chef hinten?«

»Mir hamma no zua.« Er senkte wieder den Kopf und nahm seine Exegese der Tagesereignisse wieder auf. Oder tat zumindest so. Ich trat an den Tresen, er ignorierte mich weiter. Neben seiner Rechten stand ein Aschenbecher aus Glas. Drei Camelleichen gaben sich darin die Ehre. Ich hob den Aschenbecher und schlug ihn auf den Tresen. Die Camelstummel flogen durch die Luft. Aufmerksamkeit durch Knalleffekt sozusagen. Der Mann zuckte zusammen, fasste sich aber augenblicklich wieder und versuchte, mich mit seiner Rechten am Hemdkragen zu packen. Nostradamus, der ich bin, hatte ich das vorausgesehen, zwar nicht in Versform, aber immerhin. Ich schnappte mir sein Handgelenk und zog an. Er war durch seine eigene Bewegung schon ein wenig aus dem Gleichgewicht geraten, deswegen reichte ein kräftiger Ruck, und ich hatte ihn über den Tisch gezogen. Den rechten Ellbogen seiner ausgestreckten Hand presste ich unsanft gegen die Tresenkante. Der Unterarm gab mir genug Hebel, wir beide wussten, dass eine dumme Bewegung von ihm ein kaputtes Gelenk bedeuten würde. Die zusammengekniffenen Augen funkelten mich böse an.

»Also, noch einmal für die Langsamen. Ist der Chef hinten?«

Ein gezischter Fluch schlug mir entgegen. Irgendwas aus der Ecke des Balkans, wo Blutrache noch mehr ist als bloß ein Wort. Ich verdeutlichte meine strategische Überlegenheit durch einen scharfen Druck auf seinen Unterarm. Es knirschte ein wenig, und der Mann zog scharf die Luft ein. Harter Brocken, andere hätten geschrien.

»Ist der Chef da?«

Aller guten Dinge sind drei, sagt man für gewöhnlich. Offenbar gibt es auch hier Ausnahmen. Zwei Mal wäre besser gewesen, denn in dem Moment, in dem ich mein Sprüchlein hersagte, öffnete sich die Tür neben dem Tresen und heraus kamen zwei Männer. Beide kannte ich nicht, und was noch schlimmer war: Sie kannten mich nicht.

»Loß eahm los«, gurrte eine sanfte Stimme. Ich tat wie geheißen, gegen zwei kommt nur der Held im Film an, und auch das nur, wenn der Drehbuchautor auf seiner Seite steht.

»Schleich di, Schatzerl«, gurrte der eine noch einmal. Seine rechte Hand hielt er auf seine Brust gepresst. Entweder hatte er akute Herzbeschwerden oder eine Knarre im Sakko. Der andere trat vor. Es handelte sich um einen der Typen, von denen sich nicht sagen lässt, ob sie fett oder muskulös sind. Aber niemand will dort stehen, wo sie hinschlagen. Ob sie einen Schlagring tragen oder nicht. Dem Exemplar, das auf mich zukam, stand seiner gut. Betonte die brutale Robustheit seiner Knöchel kontrapunktisch zum weiblich zarten Handgelenk. Er schob den kleinen, kahlen Schädel vor, der auf einem Stiernacken ehrfurchtgebietender Dimension saß. Es waren nur mehr drei Schritte bis zu mir. Gott sei Dank war das Kaiserin-Elisabeth-Spital nur ein paar Blocks entfernt. Vielleicht würde ich nach erfolgreicher Therapie ohne Unterstützung alleine im Rollstuhl sitzen können.

»Ich will Korinek sprechen«, sagte ich so ruhig und ernst wie möglich. Dass meine Hosen voll waren wie die Ställe des Augias, mussten die beiden ja nicht wissen. »Ich bin ein alter Freund vom ›Straight‹«, fügte ich hinzu, wobei ich das Wort aussprach wie ›sträht‹.

»Soso«, murmelte der mit der Hand auf der Brust. Schlagring blieb kurz vor mir stehen. Aus dem Augenwinkel nahm ich wahr, wie der Wirt seinen Ellbogen massierte.

»Anschaun kost' nix«, beendete der Mann im Anzug und mit der Knarre seinen Gedankengang. »Nimm eahm mit.«

Fettklops klopfte mir so aufmunternd auf die Schulter, dass es mir fast den Arm auskegelte, und zog dann den Arm hinter meiner Schulter im Polizeigriff hoch. Es tat so weh, dass das Atmen schwerfiel. Er schob mich zu der Tür, die der Anzugträger geöffnet hatte, und bugsierte mich hindurch. Anzugträger roch nach Rasierwasser, Fettklops nach Schnitzelfett. Einem kleinen Zimmer mit Tisch, Stühlen und Fernseher folgte ein Gang, der nach hinten führte. An den Seiten des Ganges standen metallene Bierfässer, Kisten mit Dopplern und Müllsäcke. Leitungsrohre liefen an der Wand entlang, und Schimmel sprießte fröhlich vor sich hin. Beim Gehen war ich unvorsichtig und stieß mir unter kräftiger Mithilfe meines neuen besten Freundes zweimal den Kopf an.

»Pass auf, du Trottel!«, gurrte mich der mit dem Anzug hinter uns jedesmal an. Sie waren aber auch wirklich zum Liebhaben, die beiden. Hinten ging's dann eine Treppe hinauf, natürliches Licht fiel durch eine Milchglasscheibe, und wir standen vor einer Tür. Anzugträger klopfte vorsichtig.

»Eh«, hörte man gedämpft von drinnen. Anzugträger öffnete die Tür, und nachdem ich mir noch einmal vor lauter Ungeschick die Schulter am Türstock angeschlagen hatte, stand ich im Raum.

»Wos'n?«, fragte eine Stimme aus dem hinteren Teil des Raumes. Der Raum selbst war auf das geschmackloseste möbliert. Billige Teppiche, ein Plüschsofa mit Tischchen und passenden Stühlen, eine Kredenz aus dunklem Holz und ein überdimensionaler Röhrenfernseher standen herum. Alles wirkte staubig und wie aus zweiter Hand erworben. Da es recht dunkel war in dem Zimmer, konnte ich nicht weit sehen.

»Der wül was von dir, Chef.«

»Da scheiß i drauf, drah eam ham, den Deppn.«

Korinek schien bester Laune zu sein. Meine beiden Leibwächter ignorierten den Befehl zum Mord und blieben reglos stehen. Nach etwa fünf Sekunden scharrte ein Stuhl, jemand ächzte und kam auf uns zu.

»Host net g'hert, Rotzpippn? Hamdrahn suist eahm«, schimpfte Korinek und blieb einen Meter vor mir stehen.

»Er sagt, er kennt di, Chef.«

»Sicher kennt er mi. I kenn eam ah. Des is der Linder, des Gfrast.« Er betrachtete mich eingehend von oben bis unten. »Schener is er a net wurdn«, war sein abschließender Kommentar.

Korinek holte Luft und dachte nach, er denkt immer mit angehaltenem Atem. Als er mit der Gehirngymnastik fertig war, stieß er die Luft aus und meinte freundlich: »Prak eam ane, Serdar.«

Fettklops ließ mich dafür nicht los, sondern boxte mich nur freundschaftlich in den Magen. Wie immer hatte es sich auch heute ausgezahlt, aufs Mittagessen zu verzichten, sonst hätte ich den schönen Teppich vollgekotzt. So wand ich mich nur vor Schmerzen.

»Kannst eam loslassn, Serdar. Fitschi«, sprach er den mit dem Anzug an, »ihr zwa kennts zruck zum Wirtn.«

»Ka Problem mit dem?«, wurde nachgefragt.

»Na«, Korinek legte den Arm freundschaftlich um meine Schulter, nachdem Fettklops mich losgelassen hatte, »mia kennan uns. War vor deiner Zeit, Fitschi. Passt scho, geht's nua.«

Die beiden Angestellten verließen den Raum, und wir gingen nach hinten in die Schatten und setzten uns aufs Sofa.

»Wüllst an Whiskey?«, wurde ich gefragt.

»Nein danke.«

»Saufst immer noch Tee?«

Ich nickte.

»Grausliche Gschicht, der Tee.« Er schenkte sich ein Wasserglas mit Cola voll und goss mit Jack Daniels auf. Dann stellte er beide Flaschen unter den Tisch zurück. Lauwarmes Cola aus einer 1,5-Liter-Flasche mit Schnaps, so schlecht ist nicht einmal der Hofer Beuteltee.

»Also, wieso bist da? Is was?« Er nahm einen Schluck und verzog den Mund.

»Du wirst lachen.«

Eine auffordernde Nickbewegung Korineks.

»Ich brauch deine Hilfe.«

Korinek lachte bitter. Eine Hand hielt seinen Bauch, so als ob er ihn wärmen wollte. Obwohl das Licht im Zimmer schlecht war, fiel mir auf, dass aus dem hageren Vierziger ein ausgemergelter Fünfziger geworden war. Überall weiße Strähnen im grauen Haar, tiefe Furchen im Gesicht. Leidend war das Wort, das mir dazu einfiel. Die Augen waren aber immer noch klar und scharf.

Korinek lachte nochmals kurz auf und spuckte dann auf den Teppichboden. »Du brauchst meine Hilfe? Na servas.« Er sprach langsam, jedes Wort einzeln betonend.

Ich schwieg. Korinek trank einen Schluck und verzog wieder den Mund. »Damals hätt' i deine Hilfe auch braucht. Aber du hast dei Ding draht und bist zum Bender abboscht. Des war a schöner Schlag, damals.« Er schaute in sein Glas und hielt wieder die Luft an. »Dass du die hertraust, überhaupt. I glab, i sulltat di hamdrahn. Selber.«

Er besah sich seine Finger, so als ob er sie ein letztes Mal vor der Tat in Augenschein nehmen wollte. Es erinnerte an eine Truppeninspektion, kurz vor der Schlacht. Nachdem er seine Hände betrachtet hatte, verlor der Gesichtsausdruck ganz langsam seine abgehärmten Züge. Für ein paar Sekunden entspannte er sich und sah fast wieder so aus wie vor zehn Jahren.

»Lang is her, Arno. Des war no im letzten Jahrtausend. Millennium sagt ma dazu. Was die Leit für Worte ham!« Er schüttelte den Kopf und begann von neuem zu sprechen. »Rache ist süß.« Seine Hand wanderte unter die Polsterung und holte einen Revolver mit kurzem Lauf heraus. Er hob den Arm und zielte auf mich. »I muaß nua mehr abdrucken.«

»Das ist es doch nicht wert.«

»Was is was net wert?«

»Das bisschen Rache für so viel Gefängnis.«

Korinek blies wieder die Luft aus und verzog die Lippen zu einem bitteren Lächeln. »Glaubst du, Arno?«

»Glaub ich, Straight.«

»Wia i haß, wast a no. Da schau her.« Er holte Luft und dachte nach. »Wast, was schee is?«

»Sag's mir.«

»Die Gnade Gottes. I kann tun, was immer i wü. Für mi gibt's kane Konsequenzen mehr. Wenn i di niedaschiaß und die Kieberer kumman mir drauf, sogar dann kann mir nix passieren.«

»So?«

»Die Gnade Gottes, is des net was Schens?«

»Anscheinend schon.«

»Und waßt a, wia die haßt, die Gnade Gottes?«

»Sag's mir, Straight.«

»Metastasierender Magenkrebs. In anahalb Monat bin i hin. So schnell gibt's ka Verhandlung mehr für mi.«

Er grinste und trank das Wasserglas aus. Dann steckte er die Kanone weg und beugte sich unter den Tisch, um die beiden Flaschen wieder heraufzuholen. Wieder füllte er das lauwarme Cola ins Glas, um dann den Whiskey nachzuschütten. Das Cola schäumte nicht, offenbar war es völlig ausgeraucht.

»Weißt du was, Straight?«

»Ha?« Er blickte von seiner Arbeit auf.

»Wenn's dir recht ist, trink ich ein Glas mit. Auf die anderen, die schon drüben sind.«

»Kenn ma mochn.« Er wies mit dem Kopf auf die Kredenz. Ich stand auf und holte mir ein Glas. Zurück an der Couch wurde auch mir eingeschenkt, aber auf das Cola verzichtete ich. Wir prosteten uns zu und tranken. Straight stellte die leere Schnapsflasche unter den Tisch.

»Also, was brauchst, Arno?«

»Ich suche wen.«

»Ah so. Und i sull helfen. Wer isses denn?«

Ich lächelte vor mich hin. »Das weiß ich nicht so genau.«

»Irgendwas wirst wohl wissen.«

»Der Sohn eines reichen Vaters, macht sicher viele Schulden, großspurig, hat nicht viel drauf, Ende 20, Anfang 30, schätze ich. Er ist wahrscheinlich Deutscher oder tut zumindest so.«

»Mit so an Schaaß kummst zu mir? Den find ma nie, wennst kan Namen hast.«

»Wie er selbst heißt, weiß ich nicht, aber seinen Vater kenne ich. Der Name ist dir auf jeden Fall schon untergekommen. Er hat sicher Schuldscheine und Wechsel auf seinen Vater ausgestellt oder Schecks.«

Straight war in den 70ern Spieler geworden, bevor er erkannt hatte, dass es einträglicher war, Geld zu verleihen und Zinsen zu kassieren. Wenn man ordentlich nachhilft, dann schaffen es viele nicht, ihre Zinsen zu zahlen, und dann kann man Puffs, Prostituierte und Drogen billig erwerben, ohne die Häuser bauen zu müssen, die Frauen ins Land zu schleppen oder die Drogen zu schmuggeln. Das Risiko übernahmen andere, Straight blieb der Profit. Er kannte jeden Spieler, jeden Lebemann und jeden verkommenen Sohn reicher Eltern in Wien mit Vornamen, Augenfarbe und Anzahl der Haare auf den Eiern. Denn das war sein Job.

»Soso.« Straight rieb sich wieder wärmend den Bauch. »Und wie heißt er, der Herr Papa?«

Ich nahm einen Schluck aus meinem Glas, um Zeit zu gewinnen, und dachte nach. Mir wollte aber nichts einfallen. Dafür pulsierte der Schnaps in meinem leeren Magen.

»Was is, Arno? Mir san a schenes Paarl, i hob den Krebs und du den Alzheimer, wiaß ausschaut.«

»Kennen tu ich den Namen, aber ich weiß nicht, ob es klug ist, ihn dir zu sagen.«

»Schau, du wirst miassn, sunst kann i dir net helfen.«

»An dem Namen hängt ein ganze Menge Kleingeld. Hilf mir, den Sohn zu finden, und du kannst ihn dann aussaugen. Ich brauche von ihm nur eine Auskunft.«

»Ah, des isses. Du denkst an mein Reibach.« Er lachte. »Vergiss es, Arno, mach dir keine Sorgen deswegen. I hülf dir a so. Ums Gschäft geht's mir nimma.«

»Dann nimm's als nette Geste meinerseits.«

»Is scho verbucht. Wia haßt der Herr Papa?«

»Duvenbeck.«

Straight pfiff durch die Zähne und trank wieder. Dann griff er in seine Westentasche und holte eine Zigarette hervor. Er gab sich Feuer und blies aus. Die Asche fiel einfach auf den Teppichboden.

»Asche zu Asche, Staub zu Staub«, meinte er salbungsvoll, bevor er zum Thema des Gesprächs zurückkehrte. »Duvenbeck also. Was is mit eam?«

»Der Alte ist tot, der Junge wird irgendwann erben. Da ist ordentlich was zu holen.«

»Was wuist du von ihm?«

»Nur eine Telefonnummer.«

Korinek verzog die Lippen, ob aus Schmerz oder Freude konnte ich nicht feststellen.

»Du kummst zu mir, nach zehn Jahrn, für nix als a Telefonnummer? I glab, Spinner ändern si net.« Er nahm wieder einen Zug von seiner Zigarette. »Der Herr Doktor hat gmahnt, i sullats rauchn bleibn lassn. Für was, frag i di? In an Monat bin i e hin. A so a Trottl.«

Er schüttelte den Kopf und trank sein Glas leer. In dem kleinen Rest der Flüssigkeit blieben weiß-körnige Rückstände am Glas haften. Straight war immer noch flink mit den Fingern, ich hatte gar nicht bemerkt, dass er seinem Cola-Jack ein Medikament zugesetzt hatte.

»Was schluckst du da?«

»Hast as gmerkt? I wer langsam auf meine alten Tag.«

»Gesehen hab ich's nicht, nur das Pulverl am Glas.« Ich deutete mit dem Zeigefinger auf die Spuren.

»Ah so. Des is a Schmerzmittel, a starks. I kennt ma die Haxn amputiern und würds net merken. Palliativ, hat der Doktor gsagt.« Er sprach das Wort ›ball-i-atiw‹ aus. Mit starkem Meidlinger ›l‹.

»Und? Hilft's?«

»Des Pulverl? Des is dem Krebs a so scheißegal, des glaubst net.«

Ich nickte und spielte mit meinem Glas. Wir schwiegen uns an. Draußen auf der Straße fuhr ein Auto vorbei, und eine Fliege summte gegen eine der schmutzigen Fensterscheiben.

»War a scheens Leben, meins.« Er nahm einen letzten Zug von seiner Zigarette, der glühende Tabak knisterte, und schließlich dämpfte er sie auf der Tischplatte aus. In dem dunklen Tropenholzimitat fanden sich schon Dutzende solcher Brandmarken. Achtlos ließ er den Stummel zu Boden fallen.

»A scheens Leben. Da Wohli hat immer gsagt: ›Wann's kummt, dann kummt's. Wann's geht, dann geht's. Und wenn's das hast, dann gib alles aus.‹ Des hab i gmacht. A bissl was is aber überbliebn. Des kriagt mei Frau.«

»Du hast eine Frau?«

»Letztes Jahr hamma gheirat, a Fesche isses.« Er zog

die Augenbrauen anerkennend hoch. »A murds a Figur.« Er nickte und hielt wieder den Atem an.

»Warum ist sie nicht da?«

»Weil i net wül. Sie hat a scheene Wohnung, draußt in Hietzing. I wül net, dass sie ma bein Sterbn zuaschaut. Außerdem rearts imma. Des is nix.«

»Ist sicher nicht leicht für sie.«

Darüber wollte Korinek nicht sprechen, er wechselte das Thema. »Da Wohli, wia geht's dem eigentlich?«

»Keine Ahnung, schon lange nichts mehr von ihm gehört.«

»Schad, es san nimma viel übrig von uns.«

»Nein, die Reihen lichten sich.«

»Leck mi do am Oarsch, du und dei Schriftsprach!«

Ich zuckte mit den Schultern. »Also, wie heißt der Sohn vom Duvenbeck, und wo kann ich ihn finden?«

»Ob's wirkli der is, den'st suchst, waß i net. Aber der, dem der Duvenbeck seine Schulden zahlt hat, der haßt Klaus Gütkens. Er schaut a weng verlebt aus, is ungefähr in dein Alter, halblange Haar, redt Piefkinesisch. Er hat immer so a Gschau, so von obn herab.«

»Wo kann ich den finden?«

»Heit spüln die Leit nimma so wia früher. Die sitzen daham vor ihre Computer und spüln Texas Hold'em. Mit so klane Programme, de was ihnan die Wahrscheinlichkeiten angebn. A so ane Trottln. I glaub, es gibt ka richtige Stud-Partie mehr in Wien.«

Er verzog wieder das Gesicht, diesmal eindeutig vor Schmerz. Wegen des Magenkrebses oder der Tatsache, dass die edle Kunst des Stud-Pokers akut vom Aussterben bedroht war, ließ sich nicht sagen.

»Wo kann ich ihn finden?«

»Loss mi do ausreden. Es gibt heit kane Casinos mehr, so wie meins damals. Des vom Bender war des letzte, seit der weg is, gibt's des nimma.«

»Wie dann?«

»Privat. De treffen si privat in Wohnungen oder klane Hotels. Was issn heit fir a Tag?«

»Montag.«

»Kannst es auf'd Nacht, umma zehn, in der Nähe Rosensteingasse, drübn in Ottakring, probiern. Da gibt's a so a Klavierhaus. Fichtenbauer oder Tannenhuber oder sowas. Daneben is des rosa Haus. Durt klingelst bei Nummer 16.«

»Aber wie komme ich dort hinein, wenn es privat ist?«

»Brauchst nur a Marie aufn Tisch legn, dann bist dabei.«

Korinek erkannte meinen Gesichtsausdruck sofort.

»Da geht's eh um nix. Zwatausend wern scho reichen«, wollte er mich beruhigen.

Ich schüttelte den Kopf.

»Du hast net amal zwatausend? Du hackelst doch auf der Uni.«

»Da verdient man kein Geld.«

Er lehnte sich ins Sofa zurück und griff sich ins Jackett. Als seine Hand zurückkehrte, hielt er eine kleine lederne Mappe in der Hand. Er öffnete sie und warf vier Fünfhunderter auf den Tisch.

»Damit'st mi net vergisst. Sag ma, wias'd auf den Gütkens kummst, und i zahl dir den Einstieg.«

Ich steckte das Geld ein. Wenn man dir gibt, so nimm. Wenn man dir nimmt, so schrei. So einfach ist das.

»Danke.«

»Scheiß di net an. Des letzte Hemd, des hat kane Taschn.«

Ich nickte.

Er verzog das Gesicht. »Also, was is mit den Piefke? Wie kummst auf den?«

»Nur so. Sein Vater ist tot, vielleicht gibt es kein Testament, ich hab eine Idee, wer den Vater umgebracht haben könnte, bin mir aber nicht sicher, warum. Außerdem gibt's eine Entführung, die irgendwie mit dem Mord zusammenhängt, ich weiß nur noch nicht, wie. Wenn ich mich mit Gütkens irren sollte, kann ja sein, habe ich immer noch die Möglichkeit, über die Entführer etwas in Erfahrung zu bringen.«

»Du maanst, die ham wen angheuert, der des gmacht hat, und derjenige geht glei her und verspielt die Marie?« Korinek hielt den Atem an, dachte nach und trank einen Schluck. »Des kennt sei, dass der Entführer dort is, so viel Stud wird nimma gspült. Außer des is a moderner, a Automatentyp. Dann findst ihn net.«

»Schon, aber einen Versuch ist es auf alle Fälle wert. Weniger als jetzt werd' ich danach ohnehin nicht wissen und schlafen kann ich auch net.«

»Wegen aner Frau des Ganze?«

»Sicher, warum denn sonst?«

Korinek schwieg ein wenig. Er verzog das Gesicht, griff sich an den Bauch und meinte: »Werd Zeit, dass'd di schleichst.«

»Sicher. Bin schon weg.«

Straight stand mit mir auf und begleitete mich bis zur Tür. Dort gab's einen Handschlag.

»Kumm auf mei Leich'.«

»Sicher.«

Damit wandte ich mich ab und wollte schon die Treppe hinuntersteigen, da fiel mir noch etwas anderes ein.

»Einen Moment noch«, wandte ich mich an Korinek. »Einen Runker von der Polizei, kennst du den?«

»Den Runker Hans? Sicher. Sitzt da der im Gnack?«

»Kann man wohl so sagen.«

»Pfoah. Der is pickelhart, a gwiefter Kieberer. Pass auf, dass'd net einsitzt wegen dem. Aber wenn, dann schau wenigstens, dass'd Freigang hast bei meiner Leich'.«

»Ich werd' schon zu deinem Begräbnis kommen, keine Sorge.«

»Jetzt schleich di, Arno.«

Er wollte es zwar hart über die Lippen bringen, aber das gelang ihm nicht ganz. Er konnte seine Rührung nicht verbergen. Langsam stieg ich die Stufen hinunter. Es würde ein Abschied auf ewig sein, in dieser Welt jedenfalls, und über die nächste, da weiß niemand etwas.

Hinter mir brüllte Korinek: »Fitschi, bring no an Jackie hintre.«

Manchmal, wenn ich nachts nicht schlafen kann und ein einsames Auto draußen auf der Straße vorbeifährt, dann bilde ich mir seither ein, in der Stille der Nacht die Stimme Korineks zu hören, die laut, aber kraftlos und sich überschlagend nach Schnaps ruft.

V

Zehn Minuten später stieg ich aus dem Bus aus und ging die Hütteldorfer Straße hinunter. Der Himmel war strahlend blau, die Sonne schien, und die Sommerlinden trugen rotgoldene Blätter. Das tiefschwarze Trottoir war ebenfalls mit Blättern bedeckt, die so schön waren, dass sie fast wie Blüten wirkten.

Ich blieb vor der Hausnummer 51 stehen und sah mich um. Es war zwar ein Klingelschild zu sehen, aber ich wusste ja nicht, wo läuten. Da erst wurde mir bewusst, dass sich neben der Nummer 51 eine Bar befand. Lederfauteuils, Barhocker, Schnapsflaschen auf dunklem Holz hinter dem Tresen. Ich schaute hinein, die Glasfensterfront war teils geöffnet, und ich bemerkte die Frau, die mir die Nachricht auf der Mietvorschreibung gebracht hatte. Sie saß weiter hinten im Lokal, das ansonsten leer war. Nicht einmal einen Bartender konnte ich ausfindig machen. Sie winkte mir zu und ich ging zu ihr.

»Hallo.«

»Servus.«

Ich setzte mich.

»Warum bin ich hier?«, begann ich das Gespräch unvermittelt. Sie schaute bloß und gab keine Antwort. Ich drehte meinen Ledersessel ein wenig, sodass ich hinaus auf die Hütteldorfer Straße schauen konnte. Ein paar Autos fuhren vorbei, und ein paar lebenslustige Blätter tanzten in der Nachmittagsbrise auf dem Trottoir zu dem leisen Cool Jazz aus der Bar.

»Vielleicht war das ein wenig zu forsch. Sollen wir neu anfangen?«

»Vielleicht.« Sie warf mir einen scheuen Blick zu. Ob die Schüchternheit echt oder nur Show war, konnte ich wirklich nicht sagen. Ich hätte sie mir gerne genauer angeschaut, aber wenn sie wirklich ein Mauerblümchen war, wollte ich sie nicht noch weiter verunsichern.

»Du hast eine seltsame Handschrift, für eine junge Frau«, stellte ich schmunzelnd fest.

»Das hat auch meine Oma geschrieben.«

»Die Hausbesorgerin ist deine Oma?«

Ein Nicken zur Antwort, aber kein Wort. Wenn sie nichts sagen wollte, dann war es vielleicht auch besser, wenn ich stumm bliebe. Also schwieg ich. Nach ein paar Minuten wurde mir das aber zu blöd.

»Dafür, dass du mich sprechen wolltest, bis du aber bemerkenswert stumm. Versteh' mich nicht falsch, es sitzt sich angenehm hier, offenbar herrscht auch kein Konsumationszwang, und ich habe ordentlich viel Zeit. Es gibt also keinen Grund zur Hektik. Wenn du soweit bist, dann lass es mich wissen.«

Ich lehnte mich in den tiefen Ledersessel zurück und beobachtete wieder die Hütteldorfer Straße. Kaum hatte ich mich abgewendet, trat der Bartender ein, kam an unseren Tisch, und wir mussten bestellen. Die junge Frau nahm irgendeinen Energydrink, ich bestellte mir ein Lemon Soda. Laura war an heißen Sommerabenden immer ganz versessen auf das Zeug, mit viel Eis drin als Aperitif. Der Barmann werkelte herum, ich schaute zum Fenster raus. Da ging es endlich los.

»Sie müssen wissen, meine Oma mag Sie.«

»Was ist denn passiert?«

»Jemand hat nach Ihnen gefragt.«

Die junge Frau sprach sehr gut Deutsch, manchmal aber

gerieten ihr die Vokale der betonten Silben so kurz, dass sie nahezu unhörbar wurden. In Verbindung mit den gehauchten ›h‹s und einem kaum wahrnehmbaren Lispeln ergab das einen liebenswerten Effekt. Ich hätte nichts dagegen gehabt, mir von ihr einen Monumentalschinken vorlesen zu lassen. So etwas wie ›Josef und seine Brüder‹ etwa.

»Oma sagt, Sie sind ein netter Mann, und Oma kennt nicht so viele Leut' in Wien. Sie waren immer mit ihr einkaufen. Bitte, Sie haben wirklich Schwierigkeiten.«

»Ich sag' du zu dir und du siezt mich. Wir sollten das vereinheitlichen. Ich bin Arno.«

Ich drehte mich zu ihr und hielt ihr meine Hand hin, die sie ergriff und dabei »Maria« sagte. Das gab mir Gelegenheit, die Kleine ein wenig genauer zu betrachten. Das Auffälligste waren wohl ihre großen, braunen Augen. Darunter saß eine kleine Stupsnase über dem schön geschwungenen Mund. Ihre Backenknochen saßen hoch und markant im Gesicht, das Kinn war zart und ihre Stirn wunderbar gewölbt. Die zu einem Pagenkopf geschnittenen dunkelbraunen Haare verstärkten den Eindruck eines sensiblen, gutgläubigen Mädchens, das mit großen Augen durch die Welt geht. Kindchenschema war der Fachausdruck, der mir dazu einfiel. Wenn Maria an Haustüren klopfen würde, um für Kinderheime zu sammeln, dann könnte sie in einem Monat ein Vorstandsgehalt lukrieren. Wenn dann die Sache aufflöge, müsste sie nur vor Gericht ein Schnütchen ziehen und käme mit der goldenen Verdienstnadel aus der Sache raus.

Der Barmann legte vor uns kleine weiße Servietten auf die dunkle Glasplatte des Tisches und stellte unsere Getränke darauf. Maria bemühte sich krampfhaft, ihm keinen Seitenblick zuzuwerfen, ihm war das aber egal, er beäugte mich von Kopf bis Fuß. Der Typ war fast 1,90, hatte Fleisch auf den Knochen und sicher nicht allzu viel Angst davor, allein im Dunkeln nach Hause zu gehen. Wahrscheinlich war er ein guter Bekannter von Maria. Das alles ging in ein paar Augenblicken vonstatten, danach sprachen wir weiter.

»Also, deine Oma will mir helfen.«

Sie nickte, ihre Augen waren groß und glänzten feucht, dazu saugte sie den Energydrink mit einem Strohhalm direkt aus der Dose.

»Es war jemand an der Haustür, hat bei Ihnen geklingelt, aber Sie waren heute Morgen nicht da.«

»Ich dachte, wir wollten ›du‹ sagen?«

»Ah ja, sorry.« Ein kleines Lächeln huschte über ihre Gesichtszüge.

»Schon in Ordnung. Ich kann verstehen, dass ich für dich sehr ehrfurchtsgebietend wirken muss.« Dazu setzte ich mein breitestes Grinsen auf, um klarzumachen, dass es sich um einen Scherz handelte. Ihr leicht verwirrter Gesichtsausdruck zeigte mir aber, dass sie meine Worte für bare Münze nahm. Sie wirkte tatsächlich ein wenig eingeschüchtert.

»Also, jemand hat mich gesucht?«, versuchte ich, das Gespräch in Gang zu halten.

»Oma hat gerade den Gang gewischt, als sie merkte, dass draußen jemand geläutet hat. Kurz darauf hat er bei ihr geklingelt, weil doch an ihrem Namensschild Hausbesorgerin steht.«

»Ja und?«

»Die Polizei war am Wochenende auch da, am Sonntagmorgen, und hat nach dir gefragt, aber wir wissen nicht, wieso.«

»Der Polizist, der heute bei mir war, als du die Mietvorschreibung vorbeigebracht hast?«

»Ja. Aber es war auch noch ein anderer dabei. Oma hatte schrecklich Angst vor ihm. Sie meinte, da sei was Ungutes an ihm.«

»Deswegen wolltest du mich treffen?«, fragte ich ein wenig ungeduldig.

Statt einer Antwort wurde mir ein breites, warmes Lächeln geschenkt, das sich anfühlte wie ein Weidenkorb voller flauschiger, schnurrender Kätzchen. Ich musste aufpassen, sonst wickelte die Kleine mich schneller um den Finger, als ich »timeo Danaos et dona ferentes« sagen konnte. Und ich kann das sauschnell.

»Sie nehmen das nicht ernst genug!«, meinte sie abschließend. Ich antwortete ausweichend, und ein paar Minuten später gingen wir getrennte Wege.

Das Ganze war ja recht nett gemeint, aber Männer, die alten Frauen Angst einjagen, müssen nicht automatisch auch mir Angst machen. Retrospektiv betrachtet, eine klassische Fehleinschätzung.

VI

Eine halbe Stunde später stand ich zu Hause in meinem Badezimmer vor dem Herd und machte mir etwas zu essen. Wenn ich heute Abend zu der Pokerpartie gehen wollte, dann musste ich satt und ausgeschlafen sein. Für das Schlafen war noch genug Zeit, aber das Essen stellte mich vor ein kleines Problem. Ich hatte praktisch nichts mehr im Haus und einkaufen wollte ich nicht mehr.

Aus dem Lichthof hatte ich einem Nachbarn ein paar Büschel Basilikum geklaut, das altbackene Brot brutzelte kleingeschnitten im Olivenöl in der Pfanne, und ein paar Salatblätter hatte ich noch im Kühlschrank gefunden. Mit ein wenig Tomatenmark, Rotweinessig und Olivenöl machte ich gerade das Dressing an, als es an der Tür klopfte. Es war ungefähr halb sechs.

Mir schlug das Herz in der Brust höher und ich bekam leicht zittrige Finger. Ich musste mich zusammennehmen, um nicht zur Tür zu stürzen, denn Laura war manchmal nach der Arbeit um diese Zeit bei mir aufgetaucht. Ich konnte sie unmöglich reinlassen, es war furchtbar unaufgeräumt. Laura ante portas, so schön kann das Leben sein.

Unter Aufbietung aller Selbstkontrolle, die mir zur Verfügung stand, raste ich knapp langsamer als mit Lichtgeschwindigkeit zur Tür. Da hätte Han Solo blöd geschaut. Ich öffnete die Tür und vor mir stand – natürlich nicht Laura. In der ersten Enttäuschung wollte ich die Tür ins Schloss werfen, doch die personifizierte Enttäuschung brachte einen Fuß in die Tür.

»Net so schnell, Herr Linder.«

»Was wollen Sie denn?«

»Gunzmar ist mein Name. Ich hätt' ein paar Fragen an Sie.«

»Das ist mir ziemlich wurscht, muss ich sagen. Nehmen Sie den Fuß aus der Tür.«

»In Bezug auf die Entführung Ftacek und Goldzung, Mollardgasse 83, Samstagmittag.«

»Was geht Sie das an?«

»Ich bin Polizist.«

Er hielt mir einen Ausweis unter die Nase, aber bei der Geschwindigkeit seiner Bewegung konnte ich rein gar nichts erkennen. Das Einzige, was mir auffiel, war der Geruch von angebranntem Brot, der aus der Küche zu kommen schien. Das reichte aus, um meine Aufmerksamkeit von der Türe abzulenken, sodass er eintreten konnte.

»Warten Sie kurz.«

Ich wies auf einen der Stühle und ging in die Küche. Das Brot war noch zu retten, nur auf einer Seite ein wenig angekohlt. Ich kippte die heißen Brotschnitten in das Dressing, warf die Salatblätter drauf und gab das feingehackte Basilikum hinzu. Mit einem Löffel bewaffnet verließ ich meine Duschküche und setzte mich zu Gunzmar.

»Sehr interessant. Darf ich mir nochmal den Ausweis ansehen?«

»Sicher.«

Er lächelte verbindlich. Aalglatter Typ. Die Sonnenbrille, die seine Augen verdeckte, hätte er in der Wohnung durchaus ablegen können, aber daran dachte er nicht. Mit dem schwarzen Anzug, den kurzen Haaren und den sparsamen Bewegungen wirkte er wie einer der Agenten aus Matrix. Da sich sein Gesicht aber von den vorstehenden Backenknochen zum schmalen, energischen Kinn stark verjüngte, ergab sich eine gewisse Ähnlichkeit mit Lee van Cleef. Unheilvolle Kombination. Ich schaute noch ein wenig auf den Ausweis und prägte ihn mir gut ein. Er sah wirklich echt aus.

»Also Herr Gunzmar, was kann ich für Sie tun?«

»Sagen Sie mir, wo sich der Entführte befindet oder bringen Sie Ihre Partner dazu, wie, ist mir gleich. Im Gegenzug sehe ich dafür von einer Strafanzeige ab.«

»Vernünftiger Vorschlag, will mir scheinen.

Ich zog meine Brieftasche raus und suchte ein wenig. Ich führe immer eine Unmenge Visitkarten von Personen, Lokalen und Institutionen mit mir herum. Eine davon zog ich heraus.

»Da.«

Damit wandte ich mich meinem Salat zu und begann zu essen. Er rührte keinen Finger und zuckte mit keiner Wimper, als die Kartonkarte seine Stirn berührte und dann vor ihm auf dem Tisch zu liegen kam. Er wartete ein wenig, sah mir beim Essen zu, räusperte sich dann, rückte seinen Krawattenknoten zurecht und besah sich das Papier.

»Sie wolln damit andeuten, dass Sie nicht wissen, wo sich die Person befindet?«

Schließlich war es die Visitenkarte des Narrenturms gewesen, einer unheimlichen Sammlung medizinischer Natur, menschlichen Fehlbildungen gewidmet. Wenn ich so glücklich bin, dass ich es nicht mehr aushalte, gehe ich dorthin. Dann ist das mit dem ruhig Schlafen für den nächsten Monat gegessen.

Ich nickte mit vollem Mund. Das knusprige Brot knackte laut zwischen meinen Zähnen.

»Sie wollen auch nichts sagen?«

Wieder nickte ich bloß.

»Wir haben hier einen schweren Entführungsfall vor uns. Es geht um ein Menschenleben. Ein bisschen Körperverletzung wird mir da nicht vom Lohn abgezogen. Falls es überhaupt zu einer Verurteilung kommen sollte, nebenbei gesagt.«

Er streichelte seine rechte Hand, während er mir mit wohlgesetzten, ausdruckslosen Worten drohte. Ich legte die Gabel beiseite, nahm einen Schluck vom kalten Vormittagstee, blickte ihm in die dunkle Sonnenbrille und trank dann noch mal.

»Egal, wie viel Angst Sie mir auch immer machen wollen, wenn ich nichts weiß, kann ich auch nichts sagen. Fragen Sie doch Runker, der hat auch schon mit mir geredet.«

Ich schenkte mir Tee nach und behielt die Schale in der Linken.

»Runker ist ein gutmütiger Trottel.«

»Und ich bin unschuldig …«

Er unterbrach mich. »Jeder ist schuld, jeder auf seine Weise.«

»Dass Sie Dreck am Stecken haben, glaube ich sofort, bei der Visage«, antwortete ich bissig.

Ganz langsam, leise und kalt kam die Antwort: »Sie wollen mich reizen?« Über der Sonnenbrille wurde eine Augenbraue hochgezogen. »Interessant.«

Er schlug lässig die Beine übereinander und verzog die Lippen zu einer Grimasse. Wahrscheinlich dachte er, dass er grinsen würde.

»Haben Sie eine hohe Schmerzgrenze, Herr Linder?«

»Ich glaube, ich bin ziemlich wehleidig.«

»Sollen wir es herausfinden?«

»Ein Experiment? Au fein. Darf ich das Meerschweinchen sein?«

»Wenn Sie darum bitten. Sie mussten doch damit rechnen, verhört zu werden.«

»Ich rechne nie«, zitierte ich Bobby Fischer. Der hatte zwar nie gerechnet, aber trotzdem gewonnen. Das war der kleine, aber feine Unterschied zwischen uns.

»Sollten Sie aber. Es erspart Ihnen Schmerzen.«

»Ah, wir sind wieder bei der Experiment-Situation.«

»Genau.«

»Eine Frage hätte ich noch, bevor es losgeht.«

»Ja.«

»Haben Sie einmal zu oft Matrix gesehen oder ist der schlechte Geschmack angeboren?«

Er zog seine Knarre aus dem Hüfthalfter und hielt sie mir unter das Kinn. Ich konnte das Waffenöl riechen. Ein leiser Druck bedeutete mir, aufzustehen. So einer Aufforderung sollte man besser nachkommen. Ich stand still, bis er mir ein Knie in den Bauch rammte. Welches der beiden es war, konnte ich nicht feststellen, aber weh tat es für drei.

»Würden Sie die Höflichkeit besitzen, Ihre linke Hand auf den Tisch zu legen?«, fragte er, als ich aufhörte, mich vor Schmerzen zu winden. Das war kein Meerschweinchenexperiment, ich fühlte mich wie ein Regenwurm.

»Sicher doch.« Ich tat wie geheißen.

»Sie haben schöne, lange Finger.«

»Sind Sie schwul? Ich werde Ihnen sicher keinen runterholen.«

Er lächelte starr und wieder zog er dabei eine Augenbraue hoch. Als er mit dem Gesichtsmuskeltraining fertig war, fuhr er sich ins Sakko und holte aus einer der Innentaschen eine schwarze Ledermappe heraus. Eine von der Art, wie sie Doktoren oder Einbrecher verwenden, um ihre Gerätschaften zu transportieren. Die Knarre hielt er mir ruhig unter die Nase, während er die Ledermappe öffnete. Darin kamen Gegenstände zum Vorschein, die mich an Operationsbesteck erinnerten. Zwei davon nahm er heraus und begann, sie mit einer Hand zusammenzuschrauben. Er war recht geschickt darin, wahrscheinlich hatte er das schon des Öfteren gemacht. Als er fertig war, lag ein kleiner Hammer auf dem Tisch. Der Kopf war ein bisschen kleiner als ein Hühnerei, der Stiel lang und dünn. Das ganze Gerät glänzte matt, ähnlich wie Besteck aus Chirurgenstahl. Mir krampfte sich der Magen zusammen. Das Ding war wirklich schön, von einem rein ästhetischen Standpunkt aus betrachtet. Aber es sah auch so aus, als ob es jede Menge Schmerzen bereiten könnte. Gunzmar nahm den Hammer in die Hand, ließ ihn einmal wie probeweise in der Luft niedersausen und meinte dann lakonisch: »Na, dann wolln wir mal Ihren kleinen Finger zertrümmern. Schön ruhig halten.«

Ich versuchte mich innerlich darauf vorzubereiten, in dem Moment, in dem er losschlagen würde, etwas zu unternehmen. Ich hatte zwar noch keine Ahnung, was ich tun könnte, aber irgendein Blödsinn würde mir schon einfallen.

»Ich tue das gewiss nicht gerne, aber wenn Sie so unkooperativ sind …«, meinte er und hob den Hammer. Wenn ich sagen würde, dass mich das kalt ließ, würde ich lügen. Der Hammer hing in der Luft, drohte herabzusausen, da klopfte es an der Tür.

»Linder? Sie san da. Machen S' bittschön auf.«

Das war Runkers weich-schleichende Sprache vor der Tür. Ich blickte Gunzmar fragend an. Er nickte resignierend. Ich ging zur Tür und öffnete. Runkers rotes Gesicht mit den blauen Augen kam mir so schön vor, dass ich ihn fast geküsst hätte.

»Ah, der Herr Gunzmar. Servas, Kollege«

Gunzmar nickte.

»Das Hammerl hamma a dabei?«, fragte Runker wohlgelaunt. »Aber sicher, da is ja des Ledertascherl. Er muss es jedem zeigen. Hat er's Ihnen a zagt? Mei, der Gunzmar, so stolz auf sei Hammerl wia die Perversn im Park mit'n Trenchcoat und nix drunter.«

Gunzmar kochte. Ich bemerkte es daran, dass er begann, Blasen zu werfen. Zumindest sammelten sie sich in den Mundwinkeln.

»Ich werde jetzt gehen, Runker.«

»Eh. Nur kane Hemmungen.«

Gunzmar packte seinen Krempel und verließ meine Wohnung. Runker setzte sich an den Tisch.

»Schad um die Schüssel.«

Er wies auf den Boden, wo noch die Scherben und die Blätter im Öl herumlagen. In der Panik hatte ich gar nicht bemerkt, dass sie zu Boden gefallen war.

»Nicht nur um die Schüssel. Das war mein Abendessen.«

»Sie san a so a Strich in der Landschaft, dass es zum Heuln is.«

»Übermäßige Fettleibigkeit ist mir nicht vorzuwerfen.«

»Mei Wasti hat mi a schene Stangn Geld kost'», meinte Runker, sich stolz den Bauch reibend.

»Wasti?«

»Sicher. Jeder gibt sein' Haustier an' Namen.«

»Praktisch, Sie haben Ihres immer dabei.«

»Genau. Wir führ'n uns gegenseitig Äußerln.« Unter

Äußerln versteht der Wiener den gemütlichen Abendspaziergang mit dem Familiendackel ins nächste Beisl.

»Schön, dass Sie noch rechtzeitig aufgetaucht sind. Der Gunzmar ist doch tatsächlich gefährlich.«

»Des is a Spinner.«

»Kann man da nichts gegen den unternehmen?«

»I kann a Eingabe machen, aber Gunzmar hat an Vater, der kennt den Chef von mein Chef, der Chef von Gunzmar sein Chef kennt den Chef von mein Chef, alle sin beim CV, irgendwer tarockiert mit irgendwem oder sie spüln Golf.« Er zuckte resignierend die Achseln, »Sie kennen die Gschicht. Zum Schluss krieg i an internen Verweis.«

»Tragisch.«

»Na, net tragisch, des haßt ma Rechtsstaat.«

Wir mussten beide lachen.

»Wird das mit der Zeit aber nicht doch zum Problem? Wenn zu viele Fälle von zerquetschten Fingern zusammenkommen.«

»Ah was. Der Gunzmar hat net nur an Pecker, sondern a a guate Nasn. Meistens sans eh die Verbrecher, die er malträtiert.«

»Aber auch die haben Menschenrechte.«

»Net in Österreich.« Damit ließ ich es bewenden.

»Danke jedenfalls, dass Sie rechtzeitig da waren. Fünf Minuten später und ich hätte Fingermatsch an der Hand getragen.«

»Sehr modern, kummt guat bei de Damen.«

Wieder lachten wir. Ich vor Erleichterung.

»Aber schmähohne jetzt. I bin scho a guate Viertelstund vor der Tür gstanden, hab den Gunzmar observiert.«

»Was? Sie stehen fein vor der Tür, während ich Todesangst ausstehen muss?« Ich schnappte mir mein Teeglas und schenkte ein. Anschließend ging es mir besser, aber vorsichtshalber füllte ich noch zwei Schalen nach. Mehr ist nie schlechter.

»Geh, pudeln's eahna net so auf.«

»Wegen Ihnen ist mein Abendessen futsch.«

»Putzen S' des auf, dann gemma gemeinsam was essen.«

»Ich lebe nicht in einem Wohnklo mit Duschküche, weil ich Krösus bin.«

»Wiedergutmachung. Is das ein Angebot?«

»Schon. Aber ich versteh' trotzdem nicht, warum Sie nicht früher hereingekommen sind.«

»Wal dann wär alles schwieriger gwurdn.«

»Was denn?«

»Das erzähl i bein Abendessen. Der Wasti is scho ganz unruhig.« Wieder streichelte er sich über den Bauch, und ich machte mich daran, die Scherben meiner einzigen Salatschüssel zu beerdigen. Sie war schön gewesen und jetzt hatte ich keine mehr.

VII

Eine Stunde später, es war schon nach halb acht vorbei, saßen wir in dem italienischen Lokal am Reithofferpark, das an der Ecke Tannengasse/Goldschlagstraße neu eröffnet hatte.

Früher hatte sich am selben Ort eine übel beleumundete Pizzeria befunden, aber irgendwann war einer zu viel darin umgekommen, und die Polizei hatte den Laden dicht gemacht.

Ursprünglich wollte ich Runker ins ›Good Morning Vietnam‹ mitnehmen, aber dem geborenen Waldviertler war das zu exotisch. »Vietnam is a Kriegsfilm und ka Lokal«, meinte er. »Außerdem schmeckt dem Wasti Hund net. Er is ka Kannibale.«

Dass Vietnamesisch mit Austernsauce, Glasnudeln und Chilischoten der absolute Genuss ist, war ihm nicht klarzumachen. Nach zehn Minuten gab ich auf und wir gingen ins ›Il Tavoliere‹. »Die goldene Regel, waßt eh«, meinte er. Wer das Gold hat, macht die Regel.

Zu meiner Überraschung war das Lokal gar keine üble Pizzabude, sondern entpuppte sich als eine echte Trattoria. Es roch nach Pasta, Parmesan, Weißbrot und Rotwein. Es waren auch weder Ägypter noch Inder, keine Österreicher und auch keine Chinesen, die herumwuselten. Das Personal bestand aus Italienern, unfassbar, aber wahr.

Runker hatte eine Karaffe Nero d'Avola vor sich stehen, die Reste von einem riesigen Fisch auf dem Teller und tunkte genüsslich die Weißwein-Knoblauch-Petersiliensauce auf. Dass man Rotwein nicht zum Fisch trinkt, war ihm wurscht.

»Wia geht's dem klan Finger?«

»Er erfreut sich bester Gesundheit.«

»Vergiß net, wems'd des verdankst.«

»Sind wir beim du?«

»San sich der Herr Doktor zu guat für mi?«

»Keineswegs, aber vielleicht der Herr Kommissar für mich?«

»Geh!« Er machte eine wegwerfende Handbewegung, dann hob er sein Glas, prostete mir zu und trank genüsslich aus.

»Der Wein is klass. Wüllst net a an Schluck?«

»Danke nein, ich bleib beim Apfelsaft.«

»Dein Finger geht's guat, aber des Hirn, des tät i amal anschaun lassn, irgendwas stimmt da net.«

»Irreparabler Geburtsfehler.«

»Denk i ma. Also, red ma Tacheles. Du hast no an Finger, wal i kumman bin. Abendessen hab i a spendiert. Also, du schuldest mir was.«

»Was denn?«

»Uijeggerl. Samma angrührt?«

»Nein, nur vorsichtig.«

Runker schmunzelte, während er vorsichtig mit dem Weißbrot zwischen den Gräten herumsuchte, ob sich noch was von der Sauce finden würde.

»Es geht um die Entführung.«

»Denke ich mir.«

»Der Gunzmar, der is übel. Warum war der bei dir?«

»Keine Ahnung.«

»Des is net guat. Gar net guat.«

Mittlerweile war sein Brotstück fündig geworden und Runker führte es zum Mund. »Maaah!« Lang gezogener Ausruf der tiefsten Zufriedenheit. »Da nimmt ma an Biss und is im Urlaub. Herrlich.« Er spülte den Bissen mit dem Rest vom Wein hinunter und fuhr in den Brotkorb, aber unter der gefalteten Stoffserviette befand sich kein Brot mehr. Ohne eine Sekunde nachzudenken, nahm er das Weidenkörbchen und schwenkte es in der Luft. Sofort kam ein dunkelhaariger, eleganter junger Mann und ersetzte es durch ein neues.

»Isse schon dritte Brot, den Abend!«, meinte er in dem typischen italienischen Akzent, der ausschließlich von schlechten Schauspielern und echten Italienern verwendet wird. »Schön, wenn schmeckt.«

»Eh«, meinte Runker und holte ein neues Stück heraus. »Brot is leiwand«, sagte er zu mir.

»Sicher. Das heilige Mehl, das Mark der Männer.«

»Wassndes?«, fragte ein kauender Runker.

»Homer.«

»Grieche?«

»So ist es.«

»Also i steh mehr auf Italien. Griechenland war i a scho, aber Italien is besser. Pasta, Chianti, Sonnenschein. Nirgendwo is Urlaub so schön. In die Sechzger san mei Frau und i immer mitn Spucki owegfahrn. Des war a Abenteuer. Nia hast gwusst, wann der Spucki sein Geist aufgibt.«

»Spucki?«, fragte ich nach.

»Unser Käfer. Des war a zacher Hundling, aber er is a scho dahi. Wia mei Frau.«

»Herzliches Beileid.«

»Da Krebs. War ka schene Sach. Gott sei Dank hat's die Karin hinter sich.«

Runker verstummte ein wenig, wurde nachdenklich. Ein paar Minuten ließ er sogar das Brot bleiben.

»Ah so. Zruck zum Gunzmar. Was wuillt'n der von dir?«

»Meine Finger, mehr hat er nicht gesagt.«

»Also hat er di nach der Entführung gfragt.«

»Kann sein.«

»Was hast ihm gsagt?«

»Das gleiche, was ich auch dir gesagt habe«, ging ich paritätischerweise ebenfalls zum Du über.

Runker schnaufte tief durch. »Hearst Arno, bist bled oder bist derrisch?«

»Hören tu ich gut.«

»Wenn des so is, dann wirf dei Denkfett an!«

»Du meinst, dass der Gunzmar jetzt hinter Laura her ist?«

»Genau. Und was glaubst, passiert mit deiner Freundin, wenn sie dem in die Finger grat'?«

Kein schöner Gedanke, Gunzmar und die Finger von Laura.

»Aber was kann ich da tun?«

»Wenns'd mir sagst, was'd weißt, dann bin ich schneller als der andere.«

Ich schwieg, schließlich wollte ich nicht, dass Laura etwas passierte, aber ich hatte auch keine Lust, meine Vermutungen mit Runker zu teilen. Laura davon zu überzeugen, dass ich mit dem Tod von Duvenbeck nichts zu tun hatte, ging nur, solange mir die Polizei nicht in die Affäre hineinpfuschte.

»I her nix«, meinte er freundlich, als ich noch immer schwieg und nachdachte.

»Wenn du planst, dass'd dir die Marie aus der Entführung selber untern Nagel reißt, des kannst da abschminken. Den Wasti und mi, uns legt so schnell kana aufs Kreuz.«

»Darum geht's mir gar nicht.«

»Des soll i da glaubn?«

»Ja.« Ich sagte dieses eine Wort so ernst, wie ich selten zuvor etwas in meinem Leben gesagt hatte.

»Hm. Dann klär mi auf. Bleibt unter uns.«

Das Brot war mittlerweile zur Freude vom Wasti bis auf einen kleinen Rest verschwunden. Auch im Weinglas fanden sich nur mehr Spuren von Flüssigkeit. Der Kellner trat an unseren Tisch und räumte ab.

»Sinne Sie zufrieden?«, wurden wir gefragt und wir bejahten. »Eine Kaffee oder eine Grappa vielleicht?«

»A Grappa wär a Gschicht«, legte sich Runker fest.

»Ich hätte gerne einen Espresso. Doppio.«

»Facciamo subito«, antwortete der Italiener schwungvoll und rauschte mit dem Geschirr davon.

»So kumm i bei dir net weiter, schaut's aus.« Runker legte die Stirn in Denkerfalten. »Auf der Rückseitn ist doch was gstanden?«, stellte er fest.

»Wie kommst du darauf? Ich hab dir den Wisch doch gezeigt, da war nichts.«

»Net auf dem, dens'd ma zeigt hast.«

»So?«

»Da war no a anderer. Den hast abtrennt.«

»Das hast du bemerkt?«

»Sicher, i bin seit fünfadreissg Jahr in Dienst.« Ich musste wohl ein wenig enttäuscht dreingeschaut haben, denn Runker fuhr fort: »Aber des hast wirklich guat gmacht. I hab überhaupt nix bemerkt, es war mehr so a Gfühl.«

Ich lächelte, heute Nacht würde ich mit so einem schlechten Pokerface nichts reißen. Runker hatte mich reingelegt. Die Freude darüber war ihm anzumerken.

»Du bist ausgefuchst, Hans. Zuerst lenkst mich ab, bis ich über ganz was anderes nachdenke, und ich tappe in die Falle wie ein Anfänger.«

Die ganze Unterhaltung über hatte Runker auf nichts anderes abgezielt als auf diese Frage und meine Antwort. So gut wäre ich auch gern gewesen.

»I sag ja, bin seit fünfadreissg Jahr in Dienst. Kummt scho no, Arno, kummt scho no. Dazu braucht's Jahre. Also, was is draufgstanden?«

»Ort und Zeit für ein Treffen.« Leugnen schien mir zwecklos.

»Scho ghabt?«

»Ja.«

»Um was isses gangen?«

»Sie wollte mich vor dem Gunzmar warnen.«

»Hat anscheinend net viel gnutzt.«

»Eben.«

»Mehr war net?«

»Nein.«

»Warum hast dann vor mir so a Nummer abzogn?«

»Weil ich zu dem Zeitpunkt ja noch nicht wusste, dass nicht mehr als eine Warnung dahintersteckte.«

»Was hätt denn sonst dahinterstecken sollen, von dem i nix hätt wissn suilln? Hast irgendwelche krummen Gschichten am Laufen im Moment?«

»Nein. Gar nichts.«

Was mich wahrscheinlich rettete, waren Grappa und Kaffee, die vor uns auf den Tisch gestellt wurden. Das bisschen Ablenkung reichte und Runker glaubte mir. Ich nahm mir die Zuckersäckchen, schüttelte sie und ließ dann den braunen Rohrzucker in meinen Espresso rinnen. Die Crema nahm den Zucker auf und trug ihn, den größten Teil jedenfalls. Es schien somit ein ordentlicher Kaffee zu sein. Ich rührte einmal um und nippte. Jawoll. Schwarz, heiß, stark und süß. So muss das schmecken. Ich tauchte nochmals die Zungenspitze ein und freute mich des Lebens.

»Also, die Klane hat mit der Gschicht nix am Huat?«, hakte Runker nach.

»Nein. Ganz sicher nicht.«

»Wennst meinst.« Runker schaute sich den Grappa ganz genau an. Schwenkte die Füssigkeit im kleinen Glas, sodass das Tresteraroma auch zu mir kam und durch den Kaffee in meine Nase stieg. Was überhaupt nicht unangenehm war.

»Na!« Runker stellte das Glas wieder auf Tisch. Er hatte keinen Schluck getrunken. »Da stimmt was net. Irgendwas ist komisch, und i kumm net drauf. Dabei kribbelts mir richtig im Frontallappen.«

»Was sagt der Wasti?«

»Der is satt und zfrieden, der schlaft.« Runker sprach von seinem Bauch tatsächlich haargenau so, wie ein anderer von seinem Hund gesprochen hätte, der bejahrt und ein wenig senil unter dem Tisch schläft.

»Warum is zu dir kumman?«

»Du meinst Maria? Weil ich ihrer Oma ein paar Mal beim Einkaufen geholfen habe. Sie meint, dass ich ein netter Kerl bin.«

»Ah so?«

»Ich habe ihr wirklich schon ein paar Mal geholfen.«

»Des glaub i scho, aber was i net glaub, is, dass zu dir kumman is, weilst a netter Kerl bist.«

»Das glaubst jetzt aber auch nur du.«

Wir schwiegen ein wenig, dachten nach, verdauten ein

bisschen, und schließlich zahlte Runker. Ich bedankte mich artig und wir verließen das Restaurant.

Beim Hinausgehen kamen wir am Zeitungsständer vorbei, der sich unter einer Wand voller süditalienischer Lebensweisheiten befand. Auf dem Titelblatt der Krone war der ehemalige Finanzminister abgebildet. Wir blieben davor stehen.

»Schen, aber ka Weltformat«, zitierte Runker Qualtinger.

»Die heutige Jugend, net amal a gscheite Korruption bringen's zsamm«, erwiderte ich mit dem passenden Zitat.

»Öha. Du kennst des?«

»Sicher. Es gibt keinen Gott außer Kraus, und Qualtinger ist sein Prophet.«

»Is scho a Wahnsinn, des hat der Qualtinger vor vierzg Jahrn gsagt und heit stimmts no immer.« Er wies wieder auf das Konterfei des feschesten Finanzministers aller Zeiten.

»Des is eine der kulturellen Konstanten Österreichs: ein fescher Finanzminister und eine unfassbare Korruption. I sag immer so: Offenbar kenn ma's uns leisten.«

VIII

Runkers Silhouette verflüchtigte sich langsam in der Dunkelheit der Wiener Gassen, ich sah ihm nach, bis er endgültig verschwunden war. Ich war mächtig stolz auf mich, schließlich hatte ich sofort gemerkt, dass die ganze Nummer zwischen Gunzmar und Runker nichts weiter war als eine Variante des ›Good Cop, Bad Cop‹-Spiels. Aber nicht mit Arno Linder, der war zu klug dafür.

Runker und Gunzmar. Mir kam das sehr ungelegen. Man soll sich auf eine Sache konzentrieren und die durchziehen. Zugleich den Mörder von Duvenbeck zu suchen und eine Entführung aufzuklären, das musste zwangsläufig in die Katastrophe führen. Ich sah das schon kommen, aber manchmal, da hilft alles nichts.

Ich ging hinauf zur Haltestelle vom Neunerwagen und fuhr nach einer angemessenen Wartezeit hinüber nach Ottakring. In der zunehmenden Dunkelheit des Septemberabends zogen heruntergekommene Wohnhäuser, kleine Beisln und Geschäfte an mir vorüber. Die Straßen nach Norden gaben den Blick auf die tiefer gelegenen Stadtteile frei. Man sah über Hernals hinweg auf die grünen Hügel Döblings hinüber, die sich dunkel gegen den gerade noch hellen Abendhimmel abhoben. Die Straßenbahn schwankte, ächzte und schien alle paar Kurven aus den Gleisen springen zu wollen. Aber der Chauffeur verstand sein Geschäft, und obwohl die Passagiere herumgeworfen wurden wie Pakete im Postauto, gelangten wir ans Ziel.

Rundherum hasteten Leute in die Straßenbahn, andere schleppten Einkaufssäcke nach Hause. Alle trugen den abweisenden Gesichtsausdruck von Menschen im Gesicht, die sich nach einem langen Arbeitstag darauf freuen, endlich die Welt hinter sich aussperren zu können.

Ich machte mich auf, das Haus zu suchen, von dem Korinek gesprochen hatte. Mittlerweile war es nun doch fast vollständig dunkel geworden, nur aus erleuchteten Fenstern drang Licht. Die Straßen blieben dunkel, unter meinen Schuhen knirschten Kieselsteine auf dem Kopfsteinpflaster. Dunkle Schaufenster mit Coca-Cola-Werbung, rostzerfressene Autos, kaum Passanten. Eine Werkstatt mit anschließendem Schrottplatz, die Autos dort drinnen waren von denen, die an der Straße parkten, fast nicht zu unterscheiden. Über mir hing ein verrostetes Bridgestone-Schild wie ein Kruzifix in einer verlassenen Kathedrale.

Schließlich bog ich in die Weißgasse ein und stand vor dem Klavierhaus, das mir Korinek genannt hatte. Die Jalousien waren heruntergelassen, die Fassade verdreckt, die letzten Klaviere waren hier noch im vergangenen Jahrtausend verkauft worden. Dafür wuchs Gras aus dem Gully direkt vor der Eingangstür.

Direkt daneben befand sich der Rosahof. Korinek hatte ein bisschen was durcheinandergebracht, aber in der Hauptsache stimmten seine Informationen. Das Haus sah adrett aus, mehr wie eine Wohnanlage aus der Gründerzeit, die für Bobos hergerichtet worden war. Ich klingelte an der Nummer 16.

Nichts rührte sich. Ich klingelte nochmals. Wieder nichts. Draußen auf der Ottakringer Straße fuhren Autos, der Verkehrslärm drang leise bis zu mir. Wieder klingelte ich, und wieder gab es keine erkennbare Reaktion. Ich wollte schon alle Verdammnis der Hölle auf Straight herunterrufen, als sich dann doch die Türe öffnete. Ein biederer Mann in Hausweste und Krawatte stand vor mir. Die Hausweste bestand aus rosa Wolle. Altrosa, aber immerhin.

»Ich bin wegen des Spiels da«, sagte ich mein Sprüchlein auf, als der Mann in der Tür stumm blieb.

»Gut.« Er ließ mich herein. Drinnen folgte ich ihm die Treppen hinauf. Warum wir nicht den Lift nahmen, wusste ich nicht. Im zweiten Stock klopfte er an eine weiße Wohnungstür, die auch prompt geöffnet wurde. Wir traten ein. Ich war erstaunt. Ein zweiter Mann in Hausweste mit Krawatte. Aber diesmal war die Weste grau, hellgrau um genau zu sein, aber auch aus Wolle. Beide trugen dazu einen dunklen Schlips und Flanellhosen, weit geschnitten und bequem. Die eine grau, die andere braun. Ich schaute zwischen den beiden hin und her. Beide Männer waren um die 50, mit schütterem, wohlgepflegtem Haar, intelligenten Augen und angenehmen Gesichtszügen.

»Hier können Sie ablegen«, wies der mit dem rosa Strickjäckchen auf eine Garderobe. Ich tat wie geheißen und hängte meine Jacke auf.

»Es wird noch ein bisserl dauern, bis die anderen da sind. Sie können inzwischen warten. Dürfen wir etwas zu trinken anbieten?«, diesmal sprach der mit dem grauen Jäckchen.

»Gerne. Haben Sie Tee?«

»Aber sicher doch. Selbstverfreilich.« Selbstverfreilich hatte ich noch nie gehört. Ich hatte aber auch noch nie zwei Typen in Strickjäckchen gesehen.

»Assam, Darjeeling oder lieber etwas Parfümiertes?«

»Was für einen Darjeeling gibt's denn?«

»Einen kräftigeren Second Flush. Bert mag diese Tees so gerne.« Romantische Blicke wechselten die Besitzer.

»Dann nehm' ich einen.« Was die Leute im Schlafzimmer machen, ist mir egal, solange die richtigen Blätter in die Kanne wandern. Ich begann die beiden Käuze ins Herz zu schließen.

Ich wurde ins Wohnzimmer geführt, wo schon ein großer Tisch auf die Pokerrunde wartete. Wie es sich gehörte, war ein grünes Filztuch ausgebreitet, auch Kartenpakete lagen noch wohlverschweißt bereit. Ich wurde in einen Sessel an der Wand gesetzt, der sich direkt unter einer Leselampe befand. Der Sessel war angenehm, die Wohnung bürgerlich adrett, es gab keinen Grund, sich nicht wohl zu fühlen. Das Wohnzimmer hatte riesige Ausmaße, man hätte Snooker spielen können. Bücherregale mit schönen, vielgelesenen Bänden, eine Musikanlage, geschmackvolle Bilder, die Wohnung hätte mir selbst gut gefallen. Der Gastgeber im grauen Jäckchen hatte meinen Blick bemerkt und zog sich einen Stuhl zu mir.

»Haben Sie Ihren Einsatz dabei?«

»Sicherlich.« Ich zog die vier Fünfhunderter heraus und gab sie ihm. Für mich bedeutete so eine Summe einen Batzen Geld, mit dem ich besser mein Haushaltsgeld strecken sollte als es zu verspielen. Aber auf den Gedanken kam ich keine Sekunde.

»Es tut mir leid, dass ich so direkt sein muss, aber Sie waren noch nie bei uns zu Gast. Verzeihen Sie also die Vorsichtsmaßnahme.«

»Aber sicher doch.«

»Ihr Name?«

»Linder, Arno.«

Mein Geld kam in einen Umschlag mit meinem Namen

drauf, der in einem kleinen Safe verschwand. Der Safe war in die Wand eingelassen und hinter ein paar Büchern versteckt. Nicht, dass solche Verstecke viel nützen, aber den Leuten macht es offensichtlich Spaß.

»Ah, da kommt Bert mit dem Tee.« Bert war also der mit dem rosa Jäckchen.

»Nehmen Sie Zucker?«

»Nein danke.«

»Sie bräuchten aber nicht auf Ihre Linie zu achten«, meinte Bert.

»Mir schmeckt's ohne einfach besser.«

»Ein Connaisseur, wie mir scheint. Was meinst du, Alfred?«

»Du könntest recht haben.«

»Ach was, ich trinke einfach gern Tee ohne Zucker.«

Die beiden kuderten wie Schulmädchen. Der Tee kam in einer schmucklosen weißen Porzellankanne. Die Schalen waren ebenfalls weiß, mit dunkelblauem Rand und dünnen Wänden. Ich schenkte mir ein und nahm vorsichtig einen ersten, kleinen Schluck.

»Zufrieden?«

»Ausgezeichnet.«

Bert und Alfred atmeten erleichtert auf. Wenn man auf guten Tee steht, dann sollte man immer montags zu den beiden pokern gehen. Es ist zwar scheißteuer, aber es zahlt sich aus.

Unsere Konversation wurde durch die Klingel unterbrochen. Bert ging hinunter, um zu öffnen, Alfred blieb bei mir zurück. Wir machten ein wenig Smalltalk, bei dem ich nicht ganz zuhörte, weil ich mich auf Alfred konzentrierte und Alfred nicht so ganz bei der Sache war, weil er auf irgendetwas wartete. Nach ein paar hoch konzentrierten Augenblicken entspannte er sich aber. Ich bildete mir ein, dass etwas vibriert hatte. Wahrscheinlich unter Alfreds Strickjäckchen. Die beiden hatten irgendeine Kommunikation laufen, was als Vorsichtsmaßnahme gar nicht so abwegig war, schließlich würde im Laufe des Abends ein Haufen Geld zusammenkommen. Bei Bender und Korinek hatte es immer Security gegeben. Ich war schon gespannt, wer bei den beiden diesen Part übernehmen würde.

Von nun an verkürzten sich die Zeiten zwischen den Klingelzeichen immer mehr, kaum hatte der Neuangekommene gezahlt, schon klingelte es wieder, und Bert ging erneut die Treppe hinunter. Das bedeutete zwar eine Menge Arbeit für Bert, aber eine andere Möglichkeit gab es nicht. Mit dem Türsummer von oben zu öffnen wäre leichtsinnig. Denn dann hätte man die Leute schon fast in der Wohnung, wenn man sie zum ersten Mal einschätzen konnte. Es blieb Bert nichts übrig, als die Treppen rauf und runter zu schnaufen.

Auf die Neuangekommenen achtete ich weniger, ich wollte der Kommunikation zwischen Alfred und Bert auf die Schliche kommen. Als der siebte Gast um Punkt zehn Uhr die Wohnung betrat, eine gute halbe Stunde, nachdem ich gekommen war, hatte ich eine ungefähre Vorstellung von ihrem System.

Beim Gedanken, dass sieben Mal 2.000 Euro zusammenkommen würden, die in einem kleinen Einbausafe hinter ein paar Büchern aufbewahrt wurden, war mir schon das Wasser im Mund zusammengelaufen. Wenn man um 21.59 Uhr an der Tür klingelte, dann würden schon 14.000 Euro auf einen warten. Nicht die Welt, aber doch eine Stange Geld. Die beiden Veranstalter wirkten jedoch so niedlich und bieder, dass ich genauer aufpasste.

Bert ging jedes Mal die Treppen hinunter, um dem Gast aufzumachen. Dann verständigte er Alfred mithilfe eines Summers. Die beiden hatten einen Code, der Alfred sagte, was da für ein Typ unten vor der Tür stand. Einmal wirkte Alfred ein klein wenig besorgt und sehr konzentriert. Das war, als er einem Typen die Tür öffnete, den ich persönlich nicht hereingelassen hätte. Ein anderes Mal blieb Alfred total entspannt, und es betrat ein alter Bekannter die Wohnung. Es musste also ein zweiteiliger Code Verwendung finden, der sowohl beinhaltete, ob die Person bekannt, unbekannt oder gut bekannt war, als auch eine Gefahrenklassifizierung mitteilte. Die beiden Strickjäckchenträger machten ihre Sache ziemlich kompetent. Einfach reinzuspazieren und das Geld mitzunehmen war nicht möglich, und für alles andere lohnte der Aufwand nicht. Das war beruhigend zu wissen, da man nicht damit rechnen musste, dass ein geldgieriger Jugendlicher reinstürmen würde, um sein nächstes Wochenende zu finanzieren.

Nebenbei hatte ich gehofft, dass Duvenbecks Sohn als einer der Ersten auftauchen würde, das hätte mir die Möglichkeit gegeben, vor Beginn der Pokerrunde mit ihm zu reden. Vielleicht hätte das geklappt und ich hätte mir das Pokern erspart. Außerdem hätte ich das Geld von Korinek wieder mit heimgebracht, was auch so seine Vorteile gehabt hätte. Aber der Sohn des toten Vaters kam als Letzter, um Punkt zehn.

Als er das Spielzimmer betrat, wurde ihm aus der Ecke zugerufen: »Dass du di wieder hertraust!«

Der Sprecher saß kugelrund in einem Stuhl, die schwarzen Haare quer über den Schädel frisiert, sodass die Glatze verdeckt werden sollte. Die rosa Kopfhaut schaute aber trotzdem durch. Er trug eine dicke Brille, einen grauen

Pullover und braune Schnürlsamthosen. Seine dicken, kurzen Finger wirkten gelenkig und flink. Auf seinem Schoß ruhte ein Aschenbecher, in dem sich schon ein paar Stummel befanden. Der Mann rauchte A3, ich hätte geschworen, dass es die schon seit 20 Jahren nicht mehr gibt.

»Letzte Wochn hab i eahm a so die Hosn auszogn, dass da Sau graust. Wo hast'n überhaupt die Marie her?«, fuhr er fort.

»Ich hab mir das Geld geliehen«, antwortete Duvenbecks Sohn. Korinek hatte gesagt, dass er Gütkens hieß, Klaus Gütkens.

»Dir gibt doch kaner mehr was. Musst an scheen Trottel gfunden ham!«

Gütkens lief vor Zorn rot an. Die halblangen blonden Haare und der helle Teint verstärkten den Eindruck noch.

»Gerhard, hast nicht g'hört, dass sein Vater g'storben ist? Ich denke, dass der, der ihm kein Geld leiht, ein Idiot ist«, meinte eine Frau von rechts, das Wort ›kein‹ betonend. Nach Kleidung und Redeweise passte sie besser zu den beiden Strickjacken als zum Rest der Versammlung. Aus irgendeinem Grund beschlich mich die Überzeugung, dass sie selbst Gütkens das Geld geliehen hatte, das er heute Abend verspielen würde.

Die Frau war unscheinbar gekleidet, trug das Haar kurz und schien recht kaltblütig zu sein. Sonst hätte sie Gütkens nicht vor Gerhard in Schutz genommen, um ihn gleichzeitig bloßzustellen.

Alle waren aufs Spiel gespannt, deswegen verebbte das Gespräch recht schnell. Alfred loste die Sitzreihenfolge aus, Bert machte den Dealer, und als alle saßen, zog sich Alfred mit einem Buch in der Hand an einen der frei herumstehenden Tische zurück. Er begann, konzentriert zu lesen. Schöner, dunkelroter Leineneinband, Dünndruck, aber den Titel konnte ich beim besten Willen nicht lesen. Ich wendete meine Aufmerksamkeit dem Tisch und den Personen zu, die an ihm saßen.

Auf dem besten Platz, als Letzter in der Reihenfolge, saß der Mann, den ich erst gar nicht hereingelassen hätte. Dunkle Haare, harte Gesichtszüge, ein schwarzes Hemd, einen silbernen Totenkopf an einer Kette um den Hals hängend. Er sprach nicht viel, aber der Akzent war mir fremd. Der Mann musste einer der Rumänen sein, die in den letzten Jahren die Prostitution am und um den Gürtel in die Hand genommen hatten. Rumäne wegen der Sprache und Zuhälter wegen der Kleidung. Das schwarze Hemd allein mochte 800 Euro gekostet haben.

Der Typ war mir nicht geheuer. Das hatte nichts mit dem Totenkopf oder der schwarzen Kleidung zu tun. Auch nicht mit der beindruckenden Messernarbe, bei der ich mir nicht vorstellen konnte, wie er die Wunde damals überlebt haben konnte. Ich glaube, es waren auch nicht die harten Linien um den Mund, die schon ausgeprägt waren, obwohl der Mann sicher noch nicht über Mitte 20 hinaus war. Schlussendlich werden es wohl die Augen gewesen sein, vor denen ich Angst hatte. Kalte, schöne, meergraue Augen. Diese Augen hatten schon Menschen sterben sehen.

Gütkens saß neben mir, ich war Zweiter, Gütkens Dritter in der Reihenfolge. Eher schlechte Plätze, aber damit muss man leben. Die Frau mit den kurzen Haaren war Erste, sie hatte noch mehr Pech gehabt als wir. Der Mann, den sie als Gerhard angesprochen hatte, saß als Vorletzter neben dem Rumänen. Er fühlte sich dort sichtlich unwohl.

Zwischen Gütkens und Glatzengerhard saßen zwei weitere Gäste. Der eine war vermutlich Student, einer von den Typen, die mal eine echte Pokerrunde erleben wollen. Er hatte große Augen und war enorm aufgeregt. Wo der das Geld für den Abend hergenommen hatte, war mir unklar.

Neben ihm saß ein Mann im grauen Flanelldreiteiler. Seinen Hut und den dunklen Mantel hatte er draußen an der Garderobe aufgehängt. Er trug eine goldene Uhr, eine goldene Krawattennadel und hatte ein goldenes Feuerzeug. Irgendwo hinten im Mund würden sicher wohl auch ein paar goldene Zähne blitzen.

Bert riss ein Paket Karten auf, entfernte die Deckblätter und begann zu mischen. Die steifen, ungespielten Karten knackten und klackten, sie glänzten im elektrischen Licht, ihre scharfen Kanten kratzten über den Filz, und schließlich flogen sie zischend durch die Luft. Alfred warf jedem die Karten vor die Nase und das Spiel begann.

IX

Wir spielten Texas Hold'em, eine der Varianten, die sich momentan der größten Beliebtheit erfreuen. Jeder Spieler erhält zwei Karten, die nur er kennt. Dazu kommen noch fünf Karten, die für alle sichtbar offen aufgelegt werden. Das höchste Blatt aus den öffentlichen fünf und den privaten zwei gewinnt.

Was das Spiel mit allen anderen Pokervarianten gemein hat, ist die Tatsache, dass der beste Spieler nicht derjenige ist, der mit größter Häufigkeit die besten Karten in der Hand hält, sondern der, der auf die Gewinnaussicht seiner Karten am besten zu wetten versteht.

Wohli hatte immer gemeint, dass es einen guten Mann auszeichnet, dass er seine Chancen einzuschätzen versteht. Egal ob er ein Auto kauft, ein Haus, Wertpapiere oder eben Pokerhände. Der mit der besten Sachkenntnis, dem schärfsten Verstand und den härtesten Nerven gewinnt, sowohl im Leben als auch am Spieltisch.

Fast so wie an der Börse: Es gewinnt nicht der mit der größten Firma, sondern der, der am billigsten kauft und am teuersten verkauft. Mathematisch ausgedrückt ist der Gewinn einer Pokerpartie eine Funktion aus der Häufigkeit der Kartenbilder, deren Verhältnis zu den bereits gesetzten Beträgen, dem eigenen Guthaben und dem zu erwartenden Gewinn. De facto werden solche Partien zumeist nicht entschieden, wenn Straight Flush auf vier Asse trifft, sondern in der Masse durch ein Pärchen oder sogar nur durch die höchste Karte.

Einige Jahre meines Lebens hatte ich in illegalen Casinos gejobbt. Poker, Bakkarat und Black Jack, aber selbst gespielt hatte ich diese Spiele eigentlich nie. Es hatte mich immer interessiert zuzusehen, Schlüsse zu ziehen und zu versuchen vorauszusagen, was als Nächstes geschehen würde. Selbst um Geld zu spielen hatte auf mich dagegen niemals einen Reiz ausgeübt.

Die ersten paar Runden wurde zurückhaltend gespielt, alle wollten sich einmal beschnuppern, nichts Großes riskieren, sich einfach nur aufwärmen. Ausgerechnet in dieser Phase hatte ich richtig gute Karten. Das Verteufelte an Poker ist bloß, dass man seine guten Karten am Höhepunkt, um drei in der Nacht braucht, wenn die Leute überreizt, euphorisiert und vielleicht auch schon ein wenig müde sind. Dann ist das Glück. Am Anfang einer Pokerrunde sind gute Karten ein Pech.

Die Grundeinsätze waren noch so niedrig, dass ich mit nahezu jeder Hand mitging. Zum Spaß setzte ich meine zehn Euro für Karo drei und fünf. Der Rumäne, Glatzengerhard und die Frau gingen ebenfalls mit. Die Frau erhöhte sogar, nochmals um zehn Euro. Alle zahlten. Der Turn wurde aufgedeckt. Zwei Asse und ein König. Das eine Ass in Karo. Die Frau wettete erneut, wieder zehn Euro, alle zahlten. Auch ich, was eigentlich Schwachsinn war. In so einer Situation kann man damit rechnen, dass alle gute Hände hatten, weil sie den ersten Einsatz der Frau mitgegangen waren. Das macht man nur mit einem Paar oder zumindestens einer hohen Karte wie Ass, König, Dame. Wenn nun zwei Asse lagen, war klar, dass zwei ein Ass hatten und der dritte einen König, oder vielleicht drei Könige. Ich hätte meine Karten hinwerfen müssen, denn ich hatte gar nichts getroffen. Aber wie gesagt, die Blinds waren so niedrig, dass ich einfach zum Spaß mitging.

Der River kam, eine Zehn in Karo. Es wurden wieder

zehn Euro gesetzt, aber da noch niemand riskieren wollte, gab es weder einen Raise und noch einen Re-Raise. Also ging ich wieder mit. Kindergartenrechnung: 52 Karten, bei einer normalen Verteilung hatte ich eine 25-Prozent-Chance auf ein weiteres Karo, was für mich einen Flush bedeutet hätte. Ein Flush gewinnt gegen Pärchen und Drillinge. Egal, ob es sich um Könige oder Assen handelt.

Bert deckte den Flow auf, es war ein Karo, der Achter. Die anderen setzten, ich ging mit. Es wurde sogar geraised, aber leider nur um zehn Euro. Alle deckten auf, alle konnten sich ihre Karten in die Haare schmieren, wie Bender immer gesagt hatte. Ich hatte den Pott gewonnen, stolze 160 Euro.

Bei solch einem Spielverlauf hätte ich in einer späteren Phase des Abends allen Hemd und Hose ausgezogen. Ich wäre zum Schluss All-in gegangen, und irgendeiner hätte sicher die Nerven verloren und wäre mitgegangen. Pech ist eben auch, zum falschen Zeitpunkt Glück zu haben. Als ich meinen Flush hinlegte, stahl sich so manches kleine Lächeln in die Augen der Anwesenden. Glatzengerhard nahm einen Schluck von seinem Wasser, der Mann im Dreiteiler zündete sich eine neue Zigarette an und blies den Rauch entspannt aus. Ein paar der Anwesenden waren schadenfroh und ein paar waren dankbar, dass es nicht ihre Hand gewesen war.

Das Spiel zog sich hin, die Karten fielen gleichmäßig, es war kein ausgesprochener Blindfisch dabei, es gab keine riesigen Potts, also war um zwölf noch keine Entscheidung gefallen. Alle saßen noch immer auf etwa gleich viel Geld und blickten dem Ausgang des Abends voll Optimismus entgegen.

Meine Erfahrung lehrte mich, dass Pokerrunden im

Wesentlichen durch die Selbstbeherrschung der Spieler entschieden werden. Erst wenn die Ersten müde werden, die Konzentration nachlässt, kommt es zu den großen Potts, erst dann fliegen die Ersten raus. Interessanterweise reicht es, wenn einer am Tisch die Nerven verliert, um alle anzustecken, sie nervös zu machen und sie schließlich auch in wilde Risiken zu treiben. Für gewöhnlich gewinnt derjenige, der als Letzter auszuckt. Bei uns am Tisch traute ich mir noch nicht zu, eine Prognose abzugeben. Als Einzigen konnte ich Gütkens ausschließen, der würde sicher nicht der Sieger werden.

Um Mitternacht wurde eine kleine Pause vorgeschlagen. Alle akzeptierten, und Alfred brachte Bert eine Schale Tee, Shortbread sowie einen Aschenbecher und einen Zigarillo.

»Danke, das ist wirklich lieb von dir.«

»Aber sicher doch.« Verliebter Blickwechsel.

»Wie geht's deiner Hand, ist das Gelenk noch steif, stört es dich beim Geben?«

»Nein, für heute werde ich das schon noch durchhalten.«

»Du Tapferer!«, rief Alfred händeringend aus. Ich kam mir vor wie in einer Operette und machte mich auf, Wasser zu finden. In der Küche kam ich zum Kühlschrank und holte mir eins raus. Aus irgendeinem Grund trinkt man heute einfach kein Leitungswasser mehr. Gütkens stand im Dunkeln und rauchte. Normalerweise redet man während der Partie nicht viel miteinander, aber ich sprach ihn an.

»Auch eins?«

»Nee, danke«, meinte er und begann nach einer kurzen Pause seinerseits: »Warn Mordspech mit dem Flush. Doller Spielverlauf.« Seine Vokale bewegten sich stark in

Richtung der Umlaute. Das ›e‹ und das ›i‹ erinnerten mehr an ein ›ö‹ und ein ›ü‹. Gütkens kam offenbar irgendwo aus dem westlicheren Teil Deutschlands.

»Besser die Taube auf dem Dach als den Spatz in der Hand.«

»Jaja.« Gütkens kannte sich offenbar mit Sprichwörten noch weniger aus als mit Pokerhänden.

Ich wollte gerade das Gespräch ein wenig vertiefen, als zuerst der Rumäne ins Zimmer trat, und dann wurde auch schon weitergespielt. Die Gelegenheit zu einem Gespräch war ungenützt vorbeigezogen, und da es im Verlauf des Abends auch zu keiner weiteren kam, wusste ich um vier Uhr früh nicht mehr als zu Beginn des Abends.

Die Dämmerung begann sich etwa gleichzeitig mit dem Ausscheiden des ersten Spielers abzuzeichnen. Es handelte sich um Gütkens, der doch länger durchgehalten hatte, als ich mir zu Beginn des Abends vorgestellt hatte. Ich hatte noch knapp 1.500 Euro von den 2.000, die mir Korinek gegeben hatte. Gütkens besaß vielleicht noch etwa 150. Beim Poker steigt die Höhe der Einsätze mit der Zeit, und was zu Anfang noch für 15 Partien gereicht hätte, war jetzt gerade noch zwei, maximal drei wert. Wenn Gütkens nicht unerhörtes Glück hatte, wäre er in etwa einer halben Stunde mit dem Abend fertig. Wenn ich jetzt aussteigen würde, könnte ich unten auf Gütkens warten, ohne Aufsehen zu erregen. Außerdem musste ich dann nicht irgendein Szenario austüfteln, in dem ich mein ganzes Geld zeitgleich mit Gütkens verlieren würde, denn nach ihm konnte ich auf keinen Fall gehen. Auch wenn die Gassen in der Umgebung menschenleer waren, finden würde ich ihn nie mehr. Dann wäre der ganze Abend sinnlos gewesen. Also nutzte ich eine kurze Unterbrechung im Spielfluss – es wurde dem Dealer Tee nachgeschenkt –, um zu verkünden, dass ich aussteigen wollte.

»Geh heast, Burli, du hast ka Sitzfleisch, ha?«, fragte der Mann mit den quer über die Glatze gelegten Haarsträhnen. Seine braunen Kordhosen glänzten schon leicht fettig, so oft hatte er seine schweißigen Hände an ihnen abgewischt.

»Schaut so aus, ich bin nicht zum Pokern geboren«, bekannte ich mich rückhaltlos schuldig.

»So einfach geht das aber nicht«, ließ sich der Mann im Flanelldreiteiler vernehmen. Er holte ein Zigarettenetui aus seinem Sakko, nahm eine heraus und verstaute das Etui wieder. In einer geschmeidigen Bewegung seines rechten Daumens ließ er sein goldenes Dupont aufschnappen, schlug einen Funken und gab sich Feuer. Als er den Feuerzeugdeckel mit dem rechten Zeigefinger zuschnappen ließ, sprach er, den Rauch seiner Zigarette ausatmend, weiter.

»Seinen Einsatz kann er nicht einfach aus dem Topf nehmen. Den hätten wir gewonnen«, meinte er in die Runde. »Versteh'n Sie mich nicht falsch, junger Mann, Sie spielen nicht schlecht, aber mir sind Sie nicht gewachsen.« Er nahm einen Zug. »Ich will das Geld.«

Das hatte ich nicht vorausgesehen. Ich hatte keine Ahnung von der Etikette in so einem Fall. Im Casino von Bender waren die Leute immer erst ausgestiegen, wenn sie pleite waren. Weder Korinek noch Wohli hatten jemals von so einer Situation erzählt. Offenbar handelte es sich um eine Grauzone.

Die ältere Frau mit dem silbergrauen Haar in perfekt ondulierten Wellen und der konservativen Kleidung ergriff für mich Partei: »Lass' ihn doch gehen, Quincy. Das Spiel soll doch Spaß machen.«

»Des hot ma davo, wenn ma mit Amateure spielt«, stieß Quincy hervor. Er zerbröselte seine Zigarette zwischen den Fingern. Dass sie noch brannte, war ihm egal.

»Lass ihn gehen«, meinte der Mann in Schwarz. Die Messernarbe am Hals hatte wohl einen Teil seines Kehlkopfes in Mitleidenschaft gezogen, denn seine Stimme war kaum lauter als ein Flüstern. Doch er war ein Mann, dem immer jeder zuhören würde, egal, wie leise er sprach. Dass in seiner Stimme ein leises, samtiges Schnurren mitschwang, störte den Eindruck von Autorität auch in keiner Weise.

Seiner Meinung schlossen sich der Student und Gütkens an, nur Quincy blieb stur.

»Nein. Sein Geld gehört mir. Wenn er gehen will, muss er seinen Ausstieg kaufen. Bei jedem von uns.«

Das stieß auf Zustimmung. Niemand ist gegen mehr Geld, und so redeten alle durcheinander. Jeder wollte für sich mehr rausholen, war aber strikt dagegen, dass ein anderer mehr erhalten sollte. Und so waren schon bald komplizierte Verteilungsmodelle im Umlauf.

»Wir sollten den Einsatz gemäß den Chips verteilen, denn diese Verteilung zeigt die Qualität der Spieler, und in diesem Maß hätte er auch an uns verloren«, meinte die Dame.

»Nein, Melba. Seine Chips sollten nur unter denen aufgeteilt werden, die mehr Chips haben als er. Und zwar im Verhältnis ihres Mehrbesitzes im Vergleich zu seinen Chips. Denn nur an uns hätte er verloren.«

»Quincy, das halte ich für ungerecht …«, versuchte Melba, die Dame mit dem ondulierten Haar, einzuwenden, aber dazu kam sie gar nicht mehr. Denn Glatzengerhard war bereits erbost aufgesprungen.

»Ia wuillts doch bloß einsackeln! I sag: Alle kriagn gleichvü'!«

Seine Meinung vertraten auch der Student und Gütkens. Der Rumäne schwieg. Das aber wollte ich auf keinen Fall. Allen Geld zu geben, das hätte Gütkens die Möglichkeit eröffnet, noch länger zu spielen. Was wiederum dazu geführt hätte, dass ich noch länger draußen hätte warten müssen und dafür sogar noch mehr Geld ausgegeben hätte. Aus irgendeinem Grund, den herzuleiten mir in diesem Moment zu kompliziert war, machte ich das alles für Laura. Die war mir zwar schon 1.500 Euro wert, aber weh tat es trotzdem.

»Ruhe, Ruhe«, beruhigte Bert die Leute. »Das ist unsere Runde, die von Alfred und mir. Also sind es auch unsere Regeln. Wem das nicht passt, der muss nicht wiederkommen.« Alle stimmten verhalten zu.

»Dem beuge ich mich«, meinte Quincy und unterstützte seine Antwort mit einer einladenden Handbewegung. Alles wartete auf den Spruch des Höchstgerichts.

»Gut. Linder kann gehen. Ohne Pönale.«

Tumult brach aus. Der Pokerabend erinnerte mich an Fernsehbilder aus den Parlamenten von Schwellenländern, wo plötzlich alle übereinander herfallen und sich an den Haaren zu ziehen beginnen. Kann aber auch sein, dass sie mich an die letzte »Hohe Haus«-Übertragung erinnerten, als es um dic Eurofighter ging. Überhaupt hatte die ganze Diskussion einen Anflug von Politik. So in etwa geht es in Österreich zu, wenn klar ist, dass der Staat kurz vor der Pleite steht, neue Steuern her müssen, was auch alle begrüßen, aber niemand von den Steuern betroffen sein will. Denn dass man die Staatsschulden mit Sparen in den Griff bekommen kann, glaubt niemand. Da sind bekanntlich auch alle dafür, aber niemand will seine Privilegien aufgeben.

Also wurde Alfreds und Berts Urteilsspruch so wenig Beachtung geschenkt wie dem Urteil des Verfassungsgerichtshofs bezüglich der Kärntner Ortstafeln.

Um mich herum tobte noch immer die Diskussion, alle schrien durcheinander, jeder war der Meinung, die beste Lösung anbieten zu können, niemand hörte den anderen auch nur ansatzweise zu.

Die Einzigen, die Ruhe bewahrten, waren der Rumäne und Quincy, der die ganze Zeit über mit seinem Feuerzeug spielte. Er ließ es aufschnappen, schlug Feuer und ließ wieder zuschnappen. Dabei sah er mir arrogant ins Gesicht. Da wurde mir klar, dass ich nicht einfach so gehen konnte.

»Quincy, Sie sind der Chipleader. Ich schlage Ihnen ein Geschäft vor. Freiwillig.«

»Was denn?«

»Eine Wette. Sie wetten doch?«

»Sicher.«

»Gut. Also, Sie lassen ihr Dupont fünfmal aufschnappen und schlagen Feuer. Dann lassen Sie es wieder zuschnappen. Wenn es jedes Mal klappt, bekommen Sie mein Geld, wenn nicht, dann …«

»… muss er sich den Finger abschneiden?«, fragte Melba nach.

»Nein, nein, ich bin doch nicht verrückt. Dann geh' ich einfach.«

»Also, ganz normal sind Sie aber auch nicht. Sie können doch einfach so gehen, Sie müssen diese Wette nicht anbieten«, meinte Bert.

»Genau!«, unterstützte ihn Alfred. »1.500 Euro sind

viel Geld! Seien Sie doch nicht so leichtsinnig. Außerdem, was können Sie schon groß gewinnen dabei? Sie können so oder so gehen. Also, seien Sie vernünftig.«

»Sie haben doch Mut, Linder«, meinte Quincy. »Das ist ein Dupont«, er hielt das Feuerzeug hoch, »dagegen zu wetten, um so einen Betrag … nicht schlecht.«

Er grinste wie ein dicker, alter grauer Kater mit goldgelben Augen, der mit einer Maus spielt, der die Eingeweide schon aus dem Bauch hängen, die sich aber noch verzweifelt wehrt und zu entkommen sucht. Gegen jede Hoffnung. Ringsum hatten alle die ursprüngliche Frage längst vergessen und waren nun nur noch von der Wette begeistert.

»Wie sui ers machen?«, fragte Glatzengerhard, sich seine schweißigen Hände an der Schnürlsamthose abwischend.

»Fünfmal hintereinander, ohne Pause zwischen den Versuchen.«

Alle waren einverstanden, und Quincy begann. Er fischte ein Taschentuch mit Monogramm aus seiner Hüfttasche und säuberte sowohl seine Hände als auch sein Feuerzeug. Anschließend breitete er den weißen Stoff auf dem Tisch aus. Das alles war eigentlich überflüssig gewesen, denn sein Feuerzeug glänzte und die Hände waren trocken. Also war er vielleicht doch ein wenig nervös. Gut für mich.

Klick. Zisch. Klick.

»Eins.«

Klick. Zisch. Klick.

»Zwei.«

Klick. Zisch. Klick.

»Drei.«

Klick. Zisch. Klick.

»Vier.«

Klick. Krhh. Krhh. Krhh. Klick.

Quincy ließ das Feuerzeug sinken, legte es auf das Taschentuch und nickte mir zu.

»Schönen Abend noch, meine Herren, meine Dame.«

Ich übergab Bert meine Chips und folgte ihm zum Tresor. Zwei Minuten später hatte ich meine Scheine und stieg die Treppen das dunkle Stiegenhaus hinunter. Euphorie durchwallte mich von der Kopfhaut bis in die Zehennägel. Ich ging wie auf Watte.

X

Gütkens hatte entweder Glück gehabt oder den anderen noch ein wenig zugesehen, auf jeden Fall wartete ich fast eine Stunde auf ihn. Er trat aus der Türe, ich drückte mich ein wenig tiefer in den Schatten einer Garagenausfahrt und schon saß ich ihm im Rücken.

»Gütkens«, sprach ich ihn an. Feiner Sand knirschte hart unter meinen Sohlen.

»Ja.« Seine Gesichtszüge entspannten sich, als er mich erkannte. »Ah, Sie, Linder. Noch nicht zu Hause?«

»Nein.«

»Das war aber mal eine Wette vorhin. Wow!«

Ich zuckte mit den Achseln.

»Sie haben Schneid. Respekt!«

»Mit Schneid hat das nichts zu tun.«

»Sie wollten gehen, aber sich auch nicht von den anderen auslachen lassen. Das haben Sie prima hingekriegt.« Er unterbrach sich kurz. »War aber ein ganz schönes Risiko. 1.500 Euro sind kein Pappenstiel.«

»Naja, so viel Risiko war es auch wieder nicht.«

»'türlich war's das. Quincy läßt doch dauernd sein Feuerzeug auf- und zuschnappen. Der kann das schon.«

»Ein Freund und ich haben das mal ausgetestet. Mehr als viermal hintereinander geht fast nicht. Wenn ich mich recht erinnere, ist das eine Chance von 4:1 auf meine Wette. Quincy wusste das bloß nicht.«

Gütkens blieb überrascht stehen. Wir standen uns gegenüber. Mir schwante nichts Böses.

»Wie kommt man darauf, sowas auszuprobieren?«

»Es gibt da so eine Kurzgeschichte mit haargenau der

gleichen Wette, die hab ich einmal einem guten Freund zum Lesen gegeben. Er hat's dem Autor auch nicht geglaubt. Daraufhin haben wir das Ganze dann ausgetestet. Sowohl mit Zippos als auch mit normalen Gasfeuerzeugen. Und eben auch mit so einem Dupont. Entweder die Motorik wird bei wiederholtem Bewegungsmuster ungenau oder der Feuerstein geht nicht mehr so gut. Keine Ahnung, was genau. Aber auf jeden Fall bedeutet eine viermalige Wiederholung ein 3:1 gegen meine Wette und eine fünfmalige ein 4:1.«

Gütkens grinste.

»Sag's ja, Sie haben Schneid. Aber warum warten Sie auf mich?«

»Ich wollte noch ein bisschen mit Ihnen plaudern.«

»So?«

»Ich habe das Wochenende mit Ihrem Vater verbracht. Da wollte ich Sie kennenlernen.«

»Der Drops ist ja nun gelutscht.« Er zuckte mit den Achseln.

»Der Tod Ihres Vaters lässt Sie kalt?«

»So viel Vater war er gar nicht für mich. Irgendein One-Night-Stand in den Siebzigern.«

»Aber erben werden Sie doch?«

Gütkens fixierte mich, mit leicht unstetem Blick.

»Meinen Sie?«

In dem Moment knirschte der feine Sand auf dem Trottoir hinter mir, eine Ahnung von einem herben Männerparfum stieg mir in die Nase, ich drehte mich schnell um, nahm noch ein Huschen in den Augenwinkeln wahr, aber: zu spät. »AUSGEZAPPT«, stand in Blockbuchstaben in meinem Bewusstsein, beziehungsweise in dem, das eine Zehntelsekunde vorher noch da gewesen war. Ein heißer, glutweißer Schmerzball explodierte in meinem Schädel, und das dämmernde Ottakring fiel in tiefste Nacht zurück.

KAPITEL 4

I

Eine unscharfe Ahnung von dumpfem Schmerz hing über mir wie Nebel, während ich schlief. Eigentlich war es weniger ein Schlaf als ein Fallen aus großer Höhe in einen bodenlosen Schlund. Donnernde Ströme aus Unrat ergossen sich in diesen Schlund, füllten ihn aber nicht. Ich wusste nur, dass ich in ihm gefangen war, in eiskalten Strudeln in einem bodenlosen, lichtlosen Schacht.

Die Wirbel wurden schwächer, doch der Schwindel in meinem Kopf hielt an. Mir war schlecht. Ich erbrach mich. Die Ahnung von Schmerz bestätigte sich mit furchtbarer Wirkung. Mein Schädel schmerzte über jede Vorstellung hinaus. Wieder würgte ich, doch so sehr sich meine Eingeweide auch zusammenzogen, erbrechen konnte ich nichts mehr. Für eine Ewigkeit, so schien mir, lag ich da, bis ich endlich die Augen öffnen konnte. Alles war verschwommen, unscharf, wie hinter einem Schleier. Ich rieb mir die Augen, aber der Schleier blieb. Ein kleiner Versuch mich aufzurichten führte dazu, dass der Schmerz in meinem Kopf wieder explodierte. Ich ließ mich zurücksinken und lag schwer atmend da. Mein Herz raste, alles drehte sich und ich verlor wieder das Bewusstsein.

Als ich das nächste Mal zu mir kam, ging es mir nicht viel besser. Allerdings waren die Schleier vor meinen Augen nicht mehr so dicht. Ich konnte Verschiedenes erkennen. Ein dunkles Zimmer mit einer Lichtquelle oben an einer Wand, zu hell, um hinzublicken, ohne vor Schmerz wahnsinnig zu werden. Beißender Gestank von Erbrochenem. Völlig unfähig, einen klaren Gedanken zu fassen, hilflos wie ein Baby, lag ich auf dem Bett. Ein wenig später hatte sich der Aufruhr in meinem Gehirn so weit gelegt, dass ich versuchte, meine Arme zu bewegen. Es ging nicht. Auch meine Beine reagierten nicht. Panik stieg hoch. Hatte ich einen Verkehrsunfall erlitten, war nun querschnittgelähmt? Wiederum ein paar Minuten später war ich so klar, dass ich feststellen konnte, dass sich wenigstens Finger und Zehen bewegen ließen. Also doch keine Lähmung. Meine Handgelenke brannten, wie von Schürfwunden. Ich war gefesselt. Gott sei Dank, fuhr es mir durch den Kopf. Erleichtert sank ich wieder zurück in tiefstes Schwarz, vollkommen allein, begleitet nur von meinem besten Freund, dem hämmernden Kopfweh. Wirklich ein netter Kerl.

Wiederum etwas später: »Guck mal da, Linder schläft noch immer«, hörte ich die spöttische Stimme von Gütkens.

Ich hielt die Augen krampfhaft geschlossen.

»'kotzt hat er a«, schnurrte eine andere, wohlbekannte Stimme. »Wach auf, du Weh!«

Eine harte Hand rüttelte mich an der Schulter. Mir gefiel das nicht, meinem besten Freund hingegen sehr. Ich schlug die Augen auf.

»Wasser«, krächzte ich, mit einer Stimme, die schon bessere Tage gesehen hatte.

»Was will er? Hast du was verstanden?«

»Ka Wurt.«

Um den beiden Gerechtigkeit widerfahren zu lassen, muss ich anmerken, dass sich meine Äußerung sicher mehr nach »Wmmhngss« angehört hatte als nach einem bekannten Wort. Artikulation ist schwerer, als man denkt, vor allem, wenn sich die eigene Zunge anfühlt wie eine Männerleiche in einem Kindersarg. Zu groß, zu tot, zu eklig.

»Wasser«, versuchte ich es wieder, diesmal besser.

»Kannste haben, alter Freund«, meinte Gütkens.

»Für was des? Mir san ka Pension.«

»Hab dich nicht so, was will er schon machen, schau ihn dir mal an.«

»Schnapsidee!«, antwortete die schnurrende Flüsterstimme.

Ich nahm Bewegung war, eine Tür öffnete und schloss sich, und ich verlor wiederum das Bewusstsein. Gut so, mein bester Freund war immer noch da und hatte mordsschlechte Laune.

Als ich von der sich öffnenden Tür geweckt wurde, hob ich ein Augenlid und linste vorsichtig in die Dunkelheit. Ein Schemen kam auf mich zu und stellte etwas vor das Bett.

»Trink. Wennste kannst«, sagte der Schatten mit der Stimme von Gütkens und verschwand. Die Tür fiel schwer ins Schloss. Stahl, dem Klang nach. Ich schaute vors Bett. Wirklich und wahrhaftig, da stand ein Glas, voll mit Wasser.

»Oh du kühler Nektar der Götter, komm und stille meinen Durst, herrliches Wasser, sei mein Gast und erfreue meine Seele«, versuchte ich mich an einer Ode, die selbst Wolf Martin vor Scham erröten hätte lassen. Sorgsam, Zentimeter für Zentimeter, wälzte ich mich auf die linke Seite und wollte nach dem Glas greifen, doch es ging nicht. Zuerst durchfuhr mich wieder die blanke Angst vor einer Lähmung, doch fast zeitgleich stellte sich die Erinnerung daran ein, dass ich gefesselt war. Meine Arme waren völlig taub, total gefühllos, wie zwei Klumpen totes Fleisch hingen sie an meinen Schultern. Ich verharrte kurz in der Lage auf meiner linken Seite und hoffte, dass sich die Blutzirkulation langsam wieder in Gang setzen ließe, indem ich meine Schulter an der Matratze rieb und zeitgleich versuchte, meine Finger zur Faust zu ballen. Es war ein mühsames Geschäft, doch langsam breitete sich ein ameisenartiges Kribbeln aus. Zuerst in der Schulter, dann in den Oberarmen und schließlich bis hinunter zu den Fingern. Zuletzt kam der Schmerz, als ob der in meinem Kopf noch nicht genug gewesen wäre. Meine gesamte Muskulatur krampfte, heiße und kalte Blitze durchzuckten die Extremitäten, und schließlich konnte ich die Arme wieder bewegen. Ich drehte mich auf den Bauch, was meinem besten Freund gar nicht gefiel, und machte einen Katzenbuckel. Danach zog ich die Arme unter den Beinen durch, sodass ich sie wenigstens ansatzweise wieder gebrauchen konnte. Ich griff nach dem Wasserglas. Meine Hände waren immer noch taub, das Glas entglitt meinem Griff, fiel auf den nackten Betonboden und zerbrach. Scharfe Scherben überall und das Wasser verschüttet. Ein Spiegelbild meines Lebens: Viel Anstrengung und Mühe für nichts.

Scharfe Scherben. Irgendetwas klingelte bei diesen Worten, und nach einiger Geistesarbeit kam ich auch dahinter, was: Scharfe Scherben zerschneiden Fesseln. Ich grinste ansatzweise, lehnte mich vorwärts und klemmte vorsichtig einen der größeren Scherben zwischen meine Hände. Mit den Daumen fixierte ich das Glas und begann, die Stricke zu zerschneiden. Irgendeinem Unsympathler war es eingefallen, durchsichtige Plastikschnüre von vielleicht einem Millimeter Durchmesser zu verwenden. Mit ziemlicher Sicherheit Angelschnüre. Auf jeden Fall hatten sie sich tief in das Fleisch meiner Handgelenke gegraben, der Kunststoff war dunkelrot mit Blut verschmiert. Hoffentlich waren meine Sehnen heil geblieben. Da noch immer ein gewisses Maß an dumpfer Fühllosigkeit vorhanden war, ließ sich der gegenteilige Fall noch nicht ausschließen. Die Schnüre boten einen unschönen Anblick, stellten aber kein Hindernis für die Glasscherbe dar.

Meine Hände waren frei und kurz darauf auch meine nackten Füße, die Schuhe hatte man mir abgenommen. Die Stahltür war massiv, aber ihr Schloss war primitiv, so wie man es eben in gewöhnlichen Kellern verwendet. Schließlich kommt niemand auf die Idee, dass da mal jemand ausbrechen möchte. Da ich weder einen Allzweckgürtel noch den Laserblick eines Superhelden mein Eigen nennen konnte, schaute ich mich nach etwas um, das als Dietrich dienen konnte. Doch bis auf das Bett war das Zimmer leer. Aber auf dem Bett lag eine Matratze, unter der sich gespannte Federn fanden, als ich sie hochhob. Und wo sich ein metallener Lattenrost mit Stahlfedern befindet, ist auch ein Stückchen Draht nicht weit. Gedacht, gefunden. Ein zwei Finger langes Stück davon bog ich zurecht und spielte ein wenig mit dem Schloss. Es dauerte nicht lange, bis es klickte. Ich drückte die Klinke, und die Türe öffnete sich. Gleißendes Licht, ein Garten mit plätscherndem Springbrunnen, bunten Blumen und hellen, lachenden Stimmen lag vor mir. Doch erst als ich eines Reigens halbnackter, tanzender Mädchen gewahr wurde, war mir klar, dass ich träumte. Ich schreckte hoch und fand mich noch immer gefesselt auf dem Bett, noch immer in einem dunklen, leicht schimmelig riechenden Kellerabteil. Das Glas Wasser vor mir auf dem Boden.

Es brauchte ein paar Minuten, bis ich der Enttäuschung Herr wurde. »Den Seinen gibt's der Herr im Schlaf«, kam mir in den Sinn, und in meinem leicht verwirrten Geisteszustand fand ich keinen Grund, warum ich die Vorgehensweise im Traum nicht in die Tat umsetzen sollte.

Meine Arme waren so taub, dass ich mich mehrmals vom Rücken auf den Bauch wälzen musste, um herauszukriegen, wo sie sich befanden. Die Gehirnerschütterung sorgte dafür, dass sich die Wirklichkeit anfühlte wie ein schlechter Traum und selbst die einfachsten Denkvorgänge stellten mich vor gewaltige Probleme. Schließlich gelangte ich zur Einsicht, dass meine Hände sich vor meinem Bauch befanden. Auf dem Rücken liegend blickte ich an mir hinunter. Durch den Nebel war nicht viel zu erkennen. Ich versuchte durch mehrmaliges Zwinkern für ein klareres Sichtfeld zu sorgen. Eine unmerkliche Besserung trat ein, irgendwo im Nebel konnte ich meine Handgelenke entdecken. Ich betrachtete die Fesseln. Mit Glasscherben würde sich da nichts ausrichten lassen, es waren stählerne Handschellen. So weit, so schlimm. Ich ließ den Kopf zurücksinken und ruhte mich vorerst ein wenig aus. Die Anstrengung von vorhin hatte meinen Magen revoltieren lassen, ich musste warten, bis er sich wieder beruhigt hatte. Wenn man den Kopf kaum heben kann, ist Erbrechen noch schlimmer als sonst. Schließlich gab mein Magen wieder Ruhe und als ich versuchte meine Beine zu finden, stellte ich fest, dass das Wetter in meinem Kopf besser geworden war. Nur mehr ein wenig Hochnebel war geblieben.

Meine Beine waren an den Sprunggelenken mit Spagat zusammengebunden. Ich setzte mich auf den Boden und versuchte, durch Aufstampfen etwas Leben in sie hineinzubringen, was auch gelang. Schließlich konnte ich aufstehen und in meinem Verlies herumhüpfen. Was meinen Magen nicht so sehr reizte, wie man meinen könnte. An der Tür ließ sich gar nichts ausrichten, also versuchte ich es mit dem Fenster. Es lag recht hoch in der Wand, etwa

20 Zentimeter über meinem Kopf. Das Fenster saß tief in der Wand, so dass ein geräumiger Sims entstand. Ich legte meine beiden Hände flach auf den Sims, sprang ab und zog mich hinauf. Um Halt zu finden verkeilte ich meine Ellbogen im Fensterschacht. Die Handschellen störten nur insofern, als in dem Moment, in dem mein ganzes Körpergewicht auf den Handgelenken ruhte, sich das Metall tief in meine Haut grub. Viel mehr als Schürfwunden blieben aber nicht zurück.

Die ganze Anstrengung war umsonst gewesen, hinaussehen ging nicht, das Glas war matt, aber hören ließ sich etwas, denn es war gekippt. Ich strengte meine Ohren an, während ich verzweifelt und wohl auch ziemlich lächerlich an dem Betonsims hing.

Ich hörte den herbstlichen Wind in Baumwipfeln rauschen, es klang fast ein wenig nach einer Meeresbrandung, irgendwo dort, wo Sandstrände und Palmen zu finden sind. Weit hinter dem Meeresrauschen war ein leichtes Donnern und Grummeln zu vernehmen. Fast wie die Brandung an dem Strand vorgelagerten Klippen.

Wenn ich einen Tipp abgeben hätte müssen, ich hätte den Ort meiner Gefangenschaft auf Döbling festgelegt. Obwohl, wenn ich genauer hinhörte, schien die Brandung nicht so weit entfernt. Da es in Wien kein Meer gibt, dessen war ich mir absolut sicher, musste es sich bei der Brandung um Verkehrslärm handeln, der recht nah wirkte. Also nicht Döbling, sondern Währing, genauer gesagt: Gersthof. Irgendwo in der Nähe von Türkenschanzpark und Sternwarte.

Es hatte in meinem Leben einmal eine Frau gegeben, die an der Boku studierte, und ein schönes Frühjahr lang hatten wir im Sternwartepark geturtelt, deswegen kam mir die Geräuschkulissse so bekannt vor. Was man beim Knutschen nicht so alles mitkriegt.

Nun wusste ich zwar ungefähr, wo ich mich befand, aber einer möglichen Befreiung war ich noch um nichts näher gekommen. Mit meinen gefesselten Händen konnte ich das Fenster unter keinen Umständen einschlagen. Dennoch hielt ich noch ein wenig am Fenstersims aus, obwohl meine Ellbogen, mit denen ich mich verkeilt hatte, schon ziemlich schmerzten.

Da hörte ich das unmissverständliche Knacken eines Schlüssels im Türschloss. Überrascht drehte ich mich zur Tür, verlor meinen Halt und fiel zu Boden. Überflüssig zu sagen, dass ich hart aufschlug. Mit gefesselten Händen aus knapp zwei Metern zu Boden zu fallen ist ein Heidenspaß. Zumindest für den Betonboden. Ich konnte ihn förmlich grinsen hören, als ich meine Wange an seine kalte Oberfläche presste. In meinen Ohren rauschte das Blut.

Mein Blickfeld ging weg von der Tür und hin zum Bett, wo das Wasserglas noch immer unberührt stand. Salzig metallischer Geschmack breitete sich in meinem Mund aus. Irgendwo hatte ich mir hineingebissen. Hoffentlich waren die Zähne heilgeblieben. Ich bin nicht krankenversichert, und ein Zahnarztbesuch verschlingt mehrere Monatsgehälter, weswegen ich sehr auf meine Zähne achte.

Doch mehr noch als um meine Zähne sorgte ich mich um meinen Stolz. Er ist so ziemlich das Einzige, was ich habe, und er hatte sehr gelitten. So wie ein Wurm am Boden zu liegen, wenn der Peiniger in die Zelle eintritt, das ist schon hart für das Selbstwertgefühl.

Ich hörte Schritte näherkommen. Stöckelbeschuhte Schritte, um genau zu sein. Parfumduft nahm ich keinen wahr, da meine Nase halb im Beton steckte und nur Moder und Schimmel aufspüren konnte. Die Frau trat näher und beugte sich über mich. Ich blickte eisern auf das Wasserglas. Hände berührten meine Schulter, Haarspitzen kitzelten meine Wange. Nette Haarspitzen.

»Arno, geht's dir gut? Komm, für Spielchen haben wir keine Zeit.«

Die Stimme kannte ich gut. Es war die von Laura.

11

Es passiert nicht oft, dass ich vor Überraschung keine Worte finde. Oder genauer formuliert: Es passiert überhaupt nicht oft, dass ich keine Worte finde. Seitdem ich zwei Jahre alt bin jedenfalls. Manchmal finde ich zwar mein Portemonnaie nicht, meine Vorlesungsunterlagen oder meine Wohnungsschlüssel, und ganz selten sind sogar meine Unterhosen verschwunden. Aber Worte? Niemals. Aus irgendeinem Grund sind die immer da. Meistens sogar in mehreren Sprachen. Aber diesmal nicht. Es waren keine da, überhaupt keine, so, als hätte es sie nie gegeben. Ich starrte Laura ins Gesicht, mehr konnte ich nicht tun.

»Hey, Arno, irgendwer zu Hause?«

Laura rüttelte mich sanft an der Schulter.

Ich starrte immer noch, unfähig, einen Gedanken zu fassen. Sie hatte sich zu mir hingekniet und strich mir mit dem Zeigefinger über diejenige Wange, die vom Sturz nicht aufgeschunden war.

»Was treibst du da am Boden? Steh auf, wir müssen gehen.«

Perplex, das war das Wort. Ich war perplex. Die Worte waren wieder da.

»Du?«

»Ja, ich.«

»Du bist wunderschön.«

Sie sah mich seltsam an.

»Komm, steh auf.«

Sie half mir. Dabei fiel ihr das Blut an meinem Hinterkopf auf.

»Vom Sturz?«

»Nein, von einem Zap-out.«

»Was ist ein Zap-out?«

»Ein Zap-out ist eine der klassischen Szenen im narrativen Repertoire der amerikanischen Hardboiled-Literatur der Dreißiger und Vierziger. So wie die Knarrenszene, die Schlampenszene und so weiter. Chandlers Detektiv Dalmas war ein Meister darin, das passierte dem ständig. Der Zap-out wird meistens eingesetzt, um am Höhepunkt der …« Weiter kam ich nicht.

»Hör auf zu dozieren! Klartext!«

»Irgendwer hat mich auf den Kopf gehaut. Folge: Blackout.«

»Ah. Sieht grauslich aus. Als ob dein Hinterkopf zermatscht wäre.«

»Hm, der Terminus technicus lautet: beaten to a pulp. Das kommt von …«

»Dein Hirn scheint jedenfalls nicht in Mitleidenschaft gezogen worden zu sein. Nicht mehr als sonst, mein ich.« Sie lächelte mich an und küsste mich sanft auf die gute Wange. Ihre Lippen fühlten sich kalt an. Und gut. Sehr gut sogar. Für solch einen Kuss wird man gerne zusammengeschlagen.

»Komm, steh auf, wir müssen. Es eilt.«

»Sicher, eins noch.«

»Ja, was?«

»Wir sind in Gersthof. Knapp unterhalb der Sternwarte. Edmund-Grau-Gasse oder Edmund-Blau-Gasse oder so? Stimmt's?«

»Was soll das?«

»Ich will wissen, ob ich mit meiner Vermutung richtig gelegen habe. Bin nur durch das Blätterrauschen draufgekommen. Jetzt sag schon.«

»Spinner. Ich hätte dich lieber doch nicht retten sollen. Komm, oder ich überleg' es mir noch.«

Ich hopste folgsam neben ihr her. »Losbinden wär' nicht schlecht, Laura.«

»Eine Schere wirst du wohl selber finden?«

In der Tat, wir kamen durch einen Werkstattraum, und neben mehreren Holzschränken, einer Bank mit Schraubzwingen und einem Hobel gab es auch eine Drahtwand, an der Werkzeug hing. Zwischen kleineren Sägen, Stemmeisen und ähnlichem Gerät hingen auch zwei große Scheren. Die Art von Scheren, die eine Feder im Gelenk haben und laut schreien: ›Schneid' ihm den Daumen ab, den Daumen, schneid' ihm den Daumen ab!‹ Ich ließ Lauras Schulter los und hopste hinüber. Hops, hops, hops. Laura sah mir zu, dabei hielt sie den Kopf ein wenig schräg, sodass ihre eine Haarsträhne ins Gesicht fiel. Ein Lächeln umspielte ihren Mund.

»Was ist? Noch nie einen Kerl mit gebundenen Füßen gesehen?«

»Ehrlich nicht. Sieht irgendwie sexy aus. Ich glaub', ich weiß jetzt, warum das die Chinesen mit ihren Frauen gemacht haben. Wenn du jetzt noch nackt wärest, dann würde dein …«

»Laura, ich liebe dich, aber das ist entwürdigend.«

Laura sah mich einfach weiter an. So wie eine Katze eine Schale voll Rahm ansieht. Irgendwie war das ganz schmeichelnd, außerdem mag ich Katzen.

Ich bückte mich, fiel um, und schnitt mir im Liegen die Füße frei. Danach hängte ich die Schere zurück an die Wand.

»Können wir?«, fragte Laura.

»Wir können.«

Laura zog die Stöckelschuhe aus, blaues Wildleder übrigens, und ging barfuß durch den Keller zu einer angelehnten Holztür. Ich folgte ihr, zwar nicht barfuß, aber dafür in Socken. An der Tür spähte Laura kurz durch den Spalt und öffnete dann leise. Die Tür quietschte trotzdem. Wir schlichen über den Rasen zu einer Gruppe von Bäumen. Genauer gesagt handelte es sich um Kastanien. Schöne große Bäume, der Boden war von ihren braunen Blättern bedeckt. Es raschelte unter unseren Füßen, die Luft war angenehm warm, aber auf eine Art, die erkennen ließ, dass der Winter nicht mehr fern war. Ob uns irgendwer sehen könnte, daran verschwendete ich überhaupt keinen Gedanken, nackte Frauenfüße, die durch grüne Wiesen über braune Blätter schleichen und aufpassen, auf keine stacheligen Kugeln zu treten, lenken ganz schön ab.

Kurze Zeit später, viel zu kurz für meinen Geschmack, standen wir an einer Haselhecke. Die Blätter waren mehrheitlich gelb oder abgefallen, die meisten Nüsse lagen schon am Boden. Es roch stark nach Herbst. Laura schaute sich kurz um und zwängte sich dann hindurch, wobei sie in der linken Hand ihre Schuhe hielt, während sie mit der rechten ihre Locken schützte. Ich trage mein Haar kurz, darum gab es da nichts, worauf ich hätte aufpassen müssen.

Auf der anderen Seite der Hecke war eine kleine Straße. An der gegenüberliegenden Seite lief eine rote Backsteinmauer entlang, dahinter stieg ein wild verwachsener Hügel an. Zur Linken machte die Straße eine starke Kehre und zur Rechten lief sie steil denselben Hügel hinab, dessen Seite von der Mauer geschützt war.

An unserer Seite standen Autos. Jaguare, Mercedesse, mehr Jaguare, noch mehr Jaguare und ein Rolls Royce. Dazwischen fiel ein richtiges Auto auf: ein kleiner Franzose, auf den wir beide zugingen. Laura hatte die Stöckel wieder an, ich war noch immer nur in Socken. Als wir bei Lauras Wagen angekommen waren, holte sie den Schlüssel raus, drückte einen Knopf, das Auto sagte piepsend und blinkend »Hallo« und wir setzten uns hinein. Laura fuhr langsam los, und wir rollten gemütlich die Straße den Hügel entlang hinunter. Zur Linken die Backsteinmauer, zur Rechten die Edelkarossen, dahinter Hecken, parkähnliche Gärten und große, zweistöckige Häuser, die man durchaus Villen nennen kann. Manche der Leute dort oben in Gersthof an der Sternwarte heizen im Winter mit Fünfhundertern.

»Wusst' ich's doch«, meinte ich selbstherrlich, als ich auf das Straßenschild deutete. »Edmund-Weiß-Gasse.«

Laura schaute mich kurz böse an, blieb aber still. Sie blinkte, bog rechts ab und wir folgten der Türkenschanzstraße hinunter zur Gentzgasse. Mit einem Mal veränderte sich die Gegend. Was zuvor noch ein friedvolles, parkähnliches Villenviertel aus der Gründerzeit gewesen war, veränderte sich innerhalb von 50 Metern zur dichtbebauten Stadt. Grau in grau ragten die alten Mietskasernen fünfstöckig in die Höhe. Bäume sah man keine mehr.

»Was hast du denn, Laura?«, fragte ich. »Du musst doch zugeben, am Geräusch des Windes in den Baumwipfeln den Ort der eigenen Gefangenschaft bestimmen zu können, das ist genial!«

Die Türkenschanzstraße fällt zur Gentzgasse recht steil ab. Ein bisschen mehr als 10 Prozent Gefälle, würde ich schätzen. Laura war das egal, sie bremste hart, die Reifen quietschten, trotz Sicherheitsgurt wurde ich nach vorn geschleudert und dann wieder hart zurück. Manche Leute kriegen von sowas ein Peitschenschlagsyndrom, bei mir kam nur der beste Freund aus dem Urlaub zurück. Ich hätte gut auf ihn verzichten können.

»Wenn du schon so genial bist, warum hast du dich dann nicht selbst befreit?«

»Weißt du …«

»Blödsinn, wenn du so genial wärst, wie du meinst, dann hättest du dich nicht einfach entführen lassen!«

»Mein Plan …«

»Kein Plan der Welt enthält, sich den Hinterkopf zu Brei schlagen zu lassen, und wenn du mich jetzt korrigierst und ›Pulp‹ sagst, dann vergesse ich mich.«

Sie hielt mir ihren wunderschönen Zeigefinger kerzengerade vor die Nase. Sie trug mitternachtsblauen Nagellack, farblich auf die Wildlederpumps abgestimmt. Wenn man schwarze Haare hat, einen hellen Teint und dazupassende Augen, dann sieht das wirklich gut aus. Natürlich nur, wenn man eine Frau ist. Ich kehrte zu unserer Unterhaltung zurück.

»Gut. Also mein Plan schon.«

»Dann war's ein Scheißplan, Mr. Superblöd.« Sie funkelte mich an, ihre Arme vor der Brust gekreuzt. »Arno, ich hab mir solche Sorgen gemacht, ich wollte bei dir vorbei, aber du warst nicht zu Hause. Einen ganzen Tag bist du nicht aufgetaucht, ich habe überall herumtelefoniert, aber nichts, du warst verschwunden.«

Sie schaute mich an. Eigentlich gab sie mir nun die Gelegenheit, etwas zu sagen, etwas, was sie beschwichtigen würde. Aber ich wusste es besser, ich schwieg.

»Dann krieg ich den Anruf, du bist entführt worden.«

Sie schwieg kurz. »Ich bin fast gestorben vor Angst, du Blödmann. Was hast du eigentlich mit diesen Leuten zu schaffen? Wo hast du nur wieder deine Nase hineingesteckt? Irgendwann bringen sie dich mir noch um!«

»Naja, ich wollte rausfinden, warum Ftacek entführt wurde, weil ich wissen wollte, wer Duvenbeck getötet hat, weil ich dir beweisen wollte, dass ich mit der Sache nichts zu tun habe, weil du deswegen mit mir Schluss gemacht hast.«

»Oh, Arno, ich bin so eine Idiotin.«

»Du bist keine Idiotin, sondern eine Herausforderung!«

Sie schlang die Arme um meinen Hals und wir küssten uns. Trotz Kopfweh eine feine Sache. Nach einiger Zeit brach sie den Kuss ab und schaute mich ernst an. Genau in die Augen.

»Du bist süß, aber so hab ich das gar nicht gemeint.«

»Was gemeint? Den Kuss?«

»Nein, den schon. Das vorher.«

»Dass du eine Idiotin bist?«

»Genau. Ich meinte nicht, dass ich eine Idiotin bin, weil ich mit dir Schluss gemacht hatte, sondern dass ich eine Idiotin bin, weil ich der Meinung war, ich könnte dich zur Vernunft bringen. Du machst sowieso, was du willst. Wenn ich dir sage ›Hör' auf damit‹, dann machst du erst recht weiter, das hätte ich wissen müssen.«

»Bist du mir nicht mehr böse?«

»Weil du mir das Wochenende verdorben hast?«

Ich nickte.

»Doch, bin ich.«

»Du weißt aber schon, dass ich eigentlich gar nichts gemacht habe?«

»Weiß ich.«

»Aber wenn ich nichts gemacht habe, dann kann ich

auch nichts dafür, und dann kannst du mir auch nicht böse sein.«

»Du warst dort, Duvenbeck ist gestorben, also hast du mir das Wochenende versaut. Doch, doch, ich kann dich dafür verantwortlich machen.«

»Das ist irrational.«

»Ich bin eine Frau. Ich darf das, und du musst es sexy finden.«

Angesichts einer solchen postmodernen Ironisierung von machistischen Geschlechterrollen blieb mir nur mehr übrig, die Segel zu streichen.

»Schau' mir in den Auschnitt, Kleiner«, hauchte Laura. Danach küssten wir uns wieder.

III

Etwas später fuhren wir nordwärts die Donau entlang. Wir hatten uns noch einmal gestritten und wieder versöhnt, aber nun saßen wir entspannt nebeneinander im Auto, während der Donaustrom grau und träge, eingerahmt von bunten Waldstreifen, an uns vorbeizog. Die ganze Fahrt hatte etwas traumhaft Schwebendes, zwar schon irgendwie real, aber doch nicht in letzter Konsequenz wirklich. Obwohl ich mich später an jede Minute erinnern konnte, wirkt die Erinnerung auf mich immer etwas luftig und poetisch. Wahrscheinlich auf eine ordentliche Gehirnerschütterung zurückzuführen.

Gestritten hatten wir, weil uns in der Türkenschanzstraße jemand von hinten angehupt hatte und ich unbedingt aussteigen wollte, um ihm Manieren beizubringen. Laura fand das nicht männlich, sondern blöd. Ich meinte, männlich heiße blöd und sie solle mich machen lassen, aber sie meinte, dann würde sie ihre sexuelle Orientierung ändern, worauf ich meinte, dass das nicht ginge. Sie sagte nur: »Elektroschocktherapie.«

Zu dem Zeitpunkt mussten wir schon ein wenig grinsen. Als dann aber der Typ hinter uns aus seinem weißen Audi A2 stieg, irgendetwas Hartes, Schweres in der Hand, und sich die Ärmel seines Brioni-Hemds aufkrempelte, da prusteten wir beide los. Laura gab Gas und schoss auf die Gentzgasse hinaus, haarscharf an der Bim vorbei, die Reifen quietschten, wir wurden herumgeworfen, zwei Räder auf dem Gehsteig, irgendwer sprang zur Seite, wir waren wieder auf der Straße, schlingerten ein wenig, fuhren dann aber ruhig weiter. Die ganze Zeit über strahlte Laura.

Nun, am Donaustrand, strahlte sie nicht mehr, sondern hatte ihre Stirn in Falten gelegt.

»Wo ist nur diese verfluchte Gasse?«, schimpfte sie.

»Keine Ahnung. Seitdem wir Wien hinter uns gelassen haben, kenn ich mich nicht mehr aus. Stockerau und N'Djamena, ich mach da keinen Unterschied. Meinst du, es gibt schon Faustkeile in der Gegend hier?«

»Ich lach', wenn ich die Wochenendgasse gefunden hab.«

Wir fuhren im Schritttempo an Spaziergängern, Hundebesitzern, Kinderwagenschiebern und Radkriechern vorbei. Alle schauten uns böse an, so, als ob Auto fahren ein Verbrechen wäre. Die kleinen Wochenendhäuschen schauten zur Donau hinunter, wir zu den Straßenschildern hinauf.

»Sollten wir nicht fragen? So finden wir das nie«, meinte ich zu Laura.

»Ach was, wird schon werden.«

»Du fragst nicht gerne nach dem Weg?«

»Geh.«

»Du hast ein Kompetenzproblem.«

»Überhaupt nicht wahr.«

»Doch.«

»Nein.«

Laura war während dieses Wortwechsels stehengeblieben, ein Passant trat heran und klopfte an die Fensterscheibe. Laura ließ sie runter. Während der Elektromotor summte, zischte sie mir zu: »Das weißt du nur, weil du auch eins hast!«

Als das Fenster unten war, steckte ein Mann seinen Kopf herein. Er war untersetzt, basedowäugig, mit einem Balkenschnauzer und trug einen Hut.

»Such'ma was?«

»Ja, die Wochenendgasse.«

»Ah, wui'ma a Häuserl kaufen, das junge Paar.«

»Genau, wir haben einen Besichtigungstermin.«

»Fein, mei Frau und i wir san schon dreiss'g Jahr da. Wunderbare Gegend, kumman jedes Wochenend von Wien aussa.«

»Sehr schön. Wissen Sie, wie wir zur Wochenendgasse kommen?«

»Sicher.« Er starrte voll unverhohlener Neugier ins Wageninnere.

»Sagen Sie es uns auch?«

»Sicher. Folgen's dem Weg, da vorn macht er a U-Hakerl, 100 Meter dahinter führt a Bruckn über den Kanal. Auf der anderen Seiten biegn S' rechts ab, d'Straßn hasst Durchstich, und fahren so lang weiter, bis links der Silbersee auftaucht, dann in die erste links, das is die Wochenendgasse. Kamma net verfehln.«

»Danke.« Laura ließ das Fenster rauf und fuhr los. »Brr«, schüttelte sie sich.

»Was denn?«

»Der Typ und seine Frau sind sicher Swinger, und wenn wir das Häuschen haben, dann werden die uns einladen.« Sie schüttelte sich wieder.

»Blödsinn, wir sind doch nicht hier, um uns ein Wochenendhäuschen zu kaufen.«

»Sicher nicht. War nur so ein Gedanke. Bevor ich hier meine Wochenenden verbringe, erschieß' mich, Arno.«

»Gern.«

Wir folgten den Straßen, Brücken, Kanälen wie vorgeschrieben, passierten dabei eine weitere Menge an Menschen und Häuschen. Manche waren halb verfallene Gartenhütten, andere Villen im Kleinformat. An ein paar schienen sich sogar moderne Architekturbüros ausgetobt zu haben. Kein Häuschen glich dem anderen. Wo Autos zu sehen waren, herrschte ebenfalls ein Durcheinander. Vor der verfallenen Anglerhütte parkte ein Mercedes, doppelt so groß und viermal so teuer wie Hüttchen und Grundstück. Vor dem Architektentraum eine alte Ente. Auch wenn es Laura hier nicht gefiel, ich fand die Leute schrullig.

Schließlich kamen wir am Silbersee vorbei, aber nicht dem mit dem Schatz, und bogen in die Wochenendgasse ein. Laura zählte die Hausnummern und blieb dann stehen. Sie stellte den Wagen auf einen kleinen Kiesstreifen unter einen Baum. Ich tippte auf Ulme, ziemlich blattlos schon, aber sehr schön. Die Nachmittagssonne schien freundlich durch den Hochnebel, und wir überquerten die kleine Straße.

»Was machen wir hier?«, fragte ich.

»Keine Sorge, wirst schon sehen.«

»Dir ist schon klar, dass ich immer noch mit Socken rumlaufe?«

»Hör auf zu jammern.«

»Aber ich habe nasse Füße.«

»Beiß die Zähne zusammen.«

Wir traten an einen kleinen Jägerzaun und klingelten. Erinnerungen an Kindermärchen kamen mir in den Sinn, Knusperhäuschen war das, was mir einfiel. Im Häuschen rumorte es, irgendwas klapperte und die Tür ging auf. Durch die offene Tür drang noch vor dem Bewohner ein Schwaden Schokoladenduft ins Freie und an unsere Nasen. Wasser lief mir im Mund zusammen, und voll Bewunderung wandte ich mich an Laura. Sie grinste mich an. Der

Besitzer trat aus seiner Tür an den Zaun. Es war keine Hexe.

»Was kann i tun für Sie?« Es war Ftacek.

Laura übernahm das Sprechen. »Sie erinnern sich an uns, wir waren am Samstag bei Ihnen.«

»Ah ja, genau. Sie haben die Sendung für Duvenbeck geholt. Und war's zur Zufriedenheit?«

»Großartig.«

»Des freit mi. An Sie kann i mi erinnern, aber ihn hab i noch net gsehn. Is des Blut auf sein Hemd? Der schaut grauslich aus.«

»Das ist Herr Doktor Linder. War am Samstag auch bei Ihnen in der Firma, aber momentan ist er nicht so herzeigbar wie sonst. Das ist, nebenbei gesagt, auch einer der Gründe, warum Sie uns reinbitten sollten.«

»Weshalb?«

»Weil Herr Goldzung entführt wurde.«

»Woher wuin's des wissen?«

»Weil die Polizei uns danach gefragt hat.«

»Wenn S'as eh scho wissen …«, er hielt das Gartentürl auf. Wir traten ein. Auf runden, in den Rasen eingelegten Steinen folgten wir ihm ins Haus.

Der erste Eindruck war der von Schokolade. Es roch so stark nach Kakao, dass man die Aromen förmlich auf der Zunge schmecken konnte. Ich war glücklich. Als die erste Euphorie nachließ, blickte ich mich um. Der ganze Innenraum des Häuschens bestand aus einem Raum, ein paar kleine Träger stützten den Dachraum, zu dem auch eine Hühnerleiter emporführte. Kein Zweifel, dort oben würden zwei Betten zu finden sein. Unten war alles den Bedürfnissen zweier Chocolatiers im Wochenende untergeordnet. Es gab Kühlschränke, ein mischmaschinenähnliches Gerät, eine Presse, ein paar Ablagen und jede Menge Töpfe mit Korkstöpseln als Deckel in allen Größen. Von Fingerhut- bis Wassermelonengröße. Im Unterschied zu den Räumlichkeiten in der Mollardgasse, wo alles blitzblank stahlglänzend und modern gewesen war, wirkte hier alles alt, gediegen und mit Gebrauchspatina überzogen.

Ftacek bemerkte meinen Blick.

»Des san die Erbstücke, die ma herausgschafft ham, wia ma die Firma in die Achtziger umgsiedelt und modernisiert ham. Zum Tüfteln und Ausprobiern am Wochenend san sie nach wie vor super.« Er strich über die verschlungen Ornamente an der Kakaopresse, einen verträumten Gesichtsausdruck zeigend. »Des woa amol. Jetzt ham's den Poldl. De Gfraster.«

»Wissen Sie, wer?«

»Glauben S' net, dass i des scho der Polizei gsagt hätt, wenn i des wissat?«

»Die Polizei glaubt, dass Sie beide entführt wurden«, merkte ich an. Laura nickte.

»Warum verstecken Sie sich hier?«, fragte Laura.

»Wal, …« er zögerte. »Wie ham S' mi eigentlich gfunden?«

»Ja, Laura«, kam ich Ftacek zu Hilfe, »wie haben wir ihn eigentlich gefunden?«

Laura holte tief Luft und ließ sich auf einen Stuhl sinken. Vor ihr stand auf dem groben Holztisch einer der weißen Töpfe, mittelgroß und ohne Stöpsel. Laura steckte den Finger hinein. Auf der Spitze fand sich eine dunkelbraun glänzende Masse, als er wieder zum Vorschein kam. Sie schleckte den Finger genüsslich ab.

»Darf ich auch?«, fragte ich.

»Sicher, Tschoklad' is zum Essen da.« Er breitete die

Arme in einer einladenden Geste aus. Ich schnappte mir einen Stuhl, setzte mich neben Laura und tauchte ebenfalls meinen Finger ein. Die Masse drinnen war warm, geschmeidig und schmeckte traumhaft.

»Wenn i traurig bin, mach i ma immer a so ane. Poldl und i ham die als Kinder immer gessen.«

»Mhmmm«, machte Laura. »Haben Sie die fertige Masse geschmolzen?«

»Die ist frisch.«

»Frisch?«

»Kummt direkt aus der Conche. Deswegen is sie no warm.« Er fuhr ebenfalls mit dem Finger hinein.

»So eine Schokolade habe ich noch nie gegessen. Sie ist so, hm, fettig?«

»Viel Kakaobutter«, klärte mich Laura auf.

»Genau. Der Gschmackn liegt nur in der Fettn.«

»Die Masse kommt geschmolzen aus der Conche?«

»Genau.«

»Wie? Ich seh keine Kabel.«

»Wenn S' genau hinschaun, sehns dafür a Kurbel.«

»Wie schmilzt man Schokolade mit einer Kurbel?«

»Indem mas dreht.«

Laura und ich schauten uns verständnislos an.

»Aber …«

»Nix aber. Nur schlechte Tschoklad wird kalorisch gschmolzen. Dann wird's sauer und bitter. Jeder Chocolatier, der was auf si hoit, der schmülzt sei Tschokklad nur durch Reibung. Dauert sei Zeit, aber dafür is der Gschmackn ganz a anderer.«

»Sie kurbeln händisch?«

»Nur bei der alten Maschin'. In der Firma hamma a klans Motorl laufen, des was uns hilft. Stufenlos regelbar, a guate Sach'. Aber da heraust, da mach'mas auf die alte Art, der Poldl und i. A echter Chocolatier hat Oberarm wia a Möbelpacker, a Nasn wia a Trüffelsau und a Wampn wia a Bierkutscher.«

»Sie sind aber ziemlich mager.«

»I waas ah, der Poldl hat die Wampn geerbt, i net. A Chocolatier, der was ausschaut wia a zaundünner Hering, des is a Schand'!« Er fuhr mit dem Finger nochmals in die Keramik und schaute traurig zum Fenster hinaus, während er den Finger abschleckte.

Nach ein paar wehmütigen Augenblicken kehrte Ftacek zu uns zurück. »Sie schaun furchtbar aus«, meinte er zu mir. »Des Hemad bluatig, kane Schuah an die Füß', alles zerknittert. San Sie obdachlos?«

»Nein, derzeit nur ein wenig vom Schicksal gebeutelt.«

Die Schokolade hatte mir zwar gut geschmeckt, aber mir war immer noch flau im Magen und konzentrieren konnte ich mich auch schlecht. Der Kopfschmerz hatte wohl ein wenig nachgelassen, war aber immer noch da. Wenn ich so aussah, wie ich mich fühlte, dann konnte ich Ftaceks Entsetzen über mein Äußeres gut verstehen. Außerdem war ich müde. Sehr müde. Unendlich müde. Es kostete mich zusehends mehr und mehr Mühe, die Augen offen zu halten. Außerdem schien die Tischplatte so verlockend weich zu sein. Weich wie ein Daunenkissen. Ich nahm noch Lauras mitfühlenden Blick wahr, dann gingen die Lichter aus.

IV

Es war dunkel im Raum und warm. Eine kleine Petroleumlampe auf einem Tisch spendete goldenes Licht. Im Lichtkegel saßen eine schöne Frau und ein alter Mann und steckten die Köpfe zusammen. Sie tuschelten. Von Zeit zu Zeit nahm die Frau einen Schluck aus einem irdenen Becher. Zuerst wunderte ich mich, wer die beiden sein könnten. Langsam, wie aus tiefster Kindheitserinnerung, tauchten dann zwei Namen auf. Laura und Ftacek. Nach und nach kamen die Erinnerungen an die letzten Stunden zurück. Ich ordnete sie, und als alle ordentlich in ihren Schächtelchen verpackt waren, fiel mir der Duft auf, der durch den Raum zog. Es roch samtig nach Schokolade. Ich wollte auch eine, zog die Decke zurück und schwang meine Beine vom Kanapee. Laura und Ftacek schauten zu mir her. Laura stand auf und kam zu mir.

»So lass ich dich aber nicht aufstehen.« Ich blickte an mir hinunter. Ich war nackt.

»Zieh dir was an, dann kannst du dich zu uns setzen.«

»Ich will aber auch so was.« Ich deutete auf den irdenen Becher in ihrer Hand, dem himmlischer Wohlgeruch entstieg.

»Zuerst anziehen!«

»Woher kommt das Gewand?«, fragte ich, als ich auf einem Schemel neben der Couch Hosen, ein Hemd, Unterwäsche und Schuhe fand.

»Aus dem Kofferraum. Die Schuhe hat uns Herr Ftacek geliehen.«

»Wie kommen meine Sachen in deinen Kofferraum?«

»Als ich loszog, um dich zu retten, hab' ich das Zeug eingepackt. Gott sei Dank.«

»Du hattest das alles dabei und hast mich trotzdem in den Fetzen rumlaufen lassen?«

»Ich hatte anderes im Kopf, dafür war keine Zeit.«

»Klar, du hast ja auch nicht ausgesehen wie ein Sandler.«

»Weißt du, was schön war, Arno, als du weggebrochen bist?«

»Nein.«

»Du hast nichts gesagt. Stumm bist du viel süßer.«

Sie gab mir einen Kuss auf die Wange und ging zurück zum Tisch. Ich zog mich an.

Wenig später saß ich bei den beiden, auch vor mir stand ein irdener Becher mit dunklem, sämigem Inhalt. Das Licht der Petroleumlampe spiegelte sich in rötlichen Schlieren auf der Oberfläche der Schokolade.

»Wir haben uns gerade über den Samstag unterhalten, Arno«, meinte Laura erklärend. »Nachdem wir zwei am Samstag von der Firma aufgebrochen waren, werkelten Goldzung und Ftacek noch an der Rezeptur weiter.«

»Genau. Aber dann samma draufkumman, dass ma was vergessen ghabt ham. I also aufs Radl und hamgfahrn, '

s holen.«

»Wann war das?«

»So umma achte herum.«

»Als Sie zurückkamen, war Goldzung verschwunden, alles durchsucht und ein Zettel lag auf der Conche? Richtig?«

»Genau.«

Laura blickte mich an. Ich blickte zurück. Sie schien

mich zu irgendetwas drängen zu wollen. Mir war nicht klar, zu was. Endlich ging mir ein Licht auf.

»Was stand auf dem Zettel, Herr Ftacek?«

»Dass se den Goldzung entführt ham.«

»Normalerweise fordert man doch etwas bei einer Entführung, was wollten die von Ihnen?«

Ftacek wirkte unschlüssig. Er kratzte sich hinter dem Ohr, dann nahm er die Brille ab, zog ein Schnupftuch aus der Hose, hauchte die Gläser an und putzte sie sorgfältig. Dann steckte er das Tuch wieder weg und setzte die Brille auf die Nase. Das Licht der Petroleumlampe spiegelte sich so in den Gläsern, dass ich seine Augen nicht mehr sehen konnte. Antwort gab er noch immer keine.

»Also, was wurde gefordert? Geld?«

Ftacek blickte aus dem Fenster.

»Na«, schleuderte er uns widerwillig entgegen. »Des warat ka Problem.«

»Was ist dann das Problem?«

»Des Biachl.«

»Was für ein Buch?«

»Unser Biachl, des von der Firma.«

»Ihre Kundenliste?«

»Blödsinn, des interessiert doch kan.«

»Was dann?«

Ftacek wollte nicht rausrücken. Ich warf mein Hirn an. Es ruckelte und stotterte, aber nach mehreren Fehlzündungen schien es doch zu laufen.

»Rezepte. Die wollen die Firmenrezepturen und was noch so dazugehört.«

Ftacek nickte.

»Aber die paar Rezepte, deswegen entführt man doch

niemanden«, meinte Laura. Ich sah das Glitzern in ihren Augen, sie lockte Ftacek aus der Reserve.

»Was wissn denn Sie von unserer Firma? Gar nix, net an feuchten Schaas!«, fuhr es aus Ftacek heraus. »Des Biachl gibt's seit 1637 und alles steht drin. Seitdem Uropa Ftacek an Ochswagn voll Kakaobohnen aufbracht hat und den an Uropa Goldzung verkaufen wollt, gibt's die Firma und des Biachl. Die Firma is des Biachl und des Biachl is die Firma!«

»Das kann aber nicht Ihr Uropa gewesen sein, das ist über 370 Jahre her.«

»Sicher net, aber so sagn ma alle. Uropa Goldzung und Uropa Ftacek. Anselm Ftacek war Söldnerführer. A schlimme Rottn hat er angführt, sogar der Wallenstein hat Angst vor ihm g'habt. Von Pommern bis nach Siebenbürgen hat ma sein Namen kennt.«

»Im Dreißigjährigen Krieg?«

»Sicher. Was der Ftacek net glei zu Geld gmacht hat, hat er dem Chaim Goldzung verkauft.«

»Mit den Kakaobohnen hat dann Ihre Firma begonnen.«

»So sagt ma, bei uns. Kakao, des braune Gold.« Wieder sprach er ganz eigentümlich wienerisch das Wort mit weichen g's und zusammengezogenem ao-Diphtong aus.

»Dieses Buch beinhaltet also die ganze Geschichte der Firma Ihrer beiden Familien.«

»So isses.«

»Die Rezepte aber, so sagen Sie, kennen Sie alle.«

»Aus'n Effeff.«

»Warum sollte dann aber irgendwer ein Interesse an diesem Buch haben, das so weit geht, dass jemand eine Entführung begehen würde?«

»Was waß i?«, rief Ftacek aus, stand auf und ging unruhig um den Tisch herum. Irgendetwas wollte er uns verheimlichen.

»Wenn Sie uns nicht weiterhelfen, dann werden die Entführer Goldzung wahrscheinlich beseitigen«, warf Laura ein.

Ftacek zuckte nur mit den Achseln.

»Da Goldzung halt was aus. Was manens, macht der mit mir, wenn i des Biachl eintausch?« Rhetorische Frage, wir antworteten nicht.

»Des Gleiche tät er machen, was i tatat! I schlagat eahm den Schädel ei!«

»Nur aus Sentimentalität? Das sollen wir Ihnen glauben?«, bohrte Laura nach.

»Jeder kann glaub'n, was er will«, stieß Ftacek zwischen den Zähnen hervor. Er war sehr nervös geworden und fühlte sich sichtlich unwohl. Die Situation behagte ihm überhaupt nicht.

»Laura, ich glaub', ich weiß, wo das Problem liegt.«

»Ja?«

»Die Rezepte und die kleinen Familienanekdoten sind sicher kein Problem. Aber soweit ich weiß, führt jeder gute Züchter ein Zuchtbuch.«

»In dem alle Kreuzungen, Würfe und Eigenschaften vermerkt sind.«

»Genau. Das ist der Wert des Buches der Firma Goldzung & Ftacek. Das ist nicht nur ein Buch der Firma, sondern des gesamten Kakaoanbaus und -handels der letzten 300 Jahre. Hab ich recht, Herr Ftacek?«

Er antwortete nicht.

»Darum will er darüber auch nichts sagen. Das ist das Geheimnis.« Ich lächelte und nahm einen Schluck von der Schokolade.

»Du meinst«, spann Laura meinen Faden weiter, »dass der Wert darin besteht, dass derjenige, der das Buch besitzt, weiß, wer welchen Kakao in welcher Qualität anbaut, zu welchem Preis, in welchen Schwankungen, wer verkauft und kauft?«

»Ja, aber vor allem denke ich, dass man dort alles nachlesen kann, die Familiengeschichten, Vorlieben, Abneigungen, vielleicht auch dunkle Geheimnisse all derer, die mit der Firma Goldzung & Ftacek gehandelt haben.«

Ftacek war unter diesen Worten wieder an den Tisch getreten. Er stützte sich schwer auf. Es fehlte nur mehr ein kleines bisschen und er würde reden. Laura gab den Anstoß.

»Ganz interessant, aber so groß kann doch der Vorteil nicht sein, den einem das Buch verschafft, dass man dafür Menschen entführt. Das Risiko ist doch viel zu groß!«

»Was wissen Sie denn scho vom Kakao?«, rief Ftacek aus. »A guate Tschoklad kummt von an guaten Kakao. Der Schmäh is, dass der teuerste Criollo von de gleichen Pflanzen kummt wia da ordinärste Forastero.«

»Da gibt es keine Unterschiede?«

»Botanisch san des de selben Pflanzen. De Unterschiede san minimal. A Biolog kann vielleicht an Unterschied finden, im Labor. Aber stelln S' Ihna a Pflanzung vor mit 4000 Bäumen! Da kann kaner alle untersuchen. Deswegen muaß ma's wissen!«

»Wie findet man dann den Unterschied heraus?«, fragte ich naiv.

»Nach'm Rösten und Mahlen. Der Criollo is weich und intensiv, der Forastero neigt zu Bitterkeit und Säure. Viele Bauern wissen gar net, was sie ernten. De ham 30 Forasteros und zwa Criollos, ernten alles zgleich und bringens aufn Markt.«

»Aber wer das Buch hat, der weiß, welcher Bauer welche Pflanzen hat, kann also gezielt einkaufen?«

»Genau. Wenn die Bohnen einmal durcheinand san, zahlt sich's nimmer aus, sie auseinanderz'klauben. Auf de großn Kakaobörsen zahlt ma des Doppelte und kriagt nur mehr die Reste. Jeder große Chocolatier kauft einzeln, klein, geheim.«

»Aber in dem Buch steht sicher noch mehr.«

»Woraufst wetten kannst. De afrikanischen Bohnen sand anders zum Rösten als die aus Mesoamerika, die wieder anders wie die von die Westindischen oder aus Südamerika. Mir san die Einzigen, die wissen, von wem ma billige nigerianische Bohnen kauft und wia ma die rösten muaß, dass an Edelkakao machn, der was jeden Criollo wegblast. Viele der besten Kakaos kumman von klane Pflanzer, die auf lokale Märkt verkaufn. Wennst unser Biachl net hast, kannst wissen, dass der Omamga sei Ernt in Dschioto verscherbelt und du wirst as net kaufen kennan, weil der Ort in kan Atlas steht. Du wirst net wissen, wer di hinführt und was des kost' und wie lang's braucht.«

»Wahrscheinlich steht in dem Buch auch, wie die drei Frauen des Fahrers heißen, welchen Whiskey er am liebsten mag und was man dem Polizeichef mitbringen muss, damit man passieren darf.«

»So ungefähr. Ja.«

»Jetzt wissen wir also, warum Ihr Partner enführt wurde. Sind Sie sicher, dass Sie das Buch nicht gegen sein Leben eintauschen würden?«

Ftacek drehte den Kopf weg.

»Vielleicht scho, aber des is eh wurscht.«

»Weswegen?«

»Wal i des Biachl net hab! Deshalb.«

»Sie wissen auch nicht, wo es sein könnte.«

»Na. Des waß nur der Goldzung.«

»Den die Entführer haben.«

»Ich glaube, Arno, die wollten gar niemand entführen. Das hätte eigentlich nur ein Einbruch sein sollen. Ftacek fährt weg, das Loft wirkt leer, sie brechen ein, finden das Buch nicht, aber dafür Goldzung und nehmen ihn mit.«

»Kann sein. Woher wissen wir aber, dass Goldzung seinen Entführern noch nicht gesagt hat, wo sich das Buch befindet?«

»Sonst hätten sie ihn doch freigelassen.«

»Bist deppat, Gstudierter? Wenns so warat, hätten's den Goldzung scho hamdraht. Todsicher.«

»Vielleicht hat man die Leiche bloß noch nicht gefunden.«

»Da Goldzung tät nie was sagen.«

»Unter Folter plaudert man so einiges aus.«

»Wenn die Entführer aber gar nicht wissen, dass der Einzige, der weiß, wo sich das Buch befindet, der Goldzung ist, dann werden sie ihn deswegen auch nicht foltern.«

»Du meinst, die glauben, Ftacek hat das Buch an einen sicheren Ort gebracht und will es nicht hergeben? Dann werden sie versuchen, sich Ftacek zu schnappen.«

»Kann sein.«

»Wenn du herausgefunden hast, wo Goldzung steckt, dann werden das die anderen auch können.«

»So ungeschickt bin ich nicht«, protestierte Laura.

»Hab' ich auch nicht gemeint. Sollen wir umziehen, Herr Ftacek?«

»Wohin? Ohne den Goldzung gfreit's mi da heraust eh nimma.«

»Ich hab da so eine Idee.«

V

Wir hatten Ftacek gerade in seinem neuen Versteck abgesetzt und fuhren durch die nächtlichen Hietzinger Straßen. Lauter kleine Einbahnen mit schlechtem Asphalt, vielen alten Kastanienbäumen und dahinter größeren und kleineren Villen. In einer von ihnen wohnte damals Korineks Frau, und dort hatten wir Ftacek mitsamt seinem Kulturbeutel abgesetzt. Ich trug noch immer die Schuhe an den Füßen, die er mir geliehen hatte, und saß neben Laura im Wagen.

»Was machen wir jetzt?«, fragte sie mich. »Sollen wir zu mir fahren?«

»Geht nicht.«

»Warum?«

»Weil jeder weiß, wo du wohnst.«

»Sei nicht paranoid.«

»Nur weil ich paranoid bin, heißt das nicht, dass sie nicht hinter mir her sind.«

»Ha! Erwischt.«

»Bitte?«

»Du alter Schwindler, das ist von Woody Allen, nicht von dir!«

»Hab ich auch nie behauptet.«

»Aber du hast auch nicht zitiert.«

»Laura, das ist auch ein Flirt und keine wissenschaftliche Arbeit.«

»So, so, du flirtest also.«

»Auf Teufel komm raus.«

»Da wir aber weder zu dir noch zu mir können, scheint mir das recht sinnlos zu sein.«

»Spaß macht es trotzdem.«

»Sei ernsthaft, wenigstens für ein paar Minuten.«

»Gut.«

Laura stellte den Wagen in eine Parklücke. Unter den Bäumen war es dunkel, die paar Straßenlaternen, die herumstanden wie verlorene Seelen, erhellten die Gegend überhaupt nicht. Allerdings konnte man sehen, dass sich jenseits des Gehsteigs ein kleiner Park befand. Eigentlich nicht mehr als eine Grünfläche mit Spielplatz.

»Warum parkst du?«

»Nachdenken geht besser, wenn ich niemanden totfahre dabei.«

»Es ist eh niemand unterwegs.«

Laura schenkte mir ein saures Lächeln, beugte sich nach hinten und holte einen Wollponcho hervor. Dann stieg sie aus und ich ging ihr nach. Beim Ringelspiel des Kinderspielplatzes holte ich sie ein, wir setzten uns auf das Gerät und ich begann, uns sacht im Kreis zu drehen. Die Luft war kalt, vom Hietzinger Kai her hörte man den Nachtverkehr und wir saßen zu zweit in einem viel zu kleinen Kindersitz, eng aneinandergeschmiegt. Lauras Wollponcho war eine feine Sache. Die Wolle war nicht nur kuschelig weich, sie duftete auch fein. Auf dem Rasen raschelte der Nachtwind in den toten, trockenen Blättern.

»Also, Arno, bevor du einschläfst: Wer hat Goldzung entführt?«

»Hm.«

»Hör auf, an meinem Hals zu riechen. Sonst bist du doch auch immer wie der Bluthund hinter den Scherereien her, nur diesmal, wenn's mich einmal interessiert …«

»Also gut.« Widerwillig ließ ich Lauras Hals Hals sein.

»Ftacek wollte uns nichts von seinem Buch erzählen, scheint so eine Art Familiengeheimnis zu sein.«

»Und deswegen muss es ein Familienmitglied sein, meinst du?«

»Ja.«

»Kennst du wen im Meldeamt? Das wird ziemlich viel Sucherei geben, nehme ich an. Außerdem hab ich auch einen Job, so ganz nebenher.«

»Für dich, meine Süße, mach ich's diesmal einfach. Wir müssen gar nicht suchen.«

»Du weißt schon, wer?«

»Ja. Schon vergessen? Ich weiß von einer Geschäftsfrau, die aus der Familie Ftacek stammt. Außerdem glaube ich auch, dass sie es war, die mich kidnappen ließ.«

»Ich dachte, das heißt Zap-out?«

»Sehr richtig, Frau Lignamente. Kommen Sie nachher in mein Büro, ich möchte Ihnen dann meine Zeugnissammlung zeigen.«

»Lass die Witze. Du meinst, Anne war es?«

»Ich nehme einmal stark an, dass es ihr Haus war, aus dem du mich rausgeholt hast.«

Laura nickte.

»Wie hast du mich eigentlich gefunden? Das hast du mir noch nicht gesagt.«

»Ein Anruf.«

»Von wem?«

»Muss ich das sagen?«

»Wär schön.«

»Klaus Gütkens hat mich angerufen.«

»Woher hatte der deine Nummer?«

»Weil ich ein paar Mal mit ihm aus war.«

»Mit Gütkens???«

»Ja.«

»Mit dem Idioten?«

»Arno, du tust dir keinen Gefallen, wenn du meine Verabredungen schlechtmachst.«

»Er ist trotzdem ein sabbernder Troglodyt. Wenn du mich schon betrügst, dann bitte mit jemandem, der auch Niveau hat.«

»So wie du, Mr. Notstandshilfeempfänger?«

»Ein Lektorengehalt ist keine Notstandshilfe.«

»Genau, die Junkies kriegen mehr als du! Außerdem hab ich dich nicht betrogen, wir waren gar nicht zusammen.«

»Das denkst auch nur du.«

»Und das ist das Einzige, was in solchen Angelegenheiten zählt.«

»Dann war das also Gütkens, auf den du damals gewartest hast, als ich mit den Blumen vorbeigekommen bin?«

»Genau.«

»Du hast ihm nicht aufgemacht, damals.«

»Ich bin eben blöd.«

»Lassen wir das. Warum hat dich Gütkens angerufen?«

»Weil er Angst hatte.«

»Zuerst entführt er mich, dann kriegt er Angst. So ein Weichei.«

»Er hat sich um dein Leben gesorgt, du Trottel. Das war keine leere Coladose mehr wert. Er hat den Rumänen losgeschickt, etwas zu essen zu besorgen, und in der Zeit hab' ich dich rausgeholt. Du könntest ruhig ein wenig dankbar sein.«

»Männern gegenüber, die du geküsst hast, bin ich nicht bereit, Dankbarkeit zu zeigen.«

»Ich hab' noch ganz andere Sachen mit ihm gemacht als ihn nur geküsst.«

»Das macht dir Spaß, oder?«

»Dir schwillt der Kamm, das ist richtig süß.«

Wir saßen so im Ringelspiel, dass ich auf dem kleinen, harten Kindersitz saß und Laura auf meinen Oberschenkeln. Ich hatte eine Hand um ihre Hüften geschlungen, mit der anderen hielt ich die Drehung des Karussells am Laufen. Ich sah von ihr nur den Hinterkopf, sie von mir gar nichts. Nach den letzten Worten beugte sie sich so weit nach hinten, dass ich das Mondlicht in ihren Augen schimmern sehen konnte. Okay, es kann auch das einer der Laternen gewesen sein, schön war es trotzdem.

»Komm schon, Arno, schmoll nicht.«

»Jaja, bin eh ruhig.«

»Du bist sauer.«

»Du bist ein echtes Biest, weißt du das?«

»Sicher, aber das magst du doch so an mir, oder?«

»Hm.«

»Eben.«

Laura richtete sich wieder auf.

»Klaus hat einiges riskiert für dich. Was glaubst du, machen seine Leute mit ihm, wenn sie herausfinden, dass du weg bist.«

»Gar nichts. Wenn Gütkens nur ein bisschen Verstand hat, dann ist der so schnell untergetaucht, wie es ›Blupp‹ gemacht hat.«

Laura setzte sich auf, drehte sich zu mir um und war mit einem Schlag komplett ernst.

»Arno, wir müssen ihm helfen.«

»Vergiss es.«

»Er hat dir auch geholfen.«

»Was er mit mir gemacht hat, ist mir gleich.«

»Vergiss deine blöde Eifersucht doch mal für eine Sekunde. Klaus schwebt in Lebensgefahr.«

»Könntest du ihn bitte nicht dauernd Klaus nennen? Leichen heißen Gütkens.«

Erschrocken fuhr sich Laura mit einer Hand vor den Mund. Diese Geste hatte ich bei ihr noch nie gesehen. Das Ringelspiel drehte sich noch immer, obwohl ich schon einige Zeit nicht mehr für eine Erneuerung des Drehimpulses gesorgt hatte.

»Beruhig' dich, Laura. Er ist sicher noch nicht tot.«

»Meinst du?«

»Sicher.«

»Woher willst du das wissen?«

»Weil sie mich auch noch einige Zeit leben gelassen haben.«

»Die wollten doch was von dir.«

»Glaub ich nicht. Die wollten mich einfach aus dem Verkehr ziehen. Ein paar Tage später hätte man irgendwo meine Leiche gefunden. ›Mittelloser Lektor mit kleinkriminellem Hintergrund ermordet aufgefunden.‹ Wäre keine große Ermittlung geworden.«

»Jede Mordermittlung wird sorgfältig durchgeführt.«

»Ich glaube, die haben jemand in der Polizei sitzen.«

»Meinst du, die gehen so weit, nur wegen einer Entführung?«

»Das mit dem Kakaobuch kann schon was wert sein. Ich glaube aber, da geht es um mehr.«

»Mehr?«

»Zwei sind schon tot. Da steigt der Einsatz, und die Hemmungen sinken.«

»Wer?«

»Du warst dabei.«

»Mach dich nicht lächerlich. Duvenbeck wurde von Krobath ermordet, das hat Körthy klar bewiesen. Dass Krobath dann beim Fluchtversuch erschossen wurde, war Pech. Anne hatte damit nichts zu tun.«

»Werden wir ja sehen.«

»Wer ist der Polizist?«

»Runker war doch auch bei dir.«

»Runker, der niemals!«

»Genau, aber bei mir waren sie zu zweit. Bei dir auch.«

»Du meinst Gunzmar arbeitet für die?«

»Ja.«

»Zugegeben, der ist ein wenig spooky, mit dem Matrixoutfit und so. Aber woher willst du das wissen?«

»Weil er und Runker bei mir eine Art ›Good Cop, Bad Cop‹-Nummer abgezogen haben, und Gunzmar hat sich verplaudert. Runker sprach von der Doppelentführung Ftacek-Goldzung, Gunzmar wusste, dass nur Goldzung entführt worden war.«

»Du meinst, das konnte er nur wissen, wenn er beteiligt war?«

»Genau. Darum haben sie mich auch nicht gleich erledigt. Gunzmar ist der Boss der drei und sie mussten warten, bis er da war. Der konnte aber nicht früher weg, weil er ja bei der Kriminalpolizei den Schein wahren muss.«

»Hm, könnte sein. Wie kommst du auf Anne?«

»Weil ich mit Unrath gesprochen habe.«

Lauras Lippen verzogen sich spöttisch, sie hob an, etwas zu sagen, aber ich unterbrach sie.

»Spar dir das. Ich weiß, was du sagen willst. Dafür habe ich jetzt einfach keine Nerven mehr.«

»Schade, ich hätte einen guten Spruch gehabt.«

»Merk' ihn dir, und wenn wir mit dem Ganzen hier fertig sind, dann sag' ihn mir.«

»Nur, wenn du mir versprichst, dass du richtig auszuckst.«

»Keine Sorge, das werde ich.«

Laura kicherte.

»Freu' mich schon.«

»Ich mich auch«, meinte ich säuerlich.

»Zurück zu Anne.«

Ich erzählte Laura, was mir Unrath anvertraut hatte, von der Heirat mit Krobath und seiner Einschätzung der Beziehung.

»Klingt alles sehr klar. Aber Beweis dafür, dass sie Duvenbeck umgebracht hat, ist das keiner.«

»Aber für mich klingt es außerordentlich viel plausibler als die Krobath-Hypothese. So ein Elektroschocker ist außerdem eine Frauenwaffe, und Anne hätte die Zeit gehabt, es zu tun.«

»Aber die Geheimtreppe?«

»Blödsinn, von der hat Krobath auch nichts gewusst.«

»Aber wie hat das funktioniert, mit der von innen zugesperrten Tür?«

»Das war ich.«

»Du?«

»Ich stolperte ins falsche Zimmer, als ich für dich Wasser holen war.«

»Da hast du dann nichts Besseres zu tun gewusst, als den Tatort zu manipulieren?«

»Panik. Ich hatte wahnsinnige Angst, dass ich irgendwie damit in Verbindung gebracht werden könnte. Das hättest du mir nicht verziehen.«

»Vielleicht.«

»Außerdem hatte ich auch die Möglichkeit im Kopf, dass … du was damit zu tun haben könntest.«

»Ich?«

»Ja, du hast mit Duvenbeck geflirtet …«

»Du hältst mich eines Mordes für fähig …« Laura war komplett verblüfft.

»Ja, schon …«

»… und stehst trotzdem auf mich?«

»Ich stehe nicht auf dich …«

»Ah so?«

»… ich liebe dich.«

»Noch schlimmer.« Laura war immer noch baff.

»Du kannst den Mund schließen, meine Süße. Der ganze Gedankengang von Körthy beruhte darauf, dass die Tür von innen verschlossen war. Ich hab ein bisschen getrickst, das hat er nicht bemerkt. Probieren wir es einmal mit dem Ausschlussverfahren: Duvenbeck und Krobath sind tot. Die Hausangestellten hatten kein Motiv. Urner und seine Freundin sind harmlos. Also bleibt nur Anne.«

»Genau. Erhöht die Wahrscheinlichkeit, ist aber auch kein Beweis.«

»Als ich anfing, ein wenig nachzubohren, ist alles sofort eskaliert. Das passiert in den Krimis immer dann, wenn man dem Täter zu nahe kommt.«

»Das ist kein Krimi, Arno, das ist unser Leben.«

»Glaubst du?«

»Mit dir kann man nicht diskutieren. Du ziehst alles ins Lächerliche.«

»Auf jeden Fall hatte Anne ein Motiv. Wenn sie zugleich ihren Mann und Duvenbeck ausschaltete, dann wären die Firma und das Geld ihres gewesen. Außerdem glaube ich, dass sich etwas verändert hatte. Erinnerst du dich noch, als Ftacek meinte, Goldzung hätte mit dem Buch etwas vorgehabt?«

»Du meinst, dass er ein Geschäft mit Duvenbeck machen wollte, das Anne aus der Schokoladenfirma hinausgedrängt hätte?«

»Genau. Sowohl Ftacek als auch Goldzung sind kinderlos. Wer hätte geerbt? Eben. Wahrscheinlich wollte sie schon ihr ganzes Leben lang die Schokoladenfirma, aber weil sie ein Mädchen war, kam sie nicht zum Zug.«

»Meinst du?«

»Solchen Familienunternehmen ist das zuzutrauen.«

»Das ist aber nur eine Vermutung.«

»Vielleicht ein bisschen mehr als das. Ich glaube, ich weiß, wo sich das Buch befindet.«

»Wo?«

»In der Bibliothek von Duvenbeck, im Landhaus. Ich hatte damals nicht viel Zeit, um nachzuschauen, aber ich bin mir recht sicher.«

»Wenn Ftacek, Goldzung und Duvenbeck kurz vor einem Geschäftsabschluss standen, durfte sie keine Zeit mehr verlieren. Sie musste handeln.«

»Genau. Es passt alles zusammen.«

»Dann sollten *wir* jetzt auch keine Zeit mehr verlieren«, meinte Laura nach einer kurzen Nachdenkpause.

»Indem wir was genau machen?«

»Wir holen uns das Buch. Damit haben wir ein Druckmittel.«

»Was ist aber mit Gütkens, um den du dich so sorgst?«

»Wir tauschen das Buch gegen Goldzung und Gütkens ein.«

»Das sollten wir aber den bösen Jungs sagen, sonst hat Gütkens nichts zu lachen, wenn die gar nicht wissen, dass wir ein Druckmittel haben.«

»Fein. Wenn du dir so sicher bist, dann ruf' gleich mal Anne an.« Laura hielt mir ihr Handy unter die Nase.

Irgendwo in den Hietzinger Gassen jaulte ein Hund, er sprach mir aus der Seele.

VI

Das Handydisplay zeigte neben anderen Funktionen auch eine Uhr. Das elektronische Chronometer zeigte halb eins. Nächtliche Anrufe sind nicht so mein Ding. Schon gar nicht, wenn man dabei Leute der Entführung und des Mordes beschuldigt. Meine ganzen Überlegungen klangen nur mehr halb so plausibel wie noch drei Minuten zuvor, wenn überhaupt. Nichtsdestoweniger drückte ich die grüne Taste, der Anruf wurde aufgebaut, ich schwitzte mir in der kühlen Herbstnacht das Hemd durch.

Nach mehrmaligem Läuten wurde abgenommen. Eine Frauenstimme meldete sich. Von Schlaf war in der Stimme nichts zu hören.

»Laura, was willst du um diese Zeit?«

»Ähm, hier spricht Linder, Arno. Wenn Sie sich erinnern?«

Ein heiseres Lachen klang an mein Ohr.

»Sicher.«

»Fein. Wie geht's Goldzung?«

»Keine Ahnung, wen Sie meinen.«

»Denk' ich mir. Gütkens auch wohlauf?«

»Gütkens, wer soll denn das sein?«

»Auch so jemand, dem Sie Übles wollen.«

»Sind Sie betrunken?«

»Ich wollte Sie nur wissen lassen, dass wir das Buch haben. Keine unüberlegten Schritte, bis wir uns morgen, ich meine heute Vormittag wieder hören.«

»Was für ein Buch, welche Schritte?« Die wohlartikulierte Stimme von der anderen Seite der Leitung war dabei, die Kontrolle zu verlieren.

»Wir hören uns.«

Ich legte auf. Ein Satzfetzen des Inhalts »Sind Sie wahnsinnig, übergeschnappt oder einfach blöd?« drang noch an mein Ohr, dann war die Leitung tot.

Laura sah mich an.

»Und?«

»Hat super geklappt. Sie war's.« Hoffentlich, fügte ich in Gedanken hinzu.

»War ein kurzes Gespräch. Was hat sie gesagt?«

»Alles, was nötig war.«

»Hat sie's zugegeben?«

»Eindeutig.« Die Dunkelheit half meinem Pokerface enorm.

Laura musterte mich noch für ein paar Augenblicke streng und prüfend, dann stand sie auf.

»Auf ins Weinviertel«, meinte sie, mit den Schlüsseln spielend.

Etwas später saßen wir gemeinsam im Wagen, die Autobahn war leer, und die Kilometertafeln flogen nur so an uns vorbei. Die Armaturenbeleuchtung verstrahlte ein grünes Licht, das mich an nächtliche Autofahrten in meiner Kindheit erinnerte. Ich fühlte mich wohl. Damals waren wir nach Italien gefahren oder nach Frankreich. Zumeist in der Nacht, um den Ferienstaus aus dem Weg zu gehen. Das schnurrende Geräusch von Asphalt unter Autoreifen, einsame Autobahnen, weiche Sitze und grünes Nachtlicht, das war der Beginn der Ferien gewesen. Genauso wichtig und genauso schön wie das erste Eis und der erste Sprung ins Meer.

Die Fahrt war mir eigentlich zuwider, nichtsdestoweniger genoss ich sie, der Kindheitsreminiszenzen wegen.

»Ich hab' dich ziemlich angesteckt, scheint mir«, begann ich zu Laura, irgendwo in der Gegend von Mistelbach.

»Ich bin nicht krank.«

»So mein' ich das ja auch gar nicht. Wortwörtlich nicht zumindestens.«

»Wie sonst?«

»Naja. Du sitzt mitten in der Nacht im Auto, um eine arme Frau aus dem Bett zu klingeln, weil du ein Buch benötigst ... du verstehst?«

»Hm. Schon. Du hast mich wirklich angesteckt.« Kurze Pause. »Aber es fühlt sich super an. Ich bin total elektrisiert. Eigentlich sollte ich müde sein, aber keine Spur.«

»Adrenalin ist schon eine feine Sache.«

»Wird sie uns reinlassen?«

»Du meinst die Haushälterin?«

»Mhm.«

»Hoffentlich. Sonst ruft sie die Polizei.«

»Das käm' uns ungelegen.«

»Besser, als wenn sie einen Hund hat.«

»Da war keiner auf dem Hof, als wir draußen waren.«

»Vielleicht nur, solange sie nicht allein war. Sobald wir weg waren, hat sie ihn geholt. Irgendsowas großes, bissiges, sagen wir mal: Dobermann.«

»Meinst du?«

»Kann gut sein, warum nicht?«

»Okay. Du steigst aus.«

»Damit du durch die geschlossenen Fenster beobachten kannst, wie ich zerfleischt werde.«

»Sei so gut und stirb' für mich. Wie ein echter Gentleman.«

»Hm. Siehst du, das ist die Aporie der Ritterlichkeit.«

»Wie meinen Herr Gscheit?«

»Naja, ein Mann markiert den Ritter, weil er bei der Frau Eindruck schinden will, um sie ins Bett zu kriegen. Die Frau will einen Ritter, weil nobles Handeln die Voraussetzung für gute Nachkommen und elterliche Fürsorge ist. Sie muss seinen Gestus aber überprüfen, will sie sicher sein, den Richtigen erwischt zu haben, sagen wir mal, mit einem Dobermann. Der Ritter muss nun handeln oder seine Ansprüche auf Fortpflanzung aufgeben. Also zerfleischt ihn das Monster. Somit kann er sich nicht fortpflanzen, wenn er ein Gentleman ist, aber auch dann nicht, wenn er keiner ist, weil ihn die Frau sonst ja gar nicht in Betracht zieht.«

»Also müssten wir ausgestorben sein. Deine Aporie funktioniert nicht.«

»Das ist nur die zweite Dimension der Aporie. Die erste Dimension ist, dass es unter keinen Umständen zur Fortpflanzung kommt, die zweite Dimension besteht darin, dass es offenbar doch funktioniert, obwohl es logisch unmöglich ist. Somit ist es nicht nur eine Aporie menschlichen Handelns, sondern zugleich auch der Vernunft selbst. Die Vergeblichkeit all unseres Wollens und Wünschens.«

»Spar dir dein existenzialistisches Gesuder. Wegen dem bisschen Hund muss man doch kein solches Tamtam machen.«

»Ist aber ziemlich cool, nicht?«

»Hm. Du wirst trotzdem aussteigen müssen.«

»Ich bin ein emanzipierter Mann und verlange von der Frau, dass sie aussteigt, um ihre Ritterinlichkeit unter Beweis zu stellen.«

»So funktioniert das nicht, Arno, wir Frauen suchen uns die Bedingungen genau aus, unter denen wir Gleichbehandlung einfordern.«

»Ich weiß, und wir müssen das sexy finden.«

»So ist es.«

»Aber rein pragmatisch betrachtet, wäre es besser, du würdest aussteigen, denn eine weibliche Person wirkt viel weniger bedrohlich als eine männliche. Die Chancen, dass uns aufgemacht wird, sind so viel höher.«

»Versuch dich nicht rauszureden. Du wirst aussteigen und dafür sorgen, dass sie uns reinlässt.«

Ich verschränkte die Arme vor der Brust und schmollte. Schmollen ist langweilig, dabei schläft man schnell ein. So geschah mir, und als Laura mich weckte, standen wir schon vor dem Nebengebäude von Duvenbecks Hof.

»Auf in die Schlacht, Sir Lancelot!«, lächelte mich Laura an, einen Kaugummi zwischen den Fingerspitzen. »Wir wollen doch nicht, dass dein Atem unseren Plan gefährdet.« Ich nahm den Kaugummi folgsam in den Mund.

»Ein ordentlicher Schluck Bourbon wär' mir lieber«, merkte ich an.

»Du bist Sir Lancelot und nicht Phil Marlowe, du kommst auch ohne flüssigen Mut aus.«

»Hat irgendwas gebellt, als wir hergekommen sind?«

»Nein.«

»Scheiße.«

»Wieso, das ist doch ein gutes Zeichen.«

»Ach was, Hunde die nicht bellen, beißen!«

»Zieh' in die Schlacht, mein hehrer Recke!«, meinte Laura karikierend, als ich die Autotür öffnete.

»Haha. Den Ersten beißen die Hunde.«

Ich schlug die Tür hinter mir zu und ging zum Eingang.

Oben im ersten Stock, dort, wo Frau Irmis Zimmer war, ging ein Licht an. Fein, es war wer zu Hause.

An der Tür angekommen, klingelte ich so sacht und höflich, wie es mit einem elektrischen Summer nur irgend möglich war.

»Kumm' scho, kumm' scho!«, hörte man von drinnen eine Person die Treppe herunterpoltern. Keine 20 Sekunden später wurde die Tür geöffnet.

»Sie?«, fuhr Irmi mich erstaunt an.

»Genau. Laura sitzt draußen im Auto, wir müssten etwas mit Ihnen besprechen. Lassen Sie uns rein? Tut uns leid wegen der unchristlichen Stunde.«

»Ah was!«, rief sie aus, »i kann eh net schlafn, seitdem … ah, Sie wissen scho! I setz' an Tee auf. Kekserl dazu?«

»Da sagen wir nicht nein.«

Ich winkte Laura. Der Wagen verstummte, Laura stieg aus und kam zu uns. Manchmal läuft es eben besser, als man meint.

VII

Dunkelroter Tee, marmoriert mit sanftweißen Rahmschlieren, das satte Plumpsen eines Zuckerwürfels, malzig aufsteigendes Aroma und ein Löffel, der hart klirrend an das Porzellan stößt: Viel näher an das Paradies kann man in diesem Leben nicht kommen. Was will man schon mit 99 Jungfrauen, es sei denn, jede von ihnen könnte so Tee machen wie Frau Irmi. Dann wäre es eine Überlegung wert. Andererseits war Frau Irmi sicher nicht mehr Jungfrau.

»Was schaun S' so. An was denken S' nach?«, unterbrach ebenjene meine Gedanken.

»Nichts, nichts«, wehrte ich rasch ab. Überlegungen zu ihrer Virgilität gegenüber war sie sicher nicht sehr aufgeschlossen.

»Den Blick kenn' i. So schaun'd Mander alle, wenns was Schmutzigs denken.«

»Ich? Nie!«, empörte ich mich und versuchte, irgendeine Ausrede zu finden, doch ich war bereits umkreist.

»Doch, du schon«, meinte Laura bestimmt. Sie nippte an ihrer Schale, stellte sie zurück auf den Tisch und fuhr fort: »Warum gibt's bei dir eigentlich nie so einen Tee, Arno?«

»Es gibt immer Tee bei mir.«

»Schon, aber immer nur die blasse, grüne Suppe. So was machst du nie.«

»Stimmt gar nicht. Ich hab' dir einmal einen Assam gemacht …«

»Ja, aber der war nur bitter, und ich durfte keinen Zucker hineintun!«

»Das war auch ein Hattialli! Einer der besten Pekoes der Welt, mit Goldspitzenanteil, so was zuckert man nicht. Es kippt ja auch niemand Cola in einen Châteauneuf-du-Pape!«

»Aber Frau Irmi tut es, und dir schmeckts augenscheinlich großartig.«

»Das ist ja auch kein Assam!«

»Dann will ich das nächste Mal aber auch so einen. Mit Rahm und mit Zucker!«

»Würd ich ja gerne machen, aber ich komm nicht drauf, was es für einer ist.«

»Schon mal dran gedacht, zu fragen?«

Ich zog Laura eine Grimasse, Frau Irmi tunkte einen Keks in ihre Schale und freute sich des Lebens.

»Also los, frag' schon«, seufzte Laura und nahm sich auch einen Keks. Auf dem Teller lagen zwei Arten von Keksen. Die einen waren Leibniz Vollkorn, die anderen kannte ich nicht. Offensichtlich von derselben Firma, aber mit Schokoteig und Schokoüberzug. Laura nahm natürlich einen von diesen. Sie biss ab und gab ein lautes »Mmmmmmh« von sich. Der Keks verschwand in wenigen Sekunden. Als Laura ihre Hand ausstreckte, um sich einen neuen Keks zu angeln, sagte sie zu mir: »Los, Arno, frag schon, oder willst du die ganze Nacht warten?« Dann war ich vergessen, und der Keks stand im Zentrum ihrer Aufmerksamkeit. Einerseits war ich froh darüber, andererseits aber auch ein wenig eifersüchtig. Schließlich fehlt es mir zwar nicht an gutem Aussehen und Charme, dafür aber gewaltig an Schokoteig und -überzug.

»Also, Frau Irmi, sein Sie so gut und verraten Sie mir, was Sie da für einen Tee haben. Sie gibt sonst keine Ruhe.«

»Sie san mir a Gauner! So aner feschn jungen Dame ungezuckerten Tee anbieten. A Wunder, dass sie wieder mit Ihnen redt!«

Frau Irmi nahm sich wieder einen Keks, Vollkorn natürlich, und tauchte ihn in ihren Tee. Genüsslich biss sie ab.

»Des is a O'Sullivan Special, kummt von ana irischen Firma. Der Tee selber stammt aber aus Afrika. Kenia und Ruanda.«

Während des Satzes prustete Laura los. Ein bisschen Keks flog undamenhaft über den Tisch. Dann lachte sie.

»Afrika?«

»Ja, wieso?«

Laura weiß genau, dass ich meine Oliven aus Griechenland, meinen Wein aus Frankreich oder Italien und meinen Tee aus Ostasien will. Kalifornischer Wein, vietnamesische Oliven oder Datteln aus Grönland können mir gestohlen bleiben.

»Weil er da über seinen Schatten springen muss, und das fällt ihm schwer«, meinte Laura zu Frau Irmi, sah dabei aber nur mich an.

Trotzig nahm ich einen Schluck, ließ ihn mit Todesverachtung die Kehle hinabgleiten und zwang mich, ihn gut zu finden. Laura hätte nie mehr aufgehört zu sticheln, wenn ich Schwäche gezeigt hätte.

»Aber ihr seid's doch sicher net nur wegn am Tee keman?«

»Nein. Eigentlich wollten wir Sie fragen, ob Sie uns das Haupthaus öffnen könnten. Wir würden gerne in der Bibliothek nachschauen, ob wir dort ein Buch finden.«

»Hm. Eigentlich darf im Haus nix gschehn, wegen der Erbschaft.«

»Aber das Buch, das wir suchen, gehörte gar nicht Herrn Duvenbeck, sondern befindet sich im Besitz der Herren Ftacek und Goldzung. Deren Vertreterin ich bin«, erklärte Laura. Sie schwindelte ganz gekonnt, das musste ich ihr lassen.

Frau Irmi zögerte.

»Sie können gern mitkommen, uns überwachen, und ich lasse auch meine Personalien da, wenn es zu Schwierigkeiten kommen sollte.« Laura klang sehr professionell.

Frau Irmi nickte kurz und stand auf. Sie nahm einen Schlüsselbund von einem Haken an der Wand und griff sich eine Taschenlampe, die daneben hing.

»Da Herr Ftacek war letzte Wochn zwei Tage da, der Herr Duvenbeck hat ihn eingladen g'habt. Naja, des is ja jetzt vorbei. Übrigens, es is ka Strom im Haupthaus.«

»Warum nicht?«

»Weil wir immer den Strom abschalten, wenn der Herr Duvenbeck nicht da ist. Im Winter auch das Wasser.«

Mit diesen Worten ging sie, und wir folgten ihr. Frau Irmi trug einen Morgenmantel aus hellblauem Frotteestoff, unter dem ihr Nachthemd, weiß mit kleinen rosa Blumen, hervorlugte. Ihre Füße staken in großen, zotteligen Schlapfen.

Unsere kleine, seltsame Prozession überquerte den Hof, und Frau Irmi schloss auf. Leer, still und dunkel machte das Haus nun einen ganz anderen Eindruck als noch vor zwei Tagen. Es wirkte so, als ob schon seit Jahren niemand mehr hier gewesen wäre. Nicht nur ich fühlte mich ein wenig unwohl. Schließlich standen wir in der Bibliothek, und ich begann im Kegel von Frau Irmis Taschenlampe mit der Suche. Ich bildete mir ein, das letzte Mal einen Band mit einem glatten, ölig-abgegriffenen Ledereinband in Händen gehalten zu haben. Er war dick und schwer gewesen, mit vielen eingelegten Zetteln und völlig anders als die übrigen Bände in den Stellagen, die alle entweder modernen Ursprungs oder Zierbände mit Goldprägungen waren.

Ich suchte schon ein Weilchen, als sich Laura meldete.

»Was machen wir, wenn es nicht da ist?«

»Warum sollte es nicht da sein?«

»Vielleicht hat es schon jemand geholt?«

»Ach was, ich hab' es bloß noch nicht gefunden, das ist alles«, versuchte ich, Optimismus zu demonstrieren.

Je mehr Regale und Stellagen ich jedoch absuchte, umso offensichtlicher wurde es, dass das Buch verschwunden war. Nachdem ich alles zum zweiten Mal durchsucht und auch den Schreibtisch genau in Augenschein genommen hatte, war klar, dass wir zu spät gekommen waren. Ich wollte mir das allerdings nicht eingestehen und versuchte, mich an alle Orte im Haus zu erinnern, die ich irgendwie mit Büchern in Erinnerung brachte. Weder in der Küche noch im Wohnzimmer wurde ich jedoch fündig. Sogar das Schlafzimmer von Duvenbeck nahmen wir im Lichtkegel von Frau Irmis Taschenlampe in Augenschein. Vergeblich. Das Buch war so wenig da wie die Coupe Jules Rimet im Trophäenschrank des ÖFB.

Zurück im Nebenhaus, wieder bei Tee und Keksen, dachten wir nach.

»Ist irgendwer dagewesen, nachdem mich Gina zum Zug gebracht hatte? Überlegen Sie bitte.«

»Na, niemand war da.«

»Sie haben den Strom abgeschaltet?«

»Na, des macht immer a Elektriker aus'm Dorf. Aber der war net drinnen. Der Kasten ist außen angebracht.«

»Aber irgendwer muss es geholt haben.«

»Du bist ein Genie, Arno. Darauf wär ich selber nie gekommen.«

»Sicher, du hast ja auch ein viel kleineres Gehirn als ich!«

»Und Wale haben noch viel größere Gehirne als du, deswegen sind sie aber auch nicht schlauer.«

»So? Hast du schon mal mit einem geredet?«

»Nein.«

»Woher willst du das dann wissen?«

»Hör auf mit deinem Blödsinn. Auf die Qualität kommt's an, das mein' ich.«

»Auf jeden Fall ist das Buch futsch. Egal, wer von uns beiden jetzt schlauer ist.«

»Dann lass uns überlegen, wer das Buch haben könnte. Anne hat es nicht, Ftacek hat es nicht. Wer bleibt übrig?«

»Wenn du so fragst: eigentlich nur der Urner.«

»Genau.«

»Das nützt uns aber ziemlich wenig. Weißt du, wo der wohnt?«

»Nein. Aber ich weiß, wo er sich gerade aufhält.«

»Spann mich nicht auf die Folter. Sag's schon.«

»Die Jenny hat erzählt, dass sie sich unheimlich freut, weil der Urner sie für eine Woche in Wien ins ANA Grand

Hotel mitnehmen wollte. Siehst du, Saunagespräche unter Frauen sind doch für was gut.«

»ANA Grand Hotel sagst du?«

»Ja, warum?«

»Das trifft sich ausgezeichnet. Halt die Daumen, ich ruf mal an.«

»Kennst du da wen?«

»Wenn heute der richtige Tag ist, dann schon. Es handelt sich nämlich um ein schrecklich falsches Klischee, dass alle Geisteswissenschaftler Taxi fahren. Die meisten arbeiten als Nachtportier. Da hat man genug Zeit, um zu lesen.«

Ich holte mein Handy raus und wählte eine Nummer. Nach zweimal Läuten meldete sich eine Stimme. Bemerkenswert ausgeschlafen.

»Ocwirk.«

»Guten Morgen, Herr Ocwirk, Dr. Linder spricht. Gerade bei der Arbeit?«

»Ah, guten Morgen, Herr Doktor. Ja, was gibt's denn?«

»Ich bräuchte eine kleine Auskunft bezüglich eines Gastes. Ist das machbar?«

»Eigentlich nicht. Das verstößt gegen meinen Dienstvertrag als Nachtportier.«

»Sie schreiben ein ausgezeichnetes Deutsch, Herr Ocwirk«, erinnerte ich ihn daran, dass ich es war, der seine Magisterarbeit beurteilte. Sein Professor hatte davon noch kein Wort gelesen.

»Danke, trotzdem ist es illegal.«

»Wollen Sie ein ›sehr gut‹ oder soll ich die Lesebrille aufsetzen? Das Kapitel über Sallust riecht geradezu danach, als ob sich da jemand über ein paar Schwierigkeiten drübergeschwindelt hätte.«

»Hm, sicher, kein Problem, ich schau gleich nach«, flüsterte Ocwirk leise ins Telefon. »Um wen geht's?«

»Urner, Ernest. Ist der bei euch?«

»Moment.« Ich hörte Tastaturgeklapper. »Ja, der ist bei uns zu Gast.«

»Welches Zimmer denn?«

»325. Aber das ist kein Zimmer, sondern eine Suite.«

»Danke für die Auskunft. Machen Sie sich keine Sorgen um die Arbeit. Wir sehen uns dann im Oktober.«

»Danke, auf Wiederhören.« Ocwirk legte auf. Ich grinste Laura an.

»Du bist ein Schuft, Arno!«

»Warum?«

»Den kleinen Studenten so unter Druck zu setzen!«

»Ach, der hält das aus. Hätte sowieso ein ›sehr gut‹ bekommen. Die Arbeit ist einwandfrei.«

»Danke, Frau Irmi, für den Tee, und Entschuldigung für die Unannehmlichkeiten, die wir verursacht haben.«

»Keine Ursache. Wie gsagt, i kann momentan eh net schlafen.«

»Fahren wir?«

»Sicher.«

»Wollen S' net lieber hier schlafen? Ich richt Ihnen schnell a Bett her, es is scho recht spät, Sie müssen ja müd' sein.«

»Sehr lieb von Ihnen, Frau Irmi, aber das geht nicht. Wir müssen gleich los, damit wir so um acht Uhr in Wien sind«, meinte Laura. »Das Buch ist uns schon einmal durch die Finger geflutscht, ein zweites Mal darf das nicht passieren, sonst finden wir es nie mehr!«

»Hm. Vielleicht kommen wir ohnehin zu spät, wer weiß, ob Urner es nicht schon verkauft hat.«

»Wenn, dann nur an Anne. Du hast mit ihr telefoniert, hat sie so geklungen, als ob sie das Buch hätte?«

»Nein, überhaupt nicht.« Dass sie so geklungen hatte, als wüsste sie von gar nichts, verschwieg ich.

»Siehst du! Die meint, wir sind im Weinviertel, weit ab vom Schuss. Darum hat sie uns auch rausfahren lassen. Urner hatte sie sicher schon kontaktiert, sie wusste, dass er das Buch hatte und nicht wir. Wahrscheinlich hat ihr der Idiot sogar gesagt, dass er es mitgenommen hat. Also denkt sie, wir sind weg. Sie wird sofort bei Urner angerufen und für morgen Früh einen Termin vereinbart haben.«

»Kann sein.« Ich fischte mein Handy raus.

»Was machst du da?«

»Ich ruf Ocwirk noch mal an und frag' nach, ob Urner nach Mitternacht einen Anruf hatte.« Ich war sehr stolz auf meinen Einfall.

»Blödsinn.«

»Wieso?«

»Arno, wir sind im Handyzeitalter! Meinst du, jemand ruft in so einer Angelegenheit über die Hotelzentrale an? Das war vielleicht in den Fünfzigern noch so. Heute sicher nicht mehr.«

»Du hast recht.« Ich steckte mein Handy ein und verfluchte die moderne Technik.

»Also, was ist? Fahren wir?«

»Sicher, fahren wir.«

Und so fuhren wir los, in die dunkle Weinviertler Nacht hinein.

KAPITEL 5

I

Punkt 8.15 Uhr betraten Laura und ich die Lobby des ANA Grand Hotels am Ring. Ruhig gingen wir auf die Fahrstühle zu und fuhren in den dritten Stock hinauf. Laura und ich waren in der Nacht nach Wien zurückgefahren, was aufgrund eines üblen Herbstregens noch unangenehmer gewesen war als die Hinfahrt. Laura hatte sich beschwert, mich hatte es nicht betroffen, ich finde das Geräusch der Scheibenwischer, die glänzende Straße und die sich spiegelnden Lichter des Gegenverkehrs wunderschön.

In Wien angekommen, hatten wir gefrühstückt und waren dann zum Opernring gefahren. Die Stadt lag im kalten Licht der tiefstehenden Sonne vor uns. Es schien nur zwei Farben zu geben, schwarz und silber. Hier und da, wo ein Gehsteig gewaschen worden war, musste man die Augen vor dem gleißenden Licht schützen. Die paar Passanten auf den Straßen waren nur als schwarze Schemen auszumachen, die sich im blanken Asphalt der Trottoirs spiegelten.

Doch das lag hinter uns, nun befanden wir uns im Aufzug, übermüdet und aufgeputscht. Ich hatte eine Runde M-150 spendiert. M-150 ist ein thailändischer Energiedrink, der sich zu Red Bull in etwa so verhält wie ein T-Rex zu einem Suppenhuhn. 100 Milliliter davon enthalten in etwa das, was die WHO als gesundheitlich unbedenklichen Grenzwert für eine Woche ansieht.

»Was machen wir nur hier, Arno?«

»Entweder wir blamieren uns oder wir versauen Urner den Tag. Wird so oder so lustig.«

Ein glockenhelles ›Bing‹ ließ uns wissen, dass der Lift hielt und sich die Türen öffnen würden. Alles blitzte messingblank, ich konnte die Poren auf meiner Nase in der Lifttür sehen, dann ging sie auf. Der Gang war mit einem weichen Läufer belegt, an der Wand hing ein Schild, das uns den Weg zu Zimmer 325 wies. Wir kamen an eine Biegung, Laura einen Schritt hinter mir. Den ganzen Weg über plapperte Laura aufgeregt.

»Was machen wir, klopfen?«

»Vielleicht.«

»Trittst du die Tür ein?«

»Hey, ich bin nicht Charles Bronson!«

»Funktioniert das mit den Kreditkarten wirklich?«

»Nur im Film.«

»Schade.«

»In Wirklichkeit reicht ein Papierblatt.«

»Echt?«

»Psst. Wir sind da.«

Einen Moment standen wir vor der Tür. Im Lift und im Gang waren wir allein gewesen. Nichts war zu hören, nichts zu sehen. Es hätte durchaus auch sein können, dass wir allein in der Etage waren. Gedanken an Hotelbelegungsmuster huschten mir durch den Kopf. Ich versuchte, meinen ganzen Mut zusammenzunehmen. Laura tat wohl das Gleiche, obwohl ich annehme, dass ihr das wesentlich leichter fiel als mir.

Ich war gerade dabei, die letzten Reste aus den dunklen Winkeln zusammenzukratzen, als Laura auf die Tür wies und wisperte.

»Arno, die Tür ist offen.«

»Ah«, stöhnte ich auf.

»Was?«

»Du bleibst heraußen, ich gehe allein rein.«

»Warum?«

»Türen, die so offen stehen, bedeuten für gewöhnlich nichts Gutes.«

»In Büchern vielleicht.«

»Hinter der letzten Tür, die so offen stand, war Duvenbeck.«

»Okay, ich warte.«

Ich schob die Tür auf und ging leise hinein. Laura hinter mir her. Ich drehte mich um und schaute sie fragend an.

»Könnte dir so passen«, grinste sie.

Wir standen in einem dunklen Vorraum. Ein Mantel hing an der Wand, irgendetwas Damenpelzmantelartiges, vor uns lag eine Tür. Durch den Spalt drang Licht zu uns. Wir gingen auf die Tür zu. Ich lauschte. Hörte nichts, holte tief Luft und trat in ein helles Zimmer ein. Cremefarbene Wände, nette Bilder, ein wunderschöner Barockspiegel mit Goldrahmen. Ebenso cremefarbene Möbel, ein dunkler Sekretär und viele Blumen standen herum. In der Luft hing der Duft eines guten Frühstücks. Eier mit Speck, Kaffee, weiße Servietten, Omelettes und Orangensaft. Ein Servierwagen stand mitten im Zimmer. Silbern glänzende Metallhalbglocken standen auf dem Tisch. Alles war angerichtet.

Leichen sah ich keine, was daran lag, dass alle drei Personen im Raum am Leben waren. Sowohl Urner im weißen Hotelmorgenmantel als auch seine Freundin mit einem Badetuchturban um den Kopf saßen steif auf der Bank, etwa drei Meter von ihrem Frühstück entfernt. Beide wohlauf, vielleicht ein wenig blass um die Nase. Ebenfalls wohlauf und überhaupt nicht blass um die Nase war

Gunzmar. Dafür hielt er eine Knarre in der Hand, die direkt auf meinen Bauch zeigte.

»Kommen S' nur rein Linder, und die Gnädige auch.«

Wir taten wie geheißen und setzten uns brav zu den beiden anderen.

»Sind Sie jetzt von der Polizei oder nicht?«, fragte Jenny naiv.

»Kannst dir aussuchen, Semmerl«, meinte Gunzmar schmalzig.

»Du, Ernest, das versteh' ich jetzt aber nicht«, wandte sie sich an den verdutzten Urner.

»Genau, klären Sie uns auf. Zuerst kommen Sie herein, sagen, Sie sind von Polizei, und jetzt richten Sie eine Waffe auf uns. Was soll das? Ich bin eine Person von einigem Einfluss, lassen Sie sich …«, Urner war aufgestanden und hatte sich in Rage geredet.

»Lass stecken, Blader.« Gunzmar trat auf ihn zu.

»Was erlauben Sie …« Weiter kam er nicht. Gunzmar hatte ihm den Rücken seiner Knarre ins Gesicht geschlagen. Es tat schon beim Zusehen übel weh. Urner sank zurück auf die Couch. Jenny heulte auf und drückte ihn an ihre Brust.

»Also, Blader. Wo is des Biachl?«

»Wenn Sie nicht von der Polizei sind, sagt er nichts!«, rief das Mädchen trotzig aus.

»Vielleicht überdenkst des no amal, Semmerl.« Gunzmar schaute ihr aufreizend in die Augen.

»Niemals.«

»Es wär ois so einfach gwesen, wenn ihr zwa net reinplatzt wärts!« Gunzmar funkelte uns an. »Die hätt'n ma scho fast des Biachl gebn g'habt, aber na …« Er ließ die Knarre nonchalant hängen. »Des macht mi so … haaaa«, brüllte er plötzlich und hämmerte mir die Faust in den Magen. Gott sei Dank die ohne Knarre, war mein letzter Gedanke für einige Zeit. Als ich wieder so weit war, irgendetwas von meiner Umgebung mitzubekommen, kauerte ich auf dem Fußboden. Gunzmar stand vor Urner und presste den Lauf seiner Kanone ins Gesicht des Politikers. Genau dort, wo sich die Rissquetschwunde vom Schlag zuvor befand. Ich konnte ihm das nicht einmal übel nehmen. Ich denke, dass die Mehrheit des Wahlvolks hierzulande gerne auch einmal in dieser Situation sein möchte.

Gunzmar wandte mir den Rücken zu. Fieberhaft überlegte ich, ob sich da was machen ließ. Aber ich war noch nicht mit dem Überlegen fertig, als Urner einknickte und losbrüllte: »S'Biachl is unter'm Kopfkissen.«

»Links oder rechts?«, fragte Gunzmar und trat von Urner zurück, sodass er uns alle wieder im Blickfeld hatte. Chance vorbei.

»Rechts.«

»Guat. Auf, Semmerl, hol's Biachl!« Das Mädchen stand auf, ließ viel Bein sehen und ging zum Bett. Hoffentlich hatte Urner keine Kanone unter dem Kopfkissen, das wäre gar nicht gut.

Das Mädchen hob das Kopfkissen auf, und da war das Buch. Folioformatig, in glänzendes Leder eingeschlagen, mit sehr vielen Einlageblättern. Sie nahm es auf und brachte es Gunzmar. Als der es in der Hand hielt, schaute er es sich gar nicht lange an, sondern begann, ganz langsam einige Schritte zurückzuweichen, sodass er uns alle im Blickfeld und die Tür in seinem Rücken hatte.

»Baba, ihr Trottln«, zischte er noch, dann war er verschwunden. Wir hörten die Zimmertür zuschlagen. Er war weg und wir blieben zurück, mit nichts.

11

»Wow, Arno. Das war großartig«, meinte Laura sarkastisch. »Nichts machen, das hätte ich nicht hingekriegt.«

»Ich hab nicht nichts gemacht …«, wollte ich protestieren, aber Laura war wieder einmal schneller.

»Nein, du hast dir auch noch eine reinhauen lassen. Nichts gemacht, eine kassiert, tolle Bilanz. Fast so wie die Nationalmannschaft.«

»Das ist jetzt unter der Gürtellinie.«

»Okay, das mit dem Team nehm' ich zurück.«

»Gut. Im Ernst jetzt. Frag' du Urner, was passiert ist, ich geh' nachschauen.«

»Damit er dich umlegt?«

»Blödsinn. Im Hotel schießt niemand. Außer im Film.«

»Hast du nicht gesagt, dass es auch in Wirklichkeit immer so abläuft.«

»Wie im Buch, sagte ich, Laura, wie im Buch. Das ist ein himmelweiter Unterschied.« Damit war ich aber auch schon bei der Türe draußen. Ich rannte an den Liften vorbei. Auf den elektronischen Stockwerksangaben war zu sehen, dass ein Lift im Erdgeschoss wartete, der andere auf dem Weg dahin war. Ich rannte die Treppen hinunter, in den Stockwerken lauschte ich immer kurz auf ein verräterisches Bing, hörte aber keines.

Unten angekommen schaute ich einmal durch die Lobby, kein Gunzmar. Da außer mir nur ein Gepäckträger, die Leute an der Rezeption und ein Concierge anwesend waren, war es recht eindeutig. Ich trat vor die Tür, da stand der Mann in der Livree mit Hut und Stock, der den Leuten immer die Autotüren aufhält.

Atemlos fragte ich ihn nach Gunzmar. Er verneinte, in den letzten Minuten hätte niemand das Hotel verlassen. Ich machte auf dem Absatz kehrt und rannte zurück zum Zimmer von Urner. Beide Lifte standen leer im Erdgeschoss, und das blieb auch so, bis ich wieder oben im dritten Stock war.

Urner hatte einen Schnaps in der Hand, Laura auch. Urners Freundin weinte leise in ein Taschentuch. Das wunderbare Frühstück stand noch immer mitten im Raum. Völlig unbeachtet war es mittlerweile kalt geworden. Ich schaute durch die Tür und winkte Laura. Sie trank den Schnaps aus, irgendwas in einem bauchigen Schwenker, und kam zu mir.

»Wir gehen.«

»Gut. Wohin?«

»Nach draußen.«

Im Gang schob ich Laura in eine Ecke und küsste sie. Sie hatte Cognac getrunken. Mir war der zuwider, aber an Laura schmeckte der Schnaps echt gut.

»Also?«, fragte sie.

»Er ist nicht hinaus. Niemand hat das Hotel verlassen.«

»Vielleicht gibt's einen zweiten Ausgang?«

»Sicher. Aber wahrscheinlich hat Gunzmar einfach einen Fluchttunnel gegraben, der unter der Oper durch bis zur Hofburg führt. Gunzmar sitzt jetzt im Burggarten und trinkt vor der Orangerie einen kleinen Braunen.«

»Haha.«

Ich grinste Laura an, zog das Handy raus und rief meinen Studenten an. Diesmal nahm er verschlafen ab. Ich schaltete auf Freisprechanlage.

»Hmm? Ocwirk.«

»Dr. Linder. Wissen Sie, ob eine Anne Krobath ein Zimmer reserviert hat? Vielleicht nennt sie sich auch Ftacek.«

»Reserviert hat sie nicht«, mir fiel das Grinsen aus dem Mund, Laura lachte auf, »das muss sie gar nicht. Sie hat ein Dauerzimmer, im vierten Stock. 412 oder 414.« Ich zog Laura wieder eine Grimasse, die sie aber ignorierte.

»Danke, gute Nacht, Ocwirk.«

»Rutschen Sie mir den Buckel runter, Herr Doktor.«

»Fein.«

Ich legte auf.

»Was sagst du jetzt?«, fragte ich triumphierend.

»Wird uns leider nichts nützen. Willst du bei Anne hineinspazieren? Gunzmar hat eine Knarre. Meinst du, die geben uns das Buch, weil du so ein Spinner bist?«

»Nein. Aber wir können's ja versuchen. Vielleicht hat Gunzmar ja als Vorsichtsmaßnahme irgendeinen Umweg eingeschlagen und wir sind vor ihm bei Anne, während er irgendwo in einer Besenkammer darauf wartet, dass wir das Hotel verlassen.«

»Klingt sehr spekulativ.«

»Ist es auch. Andererseits, würdest du in solch einer Situation wollen, dass jemand direkt zu dir kommt? Mit rauchendem Colt und Diebesgut?«

»Vielleicht hast du recht.«

Unterdessen waren wir im vierten Stock angekommen und verstummten beide. Wir hatten noch immer nichts in der Hand, dafür aber ein wenig Hoffnung.

III

412 und 414 lagen beide am Ende eines Korridors, der, wie überall im Hotel, einen leichten Knick machte, bevor er die beiden Zimmer erreichte. Es gab sogar einen Lichtschalter, mit dem ich die indirekte Beleuchtung aussschalten konnte. Laura und ich versteckten uns hinter jeweils einer Wandecke. Hinter uns lag ein großes Fenster, durch das so viel Helligkeit hereinkam, dass Gunzmar nahezu direkt in die Sonne blicken würde. Wenn er denn käme.

Es dauerte keine fünf Minuten und wir hörten in der Stille des Flurs jemanden die Treppe herunterkommen. Laura und ich blickten uns an. Ich nickte. Die Schritte kamen, nun durch den dicken Flauschteppich gedämpft, auf uns zu. »Durch diese hohle Gasse muss er kommen«, dachte ich noch und stürzte mich auf den Mann, der soeben an mir vorbeikam. Eine Millisekunde lang war ich der Meinung, wir hätten den Falschen erwischt, aber als ich meinen linken Arm um seinen Hals schlang und zudrückte, hatte ich seinen Geruch in der Nase. Pitralon und Straßenstaub, so roch er. Mit meiner Rechten fixierte ich seine Rechte, in der er keine Schusswaffe hielt. Er versuchte wütend, nach mir zu schlagen und zu treten, aber ich drückte einfach immer stärker zu. Alles, worauf ich achtgeben musste, war, dass er mir mit dem Hinterkopf nicht die Nase einschlug, aber das ist nicht so schwer. Schließlich trat Laura vor ihn und holte seine Kanone aus dem Jackett. Zuvor hatte sie Gunzmar dahin getreten, wo er es überhaupt nicht gerne hatte. Ich ließ ihn los und er fiel zu Boden. Zum Schreien hatte er keine Luft, er keuchte mehr wie ein Hund, der zu lange Apportieren gespielt hat. Laura hielt mir die Waffe entgegen, zwischen gespreizten Fingern. Ich nahm sie an mich, entsicherte sie und hielt den Lauf Gunzmar an die Schläfe. Er starrte mich böse an.

»Hoch mit dir«, sagte ich zu ihm. Er starrte mich weiter an und sagte nichts. Gunzmar lag zusammengekrümmt auf der Seite, die Arme im Schritt, ansonsten in echter Embryonalstellung. Ich drehte ihn auf den Rücken und ließ mich einfach Knie voran auf ihn plumpsen. Das drückte ihm ordentlich die Luft aus den Lungenflügeln. Als er den Mund öffnete, um nach Luft zu schnappen, schob ich ihm den Lauf der Knarre in den Mund. Es knirschte ein wenig, ich nehme an, ein Zahn nahm Schaden, aber das war mir egal. Man kann Todesangst sehen, und Gunzmar hatte sie in den Augen. Ich habe noch nie einen Menschen so schreien gehört, obwohl er vollkommen stumm blieb.

»Steh auf«, sagte ich noch einmal und drückte den Lauf der Waffe gegen Gunzmars Gaumen.

Er nickte, und als ich von ihm aufstand, tat er es mir gleich. Natürlich hatte er mittlerweile keinen Lauf mehr im Mund. Laura trat zu ihm und fesselte seine Hände mit einer Strumpfhose. Ich blickte fragend.

»Hab' immer eine zweite dabei. Scheiß Laufmaschen.«

»Für so was hast du sie aber noch nie gebraucht, oder?«

»Fesseln kann schon auch ein bisschen Spaß machen«, meinte sie grinsend.

Danach bückte sie sich und hob das Buch auf. Wir standen vor den Türen.

»412 oder 414?«, fragte Laura.

»412«, sagte Gunzmar, wobei sich seine Zunge Artikulationsversuchen widersetzen zu wollen schien. Vielleicht war sie ein wenig geschwollen, so genau kann ich das nicht sagen, ich hatte noch nie einen Lauf im Mund.

»Gibt's ein Zeichen?«, fragte ich.

»Mir san auf kaner Kinderjausn!«, explanierte Gunzmar.

»Gut.«

Ich klopfte. Von drinnen kam jemand und ich hob die Waffe. Anne schaute uns recht verwundert an.

»Kommen Sie doch rein«, forderte sie uns auf und trat einen Schritt von der Tür zurück. Der Kontrast zwischen der Situation und ihrem klaren, distinguierten Tonfall wirkte grotesk.

Ich schob Gunzmar durch die Tür, Laura folgte mit dem Buch. Jetzt hatten wir eine Knarre und das Buch. Alles sprach für uns.

IV

Kaum waren wir eingetreten, drückte ich die Tür ins Schloss und stellte sicher, dass wir keine unliebsamen Überraschungen erleben würden, so wie Gunzmar zuvor mit uns.

Annes Raum war zwar mehr als nur ein Zimmer, aber Suite war es keine. Es gab ein großes Bett mit buntgemusterter Tagesdecke, zwei Fenster, eine blassgrüne Sitzgruppe, einen Ebenholzschrank und zwei Türen. Die eine in den Vorraum, durch den wir gerade eingetreten waren, die zweite wahrscheinlich in ein Badezimmer. Ich öffnete die Tür und linste hinein. Es war tatsächlich ein Badezimmer und niemand drinnen. Fein.

Anne setzte sich auf einen gepolsterten Sessel, Gunzmar stellte sich hinter sie. Laura und ich nahmen auf der Couch Platz. Sie hielt das Buch, ich die Knarre.

»Sie werden doch niemanden erschießen wollen, Herr Linder?«, fragte mich Anne distanziert, nachdem sie sich eine Zigarette angesteckt hatte.

»Eigentlich nicht.«

»Dann passen Sie bloß auf, dass Sie keinen Krampf kriegen.«

»Wird schon klappen.«

Anne inhalierte tief, blies den Rauch aus und aschte in einen großen Kristallaschenbecher, der auf der Glasplatte des Couchtisches stand. Daneben lagen ein paar Magazine, so wie sie im Wartezimmer eines Arztes zu finden sind.

»Wir haben das Buch, und ihr habt Goldzung und Gütkens«, begann Laura. »Glaubst du, dass wir zu einer Einigung kommen können?«

»Vielleicht. Darf ich etwas zu trinken anbieten?«, fragte sie haargenau so, wie sie zu Hause Gäste gefragt hätte.

»Gern.«

»Sei so gut, mix uns ein paar Drinks, ja?«, wandte Anne den Kopf nach hinten, wo Gunzmar stand.

»Sicher«, sagte der und ging zu einer Minibar, die ich vorhin übersehen hatte. Ich beobachtete ihn genau, man kann nie wissen, was Leute so in ihrer Bar haben. Doch in dieser befanden sich wirklich nur Feuerwasser, Eis, Gläser und ein paar Flaschen Ginger Ale.

Gunzmar stellte vier Gläser auf ein Silbertablett, goss in jedes zwei Fingerbreit Bourbon, ließ in jedes zwei Eiswürfel hineinfallen und füllte dann mit Ginger Ale auf. Neun Uhr früh und Highballs sind eine feine Sache, vor allem in so einer Situation. Flüssigen Mut kann man da immer brauchen. Chirurgen können ein Lied davon singen. Was man so hört, haben die noch höhere Alkoholikerraten als die Braumeister.

Gunzmar kam mit dem Tablett zurück an den Tisch, warf geschickt vier Untersetzer auf die Glasplatte und stellte die Drinks darauf. Einen gab er Anne, die zurückgelehnt mit übereinandergeschlagenen Beinen dasaß, als hätten wir gerade über das Wetter geplaudert. Gunzmar setzte sich ungezwungen auf die Lehne ihres Polstersessels. Sie nahm das Glas, schwenkte es, sodass die Eiswürfel klirrten, und nahm einen Schluck. Ich hätte lieber einen Tee gehabt, aber was soll man machen? Nachdem jeder getrunken hatte, herrschte weiterhin vollkommenes Schweigen.

»Wenn ich euch Goldzung und Gütkens gebe, bekomme ich dann das Buch?«, unterbrach es Anne.

»Wenn sie unverletzt sind, dann schon.«

»Fein. Ich hoffe, ihr wisst, dass es ratsam wäre, das Vorgefallene so schnell wie möglich zu vergessen?«

»Ich denke schon.«

Laura und Anne schauten sich über den Glastisch hinweg an. Beide hielten die Gläser so, als ob ihre Hände für nichts anderes gemacht geworden wären. Beide waren schön, gut angezogen und beherrscht. Sie wirkten wie aus einem Guss, daran änderte auch die Tatsache nichts, dass Anne blond und Laura dunkelhaarig war. Ich kam mir vor wie ein Schoßhündchen beim Gespräch zweier feiner Damen und fragte mich, ob Gunzmar sich auch so fühlte.

»Es beruhigt mich zu hören, dass ihr beide über ein ausgezeichnet schlechtes Gedächtnis verfügt. Ich persönlich kenne mich da zwar nicht aus, aber von kompetenter Seite aus wurde mir versichert, dass schon Leute gestorben sind. Was, nebenbei gesagt, eine Schande wäre.«

»Das wird sicher nicht nötig sein.«

»Gut. Ich habe dich immer schon als außerordentlich vernünftig eingeschätzt, Laura. Du wirst es noch weit bringen.«

»Danke.« Laura kann viele Dinge gut, aber am besten nimmt sie Komplimente an. »Ich versuche immer, von den Besten zu lernen.«

»Dann, meine Liebe, lass dir gesagt sein, dass mein Buch zu mehr gut gewesen wäre, als nur um einen Ex-Lover aus der Bredouille zu holen.«

»In die er sich selbst hineingeritten hat«, merkte Laura an.

»Ohne Zweifel. Ich sehe, wir verstehen uns sehr gut. Aber ich denke, das war schon immer der Fall. Und es gibt auch keinen Grund, warum es nicht auch in Zukunft so sein sollte. Ihr habt das Buch, wir haben Klaus und Herrn Ftacek. Eigentlich ist ja nichts passiert.«

»Es ist nichts passiert«, bestätigte Laura.

Beide lächelten sich an. Anne dämpfte ihre Zigarette aus und holte ein Handy aus der Handtasche. Fast hätte ich ein Business-Handy erwartet, egal ob mit Apfel oder Roboter, aber Anne hatte wirklich Stil. Ihr Handy hatte in etwa die Form eines Eis, das Licht glänzte auf der spiegelglatten Oberfläche, sodass es schwer war, sich auf eine Farbe festzulegen. Ich tippte auf ein Schwarz mit Kupfernuancen. Sie ließ es aufschnappen und wählte eine Nummer.

»Ja. Genau. So, wie wir es abgesprochen hatten. Gut.« Sie legte auf.

»Nun müssen wir nur mehr eine halbe Stunde warten und alles ist gut«, meinte Anne.

Eine halbe Stunde später, die mir vorgekommen war wie ein ausgewachsenes Jahrhundert, klopfte es höflich an der Tür. Anne zeigte mit der Rechten einladend zur Tür. Laura nickte mir zu, ich stand auf und ging in den Vorraum. Hypervorsichtig stellte ich mich an die Seite der Türe, an der sich die Angeln befanden, legte eine Hand sanft auf den Knauf und lehnte mich zum Spion. Draußen standen der Rumäne und Gütkens. Die Sicht war fischäugig verzerrt, jedoch schienen Gütkens Hände auf dem Rücken gefesselt zu sein und der Rumäne hatte seine Rechte im Nacken des Deutschen. Wumme konnte ich keine ausmachen, also trat ich zur Schlossseite der Türe und öffnete. Ich war angespannt und fokussiert, aber nichts passierte. Der Rumäne schob Gütkens einfach zur Tür herein, hielt selbst einen Meter Abstand, und ich ließ beide passieren.

»Hi, Laura.«

»Hi, Klaus.«

»Danke.«

»Später.«

Laura trank aus und stand auf. Das Buch hielt sie nach wie vor fest an die Brust gedrückt. Anne saß im Stuhl, Gunzmar stand hinter ihr. Der Rumäne, komplett in Schwarz, zu ihrer Rechten. Als Laura hinter mich getreten war, hätte man die Spannung im Raum schneiden können, um sie anschließend zu Ziegeln zu backen.

Gütkens stand ganz zuhinterst, an der Türe. Ftacek war nirgends zu sehen. Ein heller Kopf hätte schon das Telefongespräch von Anne merkwürdig gefunden. Spätestens mit dem Gefangenenauftritt hätten die Alarmsirenen klingen müssen. Aber ich war so langsam, dass ich nicht einmal merkte, dass wir eingekreist waren und der Ausweg versperrt. Ich konnte nichts mehr tun.

»Jetzt das Buch«, meinte Anne vom Stuhl her. Ein letzter Rest von goldener Flüssigkeit befand sich noch in ihrem Glas. Die Morgensonne schien durch die Fenster herein und spiegelte sich im dunklen Rauchglas des Tisches.

»Sicher. Wir haben ja jetzt Klaus.« Mein Sarkasmus verpuffte wirkungslos.

»Genau«, meinte Anne kalt.

Laura streckte dem Rumänen das Buch hin, er nahm es mit der Linken. Die Rechte hielt plötzlich einen Revolver in der Hand. Einen von der Sorte mit dem kurzen Lauf.

»Wir gehen dann jetzt«, meinte Laura.

»Nein, ihr werdet bleiben«, tönte es von hinter uns mit bundesdeutschem Akzent und Vokalen, die den Weg zum Umlaut schon einen weiten Weg gegangen waren. »Und jetzt die Knarre bitte.«

Ich ließ die Waffe fallen. Dumpf prallte sie auf dem

Teppichboden auf, wir hatten alles verloren. Das Buch, die Knarre und das bisschen Selbstachtung, das mir noch geblieben war. Rien ne va plus.

V

Bar jeder Hoffnung, ohne Druckmittel oder Fluchtweg, hörte ich Gevatter Tod schon ein kleines Liedchen pfeifen. Da das gesamte Leben nur eine Reise zum Tod ist, hätte ich die Situation eigentlich locker nehmen können. Im Lehnstuhl, mit einer guten Tasse Tee, lesen sich solche Philosophien auch immer nett. Wenn aber drei Knarren auf einen gerichtet sind, schwindet die Gelassenheit, und Panik beginnt sich breitzumachen. Sehr breit, wie ich aus eigener Erfahrung sagen kann. Auch wenn man sich noch so fest vornimmt, im Angesicht des eigenen Todes nicht zu flennen und zu betteln, wenn der Augenblick gekommen scheint, ist solchen Vorsätzen eine Tendenz zur Verflüchtigung eigen. Also feilschte ich um jede Minute.

»Warum ist eigentlich Goldzung nicht da?«, fragte ich. Meine Stimme klang rau und belegt.

»Weil wir ihn gar nicht haben, Herr Doktor«, meinte Anne schnippisch.

»Sie haben ihn gar nicht?« Wenn man Verblüffung malen könnte, ich hätte in dem Moment ein gutes Sujet abgegeben.

»Nein, nie gehabt. Ich dachte nur, dass ich einfach mitspiele, als Sie nach ihm fragten. Wenn ich gesagt hätte, dass ich nicht weiß, wo er sich befindet, hätte das doch nur alles unnötig verkompliziert.«

»Ja?«

»Sicher, Sie beide hätten mir doch nie geglaubt. So ist alles viel einfacher gelaufen. Kleine Lügen schmieren große Maschinen.« Sie klopfte zufrieden auf den Buchrücken.

»Sie haben also gar nicht in der Mollardgasse eingebrochen?«

Anne lachte leise und glockenhell auf. »Zweifach falsch, lieber Arno. Erstens würde ich nie einbrechen«, eine kleine Pause, mit einem Lächeln verziert, »zweitens habe ich auch niemanden dazu beauftragt.«

»Wer hat dann Goldzung enführt?«

»Keine Ahnung, wer meinen Onkel hat. Solange das Buch bei mir ist, ist mir das auch reichlich gleichgültig.«

»Jetzt verstehe ich gar nichts mehr.« Ich meinte das so, wie ich es sagte, rückhaltlos ehrlich.

»Das ist Ihr Problem, nicht meines.«

»Sie wollen mich also dumm sterben lassen?« Ich biss mir auf die Zunge, doch es war schon zu spät.

»Das ist durchaus möglich«, meinte Anne mit dem leisesten Anflug eines Bedauerns.

»Aber Duvenbeck haben Sie auf dem Gewissen. So weit liege ich doch richtig?«

»Warum sollte ich Ihnen so etwas sagen?«

»Weil Laura mir sonst nie glaubt, dass ich nichts damit zu tun habe.«

»Sie sorgen sich um Ihre Beziehung?«

»Sicher.«

»Es ist Ihnen aber schon klar, mein lieber Arno, dass dort, wo Sie jetzt hingehen, solche Dinge wie Liebe gar nicht existieren?«

»Kann sein. Da noch keiner zurückgekommen ist, will ich aber auch nicht riskieren, eine Ewigkeit lang Lauras Enttäuschung zu spüren.«

Anne lachte.

»Sie sind mir einer. Na gut, was soll schon passieren? Setzen Sie sich doch beide, im Stehen spricht es sich schlecht.«

Anne setzte sich, wir taten es ihr gleich. Man hätte meinen können, wir wären bei ihr zum Tee geladen.

»Ich habe Pierre getötet. Gut so?«

»Warum? Weil er kurz davorstand, das Buch zu kaufen?«

»Genau.«

»Ist das nicht ein bisschen drastisch? Ich meine, es geht doch nur um Schokolade. So viel Geld kann doch da gar nicht im Spiel sein.«

»Sie wären überrascht, wie viel Geld da zu machen ist. Aber das ist nur ein Nebeneffekt. Mir ging es um die Firma. Sehen Sie, ich bin in einer Familie aufgewachsen, in der es Tag und Nacht nur um Schokolade ging. Wir spielten um die Conchen fangen, statt Murmeln verwendeten wir Kakaobohnen, die bei der Röstung verkohlt waren, aus alten Kakaosäcken bastelten wir Puppenkleider, und wenn Großvater Goldzung uns auf seine Knie nahm und eine Geschichte erzählte, dann ging es da um den Kakaowagen im Dreißigjährigen Krieg, die Fahrten nach Mittelamerika, die Abenteuer auf den Kakaomärkten.« Sie machte eine kleine Pause und zündete sich eine Zigarette an. »Bürgerkriege und Dschungel, Hitze, Blut und Schweiß. Während Großvater erzählte, schmolz die Masse in den Conchen, und wir tranken aus dickwandigen Bechern braunes Gold. Erzählungen sind mächtig, Arno, gerade Sie sollten das wissen. Als ich zwölf wurde, war alles, was ich wollte, Chocolatiere werden, doch ich war ein Mädchen. So einfach war das damals, für Mädchen war kein Platz in der Welt der Schokolade. Ich würde nie in das Buch schreiben dürfen, kein Rezept von mir würde je Aufnahme finden, ich würde nie auf einem kleinen Markt in Nigeria eine neue Sorte entdecken.«

»Das hat Sie verbittert?«

»Nein. Es hat mich angespornt. Was meinen Sie, warum ich so erfolgreich war? Allerdings wurde mir über die Jahre auch bewusst, dass alles, was ich wirklich wollte, mit unserer Firma zu tun hatte.«

»Und als dann Ftacek mit Duvenbeck verhandelte, hielten Sie den Zeitpunkt für gekommen.«

»So war es. Sehen Sie, Pierre war ein beeindruckender Mann. Es dauerte nicht lange und wir hatten ein Verhältnis miteinander. Vor ein paar Monaten, in einem schwachen Moment, erzählte er mir von seinem Plan, in die Schokolade einzusteigen. Von da an blieb ich wachsam.«

»Wie kamen Sie an Gütkens?«

»Das war eigentlich gar nicht geplant. Wir sind uns einfach über den Weg gelaufen, vor ein paar Jahren schon, als mein Mann anfing, mit Pierre Geschäfte zu machen.«

»Als Sie durch den Ehemann mit Duvenbeck ins Geschäft kamen, meinen Sie wohl.«

»Vielleicht. Kann sein.« Anne lächelte. »Auf jeden Fall blieben Klaus und ich in Kontakt, mir war sofort klar geworden, dass so ein Sohn ein nützliches Werkzeug sein könnte.« Dass ihr menschliches Werkzeug nur zwei Meter entfernt stand und alles hören konnte, war ihr völlig gleichgültig. »Als mir Pierre von dem geplanten Wochenende erzählte, war mir sofort klar, dass ich einen besseren Zeitpunkt nicht finden könnte. So viele Leute im Haus, so viele Verdächtige und zu allem Überfluss auch noch das Buch zum Greifen nahe.«

»Sie haben sich in die Bibliothek geschlichen, Duvenbeck nahm an, zu einem Schäferstündchen, und in einem Moment der Unachtsamkeit – denn Männer tendieren nun einmal dazu, unachtsam zu werden, wenn schöne

Frauen ihnen die Hosen öffnen – haben Sie den Elektroschocker rausgeholt.«

»Woher wissen Sie, dass sein Hosentürl offen war?«

»Weil ich die Leiche gefunden habe. Da ist mir das natürlich aufgefallen, kein Mann würde jemals seine Hose falsch verschließen. Der Täter musste also eine Täterin sein. Da sie wusste, dass er eine Herzoperation gehabt hatte, musste sie ihn gut kennen. Da kamen eigentlich nur mehr Sie für mich infrage.«

»Das ist aber schön. Also waren Sie es, der die Tür von innen verschlossen hat?«

»Ja.«

»Warum? Sagen Sie nicht, wegen Laura.«

»Genau.«

Wieder lachte Anne. »Arno, wissen Sie, dass Sie verrückt sind?«

»Frag ihn das lieber nicht«, platzte in dem Moment Laura heraus. Ich konnte genau sehen, dass ihre Augen lachten. Sie hatte etwas vor.

»Warum denn nicht, meine Liebe?«

»Weil ich ihn das auch schon gefragt habe, und die Antwort willst du sicher nicht hören.«

»So, will ich nicht? Ich denke, ich will sehr wohl.«

»Ich habe dich gewarnt, Anne«, meinte Laura.

»Also?«, fragte mich Anne.

»Gut, um auf Ihre Frage zurückzukommen: Ich weiß, dass ich verrückt bin, allerdings scheint es unmöglich zu sein, verrückt zu sein und es gleichzeitig zu wissen. Entweder man ist verrückt oder man glaubt es zu sein, ist es aber nicht. Denn hätte ich erkannt, dass ich verrückt bin, hätte ich ja schon den Wahn durchbrochen. Denn Verrücktheit manifestiert sich doch nur in Taten, die für die

Außenstehenden sinnlos sind, für den, der sie begeht, aber vollständig sinnvoll scheinen. Nun ist es unmöglich, eine Tat zu begehen, von der man zugleich sicher ist, dass sie sinnvoll und unsinnig zugleich ist. Das Argument geht zurück auf den ontologischen Gottesbeweis von Anselm von Canterbury in seinem Proslogion, in dem der Gelehrte …«

»Genug, das reicht!«, unterbrach mich Anne streng. »Sie haben meine Frage ausreichend beantwortet.«

»Sehen Sie, ich bin also nicht verrückt.«

»So habe ich das nicht gemeint.«

Lauras kleiner Schmäh hatte uns gut fünf Minuten gebracht. Das scheint nicht viel, aber wenn man auf dem Schafott liegt und das Fallbeil schon in der Morgensonne glänzen sieht, dann können fünf Minuten eine Ewigkeit sein.

»Sei dem, wie es sei. Warum haben Sie das Buch nicht gleich mitgenommen, als Duvenbeck noch warm auf seinem Stuhl gesessen ist?«

»Arno, so ein dumme Frage«, meinte Laura.

»Ja?«

»Ja! Warum sollte Anne das Buch mitnehmen, das hätte doch nur eine mögliche Spur auf ihr Motiv bedeutet. Da sonst niemand etwas von dem Buch wusste, konnte sie es viel sicherer liegenlassen, um es später zu holen.«

»Aber da kam Urner dazwischen.«

»Der war doch kein Problem. So wie ich Anne einschätze, hat sie dafür gesorgt, dass Urner von dem Buch wusste.«

»Du meinst, weil sie wusste, dass sie nur Gunzmar losschicken musste, um es einzukassieren.«

»Genau. Polizei ist praktisch, und auf die Weise hätte

auch niemand das Verschwinden des Buchs auf Anne zurückführen können.«

»Gerissen.«

»Kein Wunder, dass sie uns reingelegt hat.«

»Genug«, fuhr uns Anne streng an. »Spart euch die Nummer fürs Kabarett auf.«

»In Ordnung. Warum werde ich niedergeschlagen und entführt, wenn Sie nachher Gütkens darauf ansetzen Laura zu sagen wo sie mich finden kann?«

»Weil ich zu dem Zeitpunkt noch nicht wusste, dass unser Ex-Abgeordneter das Buch hatte. Wie man sieht, hat das auch ganz gut geklappt.«

»Eine Frage noch: Wie hast du es vorhergesehen, dass dein Gatte bei der Mordanklage umkommen würde?«

»Hab' ich gar nicht. Ich war nur darauf eingestellt, Mirko alle zwei Wochen im Gefängnis zu besuchen und über die Medien seine Freilassung voranzutreiben. Dass der Trottel versucht hat abzuposchen, war nur ein Bonus. Schwarz steht mir sehr gut, finden Sie nicht?«

Anne erhob sich von ihrem Platz. Ich konnte nur nicken, Schwarz stand Anne wirklich ausgezeichnet. Sie griff auf die Ablage am Fenster und hatte ein schwarzes Hütchen in der Hand, mit einem kleinen, aber feinen Netzschleier, der ihre Augen ein wenig verdeckte, aber den roten Kussmund betonte.

»Gehen wir. Und keine Blödheiten, wenn ich bitten darf.« Laura und ich standen auf, alle bewegten sich zur Tür. Der letzte Akt in unserem Drama näherte sich unaufhaltsam.

VI

Gütkens schritt voran, ihm folgte Anne, der Rumäne wie ein Bodyguard neben ihr, dann kamen Laura und ich, Gunzmar bildete die Nachhut.

Gütkens drehte den Türknopf, der Zapfen schnappte aus dem Schloss, doch bevor Duvenbecks Sohn die Tür öffnen konnte, sprang sie weit auf, eine schnelle Bewegung folgte, etwas traf Gütkens im Gesicht und ein mächtiger Bauch sprang in den Türrahmen. Der Bauch hieß Wasti, der dazugehörige Mann Runker und in den Händen hielt er Polizeimarke und Wumme.

»Polizei, keine Bewegung, Waffen auf den Boden«, ertönte es unisono von vorn und von hinten. Gunzmar hatte offenbar blitzschnell die Seiten gewechselt. Oder er und Runker hatten ein ungeheuer abgekartetes Spiel gespielt. Mike sagt zu sowas immer: gefickt eingeschädelt.

Gütkens lag am Boden, hielt sich sein Kinn, seine Knarre war schon unter Runkers rechtem Fuß begraben. Anne hatte die Hände in der Höhe, nur der Rumäne wollte nicht klein beigeben.

»He, Dracula, lass die Puffn falln. Herst mi?«, fragte ihn Runker liebenswürdig.

»Her dich schon, Kieberer, aber is mir scheißegal. Komm her, wennst dich traust«, schnurrte die Samtstimme stahlhart. Es klang so, wie ein Panther aussieht, wenn sich seine Muskeln zum Sprung spannen.

Langsam bewegte er sich so, dass sein Rücken zur Wand gerichtet war. Dann griff er in seine Jacke und zog eine zweite Kanone. Anne bewegte sich zur Seite, Gütkens wand sich nach wie vor am Boden, und Laura klammerte sich an mich. Um der Wahrheit die Ehre zu geben: Ich klammerte mich mindestens genauso an sie, wie sie sich an mich.

»Was is, Kieberer, Angst vorn Tod?«

»Der Wasti und i, mir ham ka Angst vor gar nix«, meinte Runker gelassen.

Dann drückte er ab. Zwischen den Augen des Rumänen erschien ein schwarzer Punkt, aus dem einen Moment lang dickflüssiger roter Saft tropfte. Der Kopf zuckte ein wenig und der Mann sackte in sich zusammen. Runker nickte Gunzmar zu, der zückte ein Handy und telefonierte kurz.

»I muaß mi hinsetzen, meine Knie bringen mi no um«, schnaufte Runker und ließ sich in das Fauteuil fallen. »A Stund bin i vor der Tür gstanden und hab ghorcht. I hab scho glaubt, ihr herts nimmer zum Reden auf.«

»Ich habe auf Zeit gespielt«, meinte ich lässig.

»Hab i gmerkt. Des nächste Mal denkst mit, bevorst Angst vorn Sterbn hast.«

»Mitdenken?«

»Genau. Manst wirklich, dass i net mitkriegt hab, was da lafft? I bin vielleicht blad, aber net bled, Burli.«

»Sie haben alles gehört? Das Geständnis, den ganzen Plan? Dann werden Sie Gütkens und Frau Krobath anzeigen?«, fragte Laura.

»Hans, i hab alles auf Band«, unterbrach uns Gunzmar. Er hielt ein Diktiergerät in der Hand.

»Geh'!«, meinte Runker wegwerfend. Er saß auf der Couch, den Kopf in die Hände gestützt, und dachte nach. Sorgenfalten bildeten sich auf seiner Stirn.

»Da hamma aber ganz schön einigriffn!«, meinte er schließlich.

»Wo hineingegriffen? Womit? Was soll das überhaupt?«, fragte Gütkens, sich noch immer die Backe haltend.

»Na in die Scheiße, Piefke, in die Scheiße!«

»Wieso, das versteh ich jetzt aber nicht!«

»Mit dem Bandl in der Maschin' hamma an Beweis. Dass der Körthy si girrt hat, unsere Kollegen den falschen erschossen haben, dass die beste Freundin der Justizministerin a Mörderin is. Waßt, Piefke, der Chef von mein Chef, der tarockiert mit dem Mo von der Justizministerin, und am Sonntag essen alle mitanand Gugelhupf, und wenn i klaner Kieberer a so an Skandal aufbausch, waßt, was dann passiert?«

»Sie bekommen eine Auszeichnung und werden befördert?«

Gunzmar und Runker lachten. Wasti lachte mit.

»Auszeichnung!« Runker wischte sich die Lachtränen aus den Augen. »Der war guat. Befördert werd' i sicher, und zwar aufs Abstellgleis. Parksünder in Favoriten strafen, oder Dorfpolizist in irgendan klan Tal, wo alle gleich heißen und vor Inzucht nimmer gradaus schaun kennan. So schaut's aus. Einigriffen hamma, und zwar urdentlich.«

Alle nickten, das heißt, alle bis auf Gütkens.

»Halt, warten Sie, warum haben Sie dann überhaupt vor der Tür gestanden? Warum tun Sie sich das alles an, wenn Sie dann niemanden verhaften.«

Runker lächelte dem Deutschen zu.

»Passen S' auf, Herr Oberkorrektor. Erstens hab' i zwa Menschen des Leben g'rettet, des is scho amol net nix. Und zweitens wascht a Hand die andere. Die Frau Krobath weiß, dass ich weiß, was sie gmacht hat. Der Chef von mein Chef wird des a wissen, und des wird si wieder amal rentieren.«

»Sagen Sie, ticken Sie eigentlich noch richtig? Sind denn hier alle verrückt?« Gütkens war knapp davor, in die Wand zu beißen. Seine Stimme hatte einen Oberton gewonnen, der vermuten ließ, dass etwas in ihm gerissen war. Einer der kleinen, wichtigen Fäden, die unsere Welt zusammenhalten.

»Reißen S' Ihna zsamm. Sonst werma ganz fix an Widerstand gegen die Staatsgewalt ham, und des is ka Gspaß. Vor allem net, wenn ma Ausländer is, Herr Gütkens.«

Gütkens verstummte. Runker klopfte ihm väterlich auf die Brust. Dann hob er den Arm und blickte auf die Uhr.

»In fünf Minuten sind die Kollegen da. I tatat sagn, der Rumäne wollt' Frau Krobath und ihre Gäste ausrauben, wir sind glücklich dazwischen, und alles andere wird scho irgendwie zsammpassen. Vorschlag zur Güte?«

»Klingt ausgezeichnet«, meinte Anne kühl. Sie und Runker schüttelten sich die Hände. Er gab ihr das Band, sie gab ihm das Buch. Gütkens stand daneben, als ob er einen Gehirnschlag erlitten hätte.

Einige Stunden später hatte die Gerechtigkeit gesiegt. Ftacek war vorbeigekommen und hatte das Buch kassiert. Obwohl niemand wusste, wo Goldzung steckte, blieb Runker nichts anderes übrig, als die Schokoladenchronik ihrem Besitzer auszuhändigen. Als die Spurensicherung eingetroffen war, alle Beweise verwischt, unsere Falschaussagen mit doppeltem Durchschlag ordnungsgemäß aufgenommen worden waren und wir das Gebäude verließen, trug Gütkens immer noch denselben Ausdruck im Gesicht. Das würde er wahrscheinlich für den Rest seines Lebens tun. Wer zu lange in den Abgrund blickt, in den blickt auch der Abgrund zurück. Wien hinterlässt unauslöschliche Spuren in jedem, auch in den Besten von uns. Von Gütkens ganz zu schweigen.

VII

(Sechs Wochen später)

Anfang November ist eine schlechte Zeit in Wien. Der Sommer mit seiner Wärme ist endgültig vorüber, der Winter mit der Nässe und dem kalten Wind ist da. In guten Jahren hat man drei Monate, in denen es grau und grauslich wird, manchmal aber dauert der Winter auch bis in den Mai. Egal aber, ob drei Monate oder ein halbes Jahr lang, die Stadt zeigt sich dann von ihrer schlechtesten Seite. Die Luft ist trüb, Grau ist die einzige Farbe, die Bäume in den Parks wirken wie Leichname, und eisiger Wind schneidet durch die Unterwäsche bis ins Mark. In dieser Zeit lächelt niemand in Wien, einzig von den Punschständen hallt das hoffnunglose Lachen der Verdammten durch die Stadt. Der Winter ist die Zeit der Depressionen.

Es war einer dieser grauen Tage und ich stand am Fenster und wartete, dass Laura bei mir in der Felberstraße vorfuhr. Ich hielt eine Schale mit kupferrotem O'Sullivan in der Hand und nippte genüsslich. Die Partiten für Violine solo von J. S. Bach klangen aus meinen Boxen und stimmten mich ein auf das, was vor mir lag.

Endlich fuhr Lauras kleiner Franzose vor und parkte gekonnt in eine Lücke direkt vor dem Haustor. Die Wagentür schwang auf und Laura winkte zu mir herauf. Ich deutete ihr, dass ich hinunterkommen würde. Im Winter öffne ich die Fenster nie. Erfroren sind schon viele, erstunken ist noch keiner, wie meine Urgroßmutter immer zu sagen pflegte.

Ein paar Sekunden später stand ich unten auf der Straße

und stieg in Lauras Wagen ein. Sie saß hinter dem Steuer, ein schwarzer Schal, ein schwarzes Jäckchen, ein schwarzes Kleid und schwarze Strümpfe, soweit sie zu sehen waren. Die Schuhe waren sicher auch schwarz, sehen konnte ich sie nicht, aber das machte nichts.

»Steht dir gut.«

»Danke. Ich mag trotzdem nicht.«

»Warum denn?«

»Ich habe Korinek nicht gekannt, mit der Bagage, die sich dort versammelt, will ich auch nichts zu tun haben, und in der Kälte ewig auf dem Friedhof herumstehen ist gar nicht meins.«

»Komm' schon, Laura. Tu's für mich.«

»Ich fahr' dich hin, aber zwing mich bitte nicht dortzubleiben und das alles mitzumachen. Das ist so überhaupt nicht meine Welt.«

»Kommt mir alles bekannt vor, hatten wir doch schon mal.«

»Das ist was ganz anderes gewesen. Duvenbecks Einladung war einmalig.«

»Genauso wie das heute.«

»Die Beerdigung von einem Kartenspieler? Was ist daran Besonders?«

»Wirst schon sehen. Komm, fahr los.«

Laura startete den Wagen. Ich steckte den iPod, den mir Laura zum Geburtstag geschenkt hatte, in die Buchse und drückte auf Play. Ein langgezogener G-Moll-Akkord erklang, aus dem sich die klare Stimme der Violine in einen ebenso langgezogenen Trauerton erhob. Laura ächzte.

»Was ist denn das für eine Katzenmusik? Du weißt, ich kann mit dem neumodischen Klumpert nix anfangen.«

»Das ist weder Katzenmusik noch neumodisch. Das

sind Bachs Sonaten und Partiten für Violine solo. Sein Morimur.«

»Pfuhh. Harter Stoff, klingt unheimlich falsch.«

»Weil du nicht richtig hinhörst.«

»Was hat das damit zu tun?«

»Wenn du richtig hörst, auf das, was nicht gespielt wird, dann …«

»Verschon' mich, Arno, bitte was anderes.«

»Auf keinen Fall. Das ist die Musik, die Bach geschrieben hat, als er nach Hause kam und seine Frau gestorben war. Bis wir am Zentralfriedhof ankommen, hören wir nichts anderes.«

Laura sagte etwas, das ich beim besten Willen hier nicht wiedergeben kann. Aus Achtung vor Laura, aus Achtung vor dem Leser, vor allem aber aus Achtung vor Johann Sebastian.

Vor einem offenen Grab hatten sich etwa 50 Leute eingefunden. Alle trugen Schwarz. Niemand sprach ein Wort. Die Friedhofsangestellten ließen einen Sarg ins Erdreich hinab und begannen zu schaufeln. Die braune Erde dampfte in der kalten Luft. Schwarze Bäume reckten ihre dünnen Finger in einen sonnenlosen, kaltgrauen Himmel. Eine kurvige Frau in einem viel zu engen schwarzen Kleid schnupfte in ein seidenes Taschentuch, während die Erde dumpf auf den Sarg fiel. Eine russische Saatkrähe flog krächzend von einem Baum auf, und aus der Menge der schwarzgekleideten Menschen trat eine hochgewachsene, weißhaarige Gestalt vor.

»Straight, wenn du mit dem Alten oben pokerst, zieh ihm net des letzte Hemd aus.«

Damit warf er ein Paket Karten in die Grube und

bekreuzigte sich. Niemand sonst sprach ein Wort. Das einzige Geräusch rührte vom Erdreich her, das auf einen Sarg fiel. Nach und nach verschwanden die schwarzgekleideten Menschen zwischen den kahlen Bäumen. Korinek hatte seine letzte Ruhestätte gefunden.

Stunden später, in einem kleinen Beisl an der Triester Straße, vor dem ein einsamer Baum steht, saßen ein paar Leute an einem Tisch. Eine Jukebox spielte Elvis. »Maybe I didn't treat you quite as good as I should have. Maybe I didn't love you quite as often as I should have«, sang der King. Laura und ich tanzten, Wange an Wange.

»Meinst du, die Polizei schnappt Ftacek irgendwann?«

»Ach wo, solange niemand Goldzungs Leiche finden kann, gibt es auch keine Beweise, dass es Ftacek war, der ihn ermordet hat. Deswegen gibt es auch keine Fahndung. Und selbst wenn es eine gäbe, der steckt doch sicher irgendwo auf einer kleinen Kakaofarm am Ende der Welt. Er und sein geliebtes Buch. Wenn er es nicht für ein Heidengeld irgendwem verkauft hat. «

»Little things I should have said and done, I just never took the time. You are always on my mind«, sang der King und wir tanzten weiter, Wange an Wange.

ENDE

Martin Mucha
Seelenschacher
978-3-8392-1133-5

»Mucha mixt Lokalkolorit, Machtintrigen, Mord, Wirtschaftskriminalität und Bluesmusik zu einem großartigen Krimi.«
OÖNachrichten

Den schlecht bezahlten Wiener Universitätslektor Arno Linder plagen einmal mehr die Geldsorgen. Da kommt es ihm gerade recht, dass ihn ein alter Bekannter um einen Gefallen bittet. Bruder Erich, der Sekretär und Vertraute des Wiener Kardinals Gutbrunn, hat ein seltsames Anliegen: Ein kleines privates Kreditbüro akzeptiert die Seelen seiner Kunden als Sicherheit. Mutter Kirche ist natürlich beunruhigt und will sich informieren. Die Aussicht auf ein Nebeneinkommen und die eigene Neugier drängen Arno dazu, den Auftrag anzunehmen. Nicht ahnend, dass er damit schon bald knietief in neuen Schwierigkeiten steckt …

GMEINER

Wir machen's spannend

Isabel Morf
Katzenbach
978-3-8392-1313-1

»Ein spannender Krimi und eine bedrückende Familiengeschichte. Zita Elmer und Beat Streiff in ihrem härtesten Fall.«

Valerie Guts Hund fischt eine Babyleiche aus dem Katzenbach in Zürich. Es ist Luzia Attinger die unter dem Ambras-Syndrom litt, ihr ganzer Körper ist von dunklen Haaren bedeckt. Das Kind ist aus dem Kinderwagen, der im Garten der Familie stand, verschwunden. Beat Streiff und Zita Elmer ermitteln. Hat die Mutter das Kind in den Bach geworfen, weil es den Anblick der Kleinen nicht mehr ertragen konnte? Als noch ein zweijähriger Junge verschwindet, geraten die Kommissare an ihre Grenzen …

GMEINER

Wir machen's spannend

Mona Bodenmann
Pflugstein
978-3-8392-1305-6

»Menschliche Schwächen, dreiste Lügen, enttäuschte Hoffnungen – ein neuer Fall für Valentin Müller.«

Hoch über dem Zürichsee thronend, mitten im Acker, liegt ein Findling, auf dem ein Fluch liegt. Dass ein Investment-Banker nackt, mit einem Skarabäus in der Hand und drapiert mit Rosmarinkraut, am Fuße des Steins tot aufgefunden wird, gleicht einer melodramatischen Inszenierung. Was zunächst nach einem einfachen Tötungsdelikt aussieht, entpuppt sich für Kriminalpolizist Valentin Möller schon bald als ein raffiniert durchgeführter Mord. Während Möller mit Volldampf ermittelt, durchkreuzt seine Geliebte Viktoria Jung seine Bemühungen, indem sie auf eigene Faust nachforscht und sich dadurch in tödliche Gefahr bringt …

GMEINER

Wir machen's spannend